ザ・ランド・オブ・ストーリーズ

THE LAND OF STORIES

1

願いをかなえる呪文

クリス・コルファー
田内志文＝訳

平凡社

サ・ランド・オブ・ストーリーズ

THE LAND OF STORIES

1

願いをかなえる呪文

おばあちゃんへ

私《わたし》の最初《さいしょ》の編集者《へんしゅうしゃ》となり、
人生最高《さいこう》のアドバイスをくれた。
「クリストファー、作家として失敗《しっぱい》するんじゃないか
なんていう心配は、小学校を卒業《そつぎょう》するまで
しなくていいと思うわよ」

「人はいずれ年を取り、
またおとぎ話を読むようになる」

C・S・ルイス

CONTENTS

N
W
E
S

秘《ひ》密《みつ》の場所
ノーザン王国
赤ずきん
王国
眠《ねむ》れる王国
トロルとゴブリンの
すみか
妖《よう》精《せい》の王国
人魚の入り江

エルフ帝国《ていこく》
ドワーフの森
すみっこ王国
チャーミング
王国
INN

THE LAND OF STORIES:
The WISHING SPELL
by Chris Colfer

This edition published by arrangement with
Little, Brown and Company, New York, New York, USA
through Japan UNI Agency, Inc., Tokyo

プロローグ

王《おう》妃《ひ》の訪問

地下牢《ちかろう》は、本当にさみしいところだった。灯《あか》りといえば、石壁《いしかべ》に取りつけられた弱々しいたいまつの灯りがちらちらとゆれているばかり。地上の宮殿《きゆうでん》にめぐらされた堀《ほり》から地面に染《し》みこんだ臭《くさ》い水が、ぽたりぽたりとしたたっている。大きなネズミたちがエサを求《もと》めて、互《たが》いを追いまわしている。とても王妃《おうひ》が来るような場所ではない。

真夜中を少しすぎており、ときどきじゃらじゃらと鎖《くさり》が鳴る音がするほかは、しんと静《しず》まり返《かえ》っていた。重くたちこめた静けさの中、誰《だれ》かが地下牢への階段《かいだん》へと降《お》りてくる足音がこつこつと響《ひび》いてきた。

やがて、頭からつま先まで長いエメラルド色のマントに身を包《つつ》んだ若《わか》い女が、階段から姿《すがた》をあらわした。ずらりと並《なら》んだ監房《かんぼう》の前を慎重《しんちよう》に様子をうかがいながら女が歩いていくと、囚人《しゆうじん》たちが顔をあげた。一歩踏《ふ》み出《だ》すたび、女の足どりはゆっくりに、そして鼓動《こどう》は速くなっていった。

囚人たちは、犯《おか》した罪《つみ》の重さによって監房を割《わ》り当《あ》てられていた。奥《おく》へ奥へと進んでいくにつれ、もっと残酷《ざんこく》で、もっと凶悪《きようあく》な囚人たちが入れられているのだ。女は、一番奥の監房に視線《しせん》を止めた。とある特別《とくべつ》な囚人が入れられたその監房には、大きな体の牢番《ろうばん》が一人見張《みは》りに立っていた。

女がやって来たのは、ある質問《しつもん》をするためだった。とても簡単《かんたん》な質問だが、彼女《かのじよ》はくる日もくる日もそのことばかり考えて夜もろくに眠《ねむ》れず、ほんの短い間だけ眠りに落ちても、その夢《ゆめ》ばかり見てしまうほどなのだった。

女の質問に答えることができるのは、目の前の鉄格子《てつごうし》の向こう側《がわ》にいる囚人ただ一人なのだった。

「あの人に会わせて」マントの女が牢番に声をかけた。

「誰も会わせられない」牢番は、そんなことを頼《たの》まれて驚《おどろ》いた顔で答えた。「王族の方々から、きつく申しつけられているんだ」

女はフードをめくると、素顔《すがお》をのぞかせた。雪のように白い肌《はだ》と、石炭のように黒い髪《かみ》、そして森のような緑色の瞳《ひとみ》。彼女の美しさは国じゅうの人々が知るところだったし、彼女の物語は外の国々にまで知れわたっていた。

「これは王妃さま、どうかご容赦《ようしゃ》を!」驚いた牢番はあわててあやまると、急いで深々と頭を下げてみせた。「まさか王宮からどなたかがいらっしゃるなどとは……」

「頭を下げることなどありません。でも、今夜私《わたし》がここに来たことは、くれぐれも内密《ないみつ》に願《ねが》いますよ」

「おおせのままに」牢番がうなずいた。

王妃は鉄格子の前で立ち止まったが、牢番は開けるのをためらった。

「本当に中に入られるおつもりですか? この女、いったいなにをするかわからないのですよ?」

「会わなくてはならないのです。どんなことがあろうとも」王妃が答えた。

牢番が大きな丸い取っ手をまわすと、鉄格子が上に開いていった。王妃は深呼吸《しんこきゅう》を一つすると、入り口をくぐり抜《ぬ》けた。

檻《おり》の中にいたのは、一人の女だった。監房のまん中に置《お》かれた椅子《いす》に腰《こし》かけ、小さな窓《まど》を見あげている。

少しして、囚人は背後《はいご》に誰かが立っているのに気がついた。牢《ろう》に入れられてからというもの客を迎《むか》えることなんて初《はじ》めてだったが、囚人にはふり向くまでもなく、それが誰だかわかっていた。わざわざここを訪《おとず》れてくる者など、一人しか考えられない。

「元気そうね、白雪姫《しらゆきひめ》」囚人が静かな声で言った。

「あなたも、お義母《かあ》さま」白雪姫は、緊張《きんちょう》に声をふるわせた。「心配してましたわ」

何度も何度もくり返して頭の中で練習してきたというのに、白雪姫にはとても言いたいことが口に出せそうになかった。

「聞いたわよ、王妃になったのだそうね」継母《ままはは》が言った。

「ええ」白雪姫はうなずいた。「お父さまのお望《のぞ》みどおり、玉座《ぎょくざ》を受《う》け継《つ》ぎました」

「それで、なぜわざわざ王妃さま自《みずか》らおいでなさったんだね？　おとろえた私をあざ笑《わら》いに来たのかい？」継母が言った。どんな屈強《くっきょう》な男でも氷のように溶《と》かしてしまうと誰もがおそれる、威厳《いげん》のある力強いその声で。

「逆《ぎゃく》ですわ。理解《りかい》しに来たのですから」

「理解って、なにをだね？」継母はとげとげしく言い返した。

「それは……」白雪姫はためらいがちに言った。

「お義母さまが、なぜあんなことをなさったのか、その理由を」

やっとの思いでそう言うと、白雪姫は肩《かた》の荷がようやく下りたような気持ちになった。この疑《ぎ》問《もん》が長い間、ずっと胸《むね》の中で強くわだかまり続《つづ》けていた。それを口にできたのだから、この大仕事も半分は終わったようなものだ。

「この世界には、あなたが理解できないことなんていくらでもあるのよ」継母はそう言うと、白雪姫のほうをふり向いた。

こうして継母の顔を見るのは、ずいぶんと久《ひさ》しぶりのことだった。かつては非《ひ》の打ちどころのない美しさにあふれていた顔。かつては王妃であった女の顔。だが今、白雪姫の前に腰かけているのは、みじめに顔をゆがませたままもどらなくなってしまった、一人の囚人にしかすぎないのだった。

「そうかもしれない」白雪姫は答えた。「だけど、あなたがなぜあんなことをしたのか、その裏《うら》にある理由を知りたいと思うのはあたりまえでしょう？」

ここ何年かというもの、白雪姫はこの王国を治《おさ》める王家の歴史《れきし》の中でももっとも人の注目をあびて人生を送り続けていた。嫉《しっ》妬《と》に狂《くる》う継母から七人の小人《こびと》たちとともに隠《かく》れ続けた美しい王女のことは、誰もが知っている。悪名高き毒《どく》りんごも、偽《いつわ》りの死から白雪姫を救《すく》った勇《いさ》ましい王子も、誰もが知っている。

単純《たんじゅん》な物語だ。だが、その後となると話はちがった。新婚《しんこん》生活と国の統治《とうち》に追われながらも、白雪姫はふと気づけば、継母は本当にうぬぼれからあんなことをしたのだろうかと、いつでも思《おも》い悩《なや》み続けているのだった。新王妃である白雪姫の中のなにかが、人があんな冷徹《れいてつ》なことをできるわけがないと、信《しん》じたがっていたのである。

「外ではみんながお義母さまのこと、なんて呼《よ》んでいるかご存《ぞん》じですか？」白雪姫がたずねた。「監獄《かんごく》の塀《へい》の外では、お義母さまは悪の女王と呼ばれているのよ」

「世界がそんな呼び名を私につけたのならば、私はその名を背負《せお》って生きていかないとだわね」悪の女王が答えた。「世間が一度こうと決めてしまったら、それを変《か》えるのはとんでもなく難《むずか》しいものだから」

たいして気にしてもいないようなその態度《たいど》を見て、白雪姫は目を丸くした。そんな態度でいられては困《こま》るのだ。たとえわずかであろうとも継母の中には人間らしさがあるのだと、どうしても確《たし》かめたいのだから。

「私に対する罪が確かになったら、みんなあなたを処刑《しょけい》しようとしているのよ！　すべての王国民《みん》が、あなたの死を願っているのよ！」白雪姫は、胸にこみあげる感情《かんじょう》に、思わず声をつまらせた。「でも、そんなこと許《ゆる》せなかった。私にはとても……」

「命を助けてくれておまえに感謝《かんしゃ》しろっていうのかい?」悪の女王がたずねた。「誰かを足元にひざまずかせてお礼を言われたいのなら、ほかの牢屋《ろうや》に行くことだね」

「あなたのためじゃないの。私のためにそうしたんです。好《す》き嫌《きら》いはともかく、私にとってのお義母さまはあなただけなんですもの。お義母さまが、世界じゅうのみんなが言っているような、冷血《れいけつ》な怪物《かいぶつ》だなんて認《みと》めたくないんです。あなたの胸の奥底《おくそこ》には、ちゃんと心が宿っているんだと信じているんです」

白雪姫の白い頬《ほお》を涙《なみだ》のつぶが伝《つた》った。強くあろうと心に決めてきたというのに、こうして継母の姿を目の前にすると、どうしても自分がおさえられなくなってしまった。

「悪いけれど、それは大まちがいだよ」悪の女王が言った。「私が持っていた魂《たましい》はずっと昔に死んでしまったし、今おまえがいくら探《さが》しても、見つかるのは石の心臓《しんぞう》ばかりなんだから」

悪の女王が石の心を持っているのは本当だった。しかし、胸の中にではない。監房のすみに置かれた小さなテーブルの上に、大きさも形も人の心臓そっくりな石が一つ載《の》っていたのだ。悪の女王がこの牢屋で許されている持ち物は、その石の心臓ただ一つだけなのだった。

白雪姫も子供《こども》のころから、その石の心臓のことはずっと知っていた。継母はいつもそれをとても大切にし、目のとどかないところには決して置かなかったのだ。白雪姫もずっと、持つことはおろか手をふれることすら許してもらえなかったのだが、今はもうそんなことはどうでもよかった。

監房の奥へと歩いて石の心臓を手に取り、しげしげと見つめる。そうしていると、たくさんの記憶《きおく》がどんどんよみがえってきた。いじめられて悲しかった子供のころの記憶が、一つ残《のこ》らず次々と押《お》しよせてきたのだ。

「今まで生きてきて、私がほしいものはたった一つだけだった」白雪姫が言った。「あなたの愛情《あいじょう》です。子供のころ、あなたに探しに来てほしくて、ずっと宮殿の中で隠れて過《す》ごしていたけれど、あなたは一度も気がついてくれませんでした。昼間は鏡《かがみ》とスキンクリーム、それからこの石ころを持って、ずっと自分の部屋に閉《と》じこもっていらしたわ。自分の娘《むすめ》と過ごすよりもずっと長い時間をかけて、不老不死《ふろうふし》の研究をする人たちとつきあっていらした。でも、いったいなぜ?」

悪の女王は答えようとしなかった。

「私は、あなたに四回殺《ころ》されかけました。そのうち三回は、あなた自身の手で」白雪姫は、信じられないといった様子で首を横にふった。「おばあさんの格好《かっこう》をして小人たちの小屋にあらわれたとき、私にはあなただとわかったわ。危《あぶ》ない目にあわされるとわかっていたけど、それでも中に招《まね》き入《い》れたんです。もしかしたら変わってくれるはずと願い続けていたから。私が自ら、あなたに自分を傷《きず》つけさせてしまった」

こんなことを人に打ち明けたのが初めてだった白雪姫は、言い終えてしまうと両手に顔をうずめ、泣《な》きだした。

「胸の痛《いた》みを味わっているつもりなのかい？」悪の女王がそう言うと、そのとげとげしい口調に白雪姫はびくりとたじろいだ。「おまえは痛みなんて、これっぽっちもわかっちゃいないよ。確かに私の愛情を受けたことなんて一度たりともありゃしないけれど、おまえは生まれたときから、王国じゅうから愛《あい》されてきたんだ。だけどね、ほかの者どもはそんなに恵《めぐ》まれちゃいないんだよ。ほかの者どもはね、白雪姫、愛するたった一人の人間すら、目の前から連《つ》れ去《さ》られてしまうものなんだ」

白雪姫には、言葉が見つからなかった。悪の女王が言っている愛とは、いったいどんな愛のことなのだろう？

「お父さまのことを言っているの？」

悪の女王はまぶたを閉じると、首を横にふった。「ものを知らないというのは、本当に恵まれたものだこと。白雪姫や、信じるかどうかはおまえの勝手だけれどね、おまえと出会う前には私にも私の人生があったんだよ」

白雪姫は、少し恥《は》ずかしくなると口をつぐんだ。自分の父親と結婚《けっこん》する前にも継母がどこかで生きていたことなどわかりきっているのに、いったいどんな人生だったのか考えてみたことなどなかったのだ。人とうちとけない継母を見ていると、たずねてみる気にもならなかったのだった。

「私の鏡はどこだい？」悪の女王が強い声で言った。

「壊《こわ》されるはずですわ」

その瞬間《しゅんかん》とつぜん白雪姫の手の中で、石の心臓がずっしりと重くなった。本当に重くなったのか、それとも幻《まぼろし》を感じているのか、白雪姫にはわからなかった。あまりにも石が重くなり手がしびれてくると、白雪姫はそれを横におろした。

「聞かせてもらっていないお話が、本当にたくさんあるんです」白雪姫が言った。「あのころ、ずっと私には隠しておいでだったお話が」

悪の女王はうつむくとじっと床《ゆか》を見つめたまま、なにも言わず黙《だま》りこんだ。

「もしかしたら世界であなたに同情《どうじょう》しているのは、私ただ一人かもしれません。だから、どうか聞かせてほしいのです」白雪姫はすがるように言った。「もし過去《かこ》になにかがあってお義母さまがあのように心を決められたのなら、どうか私に聞かせてほしいのです」

だが、悪の女王はそれでも答えようとはしなかった。

「教えてくれるまで、ここを動きません！」白雪姫は、生まれて初めて大声をだしてさけんだ。

「いいだろう」悪の女王がうなずいた。

白雪姫は、監房に置かれたもう一つの椅子に腰をおろした。話を切り出す前にしばらく黙りこんだ悪の女王を見ていると、胸の中で不安《ふあん》や期待が高まった。

「おまえの物語は、永遠《えいえん》に美しく飾《かざ》られて語り継がれる」悪の女王が言った。「だけど、私のことをよく考えてみようなどとは、誰も思わないだろう。私はいずれこの世の終わりが来るまで、残酷な悪人として汚名《おめい》を着せられ続けることになるんだ。だが、世界は気づいてなんかいないのさ。悪人というものは、物語を語ってもらえなかった犠牲者《ぎせいしゃ》にすぎないんだってことをね。私がしたことはなにもかも……この人生も、おまえに犯した罪もなにもかも、あの人のためだった」

白雪姫は、自分の心臓までずんと重くなるのを感じた。いったいどういうことなのだろう？　好奇心《こうきしん》が全身にこみあげてくる。

「あの人というのは……？」白雪姫は焦《あせ》りをおさえるのも忘《わす》れて聞きかえした。

悪の女王はまぶたを閉じると、よみがえる記憶にじっと身を任《まか》せた。さまざまな場所や人々が過去の記憶の暗闇《くらやみ》から浮《う》かびあがり、洞窟《どうくつ》を飛《と》びまわる数えきれないホタルたちのように舞《ま》う。子供のころに目にしてきたもの、心に刻《きざ》みつけたいと願ったもの、忘れてしまいたいと願ったもの……。

「私の過去の話をしてあげよう。いや、かつて私だった何者かの話を」悪の女王が言った。「だけど、これだけはよくよくおぼえておいで。私の物語はめでたし、めでたしで終わるような物語じゃないってことをね」

第1章

むかしむかし

「むかしむかし……」ピーターズ先生は、自分が受けもつ六年生の生徒《せいと》たちに向けて話しだした。「この言葉は、私《わたし》たちの世界で一番不思議《ふしぎ》な言葉。そして、この世で語られてきた偉大《いだい》な物語たちへの入り口です。この言葉を耳にした人には、すぐに招待状《しょうたいじょう》が届《とど》きます。誰《だれ》もが温かく迎《むか》えられ、どんな不思議なことも起こる、そんな世界への招待状が。ネズミが人になるかもしれません。召使《めしつか》いが王女さまになるかもしれません。そんな冒険《ぼうけん》が、私たちにたくさんのことを教えてくれるのです」

アレックス・ベイリーは椅子《いす》に腰《こし》かけたまま、うずうずしながら背筋《せすじ》をのばして聞いていた。ミセス・ピーターズの授業《じゅぎょう》はいつも楽しみだけれど、この話は中でも特別《とくべつ》だ。

「おとぎ話は、ただ子供《こども》を寝《ね》かしつけるためだけのものではなく、もっとずっとすばらしいものです」先生が話を続《つづ》けた。「思いつくかぎりありとあらゆる問題の答えが、おとぎ話の中には見つかるのです。おとぎ話とは、いろんな登場人物や舞台《ぶたい》でかざりたてられた、人生の導《みちび》きなんですよ。『オオカミと少年』のお話は、信用《しんよう》がどれだけ大事か、正直さとはどれほど強いものなのかを、私たちに教えてくれます。『シンデレラ』は、正しい心を持てばどれほど報《むく》われるかを見せてくれます。『みにくいアヒルの子』は、目に見えない美しさというものの意味を教えてくれるのです」

アレックスは目をきらきらさせながら、うんうんとうなずいていた。髪《かみ》が顔にかからないよう、ストロベリー・ブロンドのショートヘアをいつもきちんとカチューシャで留《と》めている、青い瞳《ひとみ》のかわいらしい女の子だ。

ほかの生徒たちはみんな、まるで先生が自分たちにはわからない言葉で授業をしているかのような顔をして、先生をじっと見つめていた。どれだけこの仕事を続けていてもミセス・ピーターズはこれが苦手で、しょっちゅうアレックスが座《すわ》っている一番前の列だけに向けて話をするのだった。

ミセス・ピーターズは背《せ》が高いやせた女の人で、いつも古いソファのような模様《もよう》の服を着ている。黒いくせ毛がまるで帽子《ぼうし》のように頭の上に生えていた（生徒たちはよく、本当に帽子をかぶっていると思いこんだものだ）。何年もずっと教室に向けてきた厳《きび》しいまなざしも、いつもかけている眼鏡《めがね》のせいで、すっかり小さくしぼんで見えるのだった。

「ですが悲しいことに、そうして時代を超《こ》えてきた物語の数々も、私たちの社会では役割《やくわり》を失《うしな》ってしまいました」ミセス・ピーターズが言った。「人はそうしたすばらしい導きを、テレビやテレビゲームなどといった、つまらない娯楽《ごらく》と引《ひ》き替《か》えにしてしまったのです。今の親たちは本当にひどいアニメ番組や暴力的《ぼうりょくてき》な映画《えいが》の影響《えいきょう》に、子供たちをさらしてしまっています。子供たちがおとぎ話にふれる機会《きかい》といえば、映画会社が好《す》きに作り替《か》えた映像版《えいぞうばん》ばかり。そうしたおとぎ話の映像版からは、もともとの物語にこめられていた導きが失われ、そのかわりに、歌ったり踊《おど》りまわったりする動物たちが登場してきます。なんでも最近《さいきん》読んだ記事では、シンデレラをもがき苦しむヒップホップ歌手にしたり、眠《ねむ》れる森の美女をゾンビと戦《たたか》う女戦士《せんし》にしたりする映画が撮影《さつえい》されているという話じゃないですか！」

「すげえ」アレックスの後ろの席《せき》に座る生徒が、小さな声で言った。

アレックスは首をふった。話を聞くだけでも胸《むね》が痛《いた》んだ。その腹立《はらだ》ちをクラスメイトとわかちあおうと思っても、悲しいことに、同じ気持ちを持つ生徒は一人もいないのだった。

「ときどき、こんなことを考えます。もしグリム兄弟やハンス・クリスチャン・アンデルセンが願《ねが》いをこめたとおりにみんなが物語をわかってくれたなら、世界はもっとちがう場所になっているんじゃないかと」ミセス・ピーターズが言った。「本物の『人魚姫《にんぎょひめ》』のお話の最後《さいご》に、人魚姫が打ちひしがれて死んでしまう様子から、人は胸の痛みを学ぶかもしれません。『赤ずきん』をおそった本当の危機《きき》を子供たちが見れば、こんなにも多くの誘拐事件《ゆうかいじけん》は起こらずにすむかもしれません。もし『三匹《びき》の熊《くま》』でゴルディロックスがどんなピンチを招《まね》いてしまったか知っていたなら、非行《ひこう》少年たちもあんなに悪さばかりしないのではないでしょうか。昔の人々が残《のこ》した教えに目を向けるだけで、そこには未来《みらい》に向けての導きや教訓《きょうくん》が本当にたくさん見つかるのです。きっと心の底《そこ》からおとぎ話を大事にすれば、私たち自身のめでたしめでたしを発見することも、ずっと簡単《かんたん》になることでしょう」

もしアレックスが好きにしていいのであれば、ミセス・ピーターズは授業を終えるたびに嵐《あらし》のような拍手《はくしゅ》をあびていたことだろう。だが悲しいことに教室に流れるのは、やっと授業が終わってほっとした生徒たちがあちらこちらでもらす、ため息の音ばかりなのだった。「では、みなさんがどれだけおとぎ話を知っているか見てみましょう」ミセス・ピーターズはにっこりほほえむと、教室を歩きまわりはじめた。「さて、『ルンペルシュティルツヒェン』に登場する娘《むすめ》の父親は、国王に、娘がわらをつむいでなにを作れると言ったでしょうか？　誰かわかる人は？」

ミセス・ピーターズは、まるで傷《きず》をおった魚を探《さが》すサメのような目で、教室を見まわした。手をあげている生徒は一人だけだった。

「ミス・ベイリー」ミセス・ピーターズが言った。

「わらをつむいで金《きん》を作れると言いました」アレックスが答えた。

「たいへんよくできました、ミス・ベイリー」ミセス・ピーターズがうなずいた。先生に一番のお気に入りの生徒がいるとすれば――そんなものがいるとはミセス・ピーターズも決して認《みと》めなかったが――それはアレックスにちがいなかった。

アレックスはいつでも、ひたむきに楽しみを追《お》い求《もと》める。まさに本の虫のような少女だ。学校に行く前だろうと、学校でだろうと、学校の後だろうと、寝る前だろうと、何時でも関係《かんけい》なくいつでも本を読んで過《す》ごしている。とにかくものを知るのが楽しくてたまらないアレックスは、いつでも誰よりも早くミセス・ピーターズの質問《しつもん》に答えるのだった。そして読書感想文を書いたり、自分がクラスで発表したりするときにはいつも、クラスメイトたちを驚《おどろ》かそうとして、とくにがんばってみせた。しかしそんな姿《すがた》はいつでも生徒たちのいらだちを買うことになり、アレックスがからかいの的《まと》になることも多いのだった。

背中《せなか》からは、いつでもアレックスを笑《わら》いものにするほかの女の子たちの声が聞こえた。お昼にはいつも一人きりで木陰《こかげ》に座り、図書館の本を開きながらお弁当《べんとう》を食べた。誰にも打ち明けたりはしなかったが、アレックスはあまりに孤独《こどく》で、ときどき胸が痛くなるほどだった。

「さて、それでは娘とルンペルシュティルツヒェンは、いったいどんな取り引きをしたのでしょう？　わかる人は？」

アレックスは、少し待ってから手をあげた。すっかり先生のペットみたいに見えるのはいやだったからだ。

「ミス・ベイリー？」

「わらを金に変えてもらうかわりに、自分が王妃《おうひ》になったなら、最初に生まれた子供をルンペルシュティルツヒェンに差《さ》し出《だ》すと約束《やくそく》しました」アレックスは説明《せつめい》した。

「やばい取り引きだな」アレックスの後ろの少年が言った。

「気持ち悪いちびのおじいさんが、なんで赤ちゃんなんてほしがるの？」少年のとなりに座った少女がたずねた。

「ルンペルシュティルツヒェンなんて名前じゃあ、養子《ようし》にだってできないだろ」と、ほかの生徒が続いた。

「赤ちゃんを食べちゃったの？」ほかの誰かが、おずおずとたずねた。

アレックスは、なにも知らないクラスメイトたちのほうをふり向いた。

「みんな、この物語の大事な部分をわかってないわ。ルンペルシュティルツヒェンが娘を利用《りよう》できたのは、娘が困《こま》っていたからなのよ。この物語は、悪い取り引きをしたらどんな代償《だいしょう》を払《はら》わされるかっていう話なの。目の前の、すぐそこにあるもののため、ずっと先の未来にあるものを差し出して、いったいどうするつもりなのか。わかった？」

もしミセス・ピーターズが表情《ひょうじょう》を変えたりするような人であれば、きっとさも満足《まんぞく》げな顔をしてみせていたことだろう。「おみごとです、ミス・ベイリー。正直に言って、私はずいぶん長いこと教師《きょうし》をしてきましたが、これほどまでに深い知識《ちしき》を持つ生徒にはそうそうお目に――」

そのとき、教室の後ろのほうから大きないびきが響《ひび》いてきた。最後列《さいこうれつ》に座る一人の少年が机《つくえ》につっぷしてぐっすりと眠りこけ、口の端《はし》からよだれをたらしている。

アレックスには双子《ふたご》の兄がいたが、こういうことがあるたびに、そんなものいなければよかったのにと思わせられた。

ミセス・ピーターズの視線《しせん》が、まるで磁石《じしゃく》に吸《す》いよせられるクリップのようにそちらに向く。

「ミスター・ベイリー？」ミセス・ピーターズが言った。

いびきは鳴りやまない。

「ミスター・ベイリー？」ミセス・ピーターズは机のすぐそばに膝《ひざ》をついて顔をよせると、もう一度声をかけた。

またしても、大いびきが響きわたった。何人かの生徒たちは、いったいどうすれば体の中からあんなにものすごい音が出るのだろうと不思議に思った。

「ミスター・ベイリー！」ミセス・ピーターズが、少年の耳元で怒鳴《どな》った。

すると、まるで椅子のすぐ下で誰かが花火でも爆発《ばくはつ》させたかのように、コナー・ベイリーは床《ゆか》に転げ落ちかけながら飛《と》び起《お》きた。

「ここどこだ？　なにがあった？」コナーはすっかり混乱《こんらん》した顔で、パニックになってさけんだ。自分がどこにいたのか必死《ひっし》に思い出そうとしながら、教室をキョロキョロと見まわす。

妹と同じく、コナーもまた青い瞳とストロベリー・ブロンドの髪の持ち主だった。居眠《いねむ》りから目がさめたばかりのせいで、丸いそばかす顔は、まるで昼寝《ひるね》から起きたばかりのバセットハウンド犬の顔のように、片側《かたがわ》によってしまっていた。

アレックスは兄のせいで、穴《あな》があったら入りたいほど恥《は》ずかしい気持ちになってしまった。いくら見た目と誕生日《たんじょうび》に共通点《きょうつうてん》があっても、二人はまったくちがうタイプなのだ。コナーにはたくさん友だちがいたが、妹とちがって学校では苦労《くろう》していた。おもに、居眠りせずにいるのに苦労していたのだ。

「授業にもどってきてくれてうれしいですよ、ミスター・ベイリー」ミセス・ピーターズが、いかめしい声で言った。「楽しいお昼寝でしたか?」

コナーは、さっと顔を赤らめた。

「すみません、ピーターズ先生」と、いかにもまじめそうな声で謝《あやま》ってみせる。「先生がずっとお話をしていると、ときどきものすごく眠くなっちゃって……。悪気はないんです。眠くてどうしようもなくなっちゃうんです」

「最低《さいてい》でも週に二回は、私の授業で居眠りをしていますね」

「だって、先生のお話がとても長いから」うっかりそう言ってからコナーは、今のはまずかったと後悔《こうかい》した。何人かの生徒たちが、手をギュッとかんで笑いをこらえていた。

「ミスター・ベイリー、私の授業中は起きていてくれるようお願いしますよ」ミセス・ピーターズは、叱《しか》るような声で言った。目を閉《と》じてしまうことなくそんなにも細めることができる人など、コナーはほかに誰も知らなかった。「自分でおとぎ話の授業ができるくらいに詳《くわ》しいというのなら、話は別《べつ》ですけれどね」ミセス・ピーターズがつけたした。

「それなら、できるかもしれません」コナーがまたしても、ろくろく考える前に口を開いた。「ええと、そういう話にはけっこう詳しいんです。それだけ」

「あら、そうですか?」ミセス・ピーターズは、こうして挑戦《ちょうせん》を受けても絶対《ぜったい》に逃《に》げたりはしない。そして、先生の挑戦者になってしまうのは、どの生徒にとっても最大《さいだい》の悪夢《あくむ》なのだった。「よろしい、ミスター・ベイリー。そんなに詳しいのならば、一つ質問に答えてください」

コナーがごくりとつばを飲んだ。

「『眠れる森の美女』の原作で、王女は真実の愛《あい》によるキスで目覚《めざ》めるまで、何年間眠り続けていたでしょう?」ミセス・ピーターズは、コナーの顔をじっと見つめながら質問した。

今にもコナーが答えに詰《つ》まった顔でもするのではないかと、クラスじゅうの視線が集まった。しかしなんと、コナーは運よく答えを知っていた。

「百年です」コナーが答えた。「眠れる森の美女は、百年間眠り続けていました。だから、お城《しろ》の地面はツタやなんかでおおわれていたんです。呪《のろ》いが王国じゅうの人たちに効《き》いたせいで、誰も庭の手入れをしなかったものだから」

これを聞くと、ミセス・ピーターズは言葉を失って立ちすくんだ。心の底から驚いて、コナーに向けて顔をしかめる。指されたコナーがちゃんと正解《せいかい》したことなどこれが初《はじ》めてだったが、まったく予想していなかったのだ。

「これからはちゃんと起きていることですよ、ミスター・ベイリー。あなたには運のいいことに、私は今朝、最後の居残《いのこ》り券《けん》をほかの生徒に使ってしまったところです。でも、いつでも新しい券を出してもらえるんですから」ミセス・ピーターズはそう言うと、授業を続けるためさっさと教壇《きょうだん》へと歩いていった。

コナーがほっとしてため息をつくと、まっ赤《か》だった顔色がもとにもどった。妹と目が合う。アレックスも、兄が正解したことにすっかり驚いていた。コナーがおとぎ話を一つでもおぼえているとは、思ってもいなかったのだ。

「さあ、みなさん。それでは本を出して一七〇ページを開き、声に出さず『赤ずきん』を読んでください」ミセス・ピーターズが指示《しじ》を出した。

生徒たちは言われたとおりにした。コナーは腰かけたまま精《せい》いっぱいくつろぎながら、自分も読みはじめた。物語も、絵も、登場人物たちも、コナーにはもうすっかりおなじみだった。

まだ子供だったころ、アレックスもコナーも、おばあちゃんのところに旅行するのが楽しみでしかたなかった。おばあちゃんは、山々に広がる森のまん中にある小さな家に住んでいた。時代遅《おく》れではあるが、山小屋と呼《よ》ぶのがぴったりくるような、小さな家だった。

車に乗って何時間もかかる遠い道のりだったが、双子は一分たりとも退屈《たいくつ》しなかった。風の強い道を抜《ぬ》け、いつとぎれるともしれない木立《こだち》の中を進んでいくにつれ、二人ともどんどん楽しみになっていった。そして、黄色い橋を渡《わた》ると、アレックスとコナーは興奮《こうふん》しきってさけんだものだ。「もうすぐつくよ！　もうすぐつくよ！」

ようやく到着《とうちゃく》すると、おばあちゃんは両手を広げて玄関《げんかん》で出迎《でむか》え、破裂《はれつ》してしまいそうなほどきつく抱《だ》きしめてくれた。

「まあまあ、二人とも！　最後に会ったときよりずっと背が伸《の》びてるじゃないか！」おばあちゃんは、本当は背なんて伸びてもいないのにいつもそう言うと、焼《や》きたてのクッキーがどっさり待つ家の中へと入れてくれた。

森で育ったお父さんは、毎日ながながと、子供のころにした冒険の話を二人に話して聞かせた。あちこちの小川で泳ぎまわった話や、おそろしい動物に出くわして命からがら逃げ出した話などだ。どの話もひどく大げさだったが、二人はそうしてお父さんの話を聞くのが世界じゅうのどんなものよりも好きだった。

「いつか君たちが大きくなったら、僕《ぼく》が遊んだ秘密《ひみつ》の場所にあちこち連《つ》れていってあげるからね」お父さんは、よく二人にいたずらっぽく言った。背が高いお父さんはよく目のまわりにしわをよせて笑ったものだが、そうして双子にいたずらな言葉をかけるときには、さらによく笑った。

夜になるとお母さんがおばあちゃんを手伝《てつだ》って夕ごはんを作り、食事を終えて食器《しょっき》を片《かた》づけてしまうと、みんなで暖炉《だんろ》の前に腰をおろした。するとおばあちゃんは大きな物語の本を開き、双子がすっかり眠りに落ちてしまうまで、お父さんとかわりばんこにおとぎ話を読んでくれたのだった。ときには、そうして朝日がのぼるまで一家そろって起きていることもあった。

おばあちゃんもお父さんも、物語のすみからすみまで熱《ねつ》をこめて読んでくれるので、アレックスもコナーも、何度同じ物語を聞いてもまったく退屈しなかった。子供ならば誰でもうらやましがるような、そんなひとときだった。

しかし悲しいことに、双子が最後におばあちゃんの山小屋に行ってから、もうずいぶん長い時間が過ぎてしまっていた……。

「ミスター・ベイリー！」ミセス・ピーターズがさけんだ。コナーがまた居眠りしていたからだ。

「すみません、ピーターズ先生！」コナーも大声で返事をすると、まるで見張《みは》り番《ばん》の兵隊《へいたい》のようにしゃっきりと背筋をのばした。もし人が目だけで相手を殺《ころ》すことができるならば、コナーはミセス・ピーターズににらみつけられ、死んでしまっていただろう。

「さて、『赤ずきん』を読んでみなさんはどう思いましたか？」先生がクラスにたずねた。

大きな歯列矯正具《きょうせいぐ》をはめた、くせ毛の女の子が手をあげた。

「ピーターズ先生、よくわからないんですけど」くせ毛の女の子が言った。「この物語のいったいどこがどうわからないというのは？」ミセス・ピーターズが答えた。まるで、「いったいどこがどうわからないの、おばかさん？」とでもいうような口調で。

「だってここには、大きな悪いオオカミは狩人《かりゅうど》に殺されたって書いてあります」くせ毛の女の子が説明した。「オオカミは群《む》れの仲間《なかま》に鼻の形をばかにされて、最後には赤ずきんとお友だちになったと思っていたんです。私が子供のころに観《み》たアニメでは、そうなっていました」

ミセス・ピーターズは、白目になりそうなほどあきれかえった。黒目が裏側《うらがわ》にまわって、背中の後ろすら見えそうだ。

「だからこそ」歯を食いしばって、先生が言う。「こうしてこの授業をしているんです」

くせ毛の女の子は、悲しげに目をふせた。自分が大好《だいす》きなアニメのどこが、そんなにまちがっているというのだろう？

「宿題にしましょう」ミセス・ピーターズがそう言うと、教室じゅうの生徒たちががっくりとうなだれた。「みなさんが一番好きなおとぎ話を選《えら》んで、そこにどんな教えがこめられているのか、作文を書いてきてください。締《し》め切《き》りは明日ですよ」

ミセス・ピーターズが机にもどると、生徒たちは残されたわずかな授業時間を使って宿題に取りかかった。

「ミスター・ベイリー？　ちょっと話があります」ミセス・ピーターズは、コナーを自分の机に呼びよせた。

これは面倒《めんどう》なことになったぞ、とコナーは胸の中で言った。おずおずと立ちあがると、先生の机に歩いていく。ほかの生徒たちは自分の前を歩いていくコナーを、まるであわれな死刑囚《しけいしゅう》を見送るような目で見つめた。

「なんでしょう、ピーターズ先生？」コナーがたずねた。

「あなたの家庭環境《かんきょう》のことは、私もよくわかろうと努力《どりょく》しています」ミセス・ピーターズは、眼鏡のフレームごしにコナーをじっと見つめた。

家庭環境。この短い言葉を、去年コナーはどれだけ聞かされたことだろう。

「しかし……」先生が言葉を続けた。「それでも私の授業では見逃《みのが》すことのできないふるまいはあるのです。あなたはいつも居眠りばかりして、集中もせず、小テストや試験《しけん》の結《けっ》果《か》もひどいものです。でも妹さんのほうは、本当によくやっているわ。ミス・アレックスを見習ったらいかが？」

そうして妹と比《くら》べられると、コナーはいつでもおなかを蹴《け》られたように苦しくなった。

コナーは妹とまったくちがうはずなのに、いつもちがうからといって責《せ》められるのだ。

「変わる気がないのであれば、あなたのお母さまと話し合いをしなくちゃいけません。わかりますね？」ミセス・ピーターズが、警告《けいこく》するように言った。

「イエッサー。あ、いえ、わかります先生！ そう言いたかったんです。すみません」どうやら今日はコナーにとって、あまりいい日ではないようだ。

「よろしい。席にもどりなさい」

コナーは、いつもより少しだけうなだれながら、ゆっくりと自分の席に引き返した。へまをやらかしたと感じるのは、なによりもいやなことなのだ。

アレックスは、兄と先生とのやりとりをずっと見守っていた。確かに困った兄にはちがいないが、妹にしか持つことのできない同情《どうじょう》を胸におぼえながら。

アレックスは物語の本をぱらぱらとめくりながら、どの物語で作文を書こうか考えてみた。おばあちゃんの本に比べてさし絵はどれもいろどりに欠《か》けて退屈だったが、昔からなれ親しんできた登場人物たちを見ていると、ここしばらくずっと忘《わす》れていた安らぎを感じるのだった。

もしおとぎ話が本当だったら、とアレックスは考えてみた。そうしたら、誰かがさっと杖《つえ》をひとふりして、なにもかも魔《ま》法《ほう》のように昔と同じにしてくれるのに。

第2章

家への帰り道

「あの授業《じゅぎょう》、ほんとに楽しかったなあ」アレックスは、コナーといっしょに歩いて帰りながら言った。妹のそんな言葉などすっかり聞きあきているコナーは、そう言われるたびにいつでも話を聞く気がなくなった。

「ピーターズ先生、本当にいいことをおっしゃっていたわね」アレックスは興奮《こうふん》しきったようにまくしたてた。「おとぎ話をなくしちゃったら、子供《こども》たちからなにを取りあげることになると思う？　おそろしくて考えたくもないわ！　お兄ちゃんにだって、どんなにひどい話かわかるでしょう？　ねえコナー、ちゃんと聞いてる？」

「ああ」コナーは嘘《うそ》をついた。そんなことよりも、歩道で蹴《け》り続《つづ》けているカタツムリの抜《ぬ》け殻《がら》のほうに夢中《むちゅう》なのだ。

「おとぎ話の世界や登場人物たちを知らない子供時代なんて、想像《そうぞう》できる？」アレックスは言葉を続けた。「うちは、私《わたし》たちが小さいころからパパもおばあちゃんもあんなに読み聞かせてくれて、本当に幸せだったのよ」

「本当に幸せか……」コナーは、そのとおりなのかどうかよくわからないまま、こくりとうなずいた。

毎日学校が終わると、ベイリー家の双子《ふたご》はそうしていっしょに歩いて帰る。二人の家は、すてきな住宅地《じゅうたくち》にあった。そのまわりにはさらにすてきな住宅地が広がっており、そのまたまわりには、またさらにすてきな住宅地が広がっていた。よく似《に》ているようでありながらそれぞれちがう家々が立《た》ち並《なら》ぶ、まるで海のように広い郊外《こうがい》だ。

長い帰り道の時間つぶしに、アレックスはいつも心に浮《う》かんだことをあれこれと兄に話して聞かせた。最近《さいきん》の考えごとや心配ごと、その日に学校で習ったこと、そして今日家に帰ったらなにをするつもりかなどだ。コナーは毎日これがうっとうしくてたまらなかったが、妹にはほかに話し相手がいないのだと思うと、がんばってつきあおうと思うのだった。

しかし、コナーは人の話を聞くのがどうも苦手である。

「作文を書くっていっても、どのお話にすればいいんだろう？ とても選《えら》べないわ！」アレックスは、夢中な顔をして手を叩《たた》いた。「ねえ、お兄ちゃんはどのお話にするつもり？」

「うーん……」コナーは、地面から顔をあげながらうなった。頭の中でたった今の会話を巻《ま》きもどし、質問《しつもん》がなんだったかを思い出す。

「俺《おれ》は『オオカミと少年』かな」最初《さいしょ》に思い浮かんだおとぎ話を、コナーは答えた。

「それは選んじゃだめよ。だって、わかりやすすぎるもの！ ピーターズ先生を驚《おどろ》かせるには、もっと難《むずか》しい話にしなくちゃ。なにか、ずっと深いところにメッセージがこめられているようなお話よ。パッと読んですぐわかるようなのじゃなくて」

コナーはため息をついた。アレックスの話につきあうより、ただ話を合わせているだけのほうがずっと楽なのだが、たまにはつきあわなくてはいけないこともある。

「じゃあ、俺は『眠《ねむ》れる森の美女』にするよ」

「なかなかいいじゃない」アレックスは、興味《きょうみ》を引かれたように答えた。「じゃあお兄ちゃんは、あの物語にはどんな教訓《きょうくん》があると思う？」

「まあ、近所の人を怒《おこ》らせるなって感じかな」コナーが言った。

アレックスは、がっかりしたようにため息をついた。

「コナー、まじめにきいてるのよ！　そんなものが『眠れる森の美女』の教訓なわけないじゃない」と、叱《しか》りつけるように言う。

「本当にそうか？　だいたい王さまと女王さまが最初にあのおっかない魔女《まじょ》を娘《むすめ》のパーティーに招待《しょうたい》していたら、あんなことにはならなかったはずだろ」

「食い止めることなんて、最初からできなかったわ」アレックスが言い返した。「あの魔女は悪い魔女だったし、もしかしたらまだ赤ちゃんだった王女さまに呪《のろ》いをかけたかもしれないいじゃない。『眠れる森の美女』は、どうしても避《さ》けられないことをなんとか避けようとする話なのよ。王さまと女王さまは姫《ひめ》を守るため、国じゅうの紡《つむ》ぎ車をぜんぶ壊《こわ》してしまう。お姫さまはいったいなにが危険《きけん》なのかも知らないいままずっとかくまわれていたけれど、それでも生まれて初《はじ》めて見た紡ぎ車の針《はり》で指を刺《さ》してしまうのよ」

コナーは妹の言うことをよく考えてから、首を横にふった。自分の考えのほうがずっといい。

「俺はちがうと思うな。おまえだって、人に招待されなかったときに腹《はら》を立ててるの、俺は知ってるぞ。いつも赤ちゃんだって呪いそうな顔してるしな」

　アレックスは、いかにもミセス・ピーターズがしそうないやな顔をしてコナーを見た。

「まちがった解釈《かいしゃく》なんてないのはわかっているけど、それでもお兄ちゃんは絶対《ぜったい》に読み方をまちがってるわ」アレックスが言った。

「俺はただ、ろくに考えず人を無視《むし》するなって言ってるのさ」コナーが自分の話をまとめた。「俺はずっと『眠れる森の美女』の王さまと女王さまは、自分たちのせいであんな目にあったんだと思ってたよ」

「へえ。じゃあヘンゼルとグレーテルも自分たちのせいだって思う？」アレックスが問いつめるように言った。

「思うね」コナーは、自分の頭がよくなったような気分になってきた。「あの魔女だってそうさ！」

「そうって、どうなのよ？」

「だってそうだろ」コナーは、にやにや笑《わら》いをうかべて説明《せつめい》しはじめた。「お菓子《かし》の家に住みたいんだったら、ガツガツした子供んちのとなりになんて引《ひ》っ越《こ》すなってことさ。まったくおとぎ話の登場人物たちは、常識《じょうしき》がなくって困《こま》るよ」

　アレックスはもう一度、あきれはてたようにため息をついた。それを見たコナーは、家につくまであと五十回は同じため息を聞かされるなと思った。

「魔女が住んでたのはとなりじゃない！　森の中よ！　ヘンゼルもグレーテルも、帰り道がわからなくならないように、道にパンくずをまかなくちゃいけなかったじゃない。それにお菓子の家は、子供たちをおびきよせるのが狙《ねら》いで作ったものよ。二人とも、おなかぺこぺこだったの！」アレックスは、兄に思い出させるように言った。「けちをつけるなら、ちゃんと書いてあることを無視しないでよ！」

「腹ぺこだったんなら、なんでパンくずを捨《す》てちゃったりしたんだよ？」コナーが言い返した。「俺にはヘンゼルもグレーテルも、自分から面倒《めんどう》に首をつっこんでるようにしか見えないぞ」

アレックスがまたため息をつくと「じゃあそのねじ曲がった心では、『三匹《びき》の熊《くま》』にはどんな教訓があると思うの？」と兄につめよった。

「簡単《かんたん》さ」コナーが答えた。「ドアに鍵《かぎ》をかけろ、さ！　どんな姿《すがた》の、どんな背《せ》たけの泥《どろ》棒《ぼう》が来るかわからないんだ。くるくる巻き毛《げ》のちび女が来たっておかしくない」

アレックスはまたしてもため息をつくと、腕組《うでぐ》みをした。くすくす笑いがもれそうになるのを、ぐっとこらえる。笑ってしまえば兄の話を認《みと》めてしまうことになるし、それはいやだったのだ。

「ピーターズ先生も言ってたでしょう、『三匹の熊』は、自分がこれをしたらどうなるかよく考えましょうっていう話なの」アレックスは言い返した。認めたことは一度もないが、兄と言い合いをしていると、ときどきとても楽しい気分になってくる。「じゃあ『ジャックと豆の木』はどう思う?」

コナーは少し考えこむと、いたずらな笑いをうかべた。「悪い豆を食べると、消化不良《ふりょう》だけじゃすまなくなる」そう答え、自分でもがまんできずに大笑《おおわら》いをはじめる。

アレックスはくちびるをかみしめて、笑いだしそうになるのをこらえた。

「じゃあ『赤ずきん』にはどんな教えがあると思ってる? おばあちゃんには贈《おく》り物《もの》のかごを送ればよかったとでも?」

「俺の考えを聞いてるんじゃないのかよ!」コナーが言った。「まあいいや、俺はいつも、赤ずきんがかわいそうだと思ってたぜ。だって、どう見たって両親から好《す》かれてないんだからな」

「なんで?」アレックスは、あの物語をいったいどう読めばそんなふうに思うのか、不思《ふし》議《ぎ》に思って聞いてみた。

「どこの親が、大事な娘に焼《や》きたての食べ物をもたせたうえにまっ赤《か》な服を着せて、オオカミのなわばりになってる森に行かせたりするんだよ? オオカミに、どうぞ食べてくださいって言ってるようなもんじゃないか! 赤ずきんだって、きっと両親にむかついたはずだぜ」

全力で笑いをこらえようとしたアレックスの口から、思わず小さな笑い声がもれた。コナーはそれを聞くと、うれしそうな顔になった。

「心の中じゃあ、俺の言うとおりだって思ってるんだろ?」コナーが肩《かた》でアレックスの肩を押《お》した。

「もう、お兄ちゃんみたいな人たちが、おとぎ話を世界から追い出しちゃうのよ」アレックスは、顔にうかんだ笑《え》みを無理《むり》やり消しながら言った。「みんなおとぎ話を笑いものにして、あっという間に、そこにこめられたメッセージも……なくなってしまう……」

アレックスが、ふと歩くのをやめた。その顔から、ゆっくりと血の気が引いていく。道の先にあるなにかに、目はくぎづけになっていた。ひどく心が落ちこむようななにかに。

「どうした?」コナーが後ろをふり向いてたずねた。

アレックスは、一軒《けん》の大きな家をじっと見つめていた。青い壁《かべ》に白いふちどりがついたかわいらしい家で、窓《まど》がいくつか見えた。前庭《ぜんてい》も、みごとに手入れがされていた。芝生《しばふ》の生えぐあいもちょうどよく、色とりどりの花が咲《さ》き、木登りにちょうどよさそうな大きな樫《かし》の木も立っている。

もし家が笑うものならば、この家はきっと、にっこりと大きな笑顔《えがお》をうかべていることだろう。

「あれを見て」アレックスは、樫の木のとなりに見える売家という看板《かんばん》を指差《ゆびさ》した。その文字の上に真新しい白い線が引かれ、売却済みと書かれている。

「売れちゃったんだ……」アレックスはそう言うと、目の前の景色《けしき》が信《しん》じられないかのように、ゆっくりと首を横にふった。「売れちゃったんだ……」信じたくないといった様子で、もう一度くり返す。

コナーもその丸顔を、さっと青ざめさせた。双子はしばらく黙《だま》ったまま、互《たが》いにどう声をかければいいのかもわからず、その家を見つめていた。

「いつかこうなるって、わかってたろ」コナーが言った。

「じゃあ、なんでこんなにショックなんだろう?」アレックスが静《しず》かに答えた。「ずっと売れないでいたから、私きっと……なんて言えばいいんだろう……私たちを待っててくれてるんだと思ってた」

コナーの目の前で、妹の両目に涙《なみだ》がにじんできた。自分の目にも、涙がこみあげてきていた。

「行こう、アレックス」コナーはそう言うと、歩き続けた。「家に帰ろう」

アレックスはもう一瞬《いっしゅん》だけ家を見つめてから、兄のあとを追いかけた。ベイリー一家はこの家をふくめ、近ごろたくさんものを失《うしな》ってしまったのだった……。

一年前、双子の十一歳《さい》の誕生日《たんじようび》まであと少しとせまったころのこと。アレックスとコナーのお父さんは、仕事からの帰り道に自動車事故《じこ》で死んでしまった。お父さんは何本かはなれた通りに「ベイリー・ブックス」という書店を開いていたが、そんなにも短い帰り道の途中《とちゆう》で大事故が起きてしまったのだった。

双子とお母さんが、帰りの遅《おそ》いお父さんを心配しながら夕食のテーブルで待っていると電話が鳴り、その夜は晩《ばん》ごはんをいっしょに食べることができないことを知らされた。いや、もしかしたらもう永遠《えいえん》にいっしょに食べられないのだと。そんなに帰りが遅くなることはなかったので、電話が鳴ったとたん、三人はきっとなにか悪いことがあったにちがいないと気づいたのだった。

電話でそのしらせを受け取ったときのお母さんの顔は、二度と忘《わす》れられそうになかった。ひとことも聞かなくとも、その顔を見ただけで二人は、人生がすっかり変《か》わってしまうのだとわかったのだった。その夜お母さんが、見たこともないほどたくさん泣《な》いたのを、二人は忘れられなかった。

それからは、めまぐるしく時間が過《す》ぎていった。おかげで二人は、なにがいつ起きたのかもろくろくおぼえていなかった。

お母さんがあちこちにたくさん電話をかけ、山のような書類《しよるい》を片《かた》づけていた姿を、二人は忘れられなかった。お母さんがお葬式《そうしき》の準備《じゆんび》をしている間は、おばあちゃんがやって来て二人の面倒を見てくれたのを、二人は忘れられなかった。

お葬式でお母さんの手をとり、教会の信者席《しんじゃせき》の間の通路を歩いていったのを、二人は忘れられなかった。白い花や、ろうそくや、信者席に腰《こし》かけた人たちの悲しそうな顔を、二人は忘れられなかった。みんなが持ってきてくれた食べ物や、みんなが口にしたおくやみの言葉を、二人は忘れられなかった。

けれど、自分たちの十一歳の誕生日のことはおぼえていなかった。誰《だれ》もおぼえていなかった。

それから数か月、おばあちゃんもお母さんも二人のために本当に頼《たの》もしかったのを、二人は忘れられなかった。そしてお母さんの仕事だけではきれいな青い家に住み続けられなくなり、通りを少し下ったところにある小さな家に引っ越さなくてはいけなくなったのを、二人は忘れられなかった。

新しい小さな家への引っ越しがすむとおばあちゃんが帰っていってしまったのが、二人は忘れられなかった。それからまた学校に通いだしても、すべてが前とはまったくちがうように感じられてならなかったのを、二人は忘れられなかった。

だが二人がとくに忘れられなかったのは、なぜこんなことが起こってしまったのだろうと、受け入れられない気持ちなのだった。

まる一年が過ぎても、まだ二人にはそれが受け入れられなかった。人は時間が解決《かいけつ》してくれると言うが、いったいどれほど長い時間の話をしているのだろう？　お父さんがいなくてさびしい気持ちは、毎日毎日ずっしりと重くなっていくばかりに感じられた。お父さんがいないさびしさで、心がちぎれてしまいそうだった。

お父さんの笑顔が見たい。笑い声が聞きたい。物語を話して聞かせてほしい……。

アレックスは学校でいやなことがあると、いつも家に帰るなり自転車に飛《と》び乗《の》り、お父さんの書店に向かった。ドアを駆《か》け抜けお父さんの姿を見つけ、「パパ、ちょっと聞いてよ！」と話しかけるのだ。

そうするとお父さんはお客の相手をしていようと、新しい本を本棚《ほんだな》に並べていようと、いつでも手を止めてアレックスを裏《うら》の倉庫《そうこ》に連《つ》れていき、学校でのできごとに耳をかたむけてくれた。

「さあ、どうしたのか言ってごらん」大きな目でアレックスを見つめながら、心配そうにそう聞いてくれた。

「パパ、今日は本当に最悪《さいあく》だったの」ある日、アレックスが言った。

「またほかの子たちにいじめられたのかい？」お父さんが答えた。「学校に連絡《れんらく》して、先生にその子たちと話してもらわなくちゃいけないな」

「そんなことしたって、なんの解決にもならないわ」アレックスはぐすぐすと鼻をすすった。「あの子たちは公衆《こうしゅう》の面前で私を迫害《はくがい》することによって、社会的《しゃかいてき》および家庭的《かていてき》ネグレクトに起因《きいん》する不安《ふあん》を埋《う》めようとしているんだもの」

お父さんは、ぽりぽりと頭をかいた。「ええと、要《よう》するに……アレックスのことをうらやましがっているって言いたいのかな？」

「そのとおりよ」アレックスはうなずいた。「今日のお昼休みに図書室で心理学の本を読んで、これだと思ったの」

お父さんは、さも誇《ほこ》らしげに笑ってみせた。娘の頭のよさには、いつでも目を丸くさせられる。「君は頭がよすぎて目立っちゃうんだろうね、アレックス」

「みんなみたいだったらよかったのにって、ときどき思うわ」アレックスは打ち明けた。

「もう一人きりはいやなの、パパ。頭がよかったり優等生《ゆうとうせい》だったりすると友だちができないんなら、コナーみたいに生まれたかった」

「アレックス、『くねくねの木』という物語を、聞かせてあげたことがあったかな？」

「ううん」

お父さんは目を輝《かがや》かせた。物語を語るときには、いつもそうなるのだ。

「じゃあ話そう。まだ僕《ぼく》がすごく小さかったころ、森を散歩《さんぽ》していて、とても不思議なものを見つけたことがあったんだ。常緑樹《じょうりょくじゅ》なんだけど、それまで見たことがあるどの常緑樹ともちがったんだよ。まっすぐ地面に立ってるんじゃなくて、くねくねと曲がりくねって、まるで大きなツタみたいなんだ」

「そんなのありえないわ」アレックスは、すっかり話に引きこまれながら言った。「だって、常緑樹はそんなふうに生えないもの」

「きっと、誰かがその木にそう教えるのを忘れてしまったんだろうね」お父さんが言った。「さてさて、ある日木こりが来てそのあたりの木をかたっぱしから切ってしまったんだけど、くねくねの木だけは残《のこ》していった」

「どうして？」アレックスはたずねた。

「切ってもしょうがないと思ったからさ。だって、そんな木からじゃあ、テーブルも椅子《いす》も戸棚《とだな》も作れないだろう？　ここが大事なところさ、くねくねの木は自分はほかの木とはちがうんだと思っていたかもしれない。だけど、ちがったおかげで助かったんだよ」

「くねくねの木は、それからどうなったの？」

「まだ立ってるとも」お父さんはほほえんだ。「どんどん伸《の》びて、どんどんくねくねしてるのさ」

アレックスの顔に、小さな笑みがうかんだ。「パパの言いたいこと、なんとなくわかった気がする」

「ならよかった。アレックスは、木こりたちがやってきてみんなを切っていってしまうのを、ただ待ってるだけでいいのさ」

アレックスはその日初めて声をたてて笑った。お父さんはいつでも、どうすればアレックスが元気になるか知っていてくれたのだった。

引っ越し先の借家《しゃくや》は、今までの二倍も学校から遠かった。茶色い壁と平らな屋根の、つまらない家だった。窓は少ししかついておらず、庭には芝生しか生えていなくて、スプリンクラーが壊れているせいでほとんど枯《か》れてしまっていた。

家は住みやすいものの、やたらとごちゃごちゃしていた。部屋が少ないわりに家具が多すぎたし、その家具にしても、新しい家に合わせて選んだものではないのだ。引っ越しから半年が過ぎても、まだ壁ぎわには開けていないダンボール箱が積《つ》みあげられていた。

誰も、それを開けたいとは思わなかった。開けてしまえば、そこに住むことを受け入れてしまうような気がしたからだ。

家に帰ると双子はすぐに階段《かいだん》を駆けあがって、それぞれ自分の部屋に入った。アレックスは机《つくえ》で宿題にとりかかり、コナーはベッドに寝《ね》ころんで居眠《いねむ》りをはじめた。

アレックスの部屋は、すみに置《お》かれた黄色いベッドがなければ図書館とまちがえてしまうほどだった。いろいろな高さや幅《はば》の本棚がずらりと並んでおり、子供向けの本から百科《ひゃっか》事典《じてん》まで、ありとあらゆる本がそろっていた。

それに比《くら》べてコナーの部屋は、まるで好きなときにいつでも冬眠《とうみん》できる洞窟《どうくつ》みたいだった。暗くちらかっており、脱《ぬ》ぎ捨てられた服の合間から床《ゆか》がちょっとだけのぞいているようなありさまなのだ。食べかけのチーズ・サンドイッチがもうずっと床に落ちたままになっており、いやなにおいをさせていた。

一時間ほどすると、お母さんが仕事から帰ってきた物音がしたので、二人は一階に下りてキッチンに行ってみた。お母さんはテーブルについて電話をしながら、たった今ポストから取ってきたばかりの郵便物《ゆうびんぶつ》の山をめくっていた。

シャーロット・ベイリーは赤毛とそばかすのとても愛《あい》らしい女性《じょせい》で、双子もひと目でわかるほどそれを受《う》け継《つ》いでいた。優《やさ》しさあふれる大きな心の持ち主で、子供たちのことを世界のなによりも深く愛していた。しかしかわいそうに、双子はめっきりお母さんの顔を見ない暮《く》らしを送るようになっていた。

看護師《かんごし》をしているお母さんはお父さんの死後、地元の小児科《しょうにか》病院で昼も夜もなく働《はたら》きながら暮らしを支《ささ》えていた。毎朝双子が起きる前には仕事に出かけ、二人が寝《ね》静《しず》まってから家に帰ってくるのだ。もう双子と顔を合わせられるのは短いランチタイムと、短い夕食休憩《きゅうけい》のときだけなのだった。

ベイリー夫人《ふじん》は仕事が好きだったし、病院で子供たちの世話をするのも好きだったが、そのせいで自分の時間がなくなってしまうのはいやだった。そんなことを続けていたのでは、父親が死んでしまったせいで両親ともにいなくなったと双子に感じさせてしまうからだ。

「二人とも、今日は学校楽しかった？」お母さんは、持っていた受話器《じゅわき》を手でふさぐと双子に話しかけた。

アレックスは、うれしそうにうなずいた。コナーも大げさに楽しげな顔をすると親指を立ててみせた。

「ええ、今度の月曜は昼も夜も働けます。大丈夫《だいじょうぶ》です」受話器の向こうにいる誰かにお母さんが言った。

テーブルに置かれた封筒《ふうとう》のほとんどには、支払《しはら》い最後通告《さいごつうこく》と書かれた赤いステッカーが貼《は》られていた。お母さんがこんなにたくさん働いていても、ときどきお金が足りずに悩《なや》まされるのだ。お母さんは双子から隠《かく》すように裏を向け、封筒をテーブルに置いた。

「ありがとうございます」と受話器に向けて言うと電話を切り、子供たちのほうを向く。

「二人とも、元気？」

「うん」二人が小さくうなずいた。

ベイリー夫人の、母親としての直感がひらめいた。どうも二人の子供たちは、なにか隠していしているらしい。

「どうしたの？　少し元気がないじゃない」そう言うとお母さんは、二人の顔をじろじろと見つめた。

アレックスとコナーは、どう返事をしていいのかわからず顔を見合わせた。お母さんは古い家のことを知っているのだろうか？　話してしまうべきなのだろうか？

「ほら、どうしたの？　なんでも話してちょうだい」お母さんが言った。

「たいしたことじゃないんだよ。いつかこうなるってわかってたし」コナーが言った。

「なんの話？」ベイリー夫人は首をひねった。

「おうちが売れちゃったのよ」アレックスが答えた。「学校帰りに見ちゃったの」

しばらく、誰もなにも言わなかった。この話はお母さんもとっくに知っていたのだが、双子には、お母さんが自分たちと同じくらい落ちこんでいるのも、それを二人に気づかせまいとしているのもわかった。

「ああ、その話ね」お母さんは、わざと元気そうに答えた。「ええ、知ってるわ。二人とも悲しいでしょう。でもここでの暮らしが落ちついたら、もっと大きくてすてきな家を探《さが》すわよ」

この話題は、これで終わりだった。ベイリー夫人は嘘《うそ》が下手《へた》だし、それは双子にしても同じなのだ。それでもアレックスとコナーは笑顔を消すことなく、お母さんといっしょにうなずいてみせたのだった。

「今日は学校でなにを勉強してきたの？」お母さんがたずねた。

「たくさん勉強したわ」アレックスは、大きな笑みをうかべた。

「たいしたことは勉強しなかったよ」コナーが顔をしかめながら、ぶつぶつと答えた。

「それはまた居眠りしてたからでしょう！」アレックスが叱るように言った。

コナーは、つまらなそうな目をアレックスに向けた。

「ああもう、コナーったら。私たちのせいじゃないでしょう？」お母さんが首を横にふった。

「俺のせいでもないよ！」コナーが言い返した。「ピーターズ先生の授業を聞いてると眠くなっちゃうんだよ。しょうがないんだ！　まるで頭のスイッチが切れちゃうみたいなんだからさ。輪《わ》ゴム作戦《さくせん》だって効《き》かないんだぜ？」

「輪ゴム作戦？」お母さんがたずねた。

「手首に輪ゴムを巻いておいて、眠くなったらそれをパチンと弾《はじ》くんだよ」コナーは説明した。「本当に効果《こうか》ばつぐんだったんだけどなあ」

お母さんは、すっかりあきれかえったように首をふってみせた。

「先生の授業を受けられるのがどれだけ幸せなことか、忘れちゃだめよ」お母さんは、反《はん》省《せい》しなさいといった目でコナーを見た。「病院の子供たちは、毎日学校に通えるようになるためなら、どんなことでもしたいと思っているの」

「ピーターズ先生の顔を見たら気持ちも変わるさ」コナーはため息をついた。

お母さんがお説教《せっきょう》を続けようと口を開くと、電話が鳴り響《ひび》いた。

「もしもし」お母さんが受話器を取る。ひたいには、心配そうなしわが深くきざまれていた。「明日ですか？　いえ、きっとなにかのまちがいでしょう。明日は働けないってお伝《つた》えしてありますから。子供たちの十二歳の誕生日だから、夜はいっしょに過ごす予定なんです」

アレックスとコナーは、驚いた顔で見つめ合った。明日十二歳になることなど、ほとんど忘れかけていたのだ。ほとんど……。

「かわりの人は、本当に誰もいないんですか？」お母さんは、思わずすがるような声で言った。「いえ、事情《じじょう》はわかりますが……ええ、もちろん……スタッフを減《へ》らしたのは知っていますし……ええ、では明日……」

お母さんは電話を切るとまぶたを閉《と》じ、がっかりしたように深いため息をついた。

「二人とも、悪いしらせよ。明日の夜は仕事になっちゃったから、いっしょにお誕生日を過ごせないの。でも、ちゃんとお祝《いわ》いはするわよ！　明後日《あさって》の夜、仕事から帰ってきたらみんなでお祝いしましょう！」

「大丈夫よ、ママ」アレックスは、元気なふりをして明るく答えた。「しょうがないもの」

「問題ないよ」コナーもうなずいた。「どうせ、なにか特別《とくべつ》なことをしようなんて考えてなかったしさ」

とつぜんの仕事で母親失格《しっかく》のような気分になっていたベイリー夫人は、子供たちの優しい気づかいに、さらに落ちこんだ。十一歳の子供らしく、もっとがっかりしたり、怒ったりして自分を責《せ》めてくれたほうが、ずっと気が楽だった。二人ともこんな思いに慣《な》れるには、まだ幼《おさな》すぎるというのに。

「そう……」ベイリー夫人は、悲しみを胸《むね》に押しこめながら言った。「よかったわね。じゃあ晩ごはんはいっしょにね……ケーキも買って……楽しい夜にしましょう……。さて、お仕事に行く前に、ちょっと二階に行ってくるわね」

お母さんはキッチンを出ると急いで階段を上り、自分の部屋に駆けこんだ。

双子は少しだけ待つと、様子を見ようと自分たちも二階にあがった。

お母さんの部屋をのぞきこんでみる。お母さんは両手に丸めたティッシュを握《にぎ》りしめてベッドに腰かけ、死んでしまったお父さんの写真に語りかけていた。

「ああ、ジョン……。心を強くして家族を支え続けたいけれど、あなたがいてくれないと本当に大変《たいへん》で……。二人とも本当にいい子なのよ。それなのにこんな思いをさせてしまうなんて……」

二人がのぞいているのに気づくと、お母さんは静《しず》かに涙をぬぐった。アレックスとコナーはそっと部屋に入ると、お母さんの両側《りょうがわ》に腰かけた。

「本当に、いろいろごめんね」お母さんが二人に言った。「まだこんなに小さいのに、こんなのあんまりよね」

「大丈夫よ、ママ」アレックスが言った。「お誕生日だからって、なにも特別なことなんてしなくていいもの」

「みんな誕生日だからって、大騒《おおさわ》ぎしすぎなのさ」コナーも口を開いた。「まあ、今はがまんのときだってわかってるさ」

ベイリー夫人は、子供たちを両腕《りょううで》で抱《だ》きしめると、目に涙をうかべた。「二人とも、いつの間にかすっかり大人になっちゃって。私、世界一幸せな母親だわ！」

三人とも、写真の中のお父さんを見つめた。

「お父さんがここにいたら、なんて言うと思う？」お母さんが二人にたずねた。「きっと『僕たちは今、人生の一番つらい章の中に生きているんだよ。でも物語にはいつでも、明るい未来《みらい》が待っているものなのさ！』って言うわよ」

アレックスとコナーは、お母さんに笑いかけた。どうかそのとおりでありますようにと願《ねが》いながら。

第3章

誕《たん》生《じょう》日《び》の驚《おどろ》き

「えんぴつを置《お》いて」ピーターズ先生が教壇《きょうだん》から生徒《せいと》たちに言った。今日は数学のテストがあり、先生はまるで牢番《ろうばん》のように生徒たちを見張《みは》っていたのだ。「テスト用紙を前にまわしてください」

コナーは答案《とうあん》を見つめていた。まるで古代の象形《しょうけい》文字でも書かれているように、わけがわからない。解答欄《かいとうらん》はほとんど空っぽのままだったが、せめてがんばったように見せようと、あちこちにごちゃごちゃと書きこみがしてあった。コナーは小さい声でお祈《いの》りすると、ほかの生徒たちの用紙といっしょに自分のを前にまわした。

テスト用紙が自分のもとに集まると、アレックスは先生にそれを渡《わた》すためにきれいにそろえた。テストが終わると、アレックスはいつもとてもすっきりした気分になる。今回のように簡単《かんたん》なテストなら、なおさらだ。

ふと、コナーの答案が目にとまった。この空白だらけの一枚《いちまい》は、まちがいない。アレックスも兄が学校でがんばろうとしているのはよく知っていたが、そのくらいのがんばりでは、とてもたりないのだ。なんとかしてあげたいと思いながら、コナーのほうをふり返る。そのとき、ふとアレックスは思った。もしかしたら、本当になんとかしてあげられるかもしれない。

アレックスが目をあげると、ピーターズ先生はノートに視線《しせん》を落として授業《じゅぎょう》の予定を見ているところだった。今ならば、少しだけコナーの答案に手をくわえても見つからないのではないだろうか？　そんな大胆《だいたん》なことが、はたして自分にできるのだろうか？　人の答案にそんなことをしたら、カンニングになるだろうか？　それとなくやれば、誰《だれ》にもバレないのではないだろうか？

いつもなにをするにもついつい考えすぎてしまうアレックスは、思いきってえんぴつを握《にぎ》ると、いつもより少しだけ乱暴《らんぼう》な字ですばやくコナーの解答欄をいくつか埋《う》めた。そして答案の束《たば》をピーターズ先生に手渡《てわた》したのだった。

自分からそんな冒険《ぼうけん》をしたのは初《はじ》めてだった。

「ありがとう、ミス・ベイリー」ピーターズ先生は、アレックスの目を見ながら言った。

まるで、胃《い》をしめつけられるような気持ちだった。さっき感じたはずの興奮《こうふん》も、今はすっかり罪悪感《ざいあくかん》に飲みこまれてしまっていた。

ピーターズ先生は、いつでもアレックスを信頼《しんらい》してくれる。なのに、なぜあんなひどいことをしてしまったのだろう？　自分のしたことを打ち明けるべきなのだろうか？　いったいどんな罰《ばつ》を受けなくてはいけないのだろう？　一生この罪悪感で胸《むね》を痛《いた》め続《つづ》けなくてはいけないのだろうか？

アレックスは、兄のほうをふり向いた。音もなく長いため息をつくコナーを見ると、ひどく落ちこみ悲しい気持ちになっているのがよくわかった。その情《なさ》けない気持ちが、まるで自分のことのように感じられた。

頭の中を、いろんな考えがぐるぐると飛《と》びかった。自分は正しいことをしたのだ。生徒としてではなく、妹として……。

「さあ、ではゆうべの宿題を出してください」ピーターズ先生が言った。「それから、クラスの前で少しだけ宿題の発表をしてもらいましょう」

先生は生徒たちの気がゆるんだりしないよう、よくこうしていきなり発表させるのだ。先生は教室の後ろに移動《いどう》すると、コナーが居眠《いねむ》りしないように見張るため、すぐそばで椅《い》子《す》に腰《こし》かけた。

生徒たちが一人ひとり前に出て、自分の宿題を発表する。『ジャックと豆の木』を宇宙《うちゅう》人《じん》による誘拐《ゆうかい》事件《じけん》だと説明《せつめい》する少年や、『長ぐつをはいた猫《ねこ》』は昔の動物虐待《ぎゃくたい》の話だと説明する少女もいたが、それをのぞけばどの生徒たちも物語をちゃんと理解《りかい》しているようだった。

「物語を一つだけ選《えら》ぶのは、本当に大変《たいへん》でした」アレックスは七ページの作文を手に、楽しげに話しだした。「そこで私《わたし》は、すべてのおとぎ話や物語と共通《きょうつう》のテーマを持つ『シンデレラ』を選ぶことにしました！」

アレックスがうれしそうに話す一方、生徒たちは退屈《たいくつ》そうな様子だった。

「よく、『シンデレラ』には反フェミニズム的《てき》な部分があると言われます」アレックスは話を続けた。「ですが、私に言わせれば、そんな話はばかげています！『シンデレラ』は、男性《だんせい》が女性《じょせい》を救《すく》う話なんかじゃありません。これは、カルマの話なんです！」

ほとんどの生徒たちは、もうほかのことを考えていた。教室の中でほんのわずかでもアレックスの話に興味《きょうみ》を持ってくれているのは、ピーターズ先生ただ一人だった。

「考えてみてください」アレックスが続けた。「長いあいだずっと継母《ままはは》と義理《ぎり》のお姉さんたちにいじめられ続けたというのに、シンデレラは善良《ぜんりょう》な心と希望《きぼう》を失《うしな》わなかったんです。自分を信《しん》じ続け、世界はすばらしいところだと信じ続けたんです。確かに最後《さいご》には王子さまと結婚《けっこん》しましたが、シンデレラはいつでも心の中に幸せを抱《いだ》き続けていました。『シンデレラ』の物語が伝《つた》えているのは、たとえどんなひどい目にあっていようと、世界に一人も味方がいないように見えようと、希望を捨《す》てさえしなければ未来《みらい》は開けるということなのです……」

アレックスは自分が最後に言った言葉を、ずっと頭の中で考えていた。本当に『シンデレラ』はそんな話なのだろうか？　それとも、自分がそうであってほしいと思っているだけなのだろうか？

「ありがとう、ミス・ベイリー！　とてもよかったですよ」ピーターズ先生は、精《せい》いっぱい笑顔《えがお》のような表情《ひょうじょう》を作りながら言った。

「聞いてくれて、ありがとうございました」アレックスが生徒たちに頭を下げた。

「さて、次はミスター・ベイリー、あなたの番です」先生が言った。先生は、温かい鼻息がコナーの首筋《くびすじ》にかかるほど近くに座《すわ》っていた。

　コナーは、まるでコンクリートを引きずるような足どりで教室の前に歩いていった。教壇で話すのは楽勝だが、それでも先生の前で話さずにすむなら世界のどこへでも行ってしまいたい気持ちだった。アレックスが、はげますようにうなずいてみせた。

「僕《ぼく》は『オオカミと少年』の話を選びました」コナーは、昨夜《さくや》の妹のアドバイスも無視《むし》して話をはじめた。

　アレックスは、がっくりと肩《かた》を落とした。先生は目を丸くしている。

「みんなきっと、僕が一番簡単な話を選んだと思ってるだろうね。でも読み直してみたら、これは正直さについての話なんかじゃないと思ったんだ。これはきっと、期待を持ちすぎることについての話だと思う」

　アレックスもピーターズ先生も、ぴくりと眉《まゆ》をあげた。コナーはいったい、なにを言おうとしているのだろう？

「確かに、この男の子は嘘《うそ》つきだよ。それはまちがいない」コナーは、用紙半分ほどの作文を指差《ゆびさ》しながら言った。「でも、ちょっとくらいいたずらしたっていいだろう？　だって、この村じゃみんなオオカミに悩《なや》まされて、そのせいでずっとイライラしていたんだから。そのへんにいるただの男の子に完璧《かんぺき》を期待するなんて、そのほうがおかしいだろう？」

　よくできた発表とはいえなかったが、それでもコナーは生徒たちの耳を引きつけていた。

「それに不思議《ふしぎ》なんだけど、なんで誰もこの男の子を見てなかったんだ？」コナーが話を続けた。「親がちゃんと見てたなら、食われることだってなかったはずさ。この物語が言いたいのは、子供《こども》たちのことをちゃんと見張ってろってことだよ。とくに、嘘つきの子供のことはね。どうもありがとう！」

コナーはいつだって、みんなを笑《わら》わせようとしているわけではない。自分の考えや意見に、心の底《そこ》から正直なだけなのだ。その正直さがクラスメイトたちの心を引きつけるのだ。だが、先生だけはちがった。

「どうもありがとう、ミスター・ベイリー。席《せき》にもどってよろしい」ピーターズ先生が、冷《つめ》たい声で言った。

コナーは、先生が不満《ふまん》なのをわかっていた。そして椅子に腰かけると、後ろから冷たい視線と温かい息づかいを浴《あ》びながら、じっと座っていた。なんで学校の勉強なんか、がんばらなくてはいけないのだろう？

すっかり心がくじけてしまわないかぎり、コナーだってまだ学校生活を楽しめるのだ。そんなコナーの気持ちをわかってくれる人は、たった一人しかいなかった。今もそばにいてくれたらいいのにと、願《ねが》わずにはいられなかった……。

お父さんはいつも、息子《むすこ》がなにか話があるときにはいちいち聞かなくてもすぐにわかってくれた。これは、顔を見てそう思ったり、直感したりするのではなく、コナーの居場所《いばしょ》を見ればすぐにわかったのだ。ときどき、仕事から帰ってくると、コナーがなにか考えこむような顔をして庭先の樫《かし》の木に登って枝《えだ》に座っていることがあった。

「コナー？　なにかあったのかい」それを見つけるとお父さんは、樫の木に近づきながらそう話しかけた。

「うん……まあね……」コナーはそんなとき、いつも口ごもるように答えた。

「本当に？」お父さんがたずねた。

「ほんとだよ」コナーは、顔をくもらせた。妹みたいにあれこれ問題を打ち明けたりする性格《せいかく》ではないが、はっきりと顔に出てしまうタイプなのだ。そんなとき、お父さんは自分も木に登って息子のとなりに腰かけ、いったいなにに悩んでいるのかを聞き出そうとした。

「本当に、なにも話すことがないのかい？　学校でなにかあったんじゃないか？」

コナーはこくりとうなずいた。

「テストで悪い点をとっちゃったんだよ」と、ある日コナーは答えた。

「ちゃんとテスト勉強をしたのにかい？」

「うん」コナーが答えた。「本当にガリ勉したんだよ、父さん。でもだめだった。アレックスみたいにはいかないよ」ばつが悪そうに、頬《ほお》がさっと赤く染《そ》まる。

「コナー、一ついいか。僕も、長い時間をかけて学んだ話があるんだ」お父さんが言った。「女性というのは、いつでも僕たちより頭がよく見えるんだ。そういうものなんだよ。僕は母さんと結婚して十三年になるけど、いまだになかなか敵《かな》わなくて大変さ。自分と人を比《くら》べたりしてはいけないよ」

「でも父さん、俺《おれ》はバカだから」コナーは、目に涙《なみだ》をうかべた。

「それはどうかなあ」お父さんが言った。「人を笑わせたり冗談《じょうだん》を言ったりなんて、頭がよくなくちゃできないんだぞ。僕が知るかぎり、おまえほどおもしろい子はほかにいやしないよ！」

「冗談が言えても、歴史《れきし》や数学の役になんて立たないよ」コナーが言った。「どんなに学校でがんばってもムダさ。いつもクラスの落ちこぼれになっちゃう……」

青ざめた無表情《むひょうじょう》の顔。そんなに胸を痛めた自分が恥《は》ずかしくなり、コナーはなにも言えなくなってしまったのだった。だがお父さんは、どんな場合でも必《かなら》ず元気が出るような物語を教えてくれる。

「コナー、脚《あし》のはえた魚の話はしたことがあったかな？」

コナーはお父さんの顔を見あげた。「脚のはえた魚？　悪いけど、どんな話を聞いたって今日は元気なんて出やしないよ」

「いいとも、おまえの好《す》きにしよう」お父さんが言った。

しばらく黙《だま》っているうちに、コナーは話が聞いてみたくてたまらなくなってきた。

「わかったよ、脚のはえた魚の話を聞かせて」

お父さんはいつも物語を話しはじめるときと同じように、目を輝《かがや》かせた。きっといい話が聞けそうだと、コナーは感じた。

「むかしむかし、とある湖に、大きな魚が一匹《ぴき》だけ住んでいたんだ」お父さんが話しはじめた。「魚は毎日、近くの村からやってきては、そのあたりに住む馬や犬やリスと遊ぶ少年の姿《すがた》を、うらやましそうにながめていた」

「父さん、犬が死ぬ話じゃないよね？」コナーが口をはさんだ。「知ってると思うけど、犬が死ぬ話はきらいなんだよ……」

「まあいいから」お父さんは先を続けた。「あるとき、一人の妖精《ようせい》が湖にやってくると、この魚に魔法《まほう》をかけてあげた」

「納得《なっとく》できないなあ」コナーがまた口をはさんだ。「なんで妖精はいつもパッとあらわれて、赤の他人にいいことをしてあげるの？」

「理由が必要《ひつよう》なのかい？」お父さんは肩をすくめた。「じゃあそこはこうしよう。妖精が杖《つえ》を湖に落としてしまい、魚が拾ってあげたんだ。そのお礼に魔法をかけてあげた。どうだい？」

「それならいいよ。続けて」

「魚が望《のぞ》んだのは、そう、二本の脚だった。それさえあれば、村の少年といっしょに遊べるからね。そこで妖精は魚のひれを脚に変《か》えて、歩く魚にしてあげたのさ」

「変《へん》なの。だってさ、そんな気味の悪い姿をした魚だったら、男の子だっていっしょに遊びたいなんて思わないだろ？」

「それが、二人は大の仲良《なかよ》しになって、ほかの動物たちといっしょに遊んだのさ」お父さんが答えた。「ところがある日、少年が湖に落ちてしまった。泳げないのにだよ！　歩く魚は助けようとしたんだけど、だめだった。なにせ、ひれを失ってしまったんだからね！　かわいそうに、少年はおぼれてしまった」

コナーは、まるで壊《こわ》れた自動車の物入れみたいに口をぽかんと開けた。

「いいかい、もしこの魚がほかのなにかになりたいなんて思わずに湖の中にいたなら、少年の命を助けてやることができたんだ」お父さんが話し終えた。

「ひどい話だよ。だって、湖のそばに住んでるその子が泳げないわけないだろう？　犬だって泳げるはずさ！　なんで動物たちは助けてあげなかったの？　それに妖精だって、おぼれた男の子を助けに来なかったの？」

「どうもおまえは、この物語の大事なところに気づいていないみたいだね」お父さんが言った。「ときどき人は、自分にないものにばかり目を向けて、せっかくの長所《ちょうしょ》を忘《わす》れてしまう。ときどき人よりちょっとがんばらなくちゃ追いつけないようなことがあっても、それは特別《とくべつ》な才能《さいのう》がないっていうことじゃないんだよ」

コナーはしばらく考えこむと「わかった気がするよ、父さん」と言った。

お父さんはにっこりほほえんだ。「じゃあそろそろ木から下りようか。次のテストの勉強を見てあげるよ」

「言ったろう、勉強なんかしてもムダなんだよ。今までだって、さんざんがんばってきたんだから。でもだめだった」

「それじゃあ、おまえだけの勉強法《べんきょうほう》を探《さが》してみようじゃないか。歴史の教科書にのっている人たちの絵を見て、名前がおぼえやすいように冗談を考えてみるんだ。数学は、公式が暗記できるように笑い話でも考えればいい」

コナーはゆっくりと、だがしっかりとうなずいた。

「わかったよ」と、小さな笑《え》みをうかべる。「言っておくけど、『くねくねの木』のほうが俺はずっと好きだな」


その日は、二人とも黙ったまま学校からの帰り道を歩いていた。あの発表のせいでコナーがぴりぴりしているのが、アレックスにもよく伝わった。少し歩くたびに、なにかはげましの言葉をかけたくなった。たとえ、それがひとりよがりだとしても。

「いいとこ突《つ》いてたと思うわ」アレックスは優《やさ》しい声で話しかけた。「本当よ。あんなこと、私思いつかなかったもの」

「そりゃどうも」コナーは答えた。はげましは失敗《しっぱい》に終わってしまった。

「でも、ちょっと深く考えすぎだったかも」アレックスが言った。「私もついついやっちゃうけど。物語を読むとつい、作者の意図を無視して、自分が読みたいように読んじゃうことがあるのよ。コツがいるの」

コナーは答えなかった。まだまだ、アレックスのはげましは通じないらしい。

「そうだ、今日は私たちのお誕生日《たんじょうび》よ」アレックスは、兄に思い出させるように言った。「十二歳《さい》になるの、うれしくない？」

「そうでもないよ」コナーが答えた。「十一歳と気分なんて変わらない。でもやだなあ、またすぐに新しい奥歯《おくば》が生えてくるんだろ？」

「もう、楽しいこと考えましょうよ！」アレックスが大きな声で言った。「特別なことなんてなにもないけど、お誕生日なんだから、せめて楽しくしてなくっちゃ。待ち遠しいことなんて、いくらでもあるじゃない！ だってあと一年で、私たちティーンエイジャーになるのよ！」

「それに、あとたった四年で車だって運転できるしな！」

「選挙権《せんきょけん》と大学進学も、あと六年よ！」

二人に思いつくのは、それだけだった。どんなに楽しいことを考えようとしてもむなしいばかりで、二人にもそれはわかっていた。だからアレックスもコナーも、それ以上《いじょう》なにも言わずに家までの道のりを歩き続けたのだった。たとえ家で世界一はでなパーティーが待っていようと、二人にとって誕生日はいつもとてもつらいものだった。

学校では、とくになにも起こらなかった。家への帰り道もいつもどおり。まったくありきたりな一日だった。誕生日だからといって、特別な気持ちにさせてくれるようなことは、なに一つなかったのだ……。そう、家の前に停《と》まったあざやかな青い車を見るまでは。

「サプラーイズ！」そうさけびながら、おばあちゃんが車から下りてきた。近所じゅうに聞こえそうな大声だ。

双子《ふたご》は顔を輝かせながらかけよると、おばあちゃんと抱き合った。一年に何回かしか会えないはずのおばあちゃんがなんの連絡《れんらく》もなくいきなりやって来たので、二人とも心の底から驚いていた。

おばあちゃんは、息ができないほど強く二人を抱きしめてくれた。「まあまあ、二人とも最後に会ったときより三〇センチも背《せ》が高くなってるじゃないの！」

おばあちゃんは小柄《こがら》な人で、白くなりかけた長い髪《かみ》をきつい三《み》つ編《あ》みにしている。世界で一番温かな笑顔と目の持ち主で、笑うと、ちょうどお父さんと同じような優しげなしわがよった。そばにいるだけではげまされ、元気が出るようなおばあちゃんは、今の双子たちにはまさにぴったりの人だった。

おばあちゃんはいつも明るい色のドレスを着て、白い靴紐《くつひも》と茶色いかかとのついた、お気に入りの靴をはいていた。いつでもすぐそばに、大きな緑色のスーツケースと青いハンドバッグを持っていた。そして、もうおじいちゃんが死んでしまってずいぶんたつというのに、決して結婚指輪《けっこんゆびわ》をはずそうとしなかった。

「来るなんて聞いてないよ!」コナーが言った。

「来るのを知ってたら、サプライズにならないでしょう?」おばあちゃんが言った。

「おばあちゃん、どうして来たの?」アレックスがたずねた。

「お母さんから電話があって、お仕事の間だけこっちにいてくれって言われたのよ」おばあちゃんが説明した。「二人きりでお誕生日を過《す》ごさせたりなんて、するわけないでしょう? ちょうどこの国にいて、本当によかった!」

おばあちゃんは仕事をやめてからというもの、一年のほとんどを友だちといっしょに世界のあちこちを旅しながら過ごしていた。ほとんどは貧《まず》しい国々に出かけていき、病院で病気の子供たちに本を読んであげたり、読み書きを教えたりしているのだ。

「さあ、お荷物を手伝《てつだ》ってちょうだい」おばあちゃんが二人に声をかけた。トランクを開けると、アレックスとコナーはバッグや、食べ物がぎっしりつまった袋《ふくろ》を家の中に運びこんでいった。これだけあれば、一週間は食べ物に困《こま》らないだろう。

お母さんはキッチンに腰かけ、新しく届《とど》いた赤い警告《けいこく》が貼《は》られた封筒《ふうとう》の束をめくっていた。荷物を持った三人が入ってくるのに気づくと、お母さんがあわてて封筒を隠《かく》した。

「いったいなんの騒《さわ》ぎ？」お母さんが言った。

「ごきげんいかが？」おばあちゃんが言った。「子供たちにすごいごちそうを作ってあげようと思ったのだけど、ここにどんなものがあるかわからないでしょう？　だからお店に出かけて、ちょっと買い物をしてきたのよ」

おばあちゃんはいつでも、うまく本当のことを隠してしまう。

「こんなこと、してくれなくてもよかったのに」お母さんは、お礼を言うのも忘れて首を横にふった。

「こんなことだなんて、いいのよ」おばあちゃんは小さな、しかしほっとさせるような笑みをうかべた。「アレックス、コナー。車の助手席《じょしゅせき》に行って、お誕生日プレゼントを取ってくるっていうのはどう？　私はお母さんと、ちょっとだけ話があるから。プレゼントは、夜まで開けないこと！」

二人は、顔を輝かせながら表に走っていった。プレゼント……こんな言葉を聞くのは、いったいどれくらいぶりだろう？

「だから言ったでしょう？」おばあちゃんの車に向かいながら、アレックスが言った。

「希望は抱いてさえいれば、いつでもきっとかなうの！」

「わかったよ、わかったよ……」コナーが答えた。

助手席には、かわいらしいリボンで飾《かざ》られたプレゼントが六つも載《の》っていた。それぞれに、二人の名前が書いてある。

双子はプレゼントをかかえて家の中にもどった。おばあちゃんとお母さんはまだキッチンで腰かけ、アレックスたちには聞かれないよう話をしていた。

「まだ毎日大変なのよ」お母さんが言った。「お店を売って家を抵当《ていとう》に入れても、まだ借《しゃっ》金《きん》がちょっと残《のこ》っているし、お葬式《そうしき》のお金だって払《はら》えないし。でもなんとかするわ。何か月かすれば、すっかり片《かた》づいてる」

おばあちゃんは、両手でそっとお母さんの両手をとった。

「なにか力になれることがあったら、なんでも言ってちょうだいね。なんでもよ」

「もうじゅうぶん力になってくれているわ」お母さんが答えた。「お義母《かあ》さんがいてくれなかったら、この家だって見つからなかったもの。これ以上、お願いなんてできない」

「お願いされてるんじゃないの、私は自分からしてるのよ」おばあちゃんが力強く言った。

これ以上立ち聞きしていたら見つかってしまうと思った双子は、キッチンに入っていくことにした。

「さてと、お仕事にもどらなくっちゃ」お母さんはそう言うと、アレックスとコナーの頭のてっぺんにキスをしてくれた。「二人とも、いいお誕生日を！　明日帰ってくるから、私ともお祝《いわ》いしてちょうだいね」お母さんはそう言って荷物をまとめると、立ちさりぎわ、意味ありげに「ありがとう」とおばあちゃんに声をかけた。

おばあちゃんは客室に荷物を運びこんでからキッチンにもどり、お母さんが隠していた請求書《せいきゅうしょ》の束を見つけた。そして、にっこり笑うとそれを自分のハンドバッグに入れてしまった。人に手を差《さ》し伸《の》べるのは好きだし、相手がそれを必要としているならば、なおさらなのだ。

「さて、それじゃあごちそうに取りかかるとしましょう！」おばあちゃんがパンパンと手を叩《たた》いた。

アレックスとコナーはテーブルに座ると、てきぱきと料理《りょうり》するおばあちゃんと話をした。おばあちゃんがした最近《さいきん》の旅の話、あちこちで大変な目にあった話、そして旅の途中《とちゅう》で出会ったすてきな人たちの話。

「新しい人と出会うたびに、なにか新しいことを学べるのよ！」おばあちゃんが言った。「どんなにつまらない人に思えても、必《かなら》ずびっくりするようなことがあるの。あなたたちも、おぼえておきなさい」

おばあちゃんは、どの材料《ざいりょう》をどこに使ったかもわからないほどたくさん料理を作ってくれた。お鍋《なべ》もお皿もほとんどぜんぶ使いながら、目にも止まらぬ早わざで料理してしまうのだ。二人はどんどんおなかがすき、早く食べたくてたまらない気持ちになっていった。しばらくにおいだけをかがされてがまんし続け、ようやく料理ができあがった。冷凍食《れいとう》品やテイクアウトばかりにすっかり慣《な》れてしまっていた二人は、手料理がどれほどおいしいか、すっかり忘れてしまっていた。

マッシュポテト、マカロニ・チーズ、オーブンで焼《や》いて人参《にんじん》と豆をそえたロースト・チキン、焼きたてのロールパン。テーブルの上は、まるで料理の本の表紙みたいににぎやかだ。

もう食べられないほど食べてしまうと、おばあちゃんが大きなバースデー・ケーキをオーブンから取り出してきた。そんなものを焼いているなんて気づいてすらいなかったアレックスとコナーは、思わず目を丸くした。おばあちゃんが『ハッピー・バースデー』を歌い、二人がろうそくを吹《ふ》き消《け》した。

「さあ、プレゼントを開けてみて！」おばあちゃんが言った。「一年がかりで準備《じゅんび》したとっておきよ！」

二人が次々と箱を開けていくと、テーブルの上はおばあちゃんが世界のあちこちで集めてきたお土産物《みやげもの》であふれかえった。

アレックスのプレゼントには、大好《だいす》きな本のいろいろな外国語版《ばん》が入っていた。フランス語の『不思議の国のアリス』、ドイツ語の『オズの魔法使《まほうつか》い』、そしてオランダ語の『若《わか》草《くさ》物語』だ。コナーは山ほどのキャンディと、たとえば「おばあちゃんがインドに行ってこのくだらないTシャツを買ってきました」のような文句《もんく》が印刷《いんさつ》された、悪趣味《あくしゅみ》なTシャツを何枚《なんまい》ももらった。そして、エッフェル塔《とう》、ピサの斜塔《しゃとう》、タージ・マハールのミニチュアも二人ぶん入っていた。

「こんなものが世界にあるなんて、本当にすごいわ」アレックスはエッフェル塔を手に持つと言った。

「ほかにもたくさんあるから、きっと見たらびっくりするわよ」おばあちゃんは、目をきらきらさせながら笑ってみせた。

退屈なはずだった誕生日が、すっかり人生最高《さいこう》の誕生日になっていた。

夜が遅《おそ》くなるにつれ、二人はだんだんさびしい気持ちになっていった。お父さんが死んでからというものおばあちゃんとは二日以上顔を合わせることはなく、そのうえおばあちゃんは何か月かに一度しか訪《たず》ねてこられないのだ。いつも旅から旅で、大忙《おおいそが》しなのだ。

「いつ帰っちゃうの?」アレックスがたずねた。

「明日よ。あなたたちを学校に送っていったら、すぐに」おばあちゃんが答えた。

双子は、少し落ちこんだ顔になった。

「どうしたの?」おばあちゃんは、二人がうかない様子なのを見てたずねた。

「もっといっしょにいられたらいいのにって。それだけだよ」コナーが答えた。

「お父さんがいないと大丈夫《だいじょうぶ》だって思えるんだもの」

「帰っちゃったら、本当にさびしくなるわ」アレックスが言った。「お父さんがいないとすごく落ちこんじゃうけど、おばあちゃんがいてくれると、きっと大丈夫《だいじょうぶ》だって思えるんだもの」

おばあちゃんはずっとうかべていた笑顔をさっとくもらせると、窓《まど》のほうを向いた。夜空を見つめながら、深くため息をつく。

「本当に、毎日あなたたちといっしょに過ごせたら、どんなにすてきかしら」おばあちゃんは夢《ゆめ》見るような瞳《ひとみ》で言った。その声には、こらえようとした悲しみが深くにじんでいた。

「でもね、ときどき人生が私たちの手に使命をたくすことがあるの。私たちが望んだからではなく、その使命をになう役目を持っているから。そして人は、それを果《は》たさなくてはいけないのよ。世界じゅうどこにいても、頭の中はあなたたちとお父さんのことでいっぱいなのよ」

アレックスもコナーも、よく意味が飲みこめなかった。おばあちゃんは、好きであちこち飛びまわっているのではないのだろうか？

おばあちゃんはなにか思いついたのか、目を輝かせて二人を見つめかえした。

「忘れるところだったわ。もう一つプレゼントがあるのよ！」そう言うと、おばあちゃんは飛びあがるようにして立ち、スキップしてとなりの部屋に向かった。

深いエメラルド色の表紙がついた古い本を一冊《さつ》持って、おばあちゃんはもどってきた。

金色の文字で『物語たちの国《ランド・オブ・ストーリーズ》』と題名が書かれている。アレックスもコナーも、それがなんの本なのかひと目でわかった。もし子供時代をなにか一つのもので言いあらわすとしたら、この本がまさにそれだ。

「あの古い物語の本ね！　なんて久《ひさ》しぶりなんだろう！」アレックスがさけんだ。

「本当に古い本で、この家にずっと伝わっているのよ。今でも私はどこに行くにもこの本を必ず持っていって、外国の子供たちに読んで聞かせてあげるの。でも、今日はこれを二人に受け取ってほしいのよ」

本を差し出された二人は、ぎょっとして固《かた》まってしまった。

「無理《むり》だよ！　そんなの受け取れないよ、おばあちゃん！」コナーが言った。「その『ランド・オブ・ストーリーズ』は、おばあちゃんが持ってなくちゃ。ずっと大事にしてたじゃないか」

おばあちゃんは本を開くとぱらぱらとページをめくった。古い本の香《かお》りが部屋の中にただよった。

「たしかにコナーの言うとおりね」おばあちゃんがうなずいた。「何年も何年も、この本とずっといっしょに過ごしてきたわ。でも一番楽しかったのは、あなたたちに読んで聞かせてあげたときなのよ。だから今、二人にこれを渡したいの。もう私には必要ない。どのお話も、すっかり頭の中に入っているもの」

おばあちゃんは二人に本を差し出した。アレックスはためらったが、思いきってそれを受け取った。でも、いけないような気がした。まるで、まだ生きている家族の宝物《たからもの》を取りあげてしまうような気持ちになってしまうのだ。

「お父さんが恋《こい》しくなったり私がそばにいなくてさびしくなったりしたら、いつでもこの本を開いてちょうだいね。そうしたら心はそばにいて、いっしょに読むことができるのだから」おばあちゃんが言った。「さあ、もうすっかり遅くなってしまったし、明日は学校でしょう？　寝《ね》る準備をしなくちゃね」

二人は言われたとおりにした。いくらもう子供じゃないからと断《ことわ》ろうとしても、おばあちゃんは昔のように二人をベッドに寝かしつけるのだと言ってきかなかった。

その夜、アレックスは『ランド・オブ・ストーリーズ』を持ってベッドにもぐりこんだ。そして、やぶったりしないよう気をつけながら、古びたページをそっとめくっていった。景色《けしき》や登場人物を描《えが》いたカラフルなさし絵をながめていると、まるで昔のスクラップブックかなにかでも見ているような気持ちになった。アレックスは、おとぎ話の登場人物たちが好きで好きでたまらなかった。まるで本当にいるみたいで、話しかけられそうなほどに感じるのだ。そんな登場人物たちこそ、アレックスには一番の友だちなのだった。

「どっちの世界に住むか自分で選べたらいいのに」アレックスは、さし絵を指でなぞりながらつぶやいた。見ているだけで、そこに行きたくなってしまう。

そこに広がる世界は、アレックスが住む世界とはまったくちがっていた。政治《せいじ》の腐敗《ふはい》やテクノロジーに毒《どく》されていない世界。きれいな心の持ち主に幸せが訪《おとず》れる世界。そんな世界の住人になってみたかった。もし自分が主人公だとしたら、どんな物語になるのだろう？　アレックスは、思い描いてみた。どんな森を駆《か》けぬけ、どんなお城《しろ》に住み、どんな生きものと友だちになるのだろう？

やがて、ようやくまぶたが重くなってきた。アレックスは本を閉《と》じるとベッドサイドのテーブルに置いてランプを消し、眠《ねむ》りに落ちそうになった。と、意識《いしき》がとだえかけたところで、おかしな物音が聞こえた。

部屋の中に、静《しず》かなざわめきが聞こえてきたのだ。

「なんだろう？」アレックスはつぶやくと、音の正体を確《たし》かめようと目を開けた。だが、なにも見えない。「不思議だわ……」またまぶたを閉じ、眠気《ねむけ》に身をまかせる。ざわめきが、また部屋のどこからか聞こえだした。

アレックスは体を起こすとキョロキョロと見まわし、ようやく音の出どころを見つけた。音はテーブルに置いた『ランド・オブ・ストーリーズ』から聞こえているのだ。それだけじゃない。ページが光をはなっている。見まちがいでないのを確かめると、アレックスは目を丸くした。

第4章

ランド・オブ・ストーリーズ

まるまる一週間、アレックスは様子がおかしかった。いつものようにおしゃべりでも楽しげでもない妹を見て、コナーはすぐそれに気がついた。じっと黙《だま》りこみ、まるでなにかに思いなやんでいるかのような顔をしているのだ。

朝ごはんの席《せき》でも、せっかくコナーが「おはよう」と声をかけたのに、まるで聞こえていないみたいだった。学校でも、あまり手をあげなくなっていた。学校が終わって下校するときも、ほとんどコナーに話しかけようとしなかった。そして家に帰るとすぐ二階に駆《か》けあがり、あとはずっと部屋に閉《と》じこもりっきりなのだ。

「大丈夫《だいじょうぶ》か？　なんかいつもとちがうみたいだけど」コナーはしびれを切らすとたずねた。

「ありがとう、ちょっと疲《つか》れてるだけよ」アレックスが答えた。

コナーも、妹が疲れているにちがいないとわかっていた。なにせ、まるで眠《ねむ》っていないようなのだ。この一週間、水を飲んだりトイレに行ったりするため夜中に目を覚《さ》ますと妹の部屋にはまだ灯《あか》りがついており、なにかの上を歩いているような足音が中から聞こえていたのだ。

天才でなくとも、妹がただの不眠症《ふみんしょう》なんかでないのは、コナーにもわかった。学校で何度もビデオを観《み》せられていたから、そのくらいの年の少女は気分がころころ変わったり感《かん》情《じょう》にむらができたりするのは知っていたが、アレックスはまるで別人《べつじん》のようになってしまったのだ。打ち明けてこそくれないが、妹がなにか大きな隠《かく》しごとをしているのは確《たし》かだった。

「えんぴつを貸《か》してもらえない？」ある夜遅《おそ》く、まったく眠くなさそうな顔でアレックスがたずねた。

まるで、七面鳥《しちめんちょう》から羽根《はね》を貸してくれとでも言われているみたいで、コナーはどう答えていいかわからなくなってしまった。えんぴつなら、妹のほうがたっぷり持っているはずなのに。それにしても、こんな時間から宿題をする気なのだろうか？

「えんぴつくらい、数えきれないくらい持ってるだろ？」

「うん……でもぜんぶなくしちゃって……」

コナーは、何本かえんぴつを貸してやった。アレックスはそれを受け取ると急いで自分の部屋に引き返していった。かんだ跡《あと》があったり、消しゴムが取れていたりしても、ぜんぜん気にならないようだった。

次の夜は、妹の部屋から聞こえてくるハミングのようなおかしな音のせいで、コナーはしょっちゅう起こされた。静《しず》かな音だが強く壁《かべ》をふるわせ、まるですぐそばで聞いているような気分にすらなった。

「アレックス？」コナーは、妹の部屋のドアをノックした。「この音はなんだよ？　寝《ね》ようとしてるのに、頭がどうかしちまうよ！」

「ただのハチよ！　たった今、窓《まど》から追い出したとこなの！」ドアの向こうから、アレックスの必死《ひっし》な声が返ってきた。

「ハチ?」

「うん、すごく大きいハチ。今は発情期《はつじょうき》だから、とても攻撃的《こうげきてき》になってるの」アレックスが大声で言った。

「うーん……わかったよ……」コナーはそう答えると、ベッドに引き返した。

だがそうしたことはどれもこれも、翌日《よくじつ》に学校で起きたできごとに比《くら》べれば、かわいいものだった。

「さて、古代メソポタミアを流れていた川といえば? 誰《だれ》かわかりますか?」歴史《れきし》の授《じゅ》業中《ぎょうちゅう》、ピーターズ先生が生徒《せいと》たちに質問《しつもん》した。いつものように、誰かに答えさせようというのだ。

「誰か?」ピーターズ先生が言った。アレックスがいつ手をあげるかと、教室じゅうの視《し》線《せん》が集まった。でもアレックスは床《ゆか》を見つめたまま、ほかのものなどぜんぜん見えていない様子だった。

「チグリス川とユーフラテス川ですね」ピーターズ先生が言った。「では、その二本の川にはさまれた地域《ちいき》とは、いったいなんだったとされているでしょうか? わかる人は?」先生はアレックスのほうを見ながら質問したが、やはりアレックスはじっと考えこんでいるばかりだった。

「ミス・ベイリー、答えがわかるんじゃありませんか？」ピーターズ先生が声をかけた。

「答えっていうと？」アレックスは、びくりと飛《と》び起《お》きると言った。

「さっきの質問の答えです」ピーターズ先生が言った。

「ええと……、すみません。わかりません」アレックスはそう答えるとまた頬《ほお》づえをつき、床に視線を落とした。

先生もほかの生徒たちも、なにがどうなっているのかさっぱりわからなかった。アレックスが答えを知らないなんて、ありえない。アレックスでも答えがわからないのなら、誰もわかりはしない。

「それは、文明の生まれたところだと言われています……」ピーターズ先生が、自分で答えを言った。「人類《じんるい》はそこから始まったのだと信《しん》じている人は、たくさんいるのです……。ミス・ベイリー！」

アレックスは、跳《は》ね起きるように背筋《せすじ》をのばした。このクラスで、こんなにショッキングなことが起きたのは初《はじ》めてだ。まさかアレックス・ベイリーが、授業中に居眠《いねむ》りをするなんて！

「あの……あの……すみません、ピーターズ先生！」アレックスが弱々しい声で言った。「自分でもいったいどうしちゃったのか……。最近《さいきん》、あんまり眠れないものですから……」

ピーターズ先生は、まるでおそろしい野生動物の出産《しゅっさん》でも見るかのような目で、アレックスを見つめた。「わかった……わかったわ。保健《ほけん》の先生に診《み》てもらったほうがいいのではありませんか？」

「いいえ、大丈夫です。ちょっと眠いだけですから」アレックスが答えた。「もう二度としません、約束《やくそく》します！」

コナーは列車事故《じこ》でも見ているような気分だった。いったいアレックスになにが起きたというのだろう？　あれは本当に妹なのだろうか？　まるで妹が俺《おれ》になってしまったみたいだ！

ふと、昨夜《さくや》コナーが耳にしたあの奇妙《きみょう》なざわめきが、教室に響《ひび》いた。アレックスが不安《ふあん》に顔をくもらせると、体を起こした。ほかの生徒たちも、いったいどこから聞こえてくるのかと、教室を見まわしている。

「さて、それではメソポタミアが青銅器時代《せいどうきじだい》にもたらした技術《ぎじゅつ》とは、いったいなんでしょうか？」ピーターズ先生は、不思議《ふしぎ》な音も聞こえないかのように話を続《つづ》けた。「誰かわかりますか？」

アレックスが、さっと手をあげた。

「はい、ミス・ベイリー」ピーターズ先生は、うれしそうに言った。

「トイレに行きたいんですが、いいですか？」アレックスが、おずおずと先生の顔を見あげた。

先生はがっかりしてため息をつくと、「ええ、どうぞ」と答えた。

だが言い終えるよりも早くアレックスは飛びあがるように椅子《いす》を立ち、スクール・バッグをつかんでドアに向かっていた。

コナーはわけもわからないまま、教室を出ていく妹を見つめていた。なぜトイレに行くのにバッグを持っていく必要《ひつよう》があるのだろう？

なにが起きているのか突《つ》き止《と》めなくてはいけない。学校ならば逃《に》げ場《ば》もないし、部屋に閉じこもられることもない。今ここでやらなくてはいけないのだ。

「ピーターズ先生！」コナーが口を開いた。

「ミスター・ベイリー、どうしましたか？」先生がたずねた。

「保健の先生のところに行きたいのですが」

「どうしてです？」

なにも考えていなかったコナーは言葉につまった。「ええと……ひじが痛《いた》くて……」

先生は、うたがうようにコナーを見つめた。まだ自分の正体は恐竜《きょうりゅう》でしたとでも言われたほうが、信じる気になれるというものだ。「ひじが痛いんですか？」

「ええ、めちゃくちゃ痛くて。机《つくえ》にぶつけちゃったんですけど、死ぬほど痛いんですよ」

コナーは、痛くもかゆくもないひじを押《お》さえながら言った。

ピーターズ先生は、いったん目を細めてからぎょろりと見開いた。イライラするときにいつも見せる、トレードマークの表情《ひょうじょう》だ。「いいでしょう」先生が言った。「でもその前に許可証《きょかしょう》を書いて――」

コナーは、先生の言葉が終わるのも待たずにドアに向かっていた。

そのころ、アレックスは女子トイレに駆けこんでいた。個室《こしつ》の下を一つひとつのぞき、ほかに誰もいないのを確かめる。それからスクール・バッグのジッパーを開けて、洗面台《せんめんだい》の上に『ランド・オブ・ストーリーズ』を取り出した。本はいつもよりも強い光をはなちながら、例《れい》の音を発していた。

「やめて！　やめてってば！」アレックスは本に話しかけた。「ここは学校なのよ！　見つかったら困《こま》るの！」

音と光が少しずつ弱まっていき、やがて『ランド・オブ・ストーリーズ』はただの本にもどった。アレックスはほっとしてため息をついたが、誰かがトイレに駆けこんできて、またパニックにおそわれた。ふり返ってみると、そこには兄が立っていた。

「ハチには発情期なんてないぜ、アレックス」コナーは両手を腰《こし》にあてながら、顔をしかめた。「ちゃんと調べたんだ。あいつらはでかいやつでもアリと同じで、巣《す》に住んでるんだ。発情期みたいなのは、関係《かんけい》ないのさ」

「コナー、ここでなにしてるの？　女子トイレに入ってきちゃだめじゃない！」アレックスがさけんだ。

「なにが起きてるのか教えるまで、絶対《ぜったい》に出ていかないぞ！　この一週間、ずっと俺に嘘《うそ》ついてたろ。なにか起きてるのはわかってたんだ。双子《ふたご》の直感ってやつでね」

「双子の直感？」アレックスは、うたがうような声でたずねた。

「俺が作ったんだ」コナーが答えた。「おまえになにかあったら、なにも言われなくても俺にはわかってしまうんだ。最初《さいしょ》は女の子の日かと思って――」

「もう、コナーやめてよ！」アレックスは兄をさえぎった。

「でも、真夜中に聞こえてくるあの変《へん》な音だろ？　最初は、母さんがおまえに携帯《けいたい》電話を買ってやって、俺にないしょにしてるのかと思ったんだぜ。だけど、そこで気づいたのさ。おまえには友だちなんていないんだから、電話もメールもするはずないじゃないかってさ」

アレックスはむっとした。なんてひどいことを言う、失礼《しつれい》な兄なのだろう。

「だけど俺はおまえのことをよく知ってるからな。あんな変な様子を見ればいやでも、こいつはもっとなにかあるぞと気がつくってものさ」コナーが言葉を続けた。「ずっと黙《だま》っているし、先生の質問にも答えられないし、そのうえ授業中に居眠りときた！　それじゃあまるで俺じゃないか！　さあ、なにがあったのかきっちり話してもらうぞ」

アレックスはなにも言わず、ただじっと足元を見つめていた。自分のふるまいが恥《は》ずかしくてたまらなかったが、本当のことを話したところで誰も信じてなどくれないのはわかっていた。コナーだって、どうだかあやしいものだ。

コナーは、女子トイレを見まわした。「しかしここはずいぶんきれいだな。男子トイレなんて、まるで汚《きたな》いゴミ溜《た》めみたいなんだぜ？　ちょっと待った、なんでここにおばあちゃんの本があるんだ？」

「なにがあったのかなんて、私《わたし》にもわからないわ！」アレックスは、まるでくたくたになるまでストレスを溜めこんだかのように、大声で言い返すと泣《な》きだした。

コナーは、驚《おどろ》いたように一歩あとずさった。こんなふうに爆発《ばくはつ》する妹を見るのは初めてだったのだ。

「最初は、幻《まぼろし》でも見てるんじゃないかと思ったのよ！」アレックスが言った。「おばあちゃんのお料理《りょうり》の中に、なにか入ってたんじゃないかって。でも、確《たし》かにぜんぶあの夜に始まったけど、次の日からもずっと起こり続けたの。だから、お料理のせいなんかじゃない！」

「アレックス、おまえはなにを言ってるんだ？」コナーがたずねた。

「この『ランド・オブ・ストーリーズ』のせいなのよ！」アレックスがさけんだ。「光るの！　音が出るの！　毎日どんどん、それが大きくなってくのよ！　眠るのもあきらめて、いったいなんでなのか突き止めようとしたわ！　どう考えても、科学的《かがくてき》にありえないんだもの！」

「なあ、アレックス……」コナーはびくびくとした顔で言った。「保健の先生に診てもらったほうが――」

「バカなこと言ってるって思ってるんでしょう！」アレックスがさえぎった。「自分の目で見ないかぎり、誰だってそう思うに決まってるわ。でも、本当に本当なんだから！」

「変だなんて思っちゃいないよ」コナーは嘘をついた。実は、妹が本当にどうかしてしまったと思いはじめていたのだ。

「本が光ったり音を出したりするのは、一日に一、二回なの。ママに見つかったら大変《たいへん》だから、学校に持ってくることにしたのよ。なにかが取りついた本が家にあったりしたら、ママに心配かけちゃうから置《お》いておけないもの」

妹がおかしくなってしまったのはまちがいない様子だったが、いろいろ大変な目にあったことを思うと、それもしかたないようにコナーは感じた。こんなときお父さんならどうしただろうと、どうしても考えてしまう。アレックスを落ちつかせるには、どんな物語を話せばいいのだろうか？

「アレックス」コナーは同情《どうじょう》を目にうかべて言った。「この一年、いろんなことがあったよな。頭がパンクしちまうのもあたりまえだし、それに――」

ざわめきのような音が、また響きはじめた。二人が洗面台に置いた『ランド・オブ・ストーリーズ』をさっと見る。本が光をはなっているのを見ると、アレックスはホッとし、コナーはギョッとした。

まるで爆弾《ばくだん》でも目の前に置かれたかのように、コナーが壁ぎわまで飛びのいた。

「『ランド・オブ・ストーリーズ』が光ってる！　音を出してる！」思わず悲鳴をあげる。

「だから言ったでしょ！」

コナーは、あごがはずれそうなほど口を開けていた。「爆発したりしないよな？」

「しないと思う」アレックスはそう答えると、本に手を伸《の》ばした。

「触《さわ》るな！」

「落ちついて、コナー」アレックスがなだめるように言った。「もう一週間ずっとなんだもの、慣《な》れてるわ」

人さし指を伸ばしてアレックスが本を開くと、トイレの中に光があふれだした。さし絵も文章もぜんぶ消《き》え失《う》せ、まるでどのページも光そのものでできているみたいだ。

アレックスは身を乗り出すと、本に顔を近づけた。

「ねえ、聞こえてる？　鳥たちのさえずりと木の葉の音が聞こえるわ。こんな音がするの、初めてよね！」

コナーはおそるおそる壁をはなれると、妹といっしょに本をのぞきこんだ。鳥の鳴き声や木々が風に揺《ゆ》れる音が、タイル張《ば》りの壁や床に響いた。

「こんなのありえないだろ……。どっかにバッテリーかなにかがついてるんじゃないか?」

「科学的な知識《ちしき》と技術《ぎじゅってき》的な知識を総動員《そうどういん》して考えてみたんだけど、これは魔法《まほう》ね」アレックスが言った。「どうしても、ほかに説明《せつめい》がつかないわ!」

「おばあちゃんもこのこと知ってたのかな? 昨日《きのう》まで何年もずっとこの本を持ってたろ? 前にもあったと思うか?」

「こんなことが起きるの知ってたら、私たちにくれなかったと思う」

「だよな」コナーがうなずいた。「俺にナイフを持たせたくないからって、肉まで切ってくれるような人だもんな」

「それだけじゃない」アレックスはそう言うと、スクール・バッグの中を手探《てさぐ》りして一本のえんぴつを取り出した。開いた本の上に、そっとえんぴつを置く。するとえんぴつは、ページが発する光の中にすっと消え、なくなってしまったのだった。

「ちょ……ちょ……どこ行ったんだ?」コナーはあまりに驚き、口ごもりながら言った。

「知らないわよ! この一週間、いろんなものを落としてみてたの! えんぴつ、本、汚《よご》れた靴下《くつした》……あとは、なくなってもいいものならなんでもかんでも。たぶん、扉《とびら》かなんかだと思う」

「扉って、なんの扉さ?」

アレックスにもそれはわからなかった。もちろん胸《むね》の中に一つだけ、ここの扉だったらいいのにと思っている場所はあったのだが。

双子は本に鼻がくっつきそうなほど、さらにのぞきこんだ。あまりのまぶしさに、思わず目を細める。

とつぜん、あざやかな赤い鳥が一羽、本から飛び出してきた。双子は取《と》り乱《みだ》すと、悲鳴をあげながらトイレを走りまわった。互《たが》いにぶつかり、次は壁にぶつかり、今度は洗面台にぶつかる。その頭の上を同じくらい取り乱しながら、鳥が飛びまわっていた。コナーがようやくトイレのドアを開くと、鳥はさっと外に飛び出していってしまった。

「なにか出てくるなんて、ひとことも言ってなかったじゃないか！」コナーが怒鳴《どな》った。

「私だって知らなかったのよ！　こんなの、さっきのが初めてだし！」アレックスも怒鳴り返した。

本は少しずつ光を弱め、やがてただの本にもどった。コナーはわけがわからなかった。起こったばかりのできごとが、なにもかも信じられなかった。この一週間、アレックスの様子がおかしかったのも当然《とうぜん》だ。コナーは、自分の頭までどうかしてしまったような気がしていた。

「この本は捨《す》てなくちゃだめだ！」コナーが大声で言った。「学校が終わったら自転車で川に行って、誰にも見つからないように捨ててしまわなくちゃ」

「捨てるなんてとんでもないわ！　おばあちゃんの本なのよ！　家族といっしょなんだか

ら！」

「アレックス、鳥が飛び出してきたんだぞ！　おばあちゃんだってわかってくれるさ！」コナーが言い返した。「もしライオンやサメでも出てきたら、どうする気だよ？　わけがわからないことが起きておかしくなるのはわかるけど、この本は持ってちゃだめだ。俺たちが考えてるより、ずっと危《あぶ》ないものかもしれないだろ！　次になにが起こるか、誰にもわからないんだぞ！」

コナーが言うとおりなのはアレックスにもわかっていた。しかしこの不思議なできごとには、理屈《りくつ》を超《こ》えて引きつけられるものがあった。

「お兄ちゃん、大げさに考えすぎなのよ。もっとよくわかるまで、捨てるのは絶対にいや」本を閉じてバッグにしまいなおすと、アレックスはさっさとトイレから出ていってしまった。

「アレックス！　待てよ、アレックス！」コナーが妹の背中《せなか》に向けて大声で呼《よ》びかけた。

二人が教室にもどってみると、みんなは静かに歴史の教科書を読んでいるところだった。

「アレックス、相談しなきゃ！」コナーがささやいた。

「二人とも、席についてメソポタミアについての章を読んでください」机についたピーターズ先生が言った。

「わかりました、先生」アレックスはそう言うと兄のほうを向き、小声で「その話はあとで！」と言った。

コナーは、まるでクマのようなうなり声をもらした。

「ミスター・ベイリー、保健の先生はなんと？」ピーターズ先生が言った。

「それなら大丈夫です。保健室につくまえに痛くなくなっちゃって」コナーはさっきとは逆《ぎゃく》のひじを押さえてみせた。

ピーターズ先生は、心の底《そこ》からうたぐり深そうな顔でコナーを見つめた。

二人は席について歴史の教科書を開いたが、とても読む気にはなれなかった。さっきのできごとで頭がいっぱいで、なにかに集中するなんてとても無理《むり》なのだ。

コナーはちらちらと妹のほうを見続けた。アレックスがちらりとでも自分のほうを向いてくれたら、自分たちがどれほど大変なことになっているのかを、身ぶり手ぶりで伝《つた》えられるというのに。アレックスは後ろから突き刺《さ》さってくる兄の視線に気づいていたが、じっと前を向いたままそれを無視《むし》していた。

すると、思いつくかぎり最悪《さいあく》のできごとがここで起こった。アレックスのバッグに入った『ランド・オブ・ストーリーズ』が、静まりかえった教室の中に音を響かせはじめたのだ。

アレックスはあわててふり返ると、コナーと目を見合わせた。いったいどうすればいいのだろう？　最初、ピーターズ先生は授業の計画書に集中しており、聞こえていないようだった。だが、このまま気づかないなどということが、ありえるのだろうか？

「これはなんの音ですか？」ピーターズ先生が言った。

ほかの生徒たちも同じことを考えながら、教室の中をキョロキョロと見まわしていた。

アレックスとコナーはふるえあがった。胃袋《いぶくろ》が口から飛び出してしまいそうだ。

先生は立ちあがると、まるで獲物《えもの》のにおいを追うコヨーテのように、教室を見まわした。

机の間を行ったりきたりしながら、だんだんとアレックスに近づいていく。

「この音がなにか知っている人は、私が見つける前に申し出てください」先生が厳《きび》しい声で言った。

アレックスは、まるで自分の心臓《しんぞう》の音が聞こえるようだった。先生に本が見つかったら、どう言いわけすればいいのだろう。そんなものが見つかって学校が大騒《おおさわ》ぎになったらと思うと、たまらなかった。もしかしたら、地元の新聞社が来るかもしれない……もしかしたら、政府《せいふ》の人たちが実験《じっけん》をするために本を持っていってしまうかもしれない……もしかしたら、本の持ち主だからといって、家族ごとどこかに連《つ》れて行《い》かれてしまうかもしれない……。

ピーターズ先生が、アレックスの机にやってきた。

「ミス・ベイリー、バッグになにか入っているんですか？」先生が質問した。

アレックスの顔がまっ青《さお》になった。奇跡《きせき》でも起きなければ、見つかってしまう！

　そのとき、教室の後ろから大きな歴史の教科書が飛んでくるとピーターズ先生の頭に命中し、髪《かみ》の毛《け》をぼっこりとへこませた。生徒たちがいっせいに後ろを向く。そこには、手をあげたままのコナーの姿《すがた》があった。まさか、先生に向けて本を投げるなんて！

　ピーターズ先生は顔をまっ赤《か》にした。コナーをにらみつけるその顔は、怒《いか》り狂《くる》った牡牛《おうし》などよりずっとおそろしかった。

「ミスター・ベイリー！　なんということをするの！」先生が、学校じゅうに聞こえるほどの大声で怒鳴った。

　一瞬《いっしゅん》、それまでの人生がコナーの目の前を走り過《す》ぎていった。本当に、もう死ぬんだと思った。顔色はまっ白で、今にも透《す》けてしまいそうなほどだ。

「すみません、ピーターズ先生！」コナーが情《なさ》けない声を出した。「ハチがいたんです！先生を狙《ねら》ったわけじゃありません！」

　先生は、耳と鼻の穴《あな》から今にも湯気を吹《ふ》き出しそうだった。

「ミスター・ベイリー、居残《いのこ》りですよ！　今週も、来週も、その次の週も、ずっと居残りです！」ピーターズ先生がさけんだ。そして自分の机にもどると、すぐさま手元の居残り券《けん》に一枚残《いちまいのこ》らずコナーの名前を書きはじめた。

　とつぜんの大事件《だいじけん》に、クラスの全員がさっきの音のことなど忘《わす》れてしまった。ゆっくりと音が小さくなっていくのにも気づかなかった。コナーの作戦《さくせん》は成功《せいこう》したのだ。コナーは、自分が正しいことをしたのだとわかっていた。生徒としてではなく、兄として。

まもなく終業のベルが鳴った。生徒たちは机を離《はな》れると、教室から出ていってしまった。もう座っているのはコナーただ一人だった。アレックスは兄に近づくと声をかけた。

「さっきはありがとう」

「貸しにしといてやるよ」コナーが答えた。

アレックスはこくりとうなずくと、家に帰ろうと教室を出ていった。コナーはじっと座ったまま、先生が居残り券を書き終わるのを待っていた。

「ミスター・ベイリー、こちらへ」先生が言った。

コナーは待ちかねたように、先生の机のところに行った。

「私の授業中にものを投げるなど、だんじて許《ゆる》しませんよ。わかりますか、ミスター・ベイリー?」先生は、ひとことひとことを区切るようにしながら、厳しい声で言った。「もう一度あんなことをしたら、そのときは退学《たいがく》ですからね!」

コナーはため息をついてうなずくと、先生の手からぶ厚《あつ》い居残り券の束《たば》を受け取った。

「お母さんに、一枚残らずサインしてもらってきなさい」先生が言った。

コナーはまたうなずくと「すみませんでした。ケガがないといいんですが」と言った。

ピーターズ先生が心配するほど、しょげかえった様子だった。先生も心の中では、コナーがいい子なのを知っているのだ。できの悪い生徒だけれど、それでもいい子なのだと。

「気にしないでいいのよ、ミスター・ベイリー」先生が言った。「きっとあなたも妹さんも、私が思うよりずっとご家族の件《けん》でショックを受けたのでしょうね。私からお母さんに連絡《れんらく》をとって、二人が参加《さんか》すべき課外《かがい》活動や、役に立ちそうな本をあれこれおすすめすることにしましょう」

コナーは黙ってうなずいた。

「もし、ここを離れてしばらくのんびりできるような場所があるなら、二人ともずいぶん楽になるのかもしれないけれど」先生が言った。

コナーはまたうなずいた。もし一生に一度、目の前の現実《げんじつ》から逃げ出したいと思うことがあるとすれば、今がそのときにちがいない。妹だって、きっとそう言うだろう。

その瞬間《しゅんかん》、コナーは稲妻《いなずま》に打たれたようにハッとした。

> アレックスのやつ、そうか！　あいつ、自分が本の中に入ってみる気なんだ！
> だから手放したがらないんだ！　捨てるのにあんなに反対した理由はそれだ！

コナーは居残り券を放り出すと、ドアめがけて駆けだした。

「ピーターズ先生、すみません。今日は居残りできません！　ちょっと大変なことがあるんです！」

「ミスター・ベイリー！　すぐにもどってきなさい！」先生がさけんだが、もう手遅《ておく》れだった。コナーの姿は、すっかり見えなくなってしまっていた。

コナーは全速力で通りを駆けていった。アレックスはずっと早く学校を出ているが、家についてしまうまでに追いつけるのだろうか？　もう二度と会えなくなってしまったらどうしよう？　足が痛くてがまんできなくなりそうでも、心臓が飛び出してしまいそうなほど激《はげ》しく打っても、コナーは立ち止まらずに走り続けた。手遅れでありませんようにと、ひたすら祈《いの》りながら……。


『ランド・オブ・ストーリーズ』は、アレックスが家に帰ってせいぜい五分もしないうちに、また光りはじめた。自分の部屋に駆けあがり、しっかりとドアを閉《し》める。

それからスクール・バッグにしまっておいた本を取り出すと、アレックスはそれを床に置いた。本を開くと、部屋に黄金の光があふれだした。思わず笑《え》みがもれる。ずっと魔法のようなことが起これぱいいのにと思い続けていたが、ついにそのときがきたのだ。

えんぴつを一本取り出すと本の上に置き、消えていく様子をながめる。それからアレックスは、ほかにもなにか入れていいものはないかと、部屋の中を見まわした。もうえんぴつは一本も残《のこ》ってないし、本棚《ほんだな》を見ても、取っておきたい本しか並《なら》んでいない。アレックスはスクール・バッグを見おろした。代わりに使えるバッグなら、いくつもある。

アレックスが本の上に置くと、バッグはまるごとゆっくりと沈《しず》みはじめた。いったいなにもかも、どこに消えていくというのだろう？　どこか世界のほかの場所に行ってしまったのだろうか？　もしかしたら学校の道具はぜんぶ今ごろ、インドや中国あたりにあるのだろうか？

それともこの本を通して、まったく別《べつ》の場所に行ってしまったのだろうか？　異世界《いせかい》に飛んでしまうなどということが、ありえるのだろうか？　もしかしたら、アレックスがひそかに憧《あこが》れていた物語の世界に行ってしまったのではないだろうか？

確かめる方法《ほうほう》は、一つしかなかった。

この一週間、アレックスはずっとそれをがまんし続けてきた。自分が本の中に入ったら、いったいなにが起こるのだろう？　いや、そんなバカなことをしてはいけない。二度と帰ってこられないかもしれないのだから。

でも、片手《かたて》を入れてみるくらいならどうだろう？　なにが起こるだろう？　痛いだろうか？　それとも腕《うで》ごと消えてしまうのだろうか？　アレックスは好奇心《こうきしん》のあまりにこわさを忘れると、床にひざをついてじっと本をながめた。

まずは、ほんの指先から入れてみる。なんともない。痛みは感じない。温かく、くすぐったいような感触《かんしょく》があるだけだ。アレックスは、さらに深く手を入れてみた。手首まで突っこんでみても、おかしなことが起こるような気配《けはい》はない。さらにひじのあたりまで入れてみる。本がなければ、一階の天井《てんじょう》から手が突き出てしまいそうだ。

アレックスはさらに身を乗り出すと、肩《かた》のあたりまで本の中に突っこんでみた。なにかつかんだりできないか、そのまま腕をふってみる。

そのとき部屋のドアが勢《いきお》いよく開き、コナーが駆けこんできた。汗《あせ》まみれで、肩で息をしている。「アレックス！ よせ！」

その声にアレックスは心底《しんそこ》びっくりすると、バランスを崩《くず》し、頭から本の中に落ちていってしまった！

「アレックス！」今にも消えようとしている妹の足をつかもうと、本に飛びかかる。だが、もう遅《おそ》かった。アレックスの姿は『ランド・オブ・ストーリーズ』の中に、すっかり消えてしまっていたのだった。

第5章

カエルのフロッギー

アレックスが見まわしても、もう自分の部屋はどこにも見えなかった。光の世界に落ちていっていたからだ。どんどん深く、どんどん早く落ちていく。目がくらんで、とてもこわかった。必死《ひっし》に助けを呼《よ》ぶ、自分のさけび声も聞こえない。このまま死んでしまうのだろうか？　それとも、もう死んでしまったのだろうか？　もう家族とは会えないのだろうかとアレックスは思った。

ふと、鳥たちのさえずりや風に吹《ふ》かれる木々のざわめきが聞こえた。音はみるみる近づいてくる。でもアレックスは、どこに向かっているかもわからないまま、まだまだ落ち続《つづ》けていたのだった……。

「痛《いた》い！」地面にぶつかり、アレックスがさけんだ。ものすごい痛みだったが、ひどいケガをするほどではなかったらしい。地面にぶつかるショックがなかったなら、きっと夢《ゆめ》だと思ってしまったことだろう。

アレックスは、急いで立ちあがった。心臓《しんぞう》がドキドキしている。とりあえず、生きているのは確《たし》かみたいだ。ようやく落ちるのが終わってくれたのはうれしかったが……それにしても、いったいどこに落ちてきてしまったのだろう？

そこは、深い森の中にのびる土の道だった。木々はどれもこれもずいぶん背《せ》が高く、幹《みき》は深い緑色をしたこけにおおわれていた。うっすらとたちこめる霧《きり》の中に、日の光が差《さ》している。空高くから鳥たちの声が聞こえ、アレックスがよく耳をすませてみると、どこか遠くから小川のせせらぎが聞こえていた。

アレックスは、キョロキョロとあたりを見まわした。あんなことがあったばかりで、驚《おどろ》きすぎなのだろうか？ それとも落ちつきすぎなのだろうか？ そして、あんなこととはいっても、なにがどうしたのか、まったくわけがわからない。

「ここはどこなの……？」アレックスがつぶやいた。

「うわあああああああああ！」と、どこからともなくいきなりコナーがあらわれると、すぐとなりに落ちてきた。まっ青《さお》な顔をしてさけびながら、大の字になって地面に転がる。

「死ぬう！ それとも、もう死んじゃったのか？」ギュッと目を閉《と》じたままコナーが言った。

「生きてるわ！」アレックスが言った。コナーの顔が見られてこんなにうれしかったことはない。

「アレックス、おまえなのか？」コナーがたずねた。ゆっくりとまぶたを開き、あたりをながめて「ここ、どこなんだ？」と言うと、ふらふらと立ちあがる。

「どこかの……森みたいだけど……」

しかし、こんな森を見たことはなかった。少なくとも、今まで生きてきた中で見たことのあるどんな森ともちがった。とにかく色があざやかで、空気がすみ渡《わた》っているのだ。まるで絵の中にでも落ちてきたみたいだった。そしてアレックスは確かに、その絵に見おぼえがあった。

「おい、あれを見ろよ」コナーがそう言って、地面を指《ゆび》さした。「俺《おれ》たちのえんぴつじゃないか！」

道のそこかしこには、アレックスがこの一週間ずっと本の中に落とし続けてきたえんぴつがちらばっていた。スクール・バッグもあるし、汚《よご》れた靴下《くつした》も何足か見える。しかし『ランド・オブ・ストーリーズ』の中に落とした本が一冊《さつ》も見当たらないのは、どういうわけだろう？

「ここに消えてたんだわ……」

「でも、ここはどこなんだろう？」コナーが首をかしげた。「家からずっと遠くに来ちゃったのかな？」

アレックスにも、それはわからなかった。コナーと同じように、おそろしいような気持ちになってきていたのだ。迷子《まいご》になるより、ずっと大変《たいへん》なことになってしまった。

「ぜんぶおまえのせいだぞ、アレックス！」

「私《わたし》のせい？　お兄ちゃんが、火事でもおきたみたいに乱暴《らんぼう》にドアを開けたりしなければ、こんなことにならなかったじゃない！」

「おまえがずっとこうしようと思ってたの、わかってるんだぞ。ああもう、止めるべきだった！」

「本の中に入れるなんて、思ってなかったわよ。ちょっと試《ため》してみてただけなの！」アレックスが説明《せつめい》した。「なんでついてきたりしたのよ」

「へえ、そうかい！　だったら、本の中におまえを一人だけおきざりにすればよかったのかよ？」コナーがどなった。「母さんが帰ってきたら、なんて言えばいいんだよ？　『おかえり母さん、実はアレックスが本の中に落ちちゃったんだ。ところで晩《ばん》ごはんはなに？』とでも聞けってのか？　やめてくれよ！」

コナーはそう言うと、いきなり力いっぱい飛《と》び跳《は》ねだした。

「なにしてるの？」アレックスがたずねた。

「落ちてきたろ。どっかからさ。だったら……上に……帰り道が……あるはずじゃないか」コナーは答えたが、ぴょんぴょん跳ね続けてもなにも起こらなかった。やがてすっかり疲《つか》れはててしまうと、コナーは地面に座《すわ》りこんで木にもたれかかった。

「もしかして、別《べつ》の国かなんかに来ちゃってたらどうする？」コナーが言った。考えこんでいるせいで、ひたいには深いしわがきざまれていた。「カナダとかモンゴルとか、どっかの国さ。母さんか誰《だれ》かが見つけ出してくれるのに、いったいどれだけかかると思う？」

とつぜん、地面が揺《ゆ》れはじめた。ものすごい地鳴りが森を飲みこんでいく。まるで二人のほうに巨大《きょだい》ななにかが向かってきているかのように、木々の枝《えだ》がふるえ、小石が飛び跳ねだした。

「今度はなんだ！」コナーがさけんだ。

「隠《かく》れなくちゃ！」アレックスが言った。

バッグをつかみあげると、二人は森に駆《か》けこんだ。少し道をはずれたところに立っている、一番大きな木のかげに身を隠す。

道をふり向いた二人は、思わず目を丸くした。白馬《はくば》にまたがった大勢《おおぜい》の兵士《へいし》たちが、目の前を走りぬけていくのが見えたからだ。しみひとつないピカピカの鎧《よろい》。まっ赤《か》なりんごをあしらった緑と銀の盾《たて》を持ち、同じ模様《もよう》の旗《はた》をはためかせている。

「アレックス、もしかしたら俺たち、タイムスリップしちゃったんじゃないか？」コナーが心配そうな顔で言った。「あの兵隊《へいたい》たち、まるで中世から抜《ぬ》け出《だ》してきたみたいじゃないか！」

道にちらばるえんぴつを、馬が踏《ふ》みつけながら駆けていく。兵士たちは、双子《ふたご》がびくびくと木かげからのぞいていることにすら気づかないほど、猛《もう》スピードで駆けていた。

アレックスは、木かげに隠れたままじっと見つめ続けていた。赤いりんごなど、盾に描《えが》くには似合《にあ》わないように感じたが、なぜだかよく知っているような気持ちもした。いったいどこで見たのだろう？

地鳴りがゆっくりと遠ざかり、兵士たちは道の先に消えていった。二人は木かげから動かず、あたりに誰もいなくなるのを待った。

「おまえはどうだか知らないけど、今日はもうこれ以上《いじょう》ドキドキするのはまっぴらだよ」

コナーが妹の顔を見た。

と、そばの木に貼《は》られた一枚《いちまい》のチラシにアレックスは目をとめた。そばに近づき、もっとよく見ようと幹からはぎ取る。古ぼけており字もすっかり色あせていたが、チラシのまん中には、むっつりと顔をしかめた金髪《きんぱつ》の巻《ま》き毛《げ》の少女が描かれていた。そこには、こう書いてある。

指名手配
生死を問わず
ゴルディロックス
強盗《ごうとう》、窃盗《せっとう》、逃亡《とうぼう》の罪《つみ》により

アレックスは青ざめると、しばらく息ができなくなってしまった。自分たちがどこにいるのか、はっきりとわかったのだ。森の木々に見おぼえがあるのもあたりまえだ。子供《こども》のころから、何度もその絵を目にしてきたのだから。あの本は、アレックスが行ってみたいと思っていた、まさにその場所に二人を連《つ》れてきてしまったのだった。

「嘘《うそ》でしょ……?」思わず、アレックスはつぶやいた。こんなにわけがわからないことは、生まれて初《はじ》めてだ。

「こんなことって、どんなことだ？　ここがどこかわかったのか？」

「たぶん」アレックスがうなずいた。

「どこなんだ？」コナーは、答えを聞くのをおそれるように言った。

「コナー、私たちあの本の中に入っちゃったのよ」アレックスは言ったが、コナーはわけがわからないような顔をしていた。「本当に『ランド・オブ・ストーリーズ』に入りこんじゃったんだと思う」

アレックスはそう言うと、さっきのチラシを差し出した。コナーはそれを受け取ると、まるでキツネザルみたいに目を丸くした。

「嘘だ、嘘だ、嘘だ！　そんなこと、あるはずない！　おかしいよ！」そう言ってぶんぶん首をふり、まるで汚《きたな》いものでも触《さわ》るかのような手つきで、チラシを妹に突《つ》き返《かえ》す。妹の言葉なんて信《しん》じられない。いや、信じたくない。「おとぎ話の世界に来ちゃったって言うのかよ？」

「だって、この森を見たことあるんだもの！　おばあちゃんの本に出てきた森とそっくりだわ」アレックスは、顔が勝手に笑《わら》うのを感じた。「でも、そう思えばぜんぶ説明がつくじゃない！　ほかにどこか考えつく？」

「本から落ちてきたんだぞ？　なにが起きたっておかしくないじゃないか！」コナーは言

い返した。「じゃあ、俺たちはこんなとこに閉じこめられたっていうのかい？　どうやって帰ればいいんだよ？」

「そんなこと言われたって、私にもわからない。いい？　私だってお兄ちゃんと同じくらい驚いてるのよ！」

コナーは両手を腰《こし》に当てると、うろうろと歩きまわりはじめた。「せっかく居残《いのこ》りから逃《に》げ出したのに、異世界《いせかい》に迷《まよ》いこんじゃうなんて……」

だがアレックスのほうはといえば、コナーがいっしょに来てくれたのは逆《ぎゃく》にうれしかった。ずっといっしょに暮《く》らしてきたし、幼稚園《ようちえん》に入ってからだって、いつでも同じクラスだったのだ。一人きりだったなら、こんな異世界でどうしていいのか、とてもわからない。

「これで満足《まんぞく》か、アレックス？」コナーが言った。「だから俺は、あんな本なんて川に捨《す》てちゃえって言ったんだ！」

「もう怒《おこ》るのはやめてよ。どうしてここに来ちゃったのかなんて、考えてもしょうがないでしょう？　大事なのは、今私たちがここにいるんだってことよ。家に帰る力になってくれる人を、誰か探《さが》さなくちゃ！」

「失礼《しつれい》だが、なにか困《こま》りごとかね？」二人の後ろから、礼儀《れいぎ》正《ただ》しい声が聞こえた。とつぜん聞こえた正体不明《しょうたいふめい》の声に、アレックスもコナーも飛びあがった。声の主《ぬし》を求《もと》めてふり向いた二人はすぐに、ふり向いたりしなければよかったと後悔《こうかい》した。

アレックスとコナーの後ろに立っていたのは、どこからどう見てもカエル男だった。高い背たけと大きな顔。ガラス玉のようなまん丸の瞳《ひとみ》。そしてつやつやした緑色の肌《はだ》……。こぎれいな三つぞろいの背広《せびろ》を着て、スイレンの花の形をした大きなガラスの器《うつわ》を持っている。

「盗《ぬす》み聞《ぎ》きしてしまい、どうかお許《ゆる》しを。しかし私は、このあたりの土地には詳《くわ》しいのだよ」カエル男は、にっこりと大きな笑《え》みをうかべてみせた。

アレックスとコナーは頭がまっ白になり、言葉も出なくなってしまった。おとぎ話に入りこんでしまった証拠《しょうこ》として、目の前のカエル男ほどぴったりなものなどほかにあるだろうか？

「この森に来るには、ちょいと幼《おさな》すぎるようだね」カエル男が言った。「迷子になったのかね？」

コナーは、息切れするのではないかと思うほど長く甲高《かんだか》い悲鳴をあげると「食べないでくれえ！」とさけび、パッと地面にかがみこんで丸くなった。

カエル男は、不思議《ふしぎ》そうに顔をしかめてそれを見おろした。「ぼっちゃん、私には君を食べてしまう気などありゃしないよ」そう言って、今度はアレックスの顔を見る。「この子は、いつもこうなのかい？」

アレックスは、ついさっきコナーがあげたのとほとんどそっくりな悲鳴をあげた。

「わかった、わかった。心配しなさんな。人にこわがられるのには慣《な》れっこだからね」カエル男が言った。「さあさあ、落ちつきなさい。すぐに平気になるからね」

「ごめんなさい！」アレックスは、やっとの思いで返事をした。「あのう、私たちが住んでいたところじゃ、すごく珍《めずら》しいものだから……その……カエル人《じん》が……。こんな呼び方で合ってるのかわかりませんが、ちがっていたらすみません！」

コナーがまた甲高い声をあげた。今度のは悲鳴というほどではなかったが、それでもとても平気そうには見えなかった。

カエル男は兄妹《きょうだい》の顔をしげしげながめたが、二人が着ている服にはとくに興味《きょうみ》を持ったようだった。「それはいったいどこのものだい？」

オオカミたちのするどい遠吠《とおぼ》えが森のずっと向こうから聞こえてきた。三人は思わず飛びあがった。カエル男は大きな黒い目に不安《ふあん》をうかべ、キョロキョロとあたりを見まわした。

「すぐに暗くなる」カエル男が言った。「外にいては危《あぶ》ない。さあ、私の家までついてきなさい。ちょっと歩けばすぐだから」

「だまされないぞ！」コナーが言った。

オオカミの声がまた響《ひび》いた。さっきよりも、ずっと大きく聞こえた。姿《すがた》は見えないが、近づいてきているのはまちがいない。

「私の姿がこわいのはわかるとも」カエル男がコナーたちに声をかけた。「だがこのあたりを夜にうろつきまわる生き物たちに比《くら》べれば、私などかわいいものだよ。さあ、傷《きず》つけたりしないと約束《やくそく》しよう」

心配そうなその目を見ていると、二人は信じるしかないような気持ちになった。カエル男は足早に森の奥《おく》へと歩きだした。

アレックスはコナーをつつくと言った。「ほら、ついてきましょう」

「マジかよ？　おばけガエルの家に行くなんて、俺はごめんだね！」

「どうせ、取られるようなものなんてなにもないじゃない？」

「命のほかにはね」コナーは答えたが、アレックスはかまわずにその服を引《ひ》っ張《ぱ》り、カエル男の後について歩きはじめた。

カエル男の後に続いて、二人は急ぎ足のまましばらく歩き続けた。木々の合間をぬうように進み、大きな石や、地面から顔を出した木の根をいくつも飛びこえていく。奥へ奥へと進んでいくにつれ、森はどんどん深くなっていった。あたりもいっそう暗くなり、ようやくカエル男の家につくころには、まっ暗闇《くらやみ》と言ってもいいほどになっていた。

アレックスとコナーは、身をよせ合っていた。一歩足を踏み出すたびに、この怪人《かいじん》についてきて本当によかったのか、どんどん自信《じしん》はなくなっていった。

「さあ、こっちだよ」カエル男が言った。

小さな山の横手に絡《から》みついた枯《か》れたツタを払《はら》いのけると、そこに隠してあった大きな木の扉《とびら》が姿をあらわした。カエル男は扉を引き開けると、おどおどとまどう双子を地下室に招《まね》き入《い》れた。もう一度森をふり返って誰もついてきていないのを確かめてから、自分も中に入って扉を閉《し》める。

地下室はとても暗かった。アレックスとコナーは、体がくっついてしまいそうなほどよりそいあっていた。

「ちらかっていてすまんね。お客が来るなどとは思っていなかったものだから」カエル男はそうあやまると、マッチを一本すった。

アレックスもコナーもカエル男がどんな家に住んでいるのか想像《そうぞう》もつかずにいたが、マッチの火に浮《う》きあがった部屋を見て目を丸くした。

そこは、むき出しの土の壁《かべ》と天井《てんじょう》に囲《かこ》まれた、広い部屋だった。天井には木の根が伸《の》びており、まるでシャンデリアみたいだ。部屋のまん中にはふかふかの椅子《いす》やソファがいくつも――あちらこちらからクッションの中身が飛び出していたが――小さな暖炉《だんろ》のほうに向けて置《お》かれていた。小さなキッチンがそばにあり、壁のフックにはティーカップやポットがかけてある。

そこかしこに本が並《なら》んでいるのを見て、アレックスは目を輝《かがや》かせた。土壁にはいくつも本棚《ほんだな》がそなえつけられているし、床《ゆか》にはところせましと本が積《つ》みあげられている。まるで本の洪水《こうずい》が押《お》しよせてきたみたいだ。

「コナー」アレックスはコナーに近づき、ささやいた。「ここを見てよ！　まるで『ナルニア国物語』に出てくるルーシーとタムナスさんになったみたいじゃない！」

コナーも部屋を見まわすと、妹の言葉どおりだと思った。「もしお菓子《かし》の山を出されたって、俺は知らないからな。さっさとここを出るんだ！」とささやき返す。

「ちょっとちらかっちゃいるが、居心地《いごこち》はいいんだよ」カエル男が言った。「カエルに家を貸《か》してくれる人なんていやしないからね、自分の持ち物だけでがんばってみたのさ」

スイレンの形の器を炉棚《ろだな》に置いたカエル男は、すぐ暖炉に火をおこした。それから水差《みずさ》しの水をやかんに移《うつ》すと火にかけ、一番近くに置かれた白く大きな椅子に腰かけた。足を組み、両手を上品にひざの上で組む。とても礼儀正しいカエルである。

「さあ、君たちもおかけなさい」カエル男はそう言うと、目の前に置いたソファに二人を誘《さそ》った。アレックスとコナーは、びくびくしながら言われたとおりそこに腰をおろした。

ソファはやたらでこぼこで、二人はもぞもぞと腰を動かして座りやすい場所を探した。

「おまえは何者なんだよ？」コナーがカエル男にたずねた。

「コナー、失礼じゃない！」アレックスが横からひじでつつく。

「気にしなさるな」カエル男は、複雑《ふくざつ》な笑顔《えがお》を作ってみせた。「私の見た目になかなか慣れないのは、よくわかっているのだから。私だって、まだすっかり慣れてしまったわけじやないんだよ」

「というと、生まれたときから……カエル人だったわけじゃないんですか？」アレックスは、できるだけ失礼がないよう言葉を選《えら》んでたずねた。

「まさか、ちがうとも。もう何年も前、怒った魔法使《まほうつか》いに呪《のろ》いをかけられてしまったんだよ」

「なぜなんです？」アレックスは言った。そんなことをあたりまえのように口にするカエル男を見て、すっかり驚いていた。

「私に思い知らせるためだったんだろうな」カエル男が答えた。「なにせ昔の私は、ひどくうぬぼれていたからね。あの魔法使いは、私にいばるものなどなにもなくなってしまうよう、こんな姿に変《か》えておしおきしたのさ」

カエル男の笑顔が、ゆっくりとしぼんでいった。つらい日々を長く送ってきたのだろうが、それでもまだ悲しみを胸《むね》に、昔の自分を懐《なつ》かしんでいるのだ。アレックスもコナーも、こんなに悲しげなカエルなど見たことがなかった。

「きっと私なんかには想像つかないくらい、つらかったんでしょうね」アレックスは、優《やさ》しい笑顔で声をかけた。

「フロッギーって呼んでもいいかい？」コナーは、いじわるそうな笑みをちらりとうかべた。

「コナー！」アレックスは、兄を叱《しか》りつけた。

「まあまあ、私なら気にしないでいいんだよ」カエル男はそう言うと、また笑顔になった。「欠点《けってん》というものは受け入れてしまえば欠点ではなくなるのだと、私は学んだんだからね！　どうぞ、フロッギーと呼んでくれたまえ。私も気に入ったぞ」

コナーは肩《かた》をすくめて笑みをうかべた。

「さあ、スイレンのお茶を入れてあげるとしよう」フロッギーは二人に声をかけた。断《ことわ》れば失礼になると思い、二人はうなずいた。フロッギーは火からやかんをおろすとキッチンに跳んでいき（文字どおり、ピョンピョン跳んでいき）、三つのティーカップにお湯をそそいだ。そして炉棚に置いた器を開けるとそれぞれのカップにスイレンの花を入れ、よくかきまわした。

「お茶のおともにハエなどいかがかな？」フロッギーはそう言うと炉棚に置いた別の器を手にとった。こちらには、死んだハエがいっぱい入っていた。

「俺はいらないよ」コナーが言った。「ええと……ハエはやめてるんだ」

「まあくつろぎなさい」フロッギーはそう言うと、自分のお茶にハエを何匹《なんびき》か入れた。そして二人にもカップを手渡《てわた》すと、また向かいの椅子に座りなおした。二人はしばらくお茶をじっと見つめてから、とりあえず飲むふりくらいはしたほうがよさそうだと心に決めた。

「二人とも、名前はなんだね？」フロッギーがたずねた。

「私はアレックスで、こちらは兄のコナーです」

フロッギーは、さもうれしそうに大きな笑みをうかべた。

「もしや、アレックス・ベイリーさんかな？」まるで両耳にまで届《とど》きそうなほどの笑顔だ。

「ええと……そうです」アレックスは驚いた。なぜこの両生類《りょうせいるい》が自分のことを知っているのだろう？

「すると『この本はアレックス・ベイリーの持ち物です』というのは、君のことだね？」フロッギーがたずねた。椅子から身を乗り出して本の山を引きよせると、一冊を開いてその言葉が書かれたページを二人に見せる。

「私の本だ！」アレックスには、それが『ランド・オブ・ストーリーズ』に落とした自分の本だとすぐにわかった。「どこに行っちゃったのか、不思議に思ってたの」

「いやはや、本当にびっくりしたんだよ」フロッギーが言った。「ハエを捕《つか》まえようと沼地《ぬまち》に向けて歩いていたら、本が一冊頭の上に落ちてきたんだ。次の日にまた行ってみたら、まったく同じ場所に、さらに何冊《なんさつ》か落ちていた。あんなに奇妙《きみょう》な経験《けいけん》をしたことなどなかったよ！」

「それは、カエルに変えられたことをのぞけば、っていうこと？」コナーがたずねた。

「だって、もし変えられたのが俺だったら絶対《ぜったい》に……いてっ！」アレックスがもう一度、兄をひじでつついた。

フロッギーはコナーの質問《しつもん》には答えず、さらに説明を続けた。

「棚《たな》を見ればおわかりのとおり、私は本を集めるのが大好《だいす》きでね。思いがけず手に入った本ならなおさらさ。それに、私が読んだことのあるどんな本ともまったくちがうじゃないか！　見たことも聞いたこともない人々や場所の話を読みながら、本当に自分の目で見たような気持ちになったものだよ！　この作家たちは、本当におもしろい場所のことばかり書いている。魔法使いもトロルも巨人《きょじん》もいない世界など、想像できるかね？　なんたる想《そう》像力《ぞうりょく》だ！」

フロッギーはこみあげてくる思いに、くすくすと小さく笑った。二人もいっしょになり、精《せい》いっぱいの作り笑いをしてみせた。

「それは差しあげます。家に帰れば同じ本がありますから」アレックスが言った。

それを聞くとフロッギーは、パッと顔を輝かせた。

「んっ……んんっ！」コナーが咳払《せきばら》いをした。「読書クラブのお邪魔《じゃま》がしたいわけじゃないんだけど、家といえば、俺たちはすっかり迷子になってしまって、今どこにいるかもさっぱりわからないいんだ」

フロッギーはガラス玉のような目で、双子たちを代わるがわるじっと見つめた。

「いやはや、ここがどこだか知っていたなら、まず来たりなどしなかったろうね。君たちが今いるのは、〈ドワーフの森〉だよ」

フロッギーは、さぞかし驚くだろうと思って双子を見つめたが、アレックスもコナーもほとんど顔色ひとつ変えずに見つめ返した。

「〈ドワーフの森〉？」アレックスがたずねた。「〈ドワーフの森〉というのは、なんですか？」

「聞いたことがないのかね？」フロッギーは、すっかりあきれかえった顔で言った。二人は首を横にふった。

「とてもとても危ないところだよ。ここは、国王も政府《せいふ》もいない、たった一つの場所なんだ。誰もが自分の王として暮らす王国なのさ。かつては炭鉱《たんこう》で働《はたら》くドワーフたちがここに住んでいたものだが、今やほとんど犯罪者《はんざいしゃ》や逃亡者《とうぼうしゃ》ばかり。人に見つかることをおそれる者たちの住む場所なんだよ」

自分たちは異世界に来てしまったばかりか、とりわけ危ないところにさまよいこんでしまったのだと聞いても、すっかり不安でたまらないアレックスとコナーにしてみれば、それ以上こわくなりようなどなかった。

「ここにはほかにも王国が？」アレックスがたずねた。

フロッギーは言葉に詰《つ》まった。まるで、空の色でも聞かれたかのような顔だ。それでも、なにも知らない双子の姿を見ているのを、フロッギーは楽しんでいるようだった。

「もちろんだとも。〈ノーザン王国〉、〈眠《ねむ》れる王国〉、〈チャーミング王国〉、〈すみっこ王国〉、〈妖精《ようせい》の王国〉、〈赤ずきん王国〉、〈エルフ帝国《ていこく》〉、〈ドワーフの森〉、そして〈トロルとゴブリンのすみか〉がある。そんなことも知らないのかね？」

知らない名前を次々と並べられ、アレックスもコナーも目を白黒させた。この世界はいったい、どれほど広いのだろう？

困りきった二人の顔を見たフロッギーはピョンと椅子から立つと本棚の一つに向かい、大きな丸めた紙を持ち帰ると、それを双子に手渡した。二人がそれを開いてみる。

それは、この新しい世界のすみずみまでが描かれた大きな地図だった。おとぎ話の世界はあちこちを山脈《さんみゃく》に区切られた広い大陸《たいりく》で、そこかしこに森や城《しろ》、宮殿《きゅうでん》、村があった。

ノーザン王国は中でも一番大きく、地図の上半分のほとんどをしめている。二番めに大きいのは南の〈チャーミング王国〉で、三番めは東に広がる〈眠れる王国〉だ。〈ドワーフの森〉は、西側《にしがわ》に広々と広がっている。

小さな〈すみっこ王国〉は大陸南西のすみっこに位置《いち》しており、北西の端には〈エルフ帝国〉があった。〈チャーミング王国〉と〈眠れる王国〉の間には〈妖精の王国〉があり、そのすぐ上に〈トロルとゴブリンのすみか〉がある。

色とりどりの〈妖精の王国〉は、地図の上でまるできらめくように、とても美しく見えた。〈トロルとゴブリンのすみか〉は見るからにおそろしそうで、まるで出入りする者すべてを邪魔するかのような岩山に囲まれていた。

地図のまん中には、少しのすきもなく大きなレンガの壁に囲まれた、〈赤ずきん王国〉があった。アレックスもコナーも、信じられない気持ちだった。子供のころから慣れ親《した》しんできたおとぎ話の世界は、本当にあったのだ。本当にあったどころか、二人が思《おも》い描いた世界よりもずっと大きくすばらしい世界なのだ。

アレックスの胸に熱《あつ》いものがこみあげてきた。気がつくと、両目には涙《なみだ》がうかんでいた。

「すべての王国が集まって、〈めでたしめでたし会議《かいぎ》〉を作っているんだよ」フロッギーが説明した。

「〈めでたしめでたし会議〉?」コナーは、少しばかにしたような声でたずねた。

「これは、すべての王国が平和と繁栄《はんえい》をたもち続けることができるよう、すべての国王たちが署名《しょめい》した組織《そしき》のことだよ」フロッギーが言った。

「私たちの世界で言う、国連《こくれん》みたいなものかも」アレックスがコナーにささやいた。

「どの王国にもそれぞれの伝統《でんとう》や、名だたる歴史《れきし》がある」フロッギーが続けた。

「王さまや女王さまたちがいるんだろう?」コナーが質問した。

「ああ、そのとおり」フロッギーはうなずいた。「〈ノーザン王国〉は白雪姫《しらゆきひめ》王妃の国だ。〈すみっこ王国〉はラプンツェル女王が統治《とうち》しておいでだ。〈眠れる王国〉は、眠れる美女が治めておられる。正式には〈イースタン王国〉というのだが、昔おそろしい呪いをかけられてから名前を変えたのさ。そして〈チャーミング王国〉はチャーミング国王とその妻《つま》、シンデレラ王妃《おうひ》の国だ」

「待って、その人たちが今も国を治めているの？」アレックスは、興奮《こうふん》に目を輝かせた。

「つまりシンデレラも白雪姫も眠れる美女も、みんな生きてるっていうこと？」

「もちろん生きておいでだとも！」

「すごい、なんてすばらしいのかしら！　ねえ、コナーもそう思うでしょう？」

「どうでもいいよ」コナーがぶつぶつと言った。

「どんな年よりだと思ったんだい？」フロッギーがたずねた。「白雪姫女王とチャーミング国王は、つい何年か前に結婚《けっこん》したばかりだよ。シンデレラ王妃とチャーミング国王には、今度初めてのお子さまがお生まれになる。眠れる美女陛下《へいか》とチャーミング国王陛下は悲しいかな、あのおそろしい眠りの魔法《まほう》をかけられた国を元気にすべく、今もお力を尽《つ》くしておいでだ」

「待った」コナーが口をはさんだ。「女王さまはみんな一人の男と結婚したっていうのかい？」

「そんなわけないだろう」フロッギーは首を横にふった。「チャーミング国王は三人いらっしゃるんだ。兄弟なのさ」

「なるほど！」アレックスが大声で言った。「白雪姫もシンデレラも眠れる美女も、みんなチャーミング王子と結婚したっていうことね！　一人だけじゃなかったんだ！　なんでそれを今まで思いつかなかったんだろう?」

コナーはじっと地図を見つめた。家にもどることができる道や橋でもないかと探してみたのだが、なにも見つからなかった。

「〈トロルとゴブリンのすみか〉は、なんでこんな岩山に囲まれてるの?」コナーがたずねた。

「それは罰《ばつ》なんだよ」フロッギーが言った。「トロルもゴブリンもいやしい連中《れんちゅう》で、人さらいを働いたり奴隷《どれい》にしたりするものだからね。妖精院《フエアリー・カウンシル》がトロルどもとゴブリンどもを一つの土地に集め、そこから許しなく外に出ることを禁《きん》じたんだ」

「妖精院?」アレックスがたずねた。この世界には、本当に信じがたいものばかりだ。

「そう、あらゆる王国でも強い力を持つ妖精たちの集まりだよ」フロッギーが説明した。「シンデレラの守護《しゆご》妖精とマザー・グース、そしてまだ赤《あか》ん坊《ぼう》だった眠れる美女に祝福《しゆくふく》を授《さず》けた妖精たちもその一員さ。そうした方々が〈妖精の王国〉を治め、〈めでたしめでたし会議〉を率《ひき》いていらっしゃるんだよ」

「〈赤ずきん王国〉も、何かの罰でも受けてるのかい?」コナーがたずねた。「周《まわ》りをぐるっとでっかい城壁《じようへき》に囲まれてるからさ」

アレックスは目を落として地図を見ると、自分も知りたいといった顔でフロッギーに視《し》線《せん》をもどした。

「それはのろのろ革命《CRAWLかくめい》の結果《けっか》だよ」フロッギーが言った。

「のろのろ革命？」アレックスがたずねた。

「オオカミの自由に反対する人民《じんみん》運動（The Citizen Riots Against Wolf Liberty）のことさ」フロッギーが説明した。「〈赤ずきん王国〉は、かつて〈ノーザン王国〉の村々だったが、年がら年中オオカミたちの攻撃《こうげき》になやまされていた。そこで悪の女王――当時玉座《ぎょくざ》についていた白雪姫の継母《ままはは》のことだが――に助けを乞《こ》うたんだ。だがうぬぼれきった悪の女王はこれをはねのけてしまった。そこで村人たちは反乱《はんらん》を起こし、自分たちの王国を作ることにしたのさ。オオカミが入ることができないよう、巨大な壁で囲まれた王国をね」

「それで、赤ずきんが女王になったわけね」アレックスが言った。

「そのとおり。赤ずきんは歴史で初めて選挙《せんきょ》で選ばれた女王になったんだよ。なにせ赤ずきんの物語は村人みんなの苦しみを代表する物語だからね。みんなが女王として選んだのさ」

「でも、まだまだ子供でしょう？」アレックスがたずねた。

「いや、もう大人になっておいでだよ。聞いた話じゃあ、自分のことにばかり夢中《むちゅう》なお方だそうだ。なんといっても、王国に自分の名前をつけるくらいだものな！　なんでも女王としての仕事はすべて祖母《そぼ》に任《まか》せて、手柄《てがら》だけを我《わ》がものにしているらしい」フロッギーは言った。「残念《ざんねん》ながらのろのろ革命は、〈大きな悪いオオカミ団《だん》〉を生み出すことにしかならなかった」

「〈大きな悪いオオカミ団〉？」コナーが言った。

「そう、元の大きな悪いオオカミの子孫《しそん》たちだよ。一団となって国のあちらこちらをまわっては村をおどかしたり、油断《ゆだん》した旅人たちをおそったりしているんだ」

「そりゃあすごい」コナーがいじわるな顔で言った。「聞いて悪かったね」

「だがそうはいっても、どの王国も実に平和なところだよ」フロッギーはそう言いながらだんだんと弱々しい声になると、不安げに顔をくもらせた。「そう、一週間前まではそうだった」

アレックスとコナーは身を乗り出した。

「一週間前になにがあったんです？」アレックスが言った。

「白雪姫の宮殿の地下牢《ちかろう》から、悪の女王が脱獄《だつごく》してしまったのさ」フロッギーが二人の顔を見た。「国中に知れ渡っていると思ったがな」

「俺たちは初耳《はつみみ》だよ」コナーが答えた。

「こわい話ね」アレックスが言った。「どうやって脱獄を？」

「誰にもわからない」フロッギーは首を横にふった。「パッと消えてしまったんだよ、魔法の鏡《かがみ》といっしょにね。白雪姫の兵隊たちがあらゆる王国中を探しまわっている。森の中もくまなく、最低《さいてい》でも一日二回は探しまわるんだよ。今のところ収穫《しゅうかく》はないがね。足跡《あしあと》一つ見つからず、どこに消えたか見当もつかないそうだ」

「見つけられると思う？」コナーがたずねた。

「だといいがな。ものすごく危険《きけん》な女なんだ。歴史上ただ一人、玉座を奪《うば》われた女王だからね。どんな復讐《ふくしゅう》をたくらんでいるか、私には想像もつかんよ。次になにをする気でいるかなど、誰にもわかりっこない」

アレックスはとつぜん、おそろしい気持ちになった。ずっと大好きだった登場人物たちと同じく、嫌《きら》いでたまらなかったおそろしい登場人物たちもまたここには生きているのだと、今になって気づいたのだ。そう思うとても不安でこわくなってしまったのだった。

暖炉の炎《ほのお》が消えかけているのを見て、フロッギーはまた薪《まき》をくべに椅子を立った。二人は目も口もまん丸に開けていた。新しい話ばかりで、整理するだけでもひと苦労《くろう》なのだ。

「君たちの家は、ここからどのくらい離《はな》れているんだね？」フロッギーは、二人の向かいに腰かけ直しながらたずねた。

二人は顔を見合わせるとフロッギーを見つめ、また顔を見合わせた。どう伝《つた》えればいいのかさっぱりわからないのだ。本当のことを言っても、信じてもらえるのだろうか？

「まあ、異世界ってところかな」コナーが言った。アレックスはあわてて兄の顔を見ると、兄の言葉は冗談《じょうだん》だとでも言いたげに、しらじらしく笑ってみせた。

だが、フロッギーは真顔《まがお》だった。まっすぐに椅子に腰かけたまま表情《ひょうじょう》一つ動かさず、まるで謎《なぞ》の答えを見つけ出したかのように、穴《あな》が開くほど二人を見つめている。

「なんとも興味深《きょうみぶか》い」フロッギーはそう言うと、交互《こうご》に兄妹の顔をながめまわした。「私もおろかではないからな。君たちの服装《ふくそう》や話しぶりや、そして誰でも知っているような歴史の話に目を丸くするその顔を見れば、本当に異世界から来たのではないか、くらいには考えるとも」

アレックスもコナーも、フロッギーがなにを言おうとしているのかまったくわからなかった。どうもフロッギーは、なにか知っているような口ぶりなのだ。

「もしかして、異世界の話を聞いたことがあるんですか？」アレックスがたずねた。

「もしかして、帰る方法《ほうほう》を知っているんじゃないか？」コナーが言葉を続けた。

フロッギーはしばらくの間、さらにまじまじと二人の顔を見つめた。また椅子を立って、やがて部屋の奥に置かれた本棚へと歩みよる。そしてそこに並んだ本をあれこれ調べると、やがて一冊を選びとった。赤い帯《おび》が巻かれて革表紙《かわびょうし》のついた、小さな日記帳だ。

「君たちは、〈願《ねが》いをかなえる呪文《じゅもん》〉の話を聞いたことがあるかね？」フロッギーが二人にたずねた。

アレックスとコナーは首を横にふった。フロッギーが、ぱらぱらと日記をめくる。

「ふむ、どうやらないらしい。これは、アイテムを集めることによって使うことができる伝説《でんせつ》の魔法でな。どうやら、そのアイテムをすべて手に入れると、たった一つだけ願いをかなえることができるそうだよ。たとえどんなとてつもない願いだろうとも、〈願いをかなえる呪文〉はちゃんとかなえてくれるのさ。多くの人々は、そんなものはただの伝説だと思っているし、私もそう信じていたよ……この日記を見つけるまではね」

「その日記が、いったいどうしたっていうのさ？」コナーがたずねた。

「これは、かつて〈チャーミング王国〉にいた、とある男が書いたものでね」フロッギーが言った。「その人物は〈願いをかなえる呪文〉に必要《ひつよう》なアイテムを解《と》き明《あ》かし、それを見つけ出そうと自分の日記に書きとめたんだ。男の願いは、最愛《さいあい》の女性《じょせい》とふたたびいっしょになることだった。そしてこの日記によると、その女性は異世界にいるというんだよ」

アレックスとコナーは思わず背筋《せすじ》を伸ばした。気づかないうちに、椅子から落ちそうなほど前に身を乗り出している。

「きっとこれを書いた人物は頭がどうかしていたのだと、私は思っていたよ。まさか異世界なんていうものが存在《そんざい》するなどとは、信じていなかったものだから。君の本を見つけるまではね、アレックス。森の中で言い合いをしている君たちを見たとき、この二人は私たちとちがうと感じたよ」フロッギーは言った。「きっとあの男が日記に書いていた場所から来たにちがいない、そうピンときたのさ」

ようやく真相を聞くことができ、双子はホッとした。フロッギーはこの一部始終に、すっかり心から興奮している様子だ。

「その人は成功《せいこう》したの？　異世界に行くことができたんですか？」

「そうにちがいないよ。最後《さいご》のアイテムを見つけ出したところで日記は終わっているんだ」そう言うと双子に日記帳を手渡し、フロッギーはまた腰かけ直した。「君たちがどこから来たかは知らないが、もしそこに帰りたいと願うのであれば、この日記に書かれたとおりにするのが一番いいだろう」

アレックスとコナーはしばらくじっと黙《だま》りこんだ。わきあがる希《き》望《ぼう》を胸に、コナーが持つ日記帳をじっと見つめる。

「それで、魔法を完成《かんせい》させるにはどんなアイテムが必要なんですか？」アレックスがたずねた。

「いろんなところにある、いろんなものさ」フロッギーが答えた。「だがその日記に、どこに行けばなにが見つかるか書いてあるよ。なかには、大変な危険を冒《おか》さなければ手に入らないものもある」

「そりゃあそうだろうな」コナーが言った。「よくある話だよ」

「でも、どんな願いもかなえてくれる魔法なら、なんでご自分でアイテムを集めて人間にもどろうとしなかったんです？」アレックスがフロッギーの顔を見た。

フロッギーはそれを聞くと、しばらく考えこんだ。自分でも何度となくくり返してきた質問である。答えるのが恥《は》ずかしく感じられた。

「いつその決意ができてもいいよう、私はずっとその日記を本棚にしまってきた。だが探しに行くとなれば、私はこの姿のまま世界に出ていかなくてはならないんだ。子供たち、私にはそんな覚悟《かくご》がまだできずにいるんだよ。そんなことができるとは、とても思えないんだ」フロッギーの声には、深い悲しみがあふれていた。魔法使いにおしおきをされても、まだうぬぼれが残《のこ》っているのだ。

「さて、もう夜も遅《おそ》い。今日のところはもうそこで休んで、明日の朝になってから、どうするか決めてはどうかね？　君たちさえよければ、好《す》きなだけここにいてくれてもいいのだから」

「ありがとうございます」アレックスが言った。「お邪魔でなければいいのですが」

「お邪魔だなんて、とんでもないよ」フロッギーは、心からの笑みをうかべた。

それから二人に、いっしょに使うよう毛布《もうふ》を持ってきてくれると、息を吹きかけてランプを消し、暖炉の炎もすっかり消してしまった。

アレックスとコナーは一晩中《ひとばんじゅう》〈願いをかなえる呪文〉のことをあれこれ考えていたが、選ぶまでもなく心は決まっていた。もし家に帰るための方法がこの日記帳に記されているのだとしたら、書かれているままどんなことでもしてみせる。ほかに道などありはしない。

二人はまさに、一世一代の冒険《ぼうけん》の旅に出ようとしていたのだった。

第6章

ドワーフの森

「食べ物を少しと毛布《もうふ》を二枚《まい》、それから貯《た》めておいた金貨《きんか》を何枚《なんまい》か荷物にまとめておいたよ」フロッギーは双子《ふたご》にそう言うと、羊の皮で作った小さなかばんをコナーに手渡《てわた》した。

「本当にありがとう。とてもご親切に！」アレックスはお礼を言った。

「食べ物って言うけど、いったいなにが入ってるんだよ？」コナーはできるだけかばんを顔から遠ざけながらたずねた。

「ロールパンとりんごをいくつか」フロッギーが答えた。

「ああ、助かった」コナーはどっと安心した。

フロッギーは、前の夜に見たあの地図と日記帳をアレックスに差《さ》し出《だ》した。

「本当に行くと決めたんだね？」フロッギーが二人の顔を見た。「こんな冒険《ぼうけん》に出るには、とても幼《おさな》すぎるが……」

アレックスとコナーは、同じ思いで顔を見合わせた。二人の年令《ねんれい》では、自分の住む世界を旅してまわるのだってそうとう大変《たいへん》なのだ。大人の力を借《か》りることなくこんな異世界《いせかい》を旅するなんて、本当に大丈夫《だいじょうぶ》なのだろうか？　だが、見つめ合うと自信《じしん》がわいてきた。ほかに誰《だれ》もいなくても、二人にはお互《たが》いがついている。

「そうするしかないもの」アレックスは答えた。「いろいろご親切にありがとう、フロッギーさん。あなたがいなかったら私《わたし》たち、あの森でずっと迷子《まいご》になってたわ」

フロッギーは大きな笑《え》みをうかべてうなずいた。

「それはこちらこそ、お礼を言わなくてはいけない。君たちのおかげで、自分も役に立つのだと思うことができたんだからね」

「本当にいっしょに来てくれないんですか?」アレックスがたずねた。「この地図は確《たし》かにすばらしいけれど、案内《あんない》してくださる誰かがいたらいいのに」

それを聞くとフロッギーは、いかにも心を誘《さそ》われたかのように、さらに大きな笑顔《えがお》をうかべた。こんな穴《あな》ぐらを出て世界に旅立つのだと思うと、それだけでうっとりせずにいられない。体がふるえるほどにうずうずしてしまう。しかし、こんな変《か》わりはてた姿《すがた》のまま世界に出ていくのだと思うと、おそろしくなり、不安《ふあん》になり、そんなことは考えられなくなってしまうのだった。

「私には無理《むり》だよ、子供《こども》たち」フロッギーは暗い顔になった。「だが、幸運を祈《いの》っているぞ」

双子はがっかりしたが、しかたがない。自分たちだって、顔に小さなにきびでもあるだけで学校になんて行きたくなくなってしまうのだ。大きなカエルの姿で世界を旅するつらさなど、想像《そうぞう》すらできなかった。

「とにかく、日暮《ひぐ》れまでに〈ドワーフの森〉を出てしまわなくてはいけない」フロッギーが説明《せつめい》した。「道に出たら南の〈すみっこ王国〉に向かいなさい。何時間か歩かなくちゃいけないが、あそこならば安全だから。できるだけ急いで、できるだけ目立たないように行くんだよ。約束《やくそく》してくれ」

二人は約束した。アレックスは思いきりフロッギーを抱《だ》きしめると、頬《ほお》にキスをした。コナーは握手《あくしゅ》をすると、離《はな》した手をズボンでぬぐった。

「きっとまた会えますよね」アレックスが言った。

「そうなったらうれしいが、君たちのことを思うなら、会えないほうがよかろうよ」フロッギーがウインクをしてみせた。

コナーがパンパンと手を叩《たた》いた。「さあさあ、もたもたしてたって、〈願《ねが》いをかなえる呪《じゅ》文《もん》〉のアイテムは勝手に見つかったりしないだろ。行くぞ！」

二人はドアを押《お》し開《あ》けると、フロッギーの家から地面に登り出た。森に向かう兄妹《きょうだい》の姿がすっかり見えなくなってしまうまで、フロッギーは手をふり続《つづ》けていた。やがて二人は昨日《きのう》自分たちが落ちてきた道に出ると、言われたとおり南に向けて歩きだした。

この森がどれほど危険《きけん》なところかを知っているアレックスとコナーは、二人きりで取《と》り残《のこ》されて心細かった。こんなことならもっとがんばってフロッギーに、いっしょに来てくれるようお願いすればよかった。木々がざわざわと音をたてるたび、二人は飛《と》びあがった。

最初《さいしょ》の一、二時間、二人はなにも言わずに歩き続けた。もし声を出してしまえば、フロッギーが言っていたおそろしい怪物《かいぶつ》に気づかれてしまうような気がして、こわくてたまらなかった。

「私たち、すごく勇気《ゆうき》あるわよね」しばらくして、ようやくアレックスが沈黙《ちんもく》をやぶり、兄に話しかけた。

「じゃなきゃ、すごくバカなのかだな」コナーが答えた。

森の中、道はゆっくりとカーブし、少し進むたびに見たこともない木々や茂《しげ》みが姿をあらわした。しばらく時間がたつうちに、二人はだんだんと緊張《きんちょう》がとけ、気持ちが落ちついてきたように感じはじめた。進めば進むほど森歩きがだんだんと楽しくなり、それにつられて足どりもゆっくりになっていった。

コナーが長いため息をついた。

「どうしたの？」アレックスが言った。

「ちょっと考えごとさ。アリスはうさぎ穴《あな》に落ちて不思議《ふしぎ》の国に行ったろう？ドロシーはたつまきに家を吹《ふ》き飛ばされて、オズの国に落ちた。『ナルニア国物語』の兄妹は、古い衣装《いしょう》ダンスから……。そして今度は俺《おれ》たちが、本の中に落っこちて、おとぎ話の世界に来ちゃったわけだ」

「コナー、なにが言いたいの？」

「ほかに比べて、俺たちのだけなんかダサいじゃないか」コナーは、もう一度ため息をついた。「ああ……どこかに俺たちみたいな人を助けてくれる、支援団体《しえんだんたい》みたいなのが見つからないかな。ほら、うっかり異世界だかなんだかに迷《まよ》いこんじゃった人たちのためのさ」

アレックスはびっくりした。

「私たちがどれだけツイてるか、わかってないの？　これからどんなところに行けるのか、どんな人たちに会えるのか、考えてみなさいよ！　こんな経験《けいけん》した人、今まで一人だっていやしないわ！」

コナーはあきれ顔で答えた。「家にもどれたら、そのときはツイてるって思うさ」

アレックスは、かばんの中から地図を引っぱりだした。じっとそれを見つめながら、木にぶつかったりしないよう、ほんのときどき目をあげて前を確かめる。地図のそこかしこになにか新しいものが見つかると、アレックスはそのたびにくすくす笑《わら》ったり、顔を輝《かがや》かせたりするのだった。まるで、知らない街《まち》を歩く観光客《かんこうきゃく》みたいに。

「あの日記を読んだほうがいいんじゃないかな」コナーが言った。「〈願いをかなえる呪文〉に必要《ひつよう》なアイテムを調べて、どこに行けば見つかるのか確かめておいたほうがいいよ」

「そうかもね」アレックスは、地図から顔もあげずに答えた。「まあ、時間はいくらでもあるわよ」

コナーはそんな妹を見ていると、だんだん腹《はら》が立ってきた。どんなに大変なことになっているか、妹はわかっているのだろうか？

「家に帰らなくちゃいけないんだぞ。なにぐずぐずしてるんだよ！」

「帰る前に、少しだけ見たいものがあるのよ」

「まったく、なに言ってるのさ」コナーが、さっきよりもイライラとした大声で言った。「コナー、私たちおとぎ話の世界にいるのよ？　帰っちゃう前に、楽しめるだけ楽しまなくっちゃ！」アレックスが言った。「シンデレラの宮殿《きゅうでん》もジャックの豆の木も、それにラプンツェルの塔《とう》だって、本当に見られる人なんてどれだけいると思う？」

コナーは妹の言葉を聞くと目を丸くして、あきれ顔になった。

「こんなわけがわからない世界に放りこまれちゃったのに、観光気分かよ？　自分がなに言ってるかわかってるのか？　まったくどうかしてるぜ」

アレックスは立ち止まると、真剣《しんけん》に訴《うった》えかけるような目で兄の顔を見た。

「コナー、ここ一年、ずっとひどい暮《く》らしだったじゃない。ママと私たちを残して、なにもかもなくなっちゃったのよ。いつも夜になると私、魔法《まほう》みたいにフェアリー・ゴッドマザーがあらわれて、すてきなことを起こしてくれますようにって祈ってたわ。それが今、本当になるかもしれない場所にいるのよ！　私はお兄ちゃんみたいに、あっちに帰っても友だちなんていない。私の友だちは、みんなこっちの世界にいるの。会うまでは絶対《ぜったい》に帰らないから！」

アレックスは、どんどん道を歩いていった。コナーはすっかりあぜんとしていた。

「まったく、俺のほうがしっかりしてるなんてさ。あれこれ考えすぎるのは、いつもおまえのほうだろう！　心配しすぎておかしくなっちゃったのかよ？」

「心配するようなこと、なにもないでしょ？」アレックスが笑った。

「だいたい、俺たちがいないのに気がついたら、母さんはどうすると思う？」コナーが言い返した。「誘拐《ゆうかい》されたと思うに決まってるよ！　ただでさえ心配ごとばっかりなのにさ！」

そのとおりなのはわかっていたが、とにかくおとぎ話の世界が見たくてたまらないアレックスはまったく気にしなかった。

「ほんの一日か二日あればいいの。それだけあれば、たっぷり楽しめるもの」アレックスは答えた。

「こっちとあっちで時間の流れが同じだって、なんでそんなに自信まんまんなんだよ？」コナーはあきれかえった。「考えてみろよ、俺たちの世界じゃ、シンデレラや赤ずきんなんて何百年も前の話だろう？　でもこっちじゃ、つい十年前かそのくらいみたいじゃないか！　こっちで二日も過《す》ごしてるうちに、ママが八十歳《さい》になっちまってるかもしれないだろ！」

コナーは、あれこれ考えて頭が痛《いた》くなってくると、両手で頭をさすった。兄の言葉は、いやでもアレックスの耳に入りこんできた。なにせ、頭の中の冷静《れいせい》な自分は、まったく同じことを考えているのだから。

「俺たちがいない間になにかあったらどうする？　帰ったら、地球がサルか異星人《いせいじん》に征服《せいふく》されてるかもしれないじゃないか？　そんな大事件《だいじけん》を見逃《みのが》すはめになったら、絶対に許《ゆる》さないからな！」

アレックスは立ち止まると、地図から顔をあげた。ひどくギョッとしたような、不思議な顔で。

「そんなこと、考えてもみなかっただろ？」コナーがつめよったが、アレックスは聞いてなどいなかった。なにかほかのことにすっかり気を引かれていたからだ。

「におわない？」

「におう？　木と土のにおいしかしないぞ」

アレックスが何歩か前に進んだ。「ううん、そうじゃない。甘《あま》い、なにか焼《や》いてるみたいなにおいがする……」

コナーはくんくんとあたりをかいでみた。確かに、なにやらおいしそうなにおいが漂《ただよ》ってきている。

「このにおい……ジンジャーブレッドだわ！」アレックスがハッとして、兄の顔を見る。

「おいおい、やめてくれよ」

だが、コナーが止めようとするよりも早くアレックスは道をはずれて森の中に駆《か》けこみ、においがしてくるほうに向けて走っていってしまった。

「アレックス、待てよ！」コナーがさけんだ。「もどってこい！　なにがあるかわからないんだぞ!」

アレックスは、石や茂みを飛びこえながら木々の合間を走りぬけていった。道から森の奥《おく》に入りこんでいくにつれて、においはますます濃《こ》くなっていく。コナーは、必死《ひっし》に妹を呼《よ》び止《と》めようとしながら、すぐ後を追いかけた。やがて、アレックスが急に立ち止まり、コナーは背中《せなか》にぶつかりかけた。目の前には、アレックスが思《おも》い描《えが》いていたとおりの景色《けしき》が広がっていた。

二本の大きな木にはさまれるようにして、ジンジャーブレッドで作られた小さな家が立っていた。とがった屋根を白い粉砂糖《こなざとう》がおおい、植えこみにはガムドロップの実がなり、玄関《げんかん》に続く道の両がわにはキャンディ・バーでできた柵《さく》が立っている。

「コナー、あれを見てよ!」アレックスは、息をはずませながら言った。「ジンジャーブレッドの家よ、本物のジンジャーブレッドの家よ! なんてかわいらしいの!」

「うへえ、見てるだけで糖尿病《とうにょうびょう》になっちまいそうだよ」

「中に入ってみましょう!」アレックスは家に向かいだした。

コナーがその腕《うで》をつかんだ。「おい、どうかしてるぜ。ヘンゼルとグレーテルが食われかけたの、忘《わす》れたわけじゃないだろう?」

「ちょっとだけ……ほんのちょっとだけのぞいてみたいだけなの……」

ジンジャーブレッドの家のドアが、ゆっくりと開くのが見えた。アレックスもコナーも、ギョッとして立ちすくんだ。フードをかぶった大きな人影《ひとかげ》が戸口にあらわれると、顔をあげて双子を見つめた。

どこからどう見ても、まちがいなく魔女《まじょ》だ。二人は魔女を見たことなど一度もなかったが、想像をはるかに超《こ》えるほどおそろしい姿をしていた。青白くて、黄色いしみのついた、しわだらけの肌《はだ》。今にも飛び出してしまいそうな、血走った両目。腰《こし》はまがり、背中には大きなこぶができていた。

「こんにちは、子供たち」魔女が甲高《かんだか》いしわがれ声を出した。「こっちに来て、おやつでもいっしょにどうだい?」

二人ともおそろしさのあまり、平気な顔などしていられなかった。まるで、今にもおそいかかってきそうなティラノサウルスでも見るかのような目で、じっと魔女を見ながら立ちすくんでいた。

「いえ、けっこうです」アレックスが答えた。「ちょっととおりかかっただけなんです。それにしても、すてきなおうちですね」

双子はゆっくりと、一歩ずつ後ずさった。

「大丈夫だよ、ほら、中にいらっしゃいな」魔女は、すっかりジリジリした様子で言った。ふるえる手をさしのべ、二人を手招《てまね》きしてみせる。その手がやけどだらけなのが見えた。きっと、最後《さいご》にお客を招き入れたときにできたにちがいない。

「ねえ、『ヘンゼルとグレーテル』の最後で、魔女は焼け死んだはずよね？」アレックスがささやいた。

「二人が出てった後に、消火器《しょうかき》でも使ったのかもしれないぜ」コナーがささやき返した。

二人は、そのままゆっくりと後ずさり続けた。

「ご招待《しょうたい》ありがとうございます。でも、もう行かなくちゃいけないんです」アレックスが言った。

「いやあ、本当に忙《いそが》しくてさ」コナーも口を開いた。「ドワーフたちとコーヒーを飲む約束をしちゃってるんだよ。もう行かなくちゃ！」

二人は大急ぎでもとの道へと駆けだしたが、いきなり目の前にポンと音をたてて魔女があらわれたので、あわてて立ち止まった。今度は反対の方向に走りだしたが、またしてもポンという音とともに魔女があらわれた。もう逃《に》げ場《ば》はない。

「どこにも行かせないよ」魔女が言った。さっきよりずっと背《せ》が高く見えた。がまんも限《げん》界《かい》なのか、両目はさっきよりもギョロギョロと飛び出しそうだ。「ほら、おとなしくしてさっさと中についておいで」

「おいアレックス、一年生のときに『知らない人についていかないように』ってビデオを観《み》させられたろ？」コナーが小声で言った。「誘拐犯《ゆうかいはん》よけの笛、いま持ってないのかよ？」

「食べてもおいしくないわよ！」アレックスが魔女にさけんだ。「ずっと歩き続けたせいで、のどがカラカラなんだもの！ すっかり骨《ほね》と皮だけになってるんだから！」

魔女の体はまちがいなく大きくなっていた。背中のこぶが小さくなり、背筋《せすじ》がしゃんと伸《の》びてきている。

「お友だちのほうは、まるまる太っているじゃないか」魔女はそう言って、獲物《えもの》に飛びかかろうとするカマキリのような目でコナーを見ながら「とてもとても食べきれそうにないねえ」と、口からよだれをたらした。

「はあ？」コナーは、魔女がどれほどおそろしいかも忘れてどなった。「いいか、俺は最《さい》近《きん》また育ちざかりに入りかけで、そのせいでちょっと太ってるだけなんだぞ！」

「コナー、やめて――」アレックスは止めようとしたが、もう手遅《ておく》れだった。

「それに、デブなんて食ってもしょうがないぞ。すっきりやせてる獲物のほうが健康的《けんこうてき》じゃないか？」

魔女はちらりと横を向くと、眉《まゆ》をあげた。そんなことは、考えたこともなかった。どうやら目の前の双子から気がそれたのか、またしても元の大きさにもどり、背中にはこぶができている。

「もし俺を食いたいなら、ジンジャーブレッドの家じゃなくて、ジンジャーブレッドのジムかスポーツクラブでも作るんだね！」

アレックスは目を丸くした。兄はしょっちゅうとんでもないことを言うが、これは実にうまい。

「なんてばかばかしいことを言うんだい」魔女がしわがれた笑い声をあげた。「おまえを食ってから建《た》て直《なお》すとしようじゃないか」

また、魔女の背が伸びはじめた。今度は口を大きく開き、そこからニョキニョキと鋭《するど》い歯まで突《つ》きだしてくる。二人におそいかかる気だ。

アレックスは「待って！」と悲鳴をあげると、両手で顔をおおった。「そんなことできないわ！」

魔女はまた小さな姿にもどると「できない？」と首をひねった。

「ええ！　だって、そういう決まりでしょう？」アレックスが答えた。「なにかためになることを教えてもらったら、相手の願いをかなえなくちゃいけないんだもの！」

「願いを？」魔女がたずねた。

「願いを？」コナーもたずねた。

アレックスは、自信ありげにうなずいた。魔女がうめき声をもらす。

「ええ、〈めでたしめでたし会議《かいぎ》〉が新しい法律《ほうりつ》を作ったのよ」アレックスは、身がまえながら頭をフル回転させた。「ためになる意見をもらった魔女は、願いをかなえることで恩返《おんがえ》ししなくてはならない」

「ええと……そうだったな」コナーが話を合わせた。「じゃないと、マザー・グースが飛んできてそのへんにガチョウを放して、金《きん》の卵《たまご》を生《う》ませるぞ。そうしたら困《こま》ったことになるだろう？ ガチョウは本当にどう猛《もう》だからな」

「いいだろう」魔女がうなずいた。「一つだけ願いをかなえてやるとも。ただ、そうしてやるのはガチョウどもに飛びまわられちゃたまらないからっていうだけだからね……もう二度と」

コナーは妹の耳に顔をよせると小さな声で言った。「なにを願えばいいんだ？ 家に帰してくれるよう頼《たの》むとか？」

「だめよ、どんな願いごとをしてもこっちをだまそうとするに決まってるもの！ だから、よく考えて願いごとを言わなくちゃだめ」

「さっさとするんだよ、ガキども！ わたしゃ腹がぺこぺこなんだ！」魔女がおどすように言った。

「よし……」コナーはそう言うと、必死に考えた。このピンチから脱出《だっしゅつ》できるいい作戦《さくせん》が、なにかないだろうか？ 「じゃあ、あんたはベジタリアンになれ！」

アレックスは、パッと兄の顔を見ると「願いごとってそれ？」とさけんだ。

「よし、いいだろう」魔女が大声をあげた。アレックスもコナーも、魔女がベジタリアンを知っているのかどうか自信がなかった。魔女は両手を高々とあげると、雷《かみなり》のように大きな音で打ち鳴らした。

双子は思わず身をかがめたが、どうやら願いごとはつうじたようだ。魔女のこぶが消《き》え失《う》せ、肌からは黄色いしみがなくなり、血走った目もすっかりおだやかになっている。

「食欲《しょくよく》がなくなっちまったよ」魔女はそう言って肩《かた》をすくめアレックスとコナーに背を向けると、ジンジャーブレッドの家に引っこみ乱暴《らんぼう》にドアを閉《し》めた。

兄妹は、大きなため息をついた。こんなにガチガチに緊張したのは生まれて初《はじ》めてだ。

「危《あぶ》なかった！」

「俺のおかげだぞ！」

「ベジタリアンになれだなんて、どうやって思いついたの？」

コナーは頭をかきながら答えた。「食べられないようにするには、ああするしかないって思ったんだ」

アレックスはほほえんだ。コナーの妹でよかったなどとはめったに思えないのだし、こんなときこそたっぷりこの気持ちをかみしめておかなくては。

「お手柄《てがら》だわ。でもさっさとここを離れましょう、願いの力がいつ消えちゃうかわからないもの」

二人はさっさと森を抜《ぬ》けると、元いた道にもどった。さっきよりも急ぎ足で、また南へと歩きだす。おとぎ話の世界で初めての大ピンチを味わった二人は、すっかりもうこりごりだったのだ。

しばらく早足で進んでいると、とつぜんコナーが悲鳴をあげた。「アレックス！　ちょっと休ませてくれ！　もう足がもげちまうよ！」

「コナー、休んでないで進まなくちゃ！　もうすっかり夕方になっちゃったし、フロッギーさんが言ってたとおり、夜になる前に〈すみっこ王国〉につかなくちゃ！」アレックスは、叱《しか》るように言った。

「そりゃあ、あいつは楽だろうけどさ。カエルの脚《あし》なんだから！」コナーは、もう、肩で息をしている。「ほんの二、三分でいいんだよ。そうしたらもう休まない、約束するよ！」

「わかった。でも、どこか安全な場所を探《さが》してからね」アレックスはうなずいた。

二人がもう少し歩いていくと、森の中に小さな野原が見えてきた。コナーは倒《たお》れた木を見つけるとそこに腰かけ、呼吸《こきゅう》を整えた。

森を見まわしたアレックスは、一本一本の木が、形も大きさも、そして葉のしげりかたもちがうのに気がついた。さっきのできごとのショックも、まだ抜けきっていなかった。

「本当にすごいわね。ずっとこんな世界がすぐそばにあったのに、ぜんぜん気づかずにいたなんて」

顔いっぱいの笑みをうかべ、兄のとなりに腰をおろす。

「パパやおばあちゃんが知ったらどう思うだろう？　こんなことが本当に起きたんだって知ったら、二人ともなんて言うだろう？」

「いつもめちゃくちゃ楽しそうにおとぎ話のことを話してたし、もしかしたら知ってたんじゃないか？」コナーは思わず笑顔になった。

「パパが生きててくれたらいいのに、って思うことはたくさんあるけど」アレックスが言った。「でも、今は本当に本当にそう思うの。そうしたらパパとおばあちゃんをここに連《つ》れてきて、ぜんぶ見せてあげられるのに」

「まずは家に帰らないとな」コナーが念《ねん》を押した。「そのためにも、あの日記帳をちゃんと見なくちゃだめだよ。読んで手がかりを見つければ、それだけ早く帰れるんだからさ」

「わかってる。でもその前に、お城《しろ》や宮殿を見ないとね！　パパもおばあちゃんも、きっとそのほうがいいって言うに決まってるもの！」

コナーはため息をついた。「アレックス、さっきだってあやうく魔女の昼飯《ひるめし》にされちゃうとこだったんだぜ。もうぐずぐずなんて——」

なにかが近づいてきているのか、とつぜん、野原の奥から枯枝《かれえだ》が折《お》れる音が聞こえた。二人は急いでかがむと、倒れた木のかげに隠《かく》れた。

クリーム色の毛並《けな》みをした馬が、ゆっくりと野原に姿をあらわした。忍《しの》び足《あし》の訓練《くんれん》でもされているのか、見なれない足どりでひづめをあげて歩いてくる。野原に入ると、馬にまたがった女が、様子をうかがうように周囲《しゅうい》を見まわした。

若《わか》く美しい女だ。大きなブルーの瞳《ひとみ》。ゆったりと背中に落ちている、ハーフアップにした金の巻《ま》き毛《げ》。栗色《くりいろ》のニットのコートとぴっちりした黒いパンツに身を包《つつ》み、目をみはるほど長いブーツをはいていた。

気配《けはい》を消すようにしながら、馬が野原の中央に出てくる。

「いい子ね、ポリッジ。ほら、どうどう」女は馬をなでながら声をかけると、さっと飛びおりて一本の木に歩みよった。アレックスは、そこに一枚《いちまい》の紙が貼《は》られているのに気づくと目をこらした。昨日見た、ゴルディロックスの指名手配書だ。

女はそれを読むと首を横にふった。紙を木からはぎ取り、くしゃくしゃに丸める。

「あれは誰だ？　なにしてるんだろう？」コナーが妹の耳元でささやいた。

「私が超能力者《ちようのうりよくしや》にでも見える？」アレックスは声を殺《ころ》して答えた。

と、女がパッと二人のほうを向いた。正体はわからないが、ものすごく耳がいいようだ。

コートで隠れていた大きな剣《けん》を抜き、それをたかだかと宙《ちゆう》にかかげる。

力強く、決意に満《み》ちたまなざし。まちがいなくただものではない。女は、アレックスとコナーが隠れているほうに近づいてきた。

そのとき、空《くう》を引きさくようなオオカミの遠吠《とおぼ》えが森に響《ひび》きわたった。あまりに大きなその声に、アレックスもコナーも思わず耳をふさいだほどだ。女はさっとふり返ると、二人とは反対側《はんたいがわ》に剣を向けた。

「ポリッジ、油断《ゆだん》しないで。どうやらお客さんみたいだ！」女が言った。

「誰のこと？」アレックスとコナーは、同時にそう言って顔を見合わせた。

木々の合間を抜けて、何頭かのオオカミたちが野原目がけて走ってきた。オオカミといっても、双子が見たこともないような獣《けもの》だった。なにせ元の世界にいるふつうのオオカミたちの、四倍は大きいのだ。つやのない、黒々とした毛並み。目は赤々と光り、鼻の穴が大きく開いている。見るからに血に飢《う》えている。まちがいない、アレックスとコナーは〈大きな悪いオオカミ団《だん》〉とはちあわせしてしまったのだ。

二人はおそろしさのあまりふるえあがると、互いにしがみついた。栗色のコートを着た女は、少しもひるむ様子など見せなかった。群《む》れのまん中に立つ一番大きなオオカミに、ピタリと剣の切っ先を向けている。

「やあ、マーラムクロウ」

「これはこれは、ゴルディロックスじゃないか」マーラムクロウが吠《ほ》えるように言った。

双子は声を殺したまま、すっかり興奮《こうふん》していた。

「ゴルディロックスだ！　あの人、ゴルディロックスなんだわ！」アレックスが声をひそめてさけんだ。

「オオカミがしゃべった！　今しゃべったぞ！」コナーもさけび返す。

「てっきり〈赤ずきん王国〉の地下牢《ちかろう》で鎖《くさり》につながれていると思ったが、こいつは驚《おどろ》きだ」マーラムクロウが言った。

「おまえのほうも、てっきり幼稚園《ようちえん》の敷物《しきもの》にでもされちまったかと思っていたよ」ゴルディロックスが言い返した。「なぜ森のこんなところにいるんだい？　このへんには、あんたらがエサにできるような静《しず》かな村なんて、どこにもありはしないのに」

ゴルディロックスは、ピタリと剣を構《かま》えたまま下げようとしなかった。群れのオオカミたちがゆっくり、彼女《かのじょ》と馬のまわりを囲《かこ》んでいく。

「俺の群れは腹ぺこなんだ。そこで、ちょいと昼飯にでもしようというわけでな」マーラムクロウが言った。

「おやまあ、本気で私を食うつもりで来たのかい？　どうせ返《かえ》り討《う》ちにあうっていうのに、こりない連中《れんちゅう》だこと」ゴルディロックスは、いっそう強く剣を握《にぎ》りしめた。

マーラムクロウはこれを聞くと、声をたてて笑った。

「オオカミが笑ったぞ！　今笑ったぞ！」コナーがアレックスに耳打ちした。

「おまえなんぞ、食ったところで腹のたしにもならんわ」マーラムクロウは、残忍《ざんにん》な獣の笑みをうかべた。「しかし馬ころのほうは、見るからに腹がふくれそうだぞ」

ポリッジは、兄妹が見たどんな馬よりもこわがり、ふるえあがっていた。明るいクリーム色をしていなかったら、血の気が引いてまっ白なのが見えそうなほどだ。

「この子にかすり傷《きず》一つつけてみな。あんたなんかコートに仕立てちまうからね。おどしじゃないよ？」ゴルディロックスが低《ひく》い声で言った。

「ここじゃあ、強いやつが生《い》き残るんだ！」コナーはアレックスに耳打ちすると、すぐにそれを後悔《こうかい》した。一頭のオオカミが二人のほうを向いたのだ。

「おい、マーラムクロウ。今こっちからなにか聞こえたぞ」オオカミが言った。

アレックスは悲鳴をあげないよう、とっさに両手で口をおおった。

オオカミが、くんくんとあたりのにおいをかぎはじめる。「子供が二人だ！　男と女、一人ずついるぞ」

それを聞くとゴルディロックスは、オオカミたちと同じくらい驚いた顔をした。ついさっき背中から聞こえた声は、その子供たちだったのだ。

二人はもう、自分の心臓《しんぞう》の音さえ聞こえそうだった。いったいこれから、どうなってしまうのだろう？　ゴルディロックスは自分の馬を救《すく》うため、二人をエサにする気なのだろうか？　せっかく命からがら魔女に食べられずにすんだばかりだというのに、大きなオオカミたちのエサになって終わりなのだろうか？

「残念《ざんねん》だが、その二人ならもういないよ」ゴルディロックスが言った。「最後におまえたちを追《お》い払《はら》ったときと同じように、私がもう追い払ってしまったからね」

「じゃあ馬をよこすんだな！」マーラムクロウがつめよった。

残りのオオカミたちも、いっせいに吠え立てる。耳がつぶれそうな大声だ。オオカミの群れはゴルディロックスとポリッジのまわりをぐるぐるとまわりながら、だんだんと輪《わ》をせばめていった。大きな爪《つめ》をむき出してひっかこうとするオオカミを、ゴルディロックスが剣のひとふりで追い払う。

ポリッジは一頭のオオカミが飛びかかってくるのを見ると、ひづめでそれを蹴《け》りとばした。別《べつ》のオオカミがゴルディロックスにかみつこうとおそいかかったが、剣の一撃《いちげき》をくらうと、血を流してキャンキャン鳴きながら逃げ出した。

ゴルディロックスは、双子が今まで目にしたどんな女剣士《けんし》よりも強かった。オオカミたちがどれほど自分と愛馬《あいば》に迫《せま》っても、先まわりして追い払ってしまうのだ。ポリッジも負けてはいなかった。近づいてくるオオカミをためらいなく次々と蹴りとばしている。

一頭のオオカミがポリッジの背中に飛びついて爪をたてた。ふりはらおうとして、ポリッジが後ろ足を蹴りあげる。ゴルディロックスは剣をひとふりすると、そのオオカミの手を切り落とした。オオカミはあまりの痛みに鳴きわめきながら、足を引きずって森に逃げこんでいった。

二頭のオオカミがひと組になって、ゴルディロックスをおそった。一頭に飛びかかられたゴルディロックスが、もう一頭につまずく。剣が手を離れて宙を舞《ま》うと、双子が隠れているそばの地面に落ちてきた。ゴルディロックスは身を守ることもできないまま地面に転がっている。

オオカミたちはゴルディロックスと愛馬を殺してしまおうと、じりじりとにじりよってきた。

「これを！」コナーはそうさけぶと、剣をつかみあげてゴルディロックスのほうに投げた。ゴルディロックスはそれを受け取ると思いきりひとふりし、オオカミたちの鼻先を切りさいた。

「引きあげるぞ！」マーラムクロウが群れに命令《めいれい》した。「飯《めし》にありついても、これじゃあ割《わり》に合わんぞ！」

オオカミたちは怒《いか》りの吠え声をあたりに響かせながら、森の中へと駆けこんでいった。

「おぼえていろよ、ゴルディロックス！」マーラムクロウはそう怒《ど》鳴り、群れとともに姿を消していった。

ゴルディロックスは立ちあがり、剣をさやにおさめた。敵《てき》を蹴ちらし肩で息をするその様子は、戦《たたか》いで見せたあの勇《いさ》ましい姿よりずっとか弱く見えた。ポリッジの鼻を優《やさ》しく叩き、自分のコートを愛馬の傷口《きずぐち》に当ててやる。

「いい子ね、ポリッジ」ゴルディロックスが言った。

それから、アレックスとコナーが隠れている倒れた木のほうを向いた。

「もう出てきて大丈夫よ」

双子は最初びくびくしていたが、やがてコナーがパッと立ちあがると「すごい！」とさけんだ。

「すごい戦いだったよ！」コナーが続けた。「最初は、やられちゃうかと思ったんだ！だって、女の人と馬だけで、腹をすかせたオオカミ六頭に立ち向かうだなんて、無茶《むちゃ》だと思ったからね。でも本当にすごいよ！ そんな戦いかた、どこでおぼえたの？」

興奮したコナーを見ても、ゴルディロックスは顔色一つ変えなかった。「私くらい長く逃げ続けていれば、あちこちでいろいろ身につけるものなのよ」そう言って背を向けると、パッと愛馬の背中に飛び乗る。

「本当にあなたなの？ 本当にゴルディロックスさんなの？」アレックスがたずねた。「いろんな罪《つみ》を犯《おか》して、生死を問わず指名手配って書いてあったけど」

「なにを見ても、けっして信《しん》じないことよ」ゴルディロックスは静かにそう言うと、ポリッジの手綱《たづな》を引いて進みだした。だがほんの少し進んだところでまた止まると、ポリッジを双子のほうに向かせた。

「助けてくれてありがとう」

コナーがうなずいた。

「ほら、これをあげるわ。なにかのときに役立つから」そう言ってゴルディロックスはブーツに取りつけてあった銀の短剣《たんけん》をはずすと、地面に放り投げた。

「さあ、できるだけここから遠くに離れなさい。あのオオカミどもが、いつもどってくるかもわからないから」そう言い残すと、ゴルディロックスとポリッジは森の中へと走り去ってしまった。

アレックスとコナーは、ゴルディロックスの姿が見えなくなるまでその場に立ちつくしていた。

「驚いたな！」コナーが言った。そして短剣を拾いあげるとかばんにしまいこんだ。「めちゃくちゃこわかったけど、ああいう人を見ると元気が出てくるよ」

「さあ、ここを離れましょう。今度は、〈ドワーフの森〉を出るまで絶対に立ち止まらずにね！」

コナーもまったく同じ気持ちだった。双子は早足すらやめ、土の道を走りだした。

今までに出会ったピンチをぜんぶ足しても足りないほどの大ピンチを、今日はなんとかくぐりぬけることができた。だがあいにく、ゴルディロックスとも〈大きな悪いオオカミ団〉とも、そして〈ドワーフの森〉とも、いずれまた出会うことになるのだった。

第7章

ラプンツェルの塔《とう》

一時間ほとんど走りっぱなしだったアレックスとコナーは、だんだんと疲《つか》れてきていた。アドレナリンが引きはじめ、足を踏《ふ》み出《だ》すたびに痛《いた》みが駆《か》けのぼってくる。だが足を止めるたびに危険《きけん》な目にあってしまう。だから二人は立ち止まらずに走り続《つづ》けた。

「これだけ走ったら、きっと体育のテストなんて楽勝だな」コナーは、息を荒《あら》らげながら言った。

「あと少しよ」アレックスは、自信《じしん》がなさそうに言った。「もう少しだけがんばって！」

走っているうちに、森の景色《けしき》は変《か》わってきた。木々がまばらになり、草地が広がりはじめていたのだ。枝《えだ》の合間から月明かりが差《さ》しこみ、あたりをぼんやりと照《て》らしていた。道も広くなり、さっきまでよりずっと見晴らしがいい。

森に囲《かこ》まれていても、二人はそれほどこわいとは思わなかった。〈すみっこ王国〉に近づくにつれて、なにか友情《ゆうじょう》のようなものさえ感じていたのだった。

コナーは地面に倒《たお》れこむと、まるで水から跳《と》び出した魚みたいにゼエゼエとあえいだ。

「もう走れない！　一歩も無理《むり》だ！」土の地面に手足を思いきりのばしてさけぶ。

「〈すみっこ王国〉に入るまでは、立ち止まっちゃだめよ！」アレックスも、肩《かた》で息をしながら言った。

「もう入っているだろう？」

「なんでわかるの？」

「あれさ」コナーはそう言うと、上を指さした。

木々の上、ずっと遠くに高い塔《とう》が顔を出しているのが見えた。四角く切り出した石を積《つ》み上《あ》げた、丸い塔だ。てっぺんあたり、干《ほ》し草《くさ》の屋根のすぐ下に、一つだけ窓《まど》がついている。ところどころに、壁《かべ》が見えないほどツタが絡《から》みついていた。

アレックスは、思わず両手を組んで息をのんだ。

「ラプンツェルの塔だわ！」そうさけぶと、感動のあまり涙《なみだ》がこみあげてきた。

「おいおい、ほんとに泣《な》いてるのかよ」コナーは、地面に寝転《ねころ》がったまま言った。

「だって、想像《そうぞう》してたとおりなんだもの！　さあ起きて！　近くでもっとよく見てみよう！」

アレックスは兄の腕《うで》をつかんで引きずり起こすと、いっしょに歩いて塔の下までやってきた。

思っていたよりずっと高く、数十メートルはありそうだ。しばらく見あげているうちに、二人とも首が痛くなってきてしまった。塔のすぐ前の地面には金色の板がはめこまれており、そこにこう書かれていた。

ラプンツェル女王の塔

「きっと、ラプンツェルはつらい思いをしているはずだわ」アレックスが言った。「こんなに人里はなれたところで、訪《たず》ねてきてくれる人だって一人もいないんだもの」

「まあ、泥棒《どろぼう》の心配はしなくてよさそうだけどな」

「登ってみなくちゃ」

「俺《おれ》からは見えないけど、どこかにジェット・パックか山登り用のフックつきロープでも隠《かく》し持《も》ってるのか？」

「ううん、手と足で登っていくのよ」

「どうも、ほんとに頭がどうかしちゃったみたいだな！　二回も殺《ころ》されかけたんだぜ？　ここについて、丸一日もたっていないのにだぞ！　うろうろしてないで、さっさと家に帰る方法《ほうほう》を探《さが》さなくちゃだろ！　俺、なにかおかしいこと言ってるか？」

「お願《ねが》いよ」アレックスが言った。「ほんのちょっとだけ登らせて。下りてきたら日記を読んで、〈願いをかなえる呪文《じゅもん》〉のアイテムのことをちゃんと調べるから。いいでしょう？」

「アレックス……」コナーは、いらだちをこらえて顔を赤くした。

「お願いだから、コナー。そうしないと、一生後悔《こうかい》する！」

妹のわがままにイライラしながら、コナーは首を横にふった。なぜそんな子供《こども》じみたわがままを言うのかと、アレックスを叱《しか》りたい気持ちだった。だが、大きな瞳《ひとみ》ですがりつくように見つめられると、そんな言葉など口に出せるはずもなかった。こんなにもアレックスがひたむきになることなど、めったにないのだ。コナーは、少しくらいならいいかという気持ちになってきた。

「死んだりするんじゃないぞ。おまえが登ってる間に俺は日記を見て、これから探さなくちゃいけない〈願いをかなえる呪文〉のアイテムをリストにしとくからな」

アレックスは顔を輝《かがや》かせてうなずくと、バッグを地面に下ろした。ストレッチをして、登る準備《じゅんび》運動をする。

コナーは地べたに座《すわ》りこむと、ぱらぱらと日記をめくりはじめた。

登るとは言ったものの、本当に塔を登るとなると簡単《かんたん》ではなかった。塔の下をうろうろしながら最初《さいしょ》の足がかりを探したアレックスは、てっぺんまで行くのに長い金髪《きんぱつ》が必要《ひつよう》な理由を思い知らされた。そして、ようやく足をかけられるくらいに出っぱった石を一つ見つけ出すと、第一歩を踏み出したのだった。

「さあ、行くわよ。ああもう、カメラを持ってたらよかったのに！」

「心配するなよ。俺が知ってる本物のアレックスなら、証拠《しょうこ》写真なんてほしがらないから」

まるで、世界で一番難《むずか》しいロック・クライミングに挑戦《ちょうせん》するかのようだった。アレックスは、ひび割《わ》れや出っぱりやレンガのすきまに指をかけ、足を乗せながら、ゆっくりと注意深く登っていった。もう少し体が大きかったら、きっとうまく登れなかったろう。

「おいおい、まだぜんぜん登ってないじゃないか」コナーは、何分かすると日記から顔をあげて言った。

「うるさいわよ、コナー！」

「こっちと向こうで時間の流れかたが同じだったとしても、そんなペースで登ってたら、帰るころには母さんが八十歳《さい》になっちまってるぞ」

しばらくするとアレックスはコツをつかみ、注意深くツタを握《にぎ》りしめながらいいペースで登りはじめた。高くなっていくにつれ、下を見ることも減《へ》っていった。こわくて足がすくんでしまえば、てっぺんまでたどりつけないと思ったからだ。

どうしてもてっぺんまでたどりつき、ラプンツェルが住む部屋に入り、彼女《かのじょ》が毎日窓から見ているのと同じ景色を自分も見おろしてみたかった。誰《だれ》かがこれ以上《いじょう》ないほど孤独《こどく》な暮《く》らしを送っているその場所に、自分も行ってみたかった。

ラプンツェルの物語に、アレックスはいつも深い共感《きょうかん》をおぼえていた。自分も塔に閉《と》じこめられ、手の届《とど》かないところから世界をながめているような気持ちを感じ続けてきたのだ。

もう塔を半分ほど登りきり、アレックスは森を見おろしていた。この高さから落ちたら大ケガどころか、命を落としてしまうだろう。

「ラプンツェルがそんな高いとこに閉じこめられたのには、ちゃんとわけがあるんだぞ！」

コナーが地面からさけんだ。「誰の手にも届かないようにするためなんだぞ！」

「黙《だま》ってて！」アレックスはさけびかえすと、うっかり真下《ました》を見おろしてしまった。ひたいに大粒《おおつぶ》の汗《あせ》がうかぶ。心臓《しんぞう》がどこかに飛《と》び出してしまったような気がした。なんということをしているのだろう？　下りようにも、下りる道がどこにもないのだ。塔の中を見るために、こんな命がけのことをしてしまったのだ。たとえ登りきることができたとしても、はたして下りることができるのだろうか？　下りられるくらいに髪《かみ》が伸《の》びるまで、誰にも会えず一人きりで暮らさなくてはいけなくなるのだろうか？

下りられなくなってしまったら、コナーはいったいどうするのだろう？　このおとぎ話の国を駆けまわり、塔のてっぺんまで届くような長いはしごを持っている、消防署《しょうぼうしょ》みたいなところを探してきてくれるだろうか？　それとも一人で〈願いをかなえる呪文〉のアイテムを探し出し、アレックスをおきざりにして帰ってしまうのだろうか？

アレックスはこわくてたまらなかったが、それでもどんどん登っていった。不安《ふあん》なまま立ち止まっていたところで、なんにもならないのだ。もう何時間も登り続けているような気がした。

見あげてみれば、窓までであとわずか数十センチだ。あと数十センチ登ればたどりつくのだ！　アレックスは必死《ひっし》に手を伸ばしてようやく窓枠《まどわく》にふれると、ゆっくりと体を引きずりあげた。あともう少し……あともう少しで中に入れる……。

アレックスは窓の中に足を入れると、体ごとくぐり抜《ぬ》けた。

「やった……！」思わず声がもれる。閉じこめられるかもしれないが、それでも安全なところにたどりついたのだ。

見まわしてみると、塔の中はアレックスの想像とはちがっていた。大きな円形の部屋で、家具や飾《かざ》りなどはなにも見当たらない。床《ゆか》に麦わらや鳥のふんが落ちているほかは、まったく空《から》っぽだったのだ。

「よう、アレックス！」とつぜん、塔の中に声が響《ひび》いた。

アレックスは、思わず飛び上がって悲鳴をあげた。すぐそこでコナーが壁にもたれて座っているのに気づき、目を丸くする。

「ずいぶん遅《おそ》かったじゃないか！」コナーが笑《わら》った。ひざに日記帳を広げながら、りんごをかじっている。

「いったいどうやって登ってきたの？」アレックスがたずねた。自分は、まだ息切れしているというのに。

「どうやってって、階段《かいだん》でだよ」コナーは、いじわるな笑《え》みをうかべた。「日記を読んでたんだけどさ。ラプンツェルは女王になったあと、いつでもここにもどってこられるように階段を取りつけたって書いてあったんだ。塔の反対側《はんたいがわ》にドアがあってね。俺たちが気づかなかっただけで」

「なあるほど……」アレックスが情《なさ》けない声を出した。「それもそのはずよね……」

「どうやら、ラプンツェルのほかに魔女《まじょ》の相続者《そうぞくしゃ》がいなかったもんだから、魔女が死んだあと、領地《りょうち》をぜんぶ相続したらしいよ。それで女王さまになったってわけだ」コナーが言った。「おまえも、先に日記を読んでおくんだったな。あちこちどうやって入りこめばいいか、いろんなヒントが書いてあっておもしろいぞ」

「でしょうね」アレックスはそう言うと、カチューシャを直した。落ちこんだからといって、せっかく塔を登りきった達成感《たっせいかん》をムダにはできない。ラプンツェルの窓をふり返る。

塔は、海原《うなばら》のような森に囲まれていた。ずっと遠くのほうに、小さな村に立つ家々の屋根が見えた。その向こうには、地平線をおおうように山脈《さんみゃく》が広がっていた。それこそ、アレックスが思《おも》い描《えが》いていた景色だった。

「いいながめだと思わないか?」

「うん」アレックスは、ささやくように答えた。「息をするのも忘《わす》れちゃいそう。この物語の国を、すみずみまで見てまわってみたい……。でも、登りながらずっといろいろなことを考えて、家に帰らなくちゃって思ったの。そのことを一番に考えなくちゃって」

「そういうことなら、おまえもこれを読まなくちゃだな。俺はちょっと飛ばし読みしたくらいなんだ。手書きだから、すごく読みづらいとこばかりでさ。でも、俺たちが思ってるよりずっと大変《たいへん》なことになってるってわかったんだよ」

コナーは日記帳をアレックスに手渡《てわた》した。アレックスは兄のとなりに腰《こし》を下ろすと、最初のページを開いて読みはじめた。

これを読む誰かへ

あなたがどうやって、なぜ、どこでこの日記帳を手に入れたのかはわからないが、こうしてあなたの手に渡った以上、どうか役に立ってくれることを願う。

これを読めばあなたはきっとばかばかしいと思うだろうが、どうか書かせてほしい。自分の目で見たのでなければ、私《わたし》だって信《しん》じたりはしないだろう。

私は〈チャーミング王国〉の小さな村で生まれたつまらない男だが、ずっと異世界《いせかい》に行っていた。夢《ゆめ》のような技術《ぎじゅつ》と空想のような町が存在《そんざい》する、人がたくさん住む世界だ。信じられないと思うが、そんなとほうもない場所が本当にあったのだ。私たちからは見えないだけで。

そこでさまざまな経験《けいけん》をしているうちに、私は恋《こい》に落ちた。私の想像をはるかに超《こ》えるほど、深く恋に落ちてしまった。

そんな愛《あい》が現実《げんじつ》にあるなどとは、思ったこともなかった。まるで自分のためではなく、その人のために生まれてきたみたいだった。だから私は、あそこにもどる道を探し出さなくてはいけない。またあの人に会う方法を見つけなくてはいけない。最初は簡単に行くことができた。その世界を知る妖精《ようせい》が、いっしょに連《つ》れていってくれたからだ。妖精は、ものごとや人間にけっして深入りしないよう、よくよく私に警告《けいこく》した。そして私は頭ではよくそれをわかっていたというのに、心が裏切《うらぎ》ってしまったのだった。

それを知った妖精は罰《ばつ》として、二度と私を連れていってはくれなかった。だから私は、自分の手であそこに帰る方法を見つけなくてはいけなくなったのだ。

だが、私にはなにからはじめればいいのかまったくわからなかった。異世界と行き来する者など、どこにいるだろう？　誰にたずねてみろというのだろう？　そんなことを聞けば、頭がおかしいとしか思われないのではないだろうか？　チャーミング王国に住む人々、つまりシンデレラ人《じん》たちの社会は、とても人に厳《きび》しい。私がそんなことをしているのが明るみに出れば、きっとおろか者《もの》だと笑われることになるだろう。

そこで私は、奇人《きじん》にたずねてみようと思い立った。そうすれば、たとえその人が私から質問《しつもん》を受けたなどと人に言おうとも、誰も信じたりしないからだ。だから、私には信頼《しんらい》できても世間からは信頼されない誰かを見つけ出さなくてはいけなかった。

秘密《ひみつ》の行商人と出会ったのは、私が誰も見つけられずに希望《きぼう》を失《うしな》いかけたころのことだった。この男は、なにも知らない子供を森で見つけては、魔法《まほう》の品をやろうなどと持ちかけて子供たちの大事なものと交換《こうかん》してしまう、悪名高い男だった。うわさでは、あのジャックに豆の木の豆をやったのも、この男だということだ。

異世界の話などをする人物がいるとするならば、この男をおいてほかにはいない。すべての王国に指名手配書が出ているため、この男はあちこちを動きまわり続けていた。見つけ出すことなどほとんど不可能《ふかのう》かもしれないが、そうなると、私の冒険《ぼうけん》も不可能だということになってしまう。

ある日の夜遅《よるおそ》く、私は自分の家から川をのぼったところにある酒場に出かけていった。そこで二人の農夫《のうふ》と仲良《なかよ》くなったので、私は二人にどんどん酒を買ってやった。子供時代の冒険話や大人になってからの失敗談《しっぱいだん》に花を咲《さ》かせたあと、私は二人に、秘密の行商人を知らないかたずねてみた。

すると二人は、まるでその質問をおそろしく感じたように、口数が少なくなってしまった。だから私は、ただの好奇心《こうきしん》で聞いているだけだからなにも心配することはないと言って、また酒を買ってやった。二人はそれを飲みほすと、何年も前に秘密の行商人と取り引きをしたことがあるのだと打ち明けてくれた。

「俺はヤギ二頭とわき水の缶《かん》を交換してもらったんだ。その缶から勝手にどんどん水がわいて、作物が肥《こ》えるというんだよ」一人の農夫が言った。「でもいまいましいことにだめだった、水もれがしててな！　まったく、人生で一番の大失敗さ」

「俺は牡牛《おうし》二頭と、金の卵《たまご》を生むっていうアヒルを交換したんだ！」もう一人がいまいましげに言った。「でもオスだったんだよ！ オスのアヒルをよこしやがったんだ！」

二人は、探すなんてやめるよう私を説得《せっとく》したが、もう一杯《ぱい》ずつ酒を買ってやると、行商人がこっそり使っている森の道をいくつも教えてくれた。

私は〈チャーミング王国〉じゅうの森で行商人を探しまわった。そしてついに〈赤ずきん王国〉との国境線《こっきょうせん》のすぐ南に広がる森の中で、あの男を見つけたのだった。

秘密の行商人は、見るからに奇妙《きみょう》でだらしない姿《すがた》をした老人《ろうじん》だった。ぼろを何枚《なんまい》か重ね着し、灰色《はいいろ》のひげを長く伸ばしていた。行商人の目の下にはおおきなくまができており、片目《かため》だけギロリと左を向いているものだから、いったいどっちを見ているのかさっぱりわからなかった。

行商人は荷車を引いたラバを一頭つれていた。私が見つけたとき、ニワトリを持った少年と取り引きをしようとしているところだった。

「このクマの爪《つめ》を身につけておけば、いつか村一番の力持ちになれるぞ」行商人はそう言うと、大きなクマの爪がついたネックレスを少年の首にかけてやり、ニワトリを受け取った。

少年は、にこにこ顔で走り去っていった。行商人は、荷車にニワトリをのせた。先にアヒルが二羽《わ》とブタが一頭のっていたが、きっとほかのところでも取り引きをいくつかすませてきたのだろう。

「敵《てき》か友人か、どっちかね？」行商人が私にたずねた。

「友人、だと思うがね」

「そいつはけっこう」行商人は、うれしそうに手を叩《たた》いた。「さてさて、なにがお望《のぞ》みかね？　宝石《ほうせき》に変わっちまう、魔法の石ころをひと袋《ふくろ》なんてどうだい？　たったアヒル一羽だよ！　それとも、二度と腹《はら》のへらないパン一つとブタ一頭を交換してやろうか？」

「いや、遠慮《えんりよ》させてもらうよ」私は警戒《けいかい》しながら言った。「今日は、ちょっと助言を求《もと》めてきたんだ」

「助言とな？」行商人は、いぶかしそうにひたいにしわをよせた。「はてさて、そんなものを求める客は初《はじ》めてだよ。いったいぜんたい、なにが知りたいんだね？」

「では質問させていただくが……」私は口を開いたが、どう言葉にしたものかよくわからなかった。「一番遠くでは、どこに行ったことがある？」

行商人はそれを聞くと、ひげをさすりながら考えこんだ。

「ふむ……正直に言うと、この世界で行ったことのない場所など、一つとしてありはしないな。南西から北東まで、南東から北西まで、どこでも行ったもんだよ。〈すみっこ王国〉の一番下から〈眠《ねむ》れる王国〉のてっぺんまで、そして〈エルフ帝国《ていこく》〉の端《はし》から〈妖精の王国〉の海岸まで、どこもかしこも――」

「それより遠くへは？」私は、行商人の言葉をさえぎった。旅の話を一つ残《のこ》らず延々《えんえん》と聞かされたのでは、たまったもんじゃないからだ。

「それより遠くかね？」行商人は、目を丸くしてみせた。「それより遠くなんて、あるのかね？　その向こうには、海しかないだろうさ」

「では、異世界はどうだい？　異世界の話や、そこへの行きかたを聞いたことはないか？」私は、ついにそうたずねた。

行商人はさもおかしげな目をしてみせた。

「お若《わか》いの、わしは世界じゅうを渡り歩いてきたが、別《べつ》の世界があるなんて話は一回たりとも耳にしたことがないよ」

行商人はこの話に少々うろたえた様子で荷車に飛び乗ると、ラバの手綱《たづな》を握りしめた。

「待ってくれ！　行かないでくれ！」私はすがりついた。

「あんたみたいな若いのは、いつも年よりをからかいたがる。そんなことは許《ゆる》さんぞ」行商人はそう言うと、ラバを進ませはじめた。

私は行かせたくないあまりその前に立ちはだかり、あわやラバと衝突《しょうとつ》しかけた。

「からかったりするものか！　わかってくれ！　私は場所も時もちがう異世界に行き、信じられないようなものを見てきたんだ！　そこにもどらなくちゃいけないんだ！　それが私の生涯《しょうがい》の願いなんだよ！」

私は両腕《りょううで》を広げて地面にひざまずいた。まるで、おろかな老人におろかな願いを打ち明ける、まぬけになってしまったような気持ちだった。

行商人は座ったまま、見えるほうの目でじっと私を見つめていた。

「本当に、それがもっともかなえたい願いなのかね？」行商人がたずねた。

「そのとおりだ！　それさえかなうなら、もうなにも望んだりはしないとも！」

「もし本気ならば、おまえさんに必要なのはたった一つ」

「それはいったい……？」

「願いをかなえる呪文だよ」行商人が言った。

最初は、冗談《じょうだん》を言われているのかと思った。

「願いをかなえる呪文？　まるで子供じみた言《い》い伝《つた》えだ」

「言い伝えどころか、わしの顔に鼻がついているのと同じくらい確《たし》かなことさ」行商人が答えた。「星の数ほどの連中《れんちゅう》が、その魔法を見つけ出そうとしてきた。伝説《でんせつ》によれば、必要なアイテムをそろえてそれを一つに集めれば、探し出した者が抱《いだ》く心からの願いが一つだけかなうんだそうだ」

信じていいものか、私にはわからなかった。もしかしたら、さっきの仕返しに私をからかっているのかもしれない。だが頭ではそう警戒していても、心は先を知りたがり、ぐいぐいと引きよせられた。

「そのアイテムは、いったいどこで見つかるんだ？」

「そいつはわしにもさっぱりさ」行商人が答えた。

今度は、私のほうがイライラしてきた。あれだけ説明《せつめい》しておいて、なにもなしとは！　私は老人に背《せ》を向けると、さっさと家に歩きはじめた。

「だが、知っている者がおる！」行商人が、私のうしろで大声を出した。

「それは誰だ？」私はつめよるように言った。

「ただでは商売しないよ」行商人はそう言うと、手のひらを開いて私に差し出した。

私はそこに、金貨《きんか》を何枚かのせてやった。それでも手を引っこめないものだから、さらに何枚かのせると、老人はようやく満足《まんぞく》した。

「ハガサという女がいる」

「どこに行けば会える？」

「この道を西に進んでドワーフの森に行くがいい。大きな岩を三つすぎると煙《けむり》が見えるはずだ」行商人はそれだけ教えると手綱を握り、遠ざかっていってしまった。

もしあのとき冷静《れいせい》だったなら、後を追いかけてもっと聞き出していたことだろうが、私はすぐさまドワーフの森へと向けて走り出していた。

ドワーフの森に入ったのは、それが初めてだった。子供のころからどれほど危《あぶ》ないところか聞いてはいたが、一歩足を踏み入れただけで、私にはその警告の意味がわかった。目と鼻の先に誰かが立っていても気づかないほど、深々《ふかぶか》と木々がおいしげっていた。

行商人が言っていた三つの岩を見つけるのに、二日もかかった。

大きな岩が三つ地面から突《つ》き出し、おかしな形にかたむいていた。きっとなにかの方向を指《さ》し示《しめ》しているのではないかと思った私は身をかがめ、岩が示しているほうをながめてみた。

岩はまっすぐに、二本の木の間に広がるすきまを指しており、その間から空が見えていた。そして私は見たのだ、そこに立ちのぼる煙を！

私はそこを目指して走りだした。煙の出どころは道からずっとはずれていた。私はあわや大ケガをしそうになりながら、茂《しげ》みや木の根を飛びこえていった。

ときどき枝の合間から空を見あげ、自分が道をそれていないか確かめた。きっと長いこと、ぐるぐるとまわり続けていたにちがいない。そろそろ煙の立ちのぼる場所につくかと思うたびに風向きが変わり、煙が別の方向へと流されていった。

私は道に迷《まよ》っていた。どこを曲がっても同じような景色ばかりなのだ。私はまるで森に飲みこまれたかのような気分だった。

太陽が沈《しず》みはじめ、煙が見えづらくなっていた。私はうろたえた。身を隠すような場所は、どこにも見当たらない。夜になればきっとおそろしい獣《けもの》が私を見つけ、食ってしまおうと寄《よ》ってくるだろう。

私はまた駆けだした。もう、自分の目指す先もほとんど見えなかった。遠くから獣の遠吠《とおぼ》えが聞こえた。ふと私は足を取られて転び、大きなイバラの茂みに突っこんでしまった。

茂みを突き抜け、その先の草地に体を打ちつける。体じゅう傷《きず》だらけで、私は血を流していた。

立ち上がり、あたりを見まわしてみた。そこは大きなイバラの茂みの壁に囲まれた、広々とした円形の野原だった。野原のまん中に、わらぶきの屋根とレンガの煙突《えんとつ》をもつ小屋が一つ立っていた。その煙突からは、私が追いかけてきたあの煙が立ちのぼっていた。

見つけ出すのに苦労《くろう》するはずだ！　きっと私は小屋がイバラの壁に守られているのにも気づかないまま、延々とグルグル駆けまわっていたのにちがいない。

おそるおそる小屋に近づいていった。窓が一つ、ドアが一つ、それだけだ。ノックしようと近づくと、それより先にドアが勢《いきお》いよく開いた。

「誰だい？」小屋から出てきた女が言った。

見た瞬間《しゅんかん》、私はその女こそハガサなのだとわかった。まるで、生きた切《き》り株《かぶ》のような姿だった。背が低《ひく》く、フードのついた茶色いマントをまとっていた。顔には深いしわがきざまれ、片目は閉じそうなほど細くなっていた。鼻は私が見たこともないほど小さく、その横にそれは大きなほくろがあった。

「ハガサさんですね？」私はたずねた。

「どうやってここに来たのかね？」ハガサが、いまいましそうに言った。

「イバラの茂みを抜けて、転がりこんできました」

「いや、なぜ私がここにいると知っていたのかね？」ハガサは、細い目をさらに細めてたずねた。

「秘密の行商人から聞いたのです。あなたが、〈願いをかなえる呪文〉のことを知っているからと」

ハガサはうめきながらため息をついた。口元にしわをよせながら、私の全身をながめまわす。そしてしぶしぶといった様子で、「ほら、入った入った！」と、小屋の中に私を招《まね》き入れた。

小屋に入ってみると、そこはひどいありさまだった。奇妙な液体《えきたい》が入った容器《ようき》があちこちに置《お》かれていた。泡《あわ》をたてているもの、きらきらと光っているもの、湯気をたてているものもある。

気味の悪いものが入ったガラス容器もたくさんあった。死んだ八虫類《ちゅうるい》や生きた八虫類、さまざまな昆虫《こんちゅう》、目玉がつめこまれた容器まである。どれもこれもくり抜かれていたが、一つの目玉が私のことを確かに見つめていた。

そこには、驚《おどろ》くほどたくさんの動物たちもいた。アヒル、ニワトリ、ハチドリ、サル……。みんな檻《おり》に閉じこめられ、落ちつきなくうろうろしている。まちがいなく、そこに囚《とら》われているのだ。

「お座り」ハガサは、小屋を埋《う》めつくすほど巨大《きょだい》なテーブルのはしに置かれた椅子《いす》を指さした。

「ものを集めるのがお好《す》きなんですね」

ハガサは、あまり話などしたくない様子で私を無視《むし》すると、部屋の中であれこれと探しはじめた。ボウルを手にしたかと思えば、別のところで小瓶《こびん》を手に取る。

「しかし、イバラの茂みで小屋を囲むなど、いいお考えです」私は言った。「よけいな客にわずらわされずにすみますからね」

「全員じゃないけどね」ハガサはそう言うと、ギロリと私を見た。「あのイバラは、〈眠れる王国〉から持ってきたんだ。ここに植えたら勝手に、あの百年の眠りにつく女王の城《しろ》を取り囲むみたいにまん丸に茂っていったのさ。抜けてきたのは、あんたが初めてだよ」

「それはすみません――」

「金貨十五枚《まい》だよ」ハガサは私の向かいに腰を下ろした。

「金貨？」私はたずねた。

「〈願いをかなえる呪文〉に必要なアイテムが知りたいんだろう？　だからここに来たんじゃないのかい？」ハガサが言った。

私はポケットから金貨を取り出すと、それをテーブルに置いた。残念《ざんねん》ながら、秘密の行商人との取り引きだけがすべてではなかったのだ。

「十四枚しか持っていないんです」

ハガサは不満《ふまん》そうな顔をすると、「若い連中はおろかだから、おろかなことを願うもんだ。まあいいだろう」と言って、さっと金貨をかき集めた。

そして目の前にボウルを一つ置くと小瓶を二つ取り出し、中身をすべてそこにあけた。片方《かたほう》は赤い液体、もう片方は青い液体だ。

「タカの目を一つ、小妖精《ピクシー》の羽根を二枚、そしてイモリの心臓を一つ」ハガサが言いながら、それらをボウルに入れていく。「そして巨人《きょじん》の血を三滴《てき》、鬼《オーガ》の爪をひとかけらと、金の麦わらを一本。これで薬のできあがりだ」

材料《ざいりょう》をすべて入れてしまうと、ボウルの液体が輝きながら煙を出しはじめた。ハガサはボウルに顔をよせてそれを吸《す》いこむと、目をつぶり、しばらく私のことなど忘れてじっと瞑想《めいそう》した。

「その薬が、アイテムのありかを教えてくれるのですか？」

「いや、だが思い出す手助けをしてくれるのさ」ハガサが答えた。「これを聞きに来たのはおまえが最初ではないし、これからだって来るだろう。よくおぼえておいで。このアイテムを集めようとして、たくさんの連中が命を落としてきた。集めることなどできはしないいんだ」

「集められたんじゃないかと後悔しながら生きるくらいなら、集めようとして死ぬほうを選《えら》びます」私は言った。

「じゃあこれから言うことをよくお聞き。一度きりしか言わないよ」

私は、ひとことも聞きもらすまいとして、ハガサのほうに身を乗り出した。そのためにはるばるやって来たのだ……。

「アイテムは、ぜんぶで八つある」ハガサはそう言うと深呼吸《しんこきゅう》し、一つひとつ説明をはじめた。


「真夜中の訪《おとず》れまで孤独な魂《ソウル》を閉じこめるガラスの器《うつわ》。

花婿《はなむこ》に死をもたらす深き海底《かいてい》の短剣《たんけん》。

吠え声《バーク》と牙《きば》から逃《のが》れた者が抱《かか》え続けた吠え声《バーク》のバスケット。
野蛮《やばん》な者どもが住まう穴《あな》ぐらの奥深《おくふか》くにある、分かち合うべく作られた石の冠《かんむり》。
心優《こころやさ》しき姫君《ひめぎみ》の、美しき肌《はだ》をつらぬいた一本の針《はり》。
かつて自由をもたらすたった一つの希望だった黄金の縄《なわ》。
いつわりの死者の身を横たえ、大切なものとなった光《ひか》り輝く宝石。
魔法も喜《よろこ》びもなくしたあわれな妖精の乙女《おとめ》が落とした涙のしずく」

私はそれを頭の中でずっとくり返しながら家に帰ると、すべてをここまでの旅の記《き》録《ろく》といっしょに日記帳に書きとめた。はたしてアイテムを集めきれるかどうかはわからないが、とにかく見つけ出さなくては。そして、また必要になったときのために、どのように集めたかをここに書き記すのだ。

あなたが今これを読んでいるのなら、私が無事《ぶじ》に成功《せいこう》していることを願う。そして、あなたもこれからアイテムを探そうと思っているのならば、どうか幸運がともにありますように。

「すごい……」アレックスは声をもらしながら、日記帳から顔をあげた。
「いやいや、おまえもすごいよ」コナーが言った。「俺なんか、読むのに二倍も時間かかったんだぜ？」

「もっと先まで読んでみた？ この人、アイテムをぜんぶ見つけられたの？ 無事に帰ってこられたの？」

「さあな。抜けてるページがたくさんあるんだ」

アレックスはもう一度、〈願いをかなえる呪文〉に必要なアイテムのリストを見てみた。まさか、なぞなぞで書かれているとは。

「ほとんどは簡単なものばかりね。たとえば『心優しき姫君の、美しき肌をつらぬいた一本の針』っていうのは、『眠れる森の美女』に出てくる紡《つむ》ぎ車の針のことだわ」

「それに『かつて自由をもたらすたった一つの希望だった黄金の縄』っていうのは、まちがいなくラプンツェルの髪のことだ！」

コナーは自分が座りこんでいるあたりをキョロキョロと見まわした。そして床板《ゆかいた》の間から、長い金髪を一本引っぱりだした。

「一本見つけた！ ここに登って来てすぐ、あちこちに抜け毛《げ》が落ちているのに気づいてたんだ。これで八分の一、家に近づいたぞ！」

アレックスはスクール・バッグからティッシュを取り出すと、ていねいにその金髪を包《つつ》んだ。

「でも『真夜中の訪れまで孤独な魂《ソウル》を閉じこめるガラスの器』って、いったいなんだろう？」アレックスが言った。「誰かの魂がガラスにおおわれてるっていうこと？」

「わかったぞ！」コナーが言った。「それはシンデレラのガラスの靴《くつ》さ！　だって、足《ソー》の裏《ル》はガラスの靴に包まれていたわけだろ？」

「そのとおりだわ！　たぶん、耳で聞いておぼえたものだから、ハガサが『足の裏《ソール》』と言ったのを、この人は『魂《ソウル》』だと思っちゃったんだわ。コナー、天才よ！」

「おっと、その言葉もなにかのなぞなぞか？」コナーがからかったが、アレックスは先を続けた。

「この『吠え声《バーク》と牙から逃れた者が抱え続けた吠え声《バーク》のバスケット』っていうのは難しいわね」アレックスはそう言うと、必死に考えはじめた。「バスケット……。牙、牙、牙……。赤ずきんだ！　きっと赤ずきんのバスケットは、木の皮《バーク》でできてたのよ！　こっちの吠え声と牙っていうのは、大きな悪いオオカミのことを言ってるんだ！」

「なるほど、筋《すじ》が通ったな」

アレックスは立ち上がると、塔の中を歩きまわりはじめた。

「次は『いつわりの死者の身を横たえ、大切なものとなった光り輝く宝石』ね……。これは難しいわ。いつわりで死ぬ人なんている？」

「毒《どく》りんごを食べた白雪姫《しらゆきひめ》を見て、みんな死んだと思ってなかったか？」コナーが答えた。

「それだわ！」アレックスは飛び跳《は》ねた。「ガラスの棺《ひつぎ》の中に、ドワーフたちが掘《ほ》った宝石といっしょに入れられたのよね！　きっとそのことを言ってるんだわ！」

「こいつは、俺たちがすっかり育ってからも物語を読んでくれた、おばあちゃんと父さんの手柄《てがら》だな！　まさか、こんなところで役に立つなんて、誰も思わないよ」

「次は『魔法も喜びもなくしたあわれな妖精の乙女が落とした涙のしずく』ね。この謎《なぞ》を解《と》くには、彼氏《かれし》と別《わか》れたりしたばかりの妖精を見つければいいんじゃないかな」

「妖精を蹴《け》とばして、泣かせたらどうだ？　そのほうがずっと話が早いぜ」

アレックスはそれを無視すると、夢中《むちゅう》になってまた日記帳をめくりだした。

「ガラスの靴、これはよし。紡ぎ車、これもよし。棺、これもよし！　余白《よはく》に書かれてるメモを読むかぎり、これを書いた人も私たちと同じ意見みたい。でも『花婿に死をもたらす深き海底の短剣』とか『野蛮な者どもが住まう穴ぐらの奥深くにある、分かち合うべく作られた石の冠』とか、このあたりはまだなにを言ってるのかわからないわ」

「さっきも言ったけど、やたらとページが抜けてるんだ」コナーが言った。

アレックスは、見るからにがっかりした顔になった。正体がわかったアイテムですら手に入れることなどできなさそうなのに、正体のわからないアイテムまであるとなると……。

アレックスは窓辺《まどべ》に歩みよって外の景色をながめた。太陽はもう沈みかけていた。近くの村の家々で暖炉《だんろ》に火がともり、暗くなっていく空に煙のすじが立ち上っていた。

「まちがってたらどうなるの？」アレックスが言った。「もし、私たちがなぞなぞの答えをまちがってたら？　これを書いた人がまちがってたら？　この人が失敗《しっぱい》して、もどってくることもできずに死んでしまってたら？」

「とにかく、がんばってみるしかないよ」コナーはそう言うと、窓辺にやってきた。「いつだったかムカつく女の子に言われたことがあるんだ。希望は抱いてさえいれば、いつでもきっとかなうんだって。その子が言うことは、いつでも正しいんだぜ？」

アレックスは、温かな笑みをうかべて兄を見つめた。

「よし、今のところ、ラプンツェルの髪の毛《け》は手にいれたわ。あとはシンデレラのガラスの靴、眠れる森の美女の紡ぎ車、白雪姫の棺に入ってた宝石、赤ずきんのバスケットに使われてた木の皮、妖精の涙。それから、まだ解けないなぞなぞに隠されたアイテムが二つ」

それを聞いたコナーは、大きなため息をついた。二人で地平線と、塔を囲む木々の海をながめる。このどこかで、八つのアイテムが二人を待っているのだ。

「どうやら、思ってたより『ランド・オブ・ストーリーズ』に深入りしなきゃいけなくなっちゃったみたいだな」

第8章

秘《ひ》密《みつ》の場所

〈眠《ねむ》れる王国〉の一番北には、寒々《さむざむ》としたなにもない荒《あ》れ地が広がっていた。このあたりの枯《か》れ木《き》とでこぼこ道、そしておそろしいほど高い崖《がけ》は、誰《だれ》でも知っている。地面は小石におおわれており、馬車で走ることなどほとんど不可能《ふかのう》だった。雨はよく降《ふ》ったが植物はなに一つ育たず、動物が生きていけるようなところではなかった。

この荒れ果《は》てたわびしい土地に、干《ひ》あがった深い堀《ほり》に囲《かこ》まれた小さな城《しろ》が立っていた。暗い色をしたレンガ造《づく》りで木の扉《とびら》がついているこの城は、長年かけて朽《く》ち果てているところだった。誰がなんのために建《た》てた城なのか誰も知らなかったが、そもそもこの城の存在《そんざい》自体、ほとんど知る者はいなかった。

場内には、分厚《ぶあつ》くほこりがつもっていた。クモは一匹《ぴき》も見当たらなかったが、窓《まど》にはどこもかしこも、城と同じくらい古びたクモの巣《す》が張《は》っていた。部屋も廊下《ろうか》もほとんどからっぽで、たまにすみにぼろぼろの椅子《いす》やテーブルが置《お》いてあるだけだった。

城の西翼《よく》には大広間があった。壁《かべ》一面に窓が取りつけられ豊《ゆた》かな太陽の光が差《さ》しこんでいたが、ガラスがあまりにも古いせいで、外の景色《けしき》はいびつにゆがんで見えた。

こんな城に住みたいと願《ねが》う者など誰もいないだろう。だがある一人の女にとっては、この城こそ願ってもいない隠《かく》れ家《が》なのだった。

悪の女王は、命からがら白雪姫《しらゆきひめ》の宮殿《きゅうでん》を逃《に》げ出《だ》した。なんとか魔法《まほう》の鏡《かがみ》を持ちだし、ここならまず見つからないと思って逃げてきたのだった。この城は、はるか昔にはじめた仕事を最後《さいご》までやりとげることができる聖域《せいいき》なのだ。

この城に来るのは初《はじ》めてではなかった。ここ一世紀《せいき》、たくさんの人々がこの城を訪《おとず》れてきた。だが運よく出ていくことができたのは悪の女王をふくめほんの数人だったのだ。その中には、悪の女王がもう長らく顔を見ていないとある人物もいた。

近ごろ悪の女王は、自分のところに来て力になってくれるよう、この古い友人に手紙を書いていた。そして、いつやって来てもおかしくないと思いながら、男の到着《とうちゃく》を待っていた。なにせ、命を助けてやった貸《か》しがあるのだから。

悪の女王は両手を広げてまぶたを閉《と》じ、魔法の鏡の前に立った。国じゅうから追われる身になっても、心はおだやかだった。女王の右に置かれた椅子の上には、肌身《はだみ》はなさず持ち続《つづ》けているあの石の心臓《しんぞう》が載《の》っていた。

悪の女王が持つこの魔法の鏡は王国でもっとも悪名高い品物だったが、実際《じっさい》に目にしたことのある人はほとんどいなかった。多くの人々は、きっと金やダイヤモンドや歩いて通《とお》り抜《ぬ》けられるほど透《す》きとおったガラスで作られているにちがいないと思いこんでいた。

だが、幅《はば》が広く背《せ》の高いこの鏡には、てっぺんに尖《とが》った黒い枠《わく》がついているだけだった。鉄の枠には、絡《から》まりあうツタの装飾《そうしょく》がほどこされていた。鏡面《きょうめん》はくもっており、まるで霧《きり》の立ちこめたひどく寒い場所へと続く入り口のようだった。城の中は乾燥《かんそう》していたが、鏡面には水滴《すいてき》がしたたっていた。

悪の女王はまぶたを開くと、じっと鏡をのぞきこんだ。

「鏡よ鏡よ魔法の鏡よ、私《わたし》の狩人《かりゅうど》は、いつになったら来てくれるの？」女王がたずねた。

ぼんやりとした男の影《かげ》が鏡の中にあらわれた。低《ひく》いしわがれ声で、影が静《しず》かに話しだす。


「古き友を待つわが女王。

狩人はまもなくやって来よう」


鏡の中の男がゆっくりと消えていった。それからすぐ、大広間の扉をノックする大きな音が三回響《ひび》きわたった。

「お入りなさい」悪の女王が言った。

ひどいきしみをたてて扉が開き、一人の男が大広間に入ってきた。背が高くがっしりとした、初老《しょろう》の男だ。さまざまな獣《けもの》の皮をつぎあわせた服をまとい、右足をひきずっていた。白髪《しらが》のまじった茶色い口ひげを生やしている。背中《せなか》にはクロスボウを背負《せお》い、腰《こし》には大きなハンティング・ナイフをさげていた。

「わが狩人殿《どの》のお帰りね」悪の女王が言った。

狩人は大広間をつっきり、悪の女王に歩みよった。

「最後にその顔を見てからずいぶんとたつけれど」女王が言った。「いまだにやっぱりいまいましいものだわね」

狩人はまるで情《なさ》けなくすがりつくように、女王の足元にひれふした。

「女王陛下《へいか》」涙《なみだ》まじりに狩人が言う。「どうかお許《ゆる》しください。陛下を裏切《うらぎ》ってしまったことを、私自身どうしても許せずに生きてきたのです」

悪の女王は冷《つめ》たい目で狩人を見おろした。人をあわれむような気持ちなど、女王はもうとっくに失《うしな》ってしまっていた。

「あんなによくしてくださり、お慈悲《じひ》をお示《しめ》しくださったというのに、私はあの森で王女を殺《ころ》すことができませんでした」狩人が言った。「そのせいでどれだけ陛下は胸《むね》を痛《いた》められたことか……。私がお言いつけを守りさえしていれば、陛下はまだ女王でいらっしゃったはずなのに」

悪の女王はしばらくの間、狩人がすすり泣《な》くにまかせた。許すような素《そ》ぶりはまったく見せなかった。この狩人は、それだけのことをしでかしたのだ。

女王は狩人をおきざりにしてその場を離《はな》れると、城の周囲《しゅうい》に広がる枯れ果てた風景《ふうけい》をながめた。

「おまえと私は、かつてともにこの城に囚《とら》われた身」悪の女王が言った。「まさかその城が、私にとってたった一つの安全な隠れ家になろうとは、思いもしなかったわ」

「陛下は私を助けてくださいました。あなたがいらっしゃらなければ、私はまちがいなくここで命を落としていたのです。だから、陛下のお力になれるのならばどんなことでもしようと心に誓《ちか》ったのです。それなのに、私はその陛下を裏切《か》ってしまいました……」

「あれからずいぶんたったけれど、まだ私はあのときと変わらぬ使命を果たそうとしているのよ。だから狩人や、泣くのはおよし。挽回《ばんかい》の機会《きかい》を与《あた》えてやろうと思ってここに呼《よ》んだのだから」

女王はもとのところにもどると、そっと狩人の頬《ほお》に手をふれた。狩人は悲しげな目を見開いて女王を見あげた。

「挽回の？　女王陛下、あんな失敗《しっぱい》をしでかした私に、またお力にならせていただけるとおっしゃるのですか？」そう言うと狩人は、先ほどよりもずっと大きな涙のつぶを落として泣き続けた。「こんなにも立派《りっぱ》なお方なのに、そんなこともわからん世の連中《れんちゅう》に呪《のろ》いあれ！　できることなら、陛下をおとしめる者どもを一人残《のこ》らずこの手で殺してやりたい！」

「そんなことをする必要《ひつよう》はないわ」悪の女王が言った。「もう一つ、別《べっ》の仕事を頼《たの》みたいのよ。長旅が必要な仕事なのだけど、なにせ私が王国最大《さいだい》の指名手配犯《はん》になって自分の手ではできなくなってしまったものだから、おまえをここに呼びよせたのよ」

狩人は静かになると、悔《くや》しそうにうつむいた。

「女王陛下。長旅をするには、私は老《お》いすぎました。ごらんのとおり、歩くことすらままならないのです」

悪の女王は、腹《はら》を立てたように眉《まゆ》をしかめると男を見おろした。

「おろか者め。自分は役立たずだなどと言うために、はるばるこのようなところまで出向いてきたと申すか」

狩人は、さも大変《たいへん》そうにふらつきながら立ち上がった。

「女王陛下、そうではないのです。説明《せつめい》させてください。私はもうすっかり老いぼれで、お仕えすることができません。しかし私の娘《むすめ》ならばできますし、私にはかなわぬお役目を果たそうと意気ごんでおります」

「娘とな？」悪の女王がたずねた。

大広間の端《はし》の扉が、また開いた。そして、大きな荷車を引きながら一人の娘が入ってきた。背が高くやせており、スミレ色をおびたような深紅《しんく》の髪《かみ》。瞳《ひとみ》はあざやかな緑色で、植物や葉で作った服に身を包《つつ》んでいる。

荷車には、大きな四角いものが積《つ》まれていた。平たいなにかが、人目にふれないようシルクの布《ぬの》でおおってある。

その姿《すがた》を見た悪の女王は、もう何年も昔に会った狩人の娘を思い出した。まだ悪の女王が玉座《ぎょくざ》についていたころ父親といっしょに宮殿に住んでいた、内気な娘を。

「大きくなったわね」悪の女王が言った。

女王を見つめながら、狩人の娘がこくりとうなずいた。

「私が話しかけたら、声に出して答えないか！」悪の女王が声を荒《あら》らげた。

「娘は口がきけないのです、女王陛下」狩人が言った。「生まれてこのかた、ひとことたりともしゃべったことがないのです。しかしいくら話せぬからと言って、陛下のおおせのままにするのになにもさしつかえなどございません。この子はその証拠《しょうこ》の品を、自《みず》ら運んできたのです」

狩人の娘は注意深く荷車から積み荷《に》を下ろすと、魔法の鏡のとなりに置いた。そしてよく整えてからシルクのおおいを取《と》り払《はら》った。あらわれたのは、一枚《いちまい》の鏡だった。魔法の鏡よりもひとまわり小さく、丸い鏡のまわりに花をあしらった四角い金の枠がついている。

悪の女王は、ひと目見ただけでその正体がわかった。

「真実の鏡じゃないか」女王が言った。前の女王が国を治《おさ》めていたころに手に入れた、もう一つの魔法の鏡だ。その前に立った人の、真実の姿をうつすのだ。

「どうやって手に入れたの？」悪の女王がたずねた。

「あなたのために宮殿に押《お》し入《い》り、持ち去ってきたのです」狩人が説明した。

悪の女王は、真実の鏡の枠に手をふれた。どのような装飾がほどこされていたのか、すっかり忘《わす》れていた。そして、娘のほうをふり向いた。

「おまえは、私の女狩人になりなさい」声高らかに、女王が言った。

女狩人は頭をさげ、女王の手にキスをした。

「そして女王陛下、いったいどのようなお仕事を？」狩人がたずねた。

「おまえたちは、〈願いをかなえる呪文《じゅもん》〉の話を聞いたことがあるかい？」

狩人と女狩人は、初めて聞いたかのように顔を見合わせた。

「いいえ、女王陛下。昔から伝《つた》わる、くだらないおとぎ話のお話をされているのではありますまいな？」

「まさにその話なのだよ。あの地下牢《ちかろう》で、とある囚人《しゅうじん》が死刑《しけい》になる直前にぶつぶつ話しているのを聞いてね。それまでは、私も本気にしたことなどなかったのだけれど。くだらないおとぎ話によると、なにやらアイテムをいくつか探《さが》し出して一か所に集めると、その者の願いが一つかなう話だった。大きな願いだろうとちっぽけな願いだろうと、なんだってかなうんだってね。そしておまえも知ってのとおり、私にはどうしてもかなえたい願いが一つある」

「ということは、娘にアイテムを集めさせようということで？」

「そのとおり」悪の女王がうなずいた。「私の知ったところでは、この仕事はとても危険《きけん》で時間もかかるものだけれど、もしこの娘が無事《ぶじ》にやりとげることができたなら、おまえの失態《しったい》はすべてなかったことにしてあげよう」

狩人が見つめると、娘がうなずいた。

「わかりました。娘にやらせましょう。それで女王陛下、集めるべきアイテムとはいったい？」

悪の女王は魔法の鏡の前に立つと両手を広げ、じっと鏡をのぞきこんだ。

「鏡よ鏡よ魔法の鏡よ。〈願いをかなえる呪文〉に必要なアイテムはなに？」女王がたずねた。

またしても、亡霊《ぼうれい》のようなあの人影《ひとかげ》がそこにあらわれた。


「真夜中の訪れまで孤独《こどく》な魂《ソウル》を閉じこめるガラスの器《うつわ》。

花婿《はなむこ》に死をもたらす深き海底《かいてい》の短剣《たんけん》。

吠《バ》え声《ーク》と牙《きば》から逃《のが》れた者が抱《かか》え続けた吠《バ》え声《ーク》のバスケット。

野蛮《やばん》な者どもが住まう穴《あな》ぐらの奥深《おくふか》くにある、分かち合うべく作られた石の冠《かんむり》。

心優《こころやさ》しき姫君《ひめぎみ》の、美しき肌《はだ》をつらぬいた一本の針《はり》。

かつて自由をもたらすたった一つの希望《きぼう》だった黄金の縄《なわ》。

いつわりの死者の身を横たえ、大切なものとなった光《ひか》り輝《かがや》く宝石《ほうせき》。

魔法も喜《よろこ》びもなくしたあわれな妖精《ようせい》の乙女《おとめ》が落とした涙のしずく」


「だそうよ」悪の女王が、狩人と女狩人に言った。だが、魔法の鏡はさらに先を続けた。

「しかし女王、私の警告《けいこく》をお聞き。いかなる望《のぞ》みもかなえてくれる〈願いをかなえる呪文〉も、使えるのはたった二度だけ。そして以前《いぜん》に一度使われているゆえ、あと一度しか使えない。我々《われわれ》がこの城でこうしている間に、二つの影が魔法を求《もと》めている。幼《おさな》い兄と幼い妹が、急いで探し求めている。女王がうかうかしていれば、きっと先に魔法を手に入れられてしまう」

鏡の男は、最悪《さいあく》のしらせを残して姿を消していった。先に探しまわっている者がいるばかりか、もし女王よりも先に魔法を使われてしまったら、もう二度と使えなくなってしまうというのだ。

女王は目を閉じると、これからどうすべきかを考えた。誰かに邪魔《じゃま》をされるなど、とても許せるものではない。ここまできて、たかだか二人の子供《こども》ごときに行く手をはばまれてたまるものか。

「すぐにでも、アイテムを探しはじめておくれ」悪の女王が女狩人に声をかけた。「兄妹《きょうだい》とやらは、私が引き受けるから。さあ、行きなさい」

狩人と女狩人は頭をさげると、女王を残して大広間から立ち去っていった。

悪の女王は、真実の鏡の前に立った。長く牢屋《ろうや》に囚われていたせいで、女王はすっかり変わり果てた姿になってしまっていた。鏡にうつる年老《としお》いた自分の姿を見ると、女王は胸が痛んだ。

石の心臓を手に取り、そっとなでながら見つめる。そしてまた、真実の鏡に顔を向けた。すると、先ほどの老いぼれた女の姿は消《き》え失《う》せ、まだ若《わか》かったころの自分の姿を女王は見つめていたのだった。

白い肌とつややかな髪を持つ、美しき若い乙女の姿。白いロング・ドレスをまとってそれによく似合《にあ》うリボンを腰に巻《ま》き、同じ石の心臓を手に持っている。

乙女がほほえんだが、女王は笑《わら》い返さなかった。鏡の乙女のことなら、よく知っていた。それが白雪姫ではないことも……。

第９章

チャーミング王国

太陽が顔を出すとすぐ、アレックスとコナーは、ラプンツェルの塔《とう》の床《ゆか》で目を覚《さ》ました。フロッギーからもらった毛布《もうふ》に二人でくるまり、自分たちのバッグを枕《まくら》がわりにして眠《ねむ》っていた。

「よく眠れた？」アレックスが兄にたずねた。

「まあ、塔の床で寝《ね》たなりにね」コナーは、もう二度と家のベッドでは寝られないのではないかと思いながら答えた。伸《の》びをすると、体じゅうの関節《かんせつ》がポキポキとはでな音をたてた。

毛布を片《かた》づけると、二人は朝早いうちに行動をはじめようと決めた。アレックスは、来たときよりも塔の中をきれいに片づけていこうと言った。

「こんなにちらかしていったのが私《わたし》たちだと思われたらいやだもの」

コナーは、妹にあてつけるようにあきれ顔をしてみせた。

「で、次はどこまで行く気だ？」

「そうね……ちょうどここから東に行ったところに〈チャーミング王国〉があるみたい」アレックスは片手《かたて》に日記帳を持ち、もう片手の地図を見つめながら答えた。「ここに行って、シンデレラのガラスの靴《くつ》が手に入らないか確《たし》かめてみるのが、一番いいと思う」

「確かめるって、どうやってさ？」

アレックスはしばらく考えこむと「借《か》りられないか頼《たの》んでみるとか……」と答えた。

「そいつは名案《めいあん》だな。ホワイトハウスに行って、独立宣言書《どくりつせんげんしょ》を貸《か》してくださいって頼むようなもんだ」

独立宣言書があるのはホワイトハウスではなかったが、それでもアレックスは、コナーの言うとおりだと思った。シンデレラのガラスの靴など、貸してもらえるわけがない。なにせ、王国一番の宝《たから》なのはまちがいないのだ。

「とにかく、がんばってみるしかないわ」アレックスが言った。「ほかになにか考えでもあるの?」

二人はラプンツェルの塔のらせん階段《かいだん》を下りると、また道にもどって歩きはじめた。やがて、分かれ道にさしかかった。新しい道が一本、東に向かってのびている。分かれ道には「チャーミング王国」と立《た》て札《ふだ》があり、新しい道の先を指していた。

「コナー、あの立て札を見て!」アレックスは、両手で頬《ほお》をはさみながらさけんだ。「あ、本当にカメラがあればいいのに!」

二人は新しい道を歩きだしたが、しばらくの間はなにも新しいものは見当たらなかった。それまでの二日間とまったくなにも変《か》わらない、土の道と針葉樹《しんようじゅ》の森が広がっているばかりだった。進んでいくにつれてコナーはだんだんと不安《ふあん》になり、しょっちゅう大きなため息をもらした。

「本当に道に迷《まよ》ってないんだろうな? あの岩もあの木も、さっきから二十回は見てる気がするぞ」そう言いながら、あちこち指さしてみせる。

「ちゃんと進んでるから大丈夫《だいじょうぶ》よ。ずっと地図で確かめながら歩いているもの。もうすぐ小川が見えてきて、それを渡《わた》ればもう〈チャーミング王国〉だわ！」

コナーは、もう一つだけため息をついたらしばらくはがまんしようと心に決めると、とびきり長いため息をついた。

だが、さらに二時間歩き続《つづ》けても、小川などどこにも見えなかった。コナーはだんだんと、妹には道案内《みちあんない》などできないのではないかという気持ちになってきていた。

「きっとこのへん、私たちが思ってたよりずっと広いんだわ。それか、この地図の尺度《しゃくど》がぜんぜん合ってないか」

やがて、小川がようやく見えてきた。道は白い石でつくられた小さな橋を渡り、その先に続いている。

「ほらね、ちゃんと言ったとおりだったでしょ」アレックスは胸《むね》をはってみせた。

「はいはいはい」コナーが答えた。

「ちょうどいいから言わせてもらうけど、信《しん》じてもらえなくてちょっと傷《きず》ついたわ、コナー」アレックスが不満《ふまん》げに言った。「わからない場所が一つあるとすれば、それは――」

「グルルルルル……」

なにが起きたかわけがわからないコナーの前で、アレックスが甲高《かんだか》い悲鳴をあげた。目の前の橋に、一匹《ぴき》のトロルが飛《と》び出《だ》してきたのだ。背《せ》が低《ひく》くでっぷりとした体の上に、驚《おどろ》くほど大きな頭が載《の》っている。全身毛むくじゃらで、目も鼻もひどく大きかった。手足は短いが、爪《つめ》と歯は長くとがっていた。

「ここはおいらの橋だぞ！」トロルがさけんだ。「勝手に渡るんじゃない！」

「ごめんなさい！」アレックスは、まるで木につかまるサルのようにコナーの腕《うで》にしがみついた。「誰《だれ》かの持ちものだなんて思ってもみなかったの！」

「だったら、看板《かんばん》でも立てておいたらどうなんだよ」コナーはそう言うと、さらに怒《いか》り狂《くる》ったトロルを見て、すぐにやめておけばよかったと後悔《こうかい》した。

「おいらの橋で、なにしてやがる？」トロルがつめよった。

「ここを渡って〈チャーミング王国〉に行こうとしてたの」アレックスが答えた。「迷惑《めいわく》なんてかけるつもりじゃなかったのよ！」

「なぞなぞに答えないなら、誰もここは通さないぞ！」

「なぞなぞ？」アレックスは、コナーから手を放した。「なるほど！　あなたは橋守《はしも》りのトロルなのね！」

「橋守りのトロル？」コナーが首をかしげた。

「ええ、『三びきのやぎのがらがらどん』に出てきたのと同じよ！」アレックスはうれしそうに言った。またしてもおとぎ話の登場人物に出会ったおかげで、びくびくした気持ちなど吹《ふ》き飛んでしまったようだ。

「おいらの橋を渡りたいなら、なぞなぞに正解《せいかい》しなくちゃだめだぞ！」橋守りのトロルが言った。「もしまちがった答えを言ったら、頭を食いちぎってやるんだからな！」

「もしもし？　頭を食いちぎるって言ったのか？」コナーが言った。頭から湯気がたっているのが見えそうなほど怒《おこ》っている。「いったいこの世界の連中《れんちゅう》はなんなんだよ？　まるでみんな俺《おれ》たちを食っちまおうとしてるみたいじゃないか？　なにがどうなってるのか、教えてほしいもんだぜ！」

「コナー、落ちついて！」アレックスが言った。「なぞなぞを解《と》きましょう。そうすれば渡らせてもらえるんだから」

「でもまちがったらどうする気だよ？　こいつ、俺たちを殺《ころ》すって言ってるんだぞ！　さっさとまわり道でも探《さが》そうぜ」

「コナー、ばかなこと言わないで！　ヤギにだって答えられたんだから、私たちにだってできるわよ」アレックスはコナーをなだめた。「それに、ほかの橋なんてずっと遠くよ」

コナーは不満げにうめくと腕組《うでぐ》みをした。

「だいたい、こいつの橋だっていう証拠《しょうこ》があるのかよ？　なぞなぞする前に、まずはそいつを見せてもらいたいね」

アレックスは聞こえないふりをした。

「じゃあ橋守りのトロルさん、なぞなぞを教えて？　橋守りのトロルさんって呼《よ》んでもいいわよね？」

トロルは双子《ふたご》を見つめたまま左右に飛び跳《は》ねながら、なぞなぞをだした。

「豆のように小さくて、空のように大きくて、買ってても自分のものにできないもの、いったいなーんだ！」

アレックスは、すぐさま頭をフル回転させはじめた。なぞなぞなら大好《だいす》きだ。

「なかなか難《むずか》しいじゃない！」人さし指をくちびるにあてながら考える。「コナー、なにか思いつかない？」

「なにも。アレックスが考えろよ」

「一度っきりで正解しなきゃ、頭を食っちまうからな。よく考えろよ！」トロルは手を叩《たた》いて小躍《こおど》りしながら言った。

「やめようぜ。俺は下りるからな！」コナーは橋を下り、ゆっくりと小川に向かっていった。

「コナー、なにする気？」

「川を渡るんだよ！　たかだか橋を渡るのに、命がけのなぞなぞなんてやってられるか！」

小川に足を踏《ふ》み入《い》れ、向こう岸へと進みはじめる。水はひどく冷《つめ》たかったが、怒って熱《あつ》くなっているコナーにはまったく関係《かんけい》なかった。進んでいくにつれ、小川はだんだん深くなっていった。

「たいして深くないぞ、アレックス！　流れだって速くないし！」

コナーはもう、小川のなかほどに差《さ》しかかっていた。そのあたりが一番深いはずなのに、水はせいぜい腰《こし》の上あたりまでしかきていない。

「それじゃあズルじゃないの！」アレックスはそう言うと、橋守りのトロルのほうを向いた。「あんなのありなの？　橋を渡らなければいいの？」

「あいつにはなぞなぞを出してないからな。おまえに出したんだぞ！」トロルが答えた。

コナーはすっかりずぶ濡《ぬ》れになり、もう川を渡りきっていた。アレックスは、なぞなぞの答えを考え続けた。

「うーん……豆のように小さくて空のように大きいっていうことは、ようするにどんな大きさでもありえるってことよね。そして、買っても自分のものにできないっていうことは、つまりもう誰かの持ちものになっちゃってるってこと……」一人ごとを言いながら考える。

「アレックス、早くしろよ！」コナーがさけんだ。

「もう、うるさいわね！」アレックスがさけび返した。「わかったわ、答えは……プレゼント！　どんな大きさかわからないし、買った人じゃなくてもらった人のものだもの！」

橋守りのトロルは体を揺《ゆ》らすのをやめると、がっくりと肩《かた》を落とした。

「正解だ。通っていいぞ……」

アレックスは手を叩いてぴょこんと飛《と》び跳《は》ねると、握手《あくしゅ》しようと手を差し出した。だが、トロルはそれを無視《むし》し、飛び出してきたところに引っこんでいってしまったのだった。

アレックスは、橋の向こうで待つコナーのところに行くと、得意《とくい》げに言った。「ほらね！　ちゃんと正解できるってわかってたんだから！」

コナーは首をふった。「おまえ、死ぬまでそうやって自慢《じまん》するつもりだろ。とにかく、夜が来る前にシンデレラの宮殿《きゅうでん》につこいちまおうぜ。いいな？」

双子は〈チャーミング王国〉に向かって、また歩き続けた。変わっていくあたりの景色《けしき》に、二人とも興奮《こうふん》していた。すっかり見あきた針葉樹はまばらになり、だんだんと大きな樫《かし》の木が増《ふ》えてきた。背の高い草が生えた野原が広がり、あちこちに野生の花が咲《さ》き乱《みだ》れている。

「なんてきれいなの！」アレックスがため息をついた。

もう何時間も歩き続けていたが、看板の一つも見当たらなかった。コナーはすっかりのどがカラカラだった。

「いつになったらつくんだよ」コナーがぼやいた。

「〈チャーミング王国〉はとても広いの。宮殿までは、まだまだかかるわ」

あたりが暗くなりはじめ、二人とも不安になってきた。隠《かく》れられそうな場所は、どこにも見当たらない。もうすぐ、道を照《て》らしてくれる光が月しかなくなってしまう。

　二人は道から少しはずれ、木々に囲《かこ》まれた安全そうに思える――そして安全そうだと思いたい――草地を見つけると、そこで夜を過《す》ごすことに決めた。コナーは木の枝《えだ》をこすり合わせて火をおこそうとしたが、どうしてもうまくいかなかった。

「まったく、こんなことならボーイ・スカウトに入っておくんだったよ」

　野宿《のじゅく》をするのは、二人ともこれが初《はじ》めてだった。アレックスもコナーも物音にびくびくしながらしょっちゅう飛び起きては、なにごともないのを確かめるのだった。

「さっきの音はなに？」真夜中に、アレックスが言った。

「フクロウだよ。じゃなきゃ、物好《ものず》きなハトだろうな。どっちにしろ大丈夫さ」

　翌朝《よくあさ》、朝日が二人を起こした。二人は眠たそうに立ち上がると、また道にもどっていった。

「もう食べ物がなくなっちゃうわ」アレックスは、最後《さいご》のりんごを食べてしまうと言った。

「市場かなにかを見つけたら、すぐに買いこまなくちゃ」

「ロールパンとりんごにはもう飽《あ》きちゃったよ。フロッギーに、フライドポテトを入れてくれって頼むんだったな。ああもう、チーズバーガーが食えるなら人殺しだってしたい気分だよ！　たぶんここのやつら、まだファスト・フードを知らないもんだからお互《たが》いを食い合ってるんだぜ」

　道ばたに小さな池を見つけると、二人はそこで顔を洗《あら》った。

「私たちの顔、すごくくたびれてるわね」アレックスは、水にうつった自分たちを見て言った。

そのとき、二人の来た方角から馬のひづめの音が聞こえた。ふり返ると、たきぎをのせた荷車を引く、小さな馬が見えた。ひらひらとした緑色の帽子《ぼうし》をかぶった男が、手綱《たづな》を取っている。

「宮殿まであとどのくらいあるか、あの人に聞いてみましょう！」アレックスは荷車に駆《か》けよった。「すみません、おたずねしたいのですが」

「どうどう！」男は馬に声をかけ、足を止めさせた。「いったいなにごとかね？」

「シンデレラの宮殿までは、まだずいぶんあるんでしょうか？」アレックスがたずねた。

「歩いて行く気かい？」男が言った。

「残念ながらね」コナーが答えた。

「それじゃあ何日もかかるよ」

アレックスとコナーは、心の底《そこ》からがっかりして顔を見合わせた。

「今夜宮殿のそばまでこのたきぎを届《とど》けに行くんだが、よかったら乗ってくかい？」

コナーは、すべて聞き終わるよりも先に、もう荷車に飛び乗っていた。

「ありがとうございます！」アレックスがお礼を言った。「本当にご親切に！」

双子は、荷車に揺られながらずっと進んでいった。コナーはたきぎの上で寝そべってその間ずっとうとうとしていたが、でこぼこ道を進む荷車が揺れるたびにしょっちゅう飛び起きた。アレックスはといえば、おとぎ話の国の人と話すチャンスを逃《のが》すまいと、ずっと男と話し続けていた。

「お名前は？」アレックスがたずねた。

「僕《ぼく》はスミザースだよ」

「ご出身は？」

「故郷《こきょう》は〈チャーミング王国〉の北東にある小さな村なんだ」スミザースが答えた。

「ここはどんなところなんですか？」アレックスは、夢見心地《ゆめみごこち》で言った。「私とお兄ちゃんは……ええと……まだこの王国に来てちょっとしかたっていないものだから」

「〈チャーミング王国〉は静《しず》かなところさ」スミザースが答えた。「郊外《こうがい》には小さな村がたくさんあって、中心部、つまり宮殿の近くには豪華《ごうか》なお屋敷《やしき》がたくさん立ってる」

「宮殿に行ったことがあるんですか？」

「ああ、一年に何度も配達《はいたつ》に出かけるからね。実は今夜も、王さまと王妃《おうひ》さまが盛大《せいだい》な舞《ぶ》踏会《とうかい》を開かれるんだよ」

「本当に？」アレックスは目を大きく見開くと、コナーを揺り起こした。「コナー、今の聞いた？　シンデレラが舞踏会を開くんですって！　すごいと思わない？　なんて運がいいのかしら！」

「なに？　ああ……ええと……すごいな」コナーはそう言うと、またすぐ眠りこんでしまった。

「なんで舞踏会を開くんですか？」アレックスはたずねた。

「ご結婚《けっこん》されてから、毎月一回の決まりごとになってるのさ。ご婚礼《こんれい》のお祝《いわ》いなんだよ」

「シンデレラ王妃ってどんなお方なんです？」

「息をのむほど美しい人だよ。そして、この王国史上《しじょう》、最高《さいこう》の王妃さまだ」スミザースがにっこりと笑《わら》った。「でも、あの方が宮殿にいらしたときには、受け入れたがらない人たちもたくさんいたんだよ。貴族《きぞく》の方々の中には、チャーミング王子がご自分の令嬢《れいじょう》と結婚しようとしないことにお怒りの方も多くてね。でも王妃さまは、みんなを納得《なっとく》させてしまったのさ」

アレックスにも、宮殿がずっと近づいているのがわかった。通りすぎる村がどんどん大きくなり、人が増えてきているからだ。おとぎ話の国で暮《く》らす住人たちが、本物の住人たちがこんなにそばにいるのだと思うと、アレックスの胸は高鳴った。自分も〈チャーミング王国〉で生まれ育っていたら、どんなによかっただろう？　そう思わずにはいられなかった。

「ここに住んでて、逃《に》げ出したくなったりすることはないんですか？」アレックスがたずねた。「だって、いつ妖精《ようせい》が願《ねが》いをかなえに来てくれるかも、いつ鬼《オーガ》がやってきて食べられちゃうかもわからないなんて、とてもこわいもの」

スミザースは、不思議《ふしぎ》そうな顔でアレックスを見つめた。「ふいに救《すく》われたり、ふいにおそわれたりしないような国が、どこかにあるのかね？」

アレックスは考えてみたが、確かにそんな場所など一つも思いつかなかった。もしかしたらこの世界もアレックスたちの世界も、結局《けっきょく》はたいして変わらないのかもしれない。

やがて、まわりの景色が豪華になってきた。どこを見まわしても、優雅《ゆうが》で大きな屋敷が立っている。どれもこれも色あざやかで、ゆったりと曲線を描《えが》くとがった屋根がついていた。木造《もくぞう》のものもあればレンガ造《づく》りのものもあり、中にはすっかりツタに埋《う》もれた屋敷もいくつか見えた。

まるで絵本から抜《ぬ》け出してきたかのような景色。アレックスは、今は自分がその中にいるのだと胸の中でくり返し思い続けた。

「もうすぐ宮殿につくよ」スミザースが言った。

泥道《どろみち》から砂利道《じゃりみち》に変わると、荷車はガタガタと小刻《こきざ》みに揺れはじめた。町なかを進んでいくにつれ、道の両側《りょうがわ》には店や市場がいくつも見えてきた。ほかにも荷車や馬車が走っている。村人や町の住人たちが、いつものように買い物や仕事に出かけようと道ばたを歩いていた。

「まだつかないの？」コナーがようやく目を覚ました。

荷車は角を曲がると、とても長く広い通りに出た。ずっと進んだつきあたりに、見あげるほど大きな宮殿が見える。

「おっと、聞くまでもなかったな」コナーが言った。

アレックスは宮殿を見あげて息をのんだ。完璧《かんぺき》に左右対称《たいしょう》で、まるで明るいグレーの焼《や》き物《もの》でつくられたようになめらかだ。宮殿の中央には雄大《ゆうだい》な塔が三本立っており、その根本には、王国じゅうから見えるほど大きな時計があった。宮殿は偽物《にせもの》かと思うほどに壮大《そうだい》で、どんな想像《そうぞう》をも超《こ》えるほどに立派《りっぱ》だった。

「さあ、ここで下ろしてあげよう」スミザースはそう言うと馬を引き、荷車を道ばたに止めた。「二人とも、達者《たつしゃ》でな。町を楽しんでくれよ！」

「ありがとうございます！」双子は声をそろえて言った。

そして、お礼に何枚《なんまい》か金貨《きんか》を渡そうとしたのだが、スミザースは取っておくように言うと立ち去っていったのだった。

二人は、しばらく町を歩きまわってみた。人々は、夜に開かれる舞踏会を今か今かと待っている様子だった。

やがて小さな市場を見つけると、そこで新鮮《しんせん》なフルーツと野菜《やさい》、そしてパンをいくつか買いこんだ。アレックスは人と出会うたびに雑談《ざつだん》をしようとがんばっていたが、町の人たちは誰も相手にしてくれなかった。

なにか見つけるたびに目を輝《かがや》かせる妹を、コナーはあきれ顔で見つめていた。

「ずっとおまえがそんな様子じゃあ、俺も旅の最後までなんてとても生《い》き延《の》びられないな」コナーが言った。「そろそろいい加減《かげん》にしてくれよ。ほんとイライラしてきた」

「ごめん。ここ二日間、ずっと森しか見てなかったんだもの。こんなにたくさん人がいるのを見たら……わあ！　あの建物《たてもの》についてるドアノブを見てよ！　あれ、ガラスの靴の形じゃない？　なんてかわいいの！」

忙《いそが》しくあちこち見てまわってから二人は町を見おろす静かな丘《おか》を見つけると、大きな木の木かげに腰を下ろした。太陽が沈《しず》みはじめている。また一日が終わってしまうのだと思うと、双子の胸に不安がこみあげてきた。

「で、これからどうするんだ？」

「日記帳になにか書いてないか、見てみましょう」アレックスはそう言うと、スクール・バッグから日記帳を引っぱりだした。パラパラとページをめくり、ガラスの靴について書かれたところを開く。


シンデレラのガラスの靴は、手に入れるのがとても難しいアイテムだ。なにせ、王国でもっとも大事にされている品であるのはうたがいないのだ。

まず、宮殿に入る方法《ほうほう》を見つけださなくてはいけない。入り口は一つだけだから、これが難関《なんかん》だ。シンデレラは王妃になるとまず最初《さいしょ》に、使用人用の出入り口を取り払《はら》ってしまった。宮殿に来る人々を、みな平等に扱《あつか》うためだ。

うまく入りこんだら、王立展示室《てんじしつ》の入り口を探せ。これまた簡単《かんたん》にはいかない。王妃の部屋はどれもこれも、王妃からの招待状《しょうたいじょう》がなければ入ることができないからだ。

ガラスの靴は展示室の中央、高い台座《だいざ》の上に置《お》かれたガラスケースの中に保管《ほかん》されている。

ケースからガラスの靴を取り出すのは難しくないが、展示室の入り口は、つねに二人の警備兵《けいびへい》が守っている。まずは展示室で一人きりになるのを待ち、静かに、そして手早くガラスの靴をケースから出すことだ。

それに成功《せいこう》したら、できるだけ急いで立ち去る。もしガラスの靴がなくなっているのに警備兵が気づいたなら、宮殿の出入り口はすぐさま封鎖《ふうさ》され、捕《つか》まってしまう。そうしたら地下牢《ちかろう》につれていかれ、逆《さか》さ吊《づ》りにされてしまうだろう。幸運を祈《いの》る！

「どうやって宮殿に入るつもりなんだ？」コナーがたずねた。

アレックスは計画を考えはじめたが、大通りを宮殿に向けて進んでいく馬車の長い列がどうしても気になり、集中できなかった。二頭の馬に引かれた色とりどりの馬車はどれも優雅で、個性的《こせいてき》なデザインのものばかりだ。馭者《ぎょしゃ》が一人、後ろに従者《じゅうしゃ》が一人つき、たくさんの乗客たちを乗せている。

「舞踏会よ……」アレックスが言った。「舞踏会に忍《しの》びこめばいいんだわ！」

「そいつは名案だ」コナーは、少しあきれたように答えた。「で、なにを着てけばいい？　自分をよく見てみろよ！　正装《せいそう》なんてほど遠い格好《かっこう》だぜ？　それに、シャワーもなしで三日間ずっと歩きっぱなしだったんだ。きっと超《ちょう》さわやかなにおいがしてることだろうな」

「考えがあるの」

バッグを開き、毛布を二枚《まい》取り出す。そしてコナーを引きよせて毛布でくるむと、ずり落ちたりしないよう端々《はしばし》をおりこんでいった。自分のことも、同じようにしてもう一枚《まい》でくるむ。

「ほらね。こうすればちゃんとマントを着てるみたいでしょう？」

「超ダサいじゃないか！」

「じゃあ、ほかにいい考えがあるの？」

「フェアリー・ゴッドマザーへの直通電話とか、どっかにあればいいのにな」コナーが言った。

二人は、大通りを歩きだした。宮殿へと向かう馬車の列にそって進んでいく。近づいていくにつれ、宮殿はもっと大きく見え、もっと現実味《げんじつみ》をおびてきた。

駅者たちは二人に気づくと、けげんそうな顔をして、いったいこの子供《こども》たちは何者なのかと言いたげに、じろじろとながめまわした。双子がなにをしているのか見てやろうと、乗客たちが窓《まど》から顔を出す。

「写真をどうぞ、いい記念《きねん》になるよ！」コナーが乗客たちにさけんだ。

「コナー！　写真なんて知ってるわけないじゃない！」アレックスがさえぎった。

ちょうど太陽が沈むころ、二人は宮殿にたどりついた。入り口に続く玄関《げんかん》の下に馬車が止まると、すぐに従者が飛び降《お》りてドアのそばに駆けより、乗客たちが下りるのを優《やさ》しく手助けした。

乗客たちのよそおいがあまりに美しいものだから、アレックスもコナーも思わず目を丸くした。婦人《ふじん》たちはみな舞踏会用の長いガウンをまとっていた。色も生地《きじ》も刺繍《ししゅう》もさまざまだ。手袋《てぶくろ》や宝石《ほうせき》を身につけ、中には髪《かみ》をリボンや羽根《はね》で飾《かざ》っている婦人たちもいた。殿方《とのがた》もみごとに着飾《きかざ》っていた。式典《しきてん》用の甲冑《かっちゅう》をつけた者もいれば、肩飾《かたかざ》りと四角いカフスボタンのついたタキシードをまとった者もいた。

立派に身を飾り立てたお客たちの姿《すがた》を見て、アレックスもコナーも毛布のマントだけでは心配になってきた。自分たちだけ、やけにみすぼらしく目立っている。不自然《ふしぜん》に幼《おさな》いし、レースやサテンで飾り立ててもいないうえに、ほかの人々はバッグなど持っていないのだ。二人ともまさしく、舞踏場《ぶとうじょう》に忍びこもうとしている子供にしか見えなかった。

宮殿の入り口までは、長いのぼり階段が続いていた。アレックスとコナーはほかのお客たちといっしょにそれをのぼっていった。あまりに長いものだから、二人とも上までたどりつけるのか不安になってきた。

「まったくこの世界にはゴブリンも妖精もいるってのに、エスカレーター一つないのかよ」コナーがぼやいた。

「コナー！　これを見てよ！」アレックスが驚いた声を出した。

足元の床にはめこまれた銀色の星を指さしている。そこには、こう書かれていた。


この星は、シンデレラがチャーミング王子と出会ったその夜に、ガラスの靴を落とした場所を示《しめ》す記念の星です。


「ここにガラスの靴を落としていったなんて、すごいと思わない？」アレックスは、両手で胸を押《お》さえてため息をもらした。

「まったくだよ」コナーがうなずいた。「こんな長い階段だったら、俺だって脱《ぬ》げた靴をわざわざ取りにもどったりしないだろうな」

二人が入り口につくと、ちょっとした騒《さわ》ぎが起こった。みんな、二人の服を見て目を丸くする。全員の視線《しせん》が自分に集まるのを感じたアレックスは体が熱くなり、学校にもどってしまったような気持ちになった。

一人の衛兵《えいへい》が、じっと二人を見つめていた。衛兵は、警戒《けいかい》するような様子というよりも、前にどこかで会ったことがあるがどうしても思い出せない、とでも言いたげな顔をしていた。衛兵は入り口から一歩入ったところに立ち、入城《にゅうじょう》するお客たちを迎《むか》え入れているところだった。ほかの衛兵たちに比《くら》べてたくさんの勲章《くんしょう》を胸につけ、とても細く黒い口ひげをはやしていた。

もう一人の衛兵が戸口に立ち、お客たちの招待状を受け取っていた。それを見てアレックスとコナーはパニックにおそわれた。

「これからどうしよう?」アレックスが兄にささやきかけた。

「俺にまかせとけ。映画《えいが》で観《み》たことがあるんだ。やってみるさ」

「招待状を拝見《はいけん》」衛兵が二人に声をかけた。

「両親が僕たちの分も招待状を持ってるんですが、先にお城《しろ》の中に入っちゃったんです」

コナーが言った。

「ご両親というのは、いったいどなたかな?」衛兵がえらそうに言った。

「僕たちの両親を知らないの?」コナーは、わざわざ騒ぎになるように大声で返した。

「つまり、僕たちのことも知らないわけ?」

その場にいた衛兵とお客たちが顔を見合わせた。

「コナー、ちょっと! なに考えてるのよ!」アレックスが小声で言った。

「こいつ、僕たちの両親を知らないんだってさ！」コナーが続けた。「いいかい、願いの井戸《いど》を作ったのはうちのパパとママなんだぞ！　なんでそんなにえらそうにされなくちゃいけないのさ！」

アレックスはコナーをひっぱたきたいような気持ちで、まわりの人々のことを申《もう》し訳《わけ》なさそうに見まわした。全員が顔をしかめて双子のほうを見つめている。ただ、細い口ひげをはやしたあの衛兵だけは別《べつ》だった。優しそうな目をして、二人にほほえみかけていたのだ。

「悪いが、帰ってもらうしかないようだ」招待状を集めていた衛兵が言った。

「帰れって？　おいおい、いずれ願いの井戸を受けつぐ僕たちに帰れっていうのか？」コナーは、全員に聞こえるように声をはりあげた。

「コナー、ちょっと、黙《だま》ってて！」アレックスは、兄の耳元でささやいた。

「なにか問題でも？」口ひげの衛兵が、そう言いながら二人に近づいてきた。

「なんでもないんです！」アレックスはそう言うと、コナーを引っぱりながら後ずさった。

「招待状がないのであります」もう一人の衛兵が言った。

「もう帰りますから！」アレックスが言った。「お騒がせしてすみません」

「そんなことはいいんだよ」口ひげの衛兵が言った。「君たちのご両親なら、ついさっき宮殿の中でお見かけしたとも。さあ、私が案内《あんない》してあげよう」

アレックスとコナーはギョッとした。

「本当に見かけたの？」コナーは思わずそう口走ると、嘘をついていたことをすぐに思い出した。「いや、ええと、だから本当にいたろ？」そう言って、もう一人の衛兵にバカにしたような目を向ける。

「さあおいで、ご両親のところまでご案内しよう」口ひげの衛兵が言った。

アレックスとコナーは、言われるまま宮殿の中に入った。まったくわけがわからなかった。まさかこの衛兵は自分たちの嘘を見抜《みぬ》き、まっすぐ地下牢に連《つ》れていこうとしているのではないだろうか？　いや、もしかしたらコナーの言うとおり子供とはぐれた両親がいて、これからその赤の他人のところに連れていかれるのかもしれない。

「自己紹介《じこしょうかい》をさせていただこう」衛兵が言った。「私はランプトンといって、王妃さまをお守りする王立衛兵隊《えいへいたい》の隊長《たいちょう》だよ。宮殿にようこそ！」

「ありがとう。僕はコナー・ウィッシングトン。こっちは妹のアレックスだよ」

「お二人は、どちらからいらしたのかな？」ランプトン卿《きょう》がたずねた。

「〈ノーザン王国〉の北のほうだよ」コナーが答えた。すらすらとそんな嘘が出てきて、自分でも驚いたような顔をしていた。「でもうちは〈眠れる王国〉に夏休み用の別荘《べっそう》を持ってるし、〈妖精の王国〉にマンションもあるんだ」

アレックスは、まばたきするのも忘《わす》れてしまいそうなほど目を丸くした。

「ふむ……なるほど……」ランプトン卿は、興味深《きょうみぶか》そうに答えた。「ところで、よろしければバッグをお持ちしようか？」

「いえ、お気づかいにはおよびません。自分で運べますから」アレックスが答えた。

ランプトン卿はほかのお客たちに続いて、長い廊下《ろうか》を進んでいった。壁《かべ》には過去《かこ》の国王や王妃たちの大きな肖像画《しょうぞうが》がたくさん飾られ、足元にはレッド・カーペットが敷《し》かれていた。アレックスもコナーも、あまりにきらびやかな光景《こうけい》に、ずっとキョロキョロしっぱなしだった。王宮に入ったのなど、これが初めてなのだ。

すっかり興奮した二人の様子を、ランプトン卿は楽しそうに見つめていた。二人の間に顔をよせ、優しくささやく。「君たちは、ここに忍びこもうとしてたんだね？」

アレックスが驚いて兄を見たが、コナーはもう嘘などなにも思いつかなかった。

「地下牢に入れないでください！」アレックスが泣《な》きそうな声を出した。「悪さをしようと思ったわけじゃないんです！」

コナーは、眉《まゆ》をあげて妹の顔を見た。王宮に押し入り大切な宝物《たからもの》を盗《ぬす》み出すだけで、あとは悪さをしないと言っているのだろうか？

ランプトン卿は、おかしそうに笑ってみせた。「お城の舞踏会に忍びこもうとした子供たちは今までにも数えきれないほどいたけど、こんなに楽しい気分になったのは初めてだよ」

「俺たちを牢屋《ろうや》に放りこんで逆さ吊りにするんじゃないの？」コナーがたずねた。

「もうずっと前に、そんなことはやめてしまったよ。それより、君たちにお城を案内してあげよう」

「本気で言ってるの？」

「すごいわ！　どうもありがとう！」アレックスは両手を組んで顔を輝かせた。

ランプトンは、廊下の奥《おく》にある黄金の扉《とびら》を開くと、二人を舞踏場の中に招《まね》き入れてくれた。

そこには、息をのむような光景が広がっていた。まさに、動きと色の洪水《こうずい》のよう。あまりにも初めて見るものが多すぎて、二人はわけもわからずキョロキョロするしかなかった。

大きなダンス・フロアの上には、数えきれないほどのろうそくがついた、見たこともないほど巨大《きょだい》なシャンデリアが吊《つ》りさげられていた。美しく着飾った人々が、何百人と場内を行きかっている。小さな楽団《がくだん》が奏《かな》でる音楽に合わせて踊る人もいれば、部屋の端《はし》で集まり話をしている人もいた。

舞踏場にいたるまで、廊下の壁には黄金の装飾《そうしょく》がほどこされていた。舞踏場の奥に置かれた誰も座《すわ》っていない二つの玉座《ぎょくざ》の後ろには、みごとならせん階段が見えた。

コナーはそれを見ると、今にもアレックスが泣き出すにちがいないと思った。

「なんてきれいなの！」アレックスは、目をうるませて言った。「シンデレラと王子さまが出会ったときも、ここで舞踏会があったのかしら？」

「まさしくそのとおり」ランプトン卿がうなずいた。「忘れはしないとも。あのとき、私はまだただの衛兵だった。王子さまは花嫁《はなよめ》を見つけようと、王国じゅうの若《わか》い娘《むすめ》たちにお会いになられていてね。あの夜最後にやって来たのがシンデレラさまだった。ちょうど今の私たちみたいにあのお方がここにお入りになると、全員がふり返ったんだよ」

「どんな格好をなさってたの？」アレックスがたずねた。

「魔法《まほう》みたいにおきれいだったよ」ランプトン卿は、記《き》憶《おく》を呼び起こしながらほほえんだ。「歩かれると、スミレ色のロング・ドレスがきらめいてね。ガラスの靴が静かな足音をきざんでいたのをおぼえているよ。王子さまはたったひと目でシンデレラさまに恋《こい》に落ちてしまった。ここにいた全員もそう感じたものさ」

そのとき、らせん階段の下にいる衛兵がトランペットを吹き鳴《な》らした。

「紳士《しんし》淑女《しゅくじょ》の皆《みな》さまがた」トランペットを手に、衛兵が声も高らかに呼びかけた。「今宵《こよい》、王室舞踏会にお集まりいただきまことに光栄《こうえい》です。さあ、チャーミング国王とシンデレラ王妃を、盛大な拍手《はくしゅ》にてお迎えください！」

舞踏場からものすごい歓声《かんせい》と拍手がわき起こった。舞踏場に姿を見せた国王夫《ふ》妻《さい》が、ゆっくりとらせん階段を下りてくる。アレックスは、コナーの腕にしがみついた。

「コナー！　シンデレラだわ！　本物のシンデレラだ！」

シンデレラの姿ならば何度もさし絵で見たことがあったが、本物は二人の想像を超えるほどに美しかった。整えたとび色の髪の上にクリスタルのティアラが載《の》っている。白い手袋をはめて長いターコイズブルーのガウンをひらめかせ、赤ちゃんの入っているおなかがよく目立っていた。その瞳《ひとみ》とほほえみの前では、舞踏場を飾る黄金も豪華なシャンデリアもかすんでしまうほどだった。

チャーミング国王は、男らしさを絵に描《か》いたような人だった。まさに、記事や記録《きろく》に書かれているとおりの美男子だった。ふわふわした豊《ゆた》かな髪に黄金の冠《かんむり》を載せ、その笑顔《えがお》は人をひきつけるようだ。アレックスたちの世界でなら、すぐさま映画スターになれるだろう。

国王と王妃が玉座に腰かけると、衛兵がまたトランペットを吹き鳴らしてから大声で宣《せん》言《げん》した。

「舞踏会のはじまり！」

場内から、また盛大な拍手が起こった。大勢《おおぜい》のお客たちがダンス・フロアに出てくる。楽団が、速いテンポのシンフォニーを演奏《えんそう》しはじめた。人々はペアを作り、ずっと互いの目を優しく見つめ合いながら舞踏場を踊りまわった。

国王と王妃は玉座から動かなかった。シンデレラはきっと踊りたいにちがいなかったが、子供を身ごもっているため、踊ることができずにいたのだった。チャーミング国王はすっかり妻《つま》に夢中《むちゅう》で、舞踏会そのものよりも、舞踏会をながめる王妃の姿のほうを見ていたい様子だった。

しばらくすると、男性客《だんせいきゃく》たちがパートナーの女性《じょせい》の靴を片方《かたほう》だけ脱がせてそのまわりをぐるぐると踊り、また元どおりにはかせなおした。シンデレラのガラスの靴を再現《さいげん》しているのだ。

アレックスもコナーも、舞踏会の様子から目が離《はな》せなかった。時間は飛ぶように過ぎていった。

シンデレラの赤ちゃんも興奮したのか、きっとおなかを蹴《け》ったのだろう。シンデレラは居心地《いごこち》が悪そうにおなかをさすりながら、何度かもぞもぞと玉座に座りなおしていた。そして、やがてチャーミング国王の耳元になにかささやきかけた。チャーミング国王は妻の手をとると、優しく気づかいながら、らせん階段をのぼっていった。

衛兵が、またトランペットを吹いた。「王妃はお疲《つか》れのため休まれますが、国王は、どうか皆さまがこのままお祝いを楽しまれますよう願っておられます」

お客たちはうれしそうにそれを聞くと、また踊り続けた。

「宮殿を見学しに行ってみないかね?」ランプトン卿が二人に声をかけた。

「ぜひ行きたいです!」アレックスが答えた。

ランプトン卿は二人を引き連れて舞踏場を後にすると、最初に入ってきたときに通ったのと同じような廊下を歩いていった。ここにもやはり、過去の国王たちの肖像画がかけられ、レッド・カーペットが敷かれていた。

「この宮殿は、五百年以上《いじょう》もの昔につくられたんだよ」ランプトン卿は歩きながら説明《せつめい》した。「そのころからずっと、チャーミング王朝の本拠地《ほんきょち》になっているんだ。ほら、これはチェスター・チャーミング国王、シンデレラさまの亡《な》くなった義理《ぎり》のお父さまの肖像画だよ」そう言って、口ひげをたくわえ冠をかぶった男性《だんせい》の肖像画を指さす。今のチャーミング国王にそっくりだが、ずっと年を取っていた。

「これまでに、何人のチャーミング国王がいたの？」コナーがたずねた。

「さあ、何人かなあ」ランプトン卿が言った。「現在《げんざい》は三人いらっしゃるよ。チェスター王には四人の王子がいらしてね。チャンス・チャーミング王子、チェイス・チャーミング王子、チャンドラー・チャーミング王子、そしてチャーリー・チャーミング王子だよ」

兄弟それぞれの肖像画も壁に飾られていた。

「チャンス・チャーミング国王が一番年上で、シンデレラ王妃とご結婚されたんだ」ランプトン卿はそう言うと、ついさっき二人が舞踏場で見た国王の肖像画を指さした。

「次男はチェイス・チャーミング国王で、眠れる美女王妃とご結婚された」ランプトン卿が続けた。

チェイスは少し背が高くヤギひげをはやしていたが、それを除《のぞ》けば兄にそっくりだった。

「チャンドラー・チャーミング国王は三男で、白雪姫《しらゆきひめ》王妃とご結婚された」

チャンドラーも二人の兄とよく似《に》ていたが、兄弟の中では一番髪を長く伸ばしていた。最後に残《のこ》された肖像画に、アレックスとコナーの目は釘付《くぎづ》けになった。チャーミング兄弟の末《すえ》っ子《こ》の肖像画だけが、ほかとは離れたところにかけられているのだ。まだ若い王子は、大きな笑《え》みをうかべていた。その肖像画の横に、ろうそくが一本立てられていた。まるで、その笑顔を忘れずにおこうとでもいうかのように。

「あれは誰?」コナーがたずねた。

ランプトン卿は、さっと笑顔を消して真顔になった。「あれはチェスター王の四人目のご子息、チャーリー王子だよ。ずっと前に行方不明《ゆくえふめい》になってしまった。何年も前のある夜に姿を消してしまい、それっきり誰も見た人がいないんだよ」

「おそろしい話ね」アレックスが言った。

「三人のご兄弟は大捜索隊《だいそうさくたい》を組んで王国じゅうをすみからすみまで探されたんだが、手がかり一つ見つけることができなかった」ランプトン卿が、悲しげな顔で言った。「だけど、捜索もまったくのむだというわけではなかったんだ。捜索中にチャンドラー王子はガラスの棺《ひつぎ》に入った白雪姫さまを見つけられたし、チェイス王子は城で眠っている眠れる美女さまと出会われ、呪《のろ》いを打ちやぶってご結婚されたわけだからね」

「すごいわ!」アレックスが目を丸くした。「じゃあ、もしチャーリー王子が行方不明にならなかったら、眠れる美女も白雪姫も、まだ眠ったままだったんだ！」

「かもしれないな」ランプトン卿が言った。「そして、お二人が王女をめとられたものだから、チャンス王子は舞踏会を開いてシンデレラさまと出会われたんだ。なにもかも捜索のおかげだったのだと、私は思っているよ」

アレックスもコナーも、チャーリー王子の肖像画から目を離すことができなかった。廊下のそこにだけ漂《ただよ》う悲しい空気に、二人ともどうしても引きこまれてしまうのだった。行方不明になった当時、この王子は二人とたいして変わらない年ごろだったにちがいない。

ランプトン卿は、二人の様子にすっかり感じ入ったようだった。「さあ、ついておいで。ちょっと特別《とくべつ》なものを君たちに見せてあげるから」

また別の廊下を進み、宮殿の奥へと向かっていく。奥には人影《ひとかげ》もまったく見当たらず、歩きながら二人はどんどん不安になっていった。ランプトン卿がどこに向かっているのかもわからなかったし、たずねてみるような勇気《ゆうき》もなかったのだ。

角を一つ曲がってまた廊下を進んでいくと、黒い両開きの扉が見えてきた。扉の両側に一人ずつ衛兵が立っており、その頭上の大きな石のアーチには、こう書かれていた。

シンデレラ女王の王立展示室

アレックスとコナーは、目を輝かせて顔を見合わせた。展示室に入れるのだ！

「これはランプトン卿ではありませんか」一人の衛兵が言った。

「やあ、こんばんは」ランプトン卿はあいさつを返すと扉を押し開けて中に入った。二人はそれについて展示室に足を踏み入れると、バッグを置いて室内を見まわした。

展示室には白い柱が並《なら》んでおり、床にはスカイブルーのタイルが敷かれていた。天井《てんじょう》はドーム状《じょう》になっており、そこに黄金の星々がちりばめられている。奥の大窓から入ってくる月明かりが室内を照らし、壁にかけられた何枚もの鏡《かがみ》に反射《はんしゃ》していた。

低い台座の上にぶ厚《あつ》いガラス・ケースが置かれ、そこにいくつか特別な展示品《てんじひん》が陳列《ちんれつ》されていた。ほうき、バケツ、ぼろぼろの古いドレス。宮殿のミニチュア模型《もけい》には、ネズミの家族が住んでいた。

展示室のちょうど中央に、シンデレラのガラスの靴が置かれていた。美しく、小さく、透明《とうめい》な水晶《すいしょう》で作られたその靴はダイヤモンドで飾られていた。

それを見た瞬間《しゅんかん》、アレックスもコナーも心臓《しんぞう》が止まってしまうのではないかと思った。あのガラスの靴が、いま目の前にあるのだ！

「なんてきれいなの……」アレックスは、すっかり見とれてため息をついた。

「私も、それがとても気に入っているのですよ」とつぜん、優しい声が聞こえた。アレックスのものでもコナーのものでもない。ランプトン卿でもない。

展示室の奥で窓枠《まどわく》に腰かけていたのは、シンデレラその人だった。二人とも展示室に見とれるあまり、ぜんぜん気づかなかったのだ。

「王妃さま。そこにいらしたとは気づきませんでした。どうかお許《ゆる》しを」ランプトン卿が言った。「こちらのお客さまたちに、宮殿を案内してさしあげていたところなのです」

「いいのですよ、ランプトン卿」シンデレラはそう言いながら、三人を迎えようと歩いてきた。「忙しい日の後にはよくここに来て、心を落ちつかせることにしているのです。そちらのお二人は、どなたなの？」

アレックスもコナーも、口がきけなかった。本物のシンデレラを前にして、見とれてしまっていたのだった。

「こちらは、アレックスとコナーです」ランプトン卿が言った。

「二人とも、ようこそ」シンデレラはそう言うと、二人に手を差しのべた。

「僕たち、大ファンなんです！」コナーは、ややきつくその手を握《にぎ》りしめた。アレックスは、動けなかった。「王妃さまは……ずっと憧《あこが》れでした」アレックスが言った。それ以上、言葉など一つも出てこなかった。

「どうもありがとう」シンデレラが答えた。「ようこそ、私の記憶の小部屋へ」

「本当に……すばらしいところです！」アレックスが声をうわずらせた。

「ご案内させてもらえるかしら？」シンデレラが申し出た。

アレックスは、固《かた》まった体のままなんとかうなずいた。

シンデレラは二人を引き連れて室内をまわりながら、展示《てんじ》された品物を一つひとつ紹介《しょうかい》していった。

「これは、私がお義母《かあ》さまの家で毎日お掃除《そうじ》に使っていたほうきとバケツよ」シンデレラが言った。「私にとっては、生まれて初めてのダンス・パートナーね。家に一人きりになると、大きなお城の舞踏会を想像しながら、この子たちを相手に踊ったのよ。もちろん、お話が上手なパートナーではなかったけれどね」

シンデレラとランプトン卿が笑った。アレックスとコナーは、まだ信じられない気持ちでぼう然《ぜん》としていた。自分たちはシンデレラのとなりに立っているのだ！　そのうえシンデレラが冗談《じょうだん》を言ってみせたのだ！

「こっちにあるボロボロの服は、フェアリー・ゴッドマザーがきれいな舞踏会のドレスに変えてくれたものよ」シンデレラが案内を続けた。

「今はまたボロボロになってしまっているけれど、フェアリー・ゴッドマザーがここに来ると、いつでもそのドレスにもどるの」

「そりゃあすごいや」コナーが言った。

「これは、私のネズミたち」シンデレラはそう言うと、ミニチュアのお城を駆けまわるネズミたちを紹介した。ケースのふたを開け一匹を取り出し、優しくなでてやると手のひらにそっとのせた。

「馬や馭者に変わって馬車を引いたネズミたちですか？」アレックスは、ようやく声を出せるようになると質問《しつもん》した。

「そのネズミたちはもう死んでしまって、これはその子供たちと、さらにそのまた子供たちなのよ。お礼のつもりでお世話を続けているの。ネズミはひどく嫌《きら》われているけれど、本当に心優しい動物なのよ。みんな気づかないだけでね」

シンデレラはネズミをまたケースの中にもどすと、展示室の中央に歩いていった。

「そしてこれは、説明するまでもないでしょうね」そう言って、ガラスの靴の前に双子を呼び寄《よ》せた。ガラス・ケースを開け、片方の靴を手にとる。

「見るからにはきづらそうだなあ」コナーが言った。

「びっくりするくらい、はいたり脱いだり簡単にできるのよ」シンデレラが答えた。

「足が汗《あせ》かいてムレムレになったりしないの？　だってさ、どっからどう見たって……いてえ！」

アレックスが、思いきりコナーのわき腹《ばら》をひじでつついた。

シンデレラはおかしそうに笑うと、二人に「持ってみる？」とたずねた。

アレックスは、思いきり大きくうなずいた。シンデレラは、台座からもう片方の靴を取ると、アレックスに手渡《てわた》した。アレックスの全身を、不思議な感覚《かんかく》が駆けめぐった。おとぎ話の歴史《れきし》に残る宝物……。もしかしたら、おとぎ話の歴史の中で一番の宝物を、自分が持っているのだ。感動せずにはいられない。

一方、コナーはどうやってガラスの靴を盗めばいいかを必死《ひっし》に考え続けていた。真剣《しんけん》なその目を見て、アレックスは兄がなにを考えているのかよくわかった。一瞬《いっしゅん》、二人はまったく同じことを考えた。このまま逃げ出すことはできないだろうか？　ランプトン卿と扉を守る二人の衛兵たちを出し抜くことなど本当にできるのか、コナーはまじめに考えていたのだった。

「どんな気分なんですか？」アレックスがシンデレラにたずねた。「召使《めしつか》いから王妃さまになるだなんて、どんな気分なのか想像もつかなくて。どん底《ぞこ》から誰かに助けられるって、どんな気分なんですか？　まるで……その……ほんとにシンデレラ・ストーリーなんですもの」

シンデレラの顔が悲しげになった。

「こんなにも人生が変わってしまうだなんて、一度も思ったことがなかった。だから、私はいつも自分にできることを必死にやってきたわ」シンデレラが言った。「シンデレラ・ストーリーっていう言葉を聞くたびに、つい笑ってしまうのよ。だって、どんな生き方をしていようと、人生には答えなんてないものでしょう？　どんなに大きな困難《こんなん》を乗り越《こ》えたとしても、いつだってまた次の困難が立ちふさがるものなのよ。人々はみんな、初めて私がこの宮殿にきたとき〈チャーミング王国〉の人々からどんな目で見られたか、忘れてしまっているのです」シンデレラは言葉を続けた。「召使いから王妃になるだなんて、おもしろくない人たちだって大勢いたんですよ。私がどうやってあの夜の舞踏会に出席《しゅっせき》したかを知ったたくさんの人たちに、カボチャ王女だとかネズミ王妃だとか呼ばれたものよ。だから王国の人々から信頼《しんらい》を勝ちとらなくてはいけなかったのだけれど、それは簡単じゃなかったわ」

「でも、王妃さまになって得《とく》したこともあるんでしょう？」コナーがたずねた。「床磨《ゆかみが》きもしなくていいし、掃除道具とダンスしたりネズミと話したりもしなくていいわけだから」

「理想の男性と出会って家族を持てたのは、私にとって人生で最高のできごとよ」シンデレラはほほえみながらおなかをなでた。「だから私、自分のことを世界で一番幸せで運のいい女だと思ってるの。だけど王妃としての人生は大変《たいへん》で、今でもどうにかなりそうになってしまうことがあるわ。どれだけがんばっても、すべての人を満足《まんぞく》させることなんて絶《ぜっ》対《たい》にできない。そう受け入れるのは、とてもつらいことよ。私も、まだまだ受け入れきれていないのよ」

アレックスは、思わずハッとした。とつぜん、このおとぎ話の世界が自分たちの世界と同じくらい現実的《げんじつてき》に思えたからだ。シンデレラのことはこれ以上敬《いじょううやま》うことなどできないほど敬っていたが、シンデレラの立場から物語を見つめてみたことなど一度もなかったのだ。

アレックスは、手にしたガラスの靴をもう片方のとなりにもどした。コナーは「おい、なにするんだ？　盗みださなくちゃだろう！」と言いたげな目をアレックスに向けたが、そんなことがとてもできないのは、二人ともわかっていた。これほどまでに優しくしてもらった今夜はなおさらだ。

「魔法みたいなことをいくつも経験《けいけん》してきたけれど、一番大事な宝物はここにあるのよ」シンデレラは、赤ちゃんのいるおなかに手をふれたまま言った。「女の子でね、もういつ生まれてもおかしくないの」

「なんで女の子だってわかるんです？」アレックスはたずねた。

「母の直感ね」シンデレラが答えた。「音楽が聞こえていると、じっとしていられない子なのよ。きっと私の好《この》みと父親の元気を受けついでるんだわ」

一人の衛兵が、廊下から展示室に駆けこんできた。

「王妃さま、ランプトン卿。舞踏場におもどりください」衛兵が、せっぱつまった声で言った。なにかがおかしい。

「いったいなにごとだ？」ランプトン卿がたずねた。

「〈ノーザン王国〉から兵隊《へいたい》がきたのです。王さまとお妃《きさき》さまへの伝言《でんごん》を持って」衛兵が答えた。

ランプトン卿は双子にバッグを返すと、シンデレラと衛兵といっしょに舞踏場へと歩きだした。双子も展示室を出ると、三人を追いかけた。

「さて、どうやってガラスの靴を片方手に入れる？」コナーがアレックスにささやいた。

「まずはほかのアイテムを手に入れてから、ここにもどってきましょう。ほかのがそろってれば、なんでガラスの靴が必要《ひつよう》なのかわかってもらいやすいと思うの。シンデレラともランプトン卿とも、仲《なか》よくなったことだしね」

「さっき片方だけ持ってきちゃうべきだったよ」コナーが言った。

また舞踏場にもどってきた。お客たちは踊る足を止め、楽団も演奏をやめてしまっていた。シンデレラは、玉座に腰かける夫《おっと》のところに向かった。舞踏場には、銀の鎧《よろい》に身をつつんだ兵士《へいし》たちがたくさんいた。この世界に来た最初の日にアレックスとコナーが見たのと同じ兵士たちだ。

「とつぜんのお邪魔《じゃま》をお許しください、国王陛下《へいか》。私は白雪姫女王の王立親衛隊長《しんえいたいちょう》、グラントと申します。本日は、悪の女王についてのおしらせを届けにあがりました」兵士たちの隊長が言った。

「そのしらせとはなんだ？」チャーミング国王が言った。

舞踏場にいた全員が、いいしらせではないにちがいないと感じた。隊長の声の様子を聞けばわかる。緊張《きんちょう》と不安に、空気がまるで張《は》りつめるようだった。

「昨夜《さくや》のこと、かつて悪の女王が使っていた部屋から、魔法の鏡が一つ盗み去られました」グラント卿が言った。「悪の女王はいまだ逃亡中《とうぼうちゅう》ですが、我々にとってさらなる脅威《きょうい》となるべく、かつての持ち物であった鏡を取りもどそうとしているものと思われます。そこでみなさまにおたずね……いやお願いしたいのです。もし悪の女王の隠れ家《が》についてなにかご存《ぞん》じの方がいらっしゃるなら、今すぐ、我々にお知らせくださいますよう」

白雪姫の兵隊たちは、ぞろぞろと舞踏場から出ていった。チャーミング国王とシンデレラは抱《だ》き合《あ》った。自分たちのことも、このしらせが王国にもたらすものも、心配でたまらないのだ。

「二人とも、今日は会えてよかったよ。だが、私は行かなくては」ランプトン卿はそう言うとアレックスとコナーの肩を叩き、白雪姫の兵隊の後を追いかけていってしまった。

舞踏会の招待客《しょうたいきゃく》たちも、ぞろぞろと帰りはじめていた。アレックスとコナーもそれについて行くと、長い階段を下り、宮殿から離れていった。

「悪の女王の話を聞いたら、なんか心配になってきちゃったわ」アレックスが言った。

「そうだな、でも俺たちは関係ないんじゃないか？」コナーが答えた。「なにかが起こったとしても、そのころにはずっと離れたとこにいるさ」

「だといいけど」

「さあ、次はどこに行く？」

「ここから北に行けば〈赤ずきん王国〉があるわ」アレックスが答えた。「そこに行くのが、一番いいでしょうね。なんとか、赤ずきんのバスケットが手に入ればいいんだけど」

「今度はびくびくしないからな。ああもう、さっきは惜《お》しかった！」コナーは思いきりこぶしを握りしめた。

「許しもないのに持ち出すわけにはいかなかったわ。そんなのまちがってるもの」

「いい子でいるのには、もううんざりだよ」

ガラスの靴を手に入れそこねたうえに舞踏会もいきなり中止になってしまったが、二人にとっては特別な夜だった。シンデレラのような歴史的《れきしてき》有名人とあんなに親しく話をする機会《きかい》など、めったにないのだ。

運のいいことに、〈チャーミング王国〉の北部の村まで荷車いっぱいの梨《なし》を運ぶ、夜行《やこう》便《びん》の荷馬車を見つけることができた。金貨何枚かと交換《こうかん》に、二人は荷馬車に乗せてもらった。村についてしまえば、〈赤ずきん王国〉はもうすぐそこだ。

荷馬車に乗りこむと、コナーはすぐに眠りこんでしまった。アレックスはどうしても眠れず、日記帳を読み進めてみることにした。だが、バッグに手を入れてみたアレックスは

「コナーー！」とさけび声をあげた。

コナーが夢《ゆめ》から飛び起きると「いったいなんだよ？」とたずねた。

キョロキョロとあたりを見まわしたコナーは、なにかキラキラ光るものを妹が持ってい

るのに気づいた。しょぼしょぼした寝ぼけ眼《まなこ》をこすり、それから目を丸くする。

「ガラスの靴じゃないか！」コナーがさけぶと、アレックスは静かにするよう合図した。

駁者に聞かれてはいけない。「どうやって持ってきたんだよ！　盗んだのか？」

「お兄ちゃんのしわざじゃないの？」アレックスはがくぜんとした様子で、梨が十個《こ》は入りそうなほど大きく口を開けた。

「いや、俺じゃないってば、本当だよ！　ランプトンかシンデレラが入れたのかな？　俺たちがガラスの靴をほしがってるの、バレてたと思うか？」

「わからない」アレックスは首を横にふった。自分があのガラスの靴の片方を手に持っているなど、信じられない気持ちだった。二人とも、すっかりわけがわからなくなった。

「まあ、わざわざ〈チャーミング王国〉に行ったのも、ムダ足じゃなかったってことか」

第10章
赤ずきん王国

梨《なし》を積《つ》んだ荷馬車が小さくごとごと揺《ゆ》れているうちに、アレックスもコナーもいつしか眠《ねむ》りに落ちていた。もしあんなにも大変《たいへん》な、新しいことだらけの一夜を過《す》ごしたあとでなければ、きっとガラスの靴《くつ》を手に入れた興奮《こうふん》で、眠ることなんてできなかったろう。

翌朝《よくあさ》に目を覚《さ》ましてみると、荷馬車がちょうど目的地《もくてきち》の村に到着《とうちゃく》するところだった。アレックスはまず最初《さいしょ》に、眠っている間にガラスの靴がなくなっていないかを確《たし》かめた。自分の手がしっかりと靴を握《にぎ》りしめていた。放すわけにはいかなかった。放してしまえば、手に入ったときと同じくらいあっさりとなくなってしまうような気がして、アレックスはおそろしかった。

いったいどうやってガラスの靴がバッグに入りこんだのかは、相変《あいか》わらず最大《さいだい》の謎《なぞ》だった。

「魔法《まほう》かなにかかな?」コナーが言った。「もしかしたら、俺《おれ》たちに必要《ひつよう》とされているのを知ったガラスの靴が、自分からバッグの中にテレポートしたのかもしれないぜ」

「これまで読んできたファンタジー小説《しょうせつ》から考えると、その可能性《かのうせい》はあるわね」アレックスがうなずいた。「それに、この世界に来てからのことを思い出せば、そんなことがあっても不思議《ふしぎ》じゃないわ。でもとにかく大事なのは、ガラスの靴を手に入れたっていうことよ。必要なアイテムが一つ手に入ったんだもの。今度は赤ずきんのバスケットのことだけを考えましょう」

念《ねん》のためガラスの靴を毛布《もうふ》でくるみ、バッグの中にもどした。こんなものを持ち歩いて、よけいな人目を引きたくはない。

「ガラスの靴がなくなってるのに気づいて、ランプトンかシンデレラが追っ手をよこさなければいいんだけどな」

アレックスは、そんなこと思いつきもしなかった。もしコナーの言うとおりランプトン卿《きょう》が追跡隊《ついせきたい》を組んで、二人を見つけ出して捕《つか》まえてやろうと追ってきたらどうしよう？

「そうしたら、本当のことを話して運を天にまかせましょう。とにかく今は、バスケットのことだけを考えるの」

地図を確かめてみても〈赤ずきん王国〉への道は一つも見当たらなかったので、双子《ふたご》はニレの木の森を抜《ぬ》けて進んでいくしかなかった。

アレックスは歩きながら日記帳を読み続《つづ》けていた。


よく知られているとおり、〈赤ずきん王国〉はオオカミたちを防《ふせ》ぐため高い城壁《じょうへき》に囲《かこ》まれている。城壁には門があり、そこを衛兵《えいへい》たちが守っている。

「つまり、まず城壁を見つけて、それから門を見つけて、さっさと王国に入ってしまえばいいわけね」

「入れてもらえなかったら？」

「入れてもらえない理由なんて、なにかある？　でも、もしそうなってしまったら、今度は私《わたし》が説得《せっとく》してみるわ」

一時間ほど歩き続けていると、遠くのほうに王国の城壁が見えてきた。本当に巨大《きょだい》な城壁だ。高さは一〇メートルくらいあり、大きな灰色《はいいろ》のレンガで作られている。数メートルごとに同じ警告《けいこく》が貼《は》り出されていた。

オオカミどもに告《つ》ぐ
のろのろ法《CRAWLほう》および〈めでたしめでたし会議《かいぎ》〉の承認《しょうにん》により、あらゆる種族《しゅぞく》、血統《けっとう》、色のオオカミによる〈赤ずきん王国〉への立ち入りを厳重《げんじゅう》に禁《きん》ずる。これを犯《おか》したオオカミは処刑《しょけい》され、敷物《しきもの》、コート、装飾品《そうしょくひん》とされる。
この警告を読んだオオカミは、すぐさま立ち去ること。

「うへえ、これじゃあオオカミは絶対《ぜったい》入ろうなんて思わないだろうな」コナーが言った。

二人はそれから二時間くらい城壁にそって歩いていったが、門はぜんぜん見つからなかった。アレックスは日記帳を読み直してみると、さっきは読み飛《と》ばしていた部分があるのに気がついた。

門は北、南、東、西に一つずつある。それらの門から延《の》びる道が、町のある王国中心部へと向かっているのだ。〈赤ずきん王国〉には町は一つしかなく、あとは農地が広がっているだけである。

「ごめん、読みまちがってた」アレックスが謝《あやま》った。「どうやら、王国に入る門は四つしかないみたい」

「一番近い門までどのくらいだ？」コナーがたずねた。アレックスは地図に目をやると、少し目を見開いた。答えを聞くまでもなく、コナーには悪いしらせなのがわかった。

「どうやら今ちょうど、西門と南門の間くらいにいるみたい。ようするに――」

「もっと歩けってことだな」コナーは腰《こし》に両手を当ててがっくりとうなだれた。

「そういうこと……。一日か、それか二日くらい」

コナーは爆発《ばくはつ》しそうなほどイライラしながら、ぐるぐると歩きまわった。

「まったくムカつくぜ！　なんでこんな面倒《めんどう》な目にばっかあわなくちゃいけないんだよ！」

「コナー、大丈夫《だいじょうぶ》よ。ただ、ちょっと時間が思ったよりかかるだけ――」

「大丈夫なもんかよ！」コナーが怒鳴《どな》った。「この世界に来て、もうほとんど一週間なんだぞ！　家に帰りたいよ！　母さんに会いたいよ！　友だちに会いたいよ！　ピーターズ先生でもいいから会いたいんだよ！　ああそうだよ、会いたいよ！」

コナーはいらだちまぎれに木を蹴《け》りとばし、「いてぇ！」とさけんでうずくまった。

「私だって帰りたいけど、どうしようもないじゃない！　帰れるようになるまでがまんするしかない、そうでしょう？　今は、イライラしたってしょうがないわ。がんばるしかないじゃない！」

コナーは腕組《うでぐ》みをして、肩《かた》を落とした。今にも泣《な》きだしそうなほどに、怒《いか》りをつのらせていた。アレックスは南門が近づいてきているはずだと思うと、そちらに向けて歩きだした。コナーはぶつぶつと文句《もんく》を言いながらついてきた。

「舗装《ほそう》された歩道が歩きたいよ。狭《せま》い借家《しゃくや》に帰りたい。あの近所で遊びたい。いつも夜になると吠《ほ》えてくる、通りの先で飼《か》ってる犬が恋《こい》しいよ。宿題だってちゃんとするさ。宿題を忘《わす》れて居残《いのこ》りさせられたってうれしいくらいだ」

「そうやってどんどん口に出しなさい、コナー。気が楽になるから」

「この世界が嫌《きら》いだ！」コナーはさらに続けた。「こんなどろんこ道にもうんざりだ。人食いの魔女《まじょ》が嫌いだ。ばかでかいオオカミだって嫌いだ。野宿するのもいやだ。橋守りのトロルも嫌いだ。こんな木だってぜんぶ嫌いだ……待てよ、それだ！　木だよ！」

コナーは周囲《しゅうい》に目を走らせると、城壁のそばに立つ大きな木に向かって駆《か》けだした。

「なにしてるの？」アレックスがたずねた。

「王国に入るんだよ！　木を登って城壁を越《こ》えるんだ！」コナーが大声で答えた。固《かた》い決意を顔にうかべ、ものすごい速さで木を登っていく。

「越えるっていっても、一〇メートルくらいあるのよ！」アレックスがさけんだ。

「アレックス、おまえも来い！」コナーは手まねきした。

「木登りなんて嫌《いや》よ！」

「ラプンツェルの塔《とう》は登ったのに、木登りはだめなのかよ？」いじわるな顔でコナーが返した。

「塔だって登るんじゃなかったって思ってるもの！　だめよ！」アレックスが答えたが、コナーは聞こえないふりをしてみせた。

コナーはもう、ほとんど木のてっぺんまで登っていた。アレックスは木に駆けよると、少しだけ登った。

「コナー、お願《ねが》いだから下りてきて！　急いで危険《きけん》な目にあうより、ゆっくり安全に行きたいのよ！」

コナーは、一番高い木の枝《えだ》の上に立ちあがった。城壁のてっぺんは目と鼻の先だ。

「城壁に飛び移《うつ》って、下りられないかどうか見てきてやるよ」

「コナー！　ばかなまねはやめて！　早く下りてきて！　ケガをしたらどうするの！」ア

レックスが必死《ひっし》に声をはりあげた。

「無事《ぶじ》を祈《いの》っててくれよ！」コナーはそう言うと、飛び移ろうと身がまえた。「一……二の……三！」木の枝から城壁を目がけて飛びあがる。

「やめて！」アレックスが悲鳴をあげた。

コナーのジャンプは、勢《いきお》いをつけすぎだった。ギリギリのところで城壁を飛び越し、まっさかさまに城壁の向こうに落ちていってしまったのだ。

「アレックスー！」落ちていくコナーのさけび声が響《ひび》いた。

ドサリと落ちる大きな音が城壁の向こうから聞こえたが、アレックスからはなにも見えなかった。

「コナー！」アレックスは必死にさけんだ。「コナー、大丈夫？　生きてるの？」

ドキュメンタリー番組で観《み》たことのあるどんな動物よりも速く、アレックスは木をよじ登っていった。

「コナー、答えて！」泣きそうな声で言う。「聞こえてる？　ケガしてない？」

てっぺんまで登りつめたそのとき、笑《わら》い声《ごえ》が聞こえた。城壁の向こうをのぞいてみると、そこにはピンピンした姿《すがた》で麦わらの山に寝《ね》そべっているコナーの姿が見えた。

「よう、アレックス！」コナーは大きな笑いをうかべて言った。

「コナー！　びっくりして死ぬかと思ったじゃないの！」

「悪い悪い！　でもめちゃくちゃおもしろくてさ！　着地《ちゃくち》できるかも確かめずに飛びおりるわけないだろう？」

「生きてくれてよかった、私がこの手で殺《ころ》せるもの！」

「おまえも飛びおりろよ！　絶対大丈夫だから！」

「わかったわよ！」アレックスはさけぶと、城壁を飛び越える前にバッグをコナーのところにそっと投げ落とした。

コナーの言うとおり、飛びおりてもまったく大丈夫だった。体じゅうについた麦わらをお互《たが》いに払《はら》い落とす。

「ここを見てよ、コナー」アレックスは、〈赤ずきん王国〉を歩きだすとコナーに声をかけた。二人とも、またまったく別《べつ》の世界に足を踏《ふ》み入《い》れてしまったような気分だった。

見渡《みわた》すかぎり丘《おか》が広がり、そこに農地が作られていた。牛や羊が野原で草を食べていた。曲がった杖《つえ》を持った羊飼《ひつじか》いの男や、大きなボンネットをかぶった女が、犬を連《つ》れて羊たちを見張《みは》っていた。

「なんて平和なところなんだろう！」アレックスが言った。「まるでマザー・グースの世界に入りこんじゃったみたい」

「きっとあの人たちは、退屈《たいくつ》しきってると思うぜ」

「でも、ここは誰《だれ》の領地《りょうち》なのかしら？」

その答えはすぐにわかった。歩いているうちに、地面に立てられた大きな看板《かんばん》を見つけたのだ。そこには、こう書いてあった。

ボー・ピープ・ファミリー牧場《ぼくじょう》

あの羊飼いたちは、マザー・グースに出てくる小さな羊飼い《リトル・ボー・ピープ》だったのだ。

どこを向いても心が安らぐような景色《けしき》に囲まれ、時間はどんどん過ぎていった。しばらく歩き続けているうちに、やがて町に立《た》ち並《なら》ぶ家々のとがった屋根が見えてきた。遠くからではよくわからなかったが、一歩入ってみるとにわかに町は活気づいてきた。

美しくて絵に描《か》いたような景色に囲まれていると、まるでテーマパークにいるような気持ちになった。かわいらしい小屋のような家々や、レンガや石の壁に囲まれたわらぶき屋根の店が立ち並んでいた。古い学校の塔から鐘《かね》の音《ね》が聞こえた。さっき野原で見かけたような、荷物をいっぱい持った男の人やボンネットをかぶった女の人たちが大勢《おおぜい》、ヤギや羊を連れて通りを行きかっていた。

たくさんの店にまぎれて、ヘニー・ペニー銀行、ジャック・ホーナーのパイ店、パット・ア・ケーキ・ベーカリーといった看板も見えた〔どれもマザー・グースに出てくる歌の名前〕。中心街《ちゅうしんがい》へと入るあたりに、まるで巨人《きょじん》の靴のような形をした〈シュー・イン〉という宿屋があった。

町のちょうどまん中には芝生《しばふ》におおわれた公園があり、いくつか記念碑《きねんひ》や彫刻《ちょうこく》が置《お》かれていた。それを見かけるたびに、アレックスは胸《むね》の中で宙返《ちゅうがえ》りするほど大喜《おおよろこ》びした。

なにもないところに小さなレンガの塀《へい》があり、そこにはめこまれた金色の板にはこう書かれていた。

> ハンプティ・ダンプティの塀
> 王様のお馬と家来をみんな集めてもかなわぬほど
> 多くの人に愛《あい》された優《やさ》しき卵《たまご》、安らかにここに眠る

ハンプティ・ダンプティの塀を過ぎるとすぐ、てっぺんに井戸《いど》がある小さな丘が見えてきた。ふもとには、このような看板が立っていた。

> ジャックとジルの丘

公園の中央に、丸い噴水《ふんすい》があった。噴水のまん中には幼《おさな》い羊飼いの少年の像《ぞう》が立っており、その足元にいる羊の口から水がわきだしているのだった。噴水には、次のような言葉

が彫《ほ》られていた。

オオカミが来たぞとさけんだ少年よ。
そなたは嘘《うそ》つきだが、それでも愛されていた。

あまりにも夢中《むちゅう》になっている二人のことを、村人や町の人々は珍《めずら》しそうにじろじろと見つめていた。

「ここにいると、なんだかミニ・ゴルフのコースを思い出しちゃうな」コナーが言った。「俺たちの町にある子供《こども》の遊び場みたいなやつじゃなくて、金持ちの子供たちが住む町にあるやつだよ」

町の一番端《はし》、公園を見晴らせる場所に、赤ずきんの城《しろ》があった。町のどこからでも見える高い塔が四つ立っている。いかにも赤ずきんの城らしく、壁は赤く、屋根は暗い赤だ。城のまわりには堀《ほり》がめぐらされ、水車のついた製粉所《せいふんじょ》もあった。

遠くから見ると、城はものすごく大きく見えた。だが近づいてみたアレックスとコナーは、実はそれほど大きくないのに気がついた。大きく見えるように作られているだけなのだ。堀も、二人が楽々またげるほどの幅《はば》しかない。

「この中のどこかに赤ずきんのバスケットがあるにちがいないぞ」コナーが言った。

アレックスはバッグから日記帳を取りだすと、バスケットの手に入れかたを読んで聞かせた。

ほかの宮殿《きゅうでん》や城とはちがい、赤ずきんの城に入りこむのはそれほど難《むずか》しくない。この城はのろのろ革命《かくめい》のすぐ後に建《た》てられたため、大工たちが必要なものをあちこちつけ忘れたからだ。城の裏手《うらて》にあるキッチンの窓《まど》は、鍵《かぎ》もついていない。

この〈赤ずきん王国〉はすべての王国の中でもっとも安全で小さな国で、そのため兵士《へいし》や衛兵も少ない。城の廊下《ろうか》の見まわりも深夜に終わり、夜明けまでは衛兵が一人もいなくなるのだ。だから、深夜から夜明けまでの間にキッチンの窓から忍《しの》びこみ、大広間にさえ行かなければ、まず安全というわけだ。

赤ずきん女王は特別《とくべつ》な部屋を一つ作り、自分で手に入れたり人からもらったりしたバスケットをすべてそこにしまっている。そこに行き、赤ずきん女王が最初におばあちゃんのところに持っていったバスケットを探《さが》しだせ。

バスケットをまるごと手に入れる必要はなく、ふちから木の皮を少しだけむしり取ってくればそれでじゅうぶんだ。私が手に入れたときに少し欠《か》けているはずだから、このバスケットはきっとすぐ見分けられるだろう。

「呼《よ》び鈴《りん》でも鳴らして、もらえないか頼《たの》んでみようと思ってたのにな」コナーが言った。

アレックスは城を見あげると、塔についた窓をながめた。いったいどれが、バスケットがある部屋の窓なのだろう？　そうして見あげているうちに、アレックスはふと別のことに気がついた。

「あれを見て！」そう言って空を指さす。

コナーは、妹が指さしたほうを見あげた。そこには、空に向けて伸びる大きな豆の木があった。高さ三〇メートルはあるだろうか。

「きっとジャックの豆の木だわ！　お兄ちゃんも、きっと私と同じこと考えてるでしょ？」

「いいや。でもきっとおまえは豆の木を見に行こうって言いたいんだろ――」コナーが言い終えるよりも早く、アレックスはもう豆の木に向けて駆けだしていた。

二人は町を抜けると、そこから豆の木へと続く道を走っていった。小屋を何軒《なんけん》かと、農場をいくつか過ぎる。思っていたよりずっと遠いようだ。やがて、豆の木の根本がようやく見えてきた。

豆の木は太く曲がりくねっており、大きな葉をしげらせていた。そのとなりには、せいぜいひと部屋分くらいしかない小さなボロボロの小屋が立っていた。豆の木と小屋の少し奥《おく》に、大きな屋敷《やしき》が一つ見えた。どうやら部屋がたくさんあるのだろう、煙突《えんとつ》や窓がいくつも見える。

「どっちがジャックの家だろう？」コナーは、豆の木に向けて歩きながら言った。

「きっと貧《まず》しかったころはあの小屋にお母さんと住んでいて、巨人を倒《たお》してお金持ちになってから、すぐそばにあのお屋敷を建てたんだわ！」アレックスは顔を輝《かがや》かせた。「どっちもジャックの家なのよ！」

コナーは肩をすくめた。妹の推理《すいり》を疑《うたが》うような理由は、なにも見つからなかった。

「見て、なんて高いの！」豆の木のすぐ下にたどりつくと、アレックスはため息をついた。

「これを登るなんて、すごい勇気《ゆうき》がなくちゃ無理《むり》よ！」

そのとき、ドアが閉《し》まる音がして屋敷から若者《わかもの》が一人出てきた。背《せ》が高く髪《かみ》を短く切り、がっしりとした体つきをしている。若者はとてもすてきなのに、暗い顔をしていた。斧《おの》と薪《まき》を持っていた。

「アレックス、見ろよ！」コナーがささやいた。「あれ、ジャックじゃないか？」

「どうだろう……」アレックスがささやき返した。「聞いてみよう」

若者は手にした丸太を屋敷の前に置いた作業台に載《の》せると、斧をふるいはじめた。

「こんにちは！」アレックスが、明るく声をかけた。

「やあ」若者は、顔をあげようともせずに答えた。

「もしかして、ジャックさん？」コナーがたずねた。

「ああ、そうだよ」若者はうなずいた。「なにかご用かい？」

「そういうわけじゃないけど、ちょっと旅をしてるんです」アレックスが言った。「そうしたら、町からあなたの豆の木が見えたものだから、近くで見たくて来たんです」

「みんなそうするよ。毎週一度、切らなくちゃいけないんだ。なにせ伸びるのが速くてね」ジャックはそう答えると、表情《ひょうじょう》一つ変《か》えずに作業を続けた。見知らぬ人に豆の木のことで話しかけられるのがすっかりあたりまえになり、かまわなくなっているのだろうか？

「すてきなお家ですね」アレックスが言った。

「前にあのオンボロさえなかったらね」コナーが、後ろの小屋のほうをあごでしゃくった。

「コナー、失礼《しつれい》よ！」アレックスが叱《しか》った。

「あそこは作業場に改築《かいちく》したんだよ」ジャックはそう言うと斧をふるうのをやめ、割《わ》った木切れを集めると小屋の中に運びこんで乱暴《らんぼう》にドアを閉めた。

「あんまり話をするのは好《す》きじゃなさそうだな」

「なにがあったのかしら。まるでジャックじゃないみたい」

「会ったことあるのかよ？」どうも妹はときどき、自分たちが異世界《いせかい》にいるのをすっかり忘れているように見える。

「ううん、物語に書かれてたジャックと比《くら》べてっていう意味よ。とにかく元気で冒険好《ぼうけんず》きだっていう話だもの。きっとなにか理由があるんだわ」

「他人が家に来るのがいやなんじゃないか？　俺があの人でも、そりゃあイライラすると思うよ」

コナーがさらに皮肉を続けようとしたそのとき、屋敷の中からなにか高い音が聞こえてきた。

「今の聞こえたか？　歌声みたいだったぞ」

双子が屋敷のほうを向くと、ちょうど窓の雨戸が開くところだった。開け放たれた窓の向こうにあらわれたのは、金色の女だった。すぐそばで見ていなければ、双子はきっと目を疑っていたことだろう。

女は精《せい》いっぱい大きな声で、ソプラノのバラードを歌っていた。なにか弦楽器《げんがっき》の音色がいっしょに聞こえていたが、アレックスたちのところからでは、どこで音楽が鳴っているのか見えなかった。

ああ、この日が来ても私は
鳥になって飛べたらいいのにと夢見《ゆめみ》るだけ
もし足があったなら、この世界をながめ、
どこまでも歩いていけるのに

でも私はただのハープ
この窓辺《まどべ》にいることしかできないの。

最後《さいご》の一節《いっせつ》を歌いながら金色の女が双子のほうを向くと、アレックスもコナーも、女の背中《せなか》に弦《げん》がついているのに気がついた。歌声に合わせて、その弦がひとりでに音色をかなでていたのだ。女は魔法のハープだったのだ。

「こんにちは、お二人さん！　初《はじ》めてお目にかかるわね！」ハープが言った。

アレックスは飛《と》び跳《は》ねた。「あなた、もしかしてジャックが巨人のところから助けだした魔法のハープね？」

「まさにそのとおり！」ハープはそう言うと、大げさにポーズをとってみせた。「本当によかったわ。あの巨人たら、音楽の趣味《しゅみ》がひどいんだもの！　どんなひどい曲ばかり演奏《えんそう》させられたか、きっと想像《そうぞう》もつかないでしょう？　羊を食べたり村を踏みつけたり、そんな歌ばかりだったんだから！　よかったら、歌ってあげましょうか？」

「遠慮《えんりょ》しとくよ」コナーが言った。

ハープはムッとした顔をした。

「ああ、あの日のことをまるで昨日《きのう》みたいにおぼえているわ！　巨人に囚《とら》われた私がくよくよしていたら、いきなりやせっぽちの農夫《のうふ》の子がやって来たんだもの。思わず『ねえちよっと！　助けてくれない？　とても困《こま》っているのよ！』と言ったら、もう次の瞬間《しゅんかん》には、巨人に追いかけられながらすごい勢いで豆の木を下りてたのよ！　そしてジャックが豆の木を切ってしまうと、巨人は落ちて死んでしまったの！　ぐちゃり！　ボー・ピープの農場に落ちたのよ！　本当にすごかった！」

「こわい話ね！」アレックスが言った。

「この百年で一番興奮した日だったわ！　まるで、なにもかも魔法みたいにうまくいったの。ジャックとお母さんはお金持ちになったし、私は自由になったし、ボー・ピープの農場では巨人の死体を手に入れて、こんなに最高《さいこう》の肥料《ひりょう》は今までになかったと大喜び！」

「ひどい話だなあ……」コナーは一人ごとを言った。

「ところで、二人はこんなところでなにしてるの？」ハープがにっこり笑った。

アレックスとコナーは、正直に答えるのがこわくて顔を見合わせた。

「ちょっと旅行してるだけなんです」アレックスが言った。「〈赤ずきん王国〉には来たことがなかったものだから」

「町から豆の木が見えたから、ここまで来てみたんだよ」コナーがつけ足した。

「それはようこそ！」ハープが言った。「ここを気に入ってくれた？　気に入らないわけがないわよね！　世界じゅうをまわってきたけれど、こんなに居心地《いごこち》がいい場所はほかにないもの！　すごく安全だし！　住んでるのは親切な農夫たちばかりだし、とにかく最高なのはオオカミの立ち入りが禁止《きんし》されているところよ！　二人とも、引っ越してきたらいかが？　すてきだと思わない？　ここに引っ越して、毎日私のところに遊びにいらっしゃいよ！」

ひたすらしゃべりまくるハープを見て、アレックスとコナーは、とにかく人にかまってほしくてたまらないにちがいないと感じた。くる日もくる日も家の中に閉《と》じこめられているのだから、大変なのだろう。

「でも、もう帰ろうと思ってたところなんだよ」コナーが言った。「あとは赤ずきんの城によって、それでおしまいさ。あの城にはまだ一度も――」

「じゃあジャックに連れてってもらいなさいよ！」ハープが言った。「ちょうど今日の午後、赤ずきん女王に会いに行くところなのよ」

「本当に？」アレックスが言った。

「ええ、本当よ。いつも週末《しゅうまつ》には、手作りのバスケットをお城に届《とど》けることになってるから」

ハープは誰かに聞かれていないか左右を確かめたが、あたりには誰の姿も見当たらなかった。

「これは、私から聞いたって言わないでちょうだいね」ハープは、いかにもうわさ話が好きそうな顔をしながら楽しげに言った。「赤ずきん女王は毎週ジャックをお城に呼んではプロポーズなさってるのよ！　なんでも、二人が子供のころからずっと恋していらっしゃるんだとか！」

「そうなの？」アレックスは目を丸くした。「じゃあ、二人は結婚《けっこん》するの？」

「まさかまさか！」ハープが答えた。「ジャックは女王のことなんて好きじゃないのよ！いつも断《ことわ》ってくるんだから」

「なんで断っちゃうの？　王さまになりたくないの？」コナーがたずねた。

「ジャックの心は、ほかの人のものなのよ」ハープが悲しげに言うと、背中の弦がさびしい旋律《せんりつ》をかなでた。

「誰のことが好きなの？」アレックスがたずねた。

「当ててみようか」コナーが言った。「小さなマフェットさんだろ？」

「そんなわけないじゃない」ハープが答えた。「小さなマフェットさんは、ジョージー・ポージーと結婚したのよ。ジョージー・ポージーはさんざんあちこちで浮気《うわき》をしたんだけど、まあその話は今は置いときましょう――」

「ジャックの話ね」アレックスが言った。

「ええ、いいわよ。あの人が誰を好きかは、私も知らないの。会ったこともない」ハープが答えた。「私が知っているのは、その人が引っ越していってしまってから、ジャックがすっかり別人《べつじん》のようになってしまったことだけ」

アレックスとコナーは、不思議そうな顔をして見つめ合った。その人とは、いったい誰なのだろう？　ジャックがあんなにも暗い顔をしていたのは、そのせいなのだろうか？

小屋のドアが開き、さっきの木切れを使って編《あ》んだばかりのバスケットを手にジャックが出てきた。

「ねえジャック、ちょっといいことを思いついたの！」ハープが大声で呼びかけた。「この二人をお城に連れていってあげたら？　中に入ったことがないんですって！」

ジャックは、気が進まない様子だった。

「お願いします、ジャックさん！」アレックスが訴《うった》えた。「おとなしくしてますから！」

「お願いよ、ジャック！　最高の日にしてあげて！」ハープがつめよった。

「わかったよ」ジャックがうなずいた。

そして三人に背を向けると、町のほうに歩きだした。双子もその後を追う。

「本当にありがとう！」アレックスはふり向くと、ハープにお礼を言った。

「どういたしまして！」ハープが答えた。「また遊びにきてね……絶対よ！」

ジャックは、本当に歩くのが速かった。双子よりずっと足が長いので、ついていくだけでも大変だった。

「連れてきてくれて、本当にありがとうございます」アレックスが声をかけたが、ジャックは地面から視線《しせん》をあげようともしなかった。

「あんまりおしゃべりが好きじゃないんだね」コナーが言った。

「たいして話すことがないんだよ」ジャックが答えた。

コナーはうなずいた。気持ちは痛《いた》いほどわかる。町が近づいてくると、アレックスはコナーを引きよせた。

「本当に運がよかったわね。お城に入ってバスケットを手に入れたら、さっさとこの王国から出ちゃいましょう！」

町に入り、やがて城についた。城の入り口には、大きな両開きの木の扉《とびら》があった。ジャックがノックする。しばらくするとドアについた小さな窓が開き、目玉が二つあらわれた。

「誰だ？」向こう側《がわ》から声が聞こえた。

「ジャックだ。また来たよ」

「後ろにいるのは？」声が警戒《けいかい》したように言うと、ジャックの後ろに立つアレックスとコナーのほうを向いた。二人は、びくびくしながら手をふった。

「ええと……もう一度名前を教えてくれるかい？」ジャックが双子にたずねた。

「アレックスとコナーです」アレックスは、ジャックに親指を立ててみせた。

「アレックスとコナーといって、僕《ぼく》の友だちなんだ。今日はお城に連れて来てあげることになっててね」ジャックが門番に言った。

扉が開くと、双子はジャックの後について城に入っていった。まるで、シンデレラの宮殿を質素《しっそ》にしたような場所だった。廊下はずっと短く、家具もそれほど上質《じょうしつ》とはいえない。壁には肖像画《しょうぞうが》がたくさん飾《かざ》られていたが、どれも赤ずきん女王のものばかりだった。いろんな年令《ねんれい》の赤ずきんが、さまざまなポーズをとっている。進むにつれて、描かれた赤ずきんはどんどんきらびやかになっていった。

また両開きのドアが見えてくると、ジャックと双子はその前で足をとめた。ジャックがノックし、そばに置いてあったベンチにさっと腰を下ろす。

「いつもちょっと時間がかかるんだよ」ジャックが言った。

ドアの向こうから、なにやらバタバタと騒々《そうぞう》しい足音が聞こえた。

「待って、まだドアを開けないで。準備《じゅんび》ができてないの!」誰かが小さな声で言うのが聞こえた。「そのケープを取ってちょうだい! いえ、それじゃなくてあっちの、フードがついてるケープよ! 早くしてったら!」

ジャックは口笛を吹《ふ》きはじめた。

「どう? このドレス、ちゃんと似合《にあ》ってる?」小さな声がまた聞こえた。「ならいいわ、大丈夫。さあ、あの人を中へ。早くして!」

ジャックが立ち上がると同時にドアが開き、まっ赤な顔で息を切《か》らしたメイドが顔を出した。中に案内《あんない》されるジャックに、アレックスとコナーも続く。

中は、両側《りょうがわ》に背の高い窓がついた細長い部屋になっていた。壁には、女王の肖像画がさらにずらりと飾られていた。床《ゆか》からは、まっ赤な目とするどい牙《きば》を持つ大きなオオカミの頭が見あげていた。ちょうどドワーフの森で出会ったのにそっくりなそのオオカミを見て双子はびくりとしたが、よく見るとオオカミの毛皮でできた敷物なのがわかった。きっと、〈大きな悪いオオカミ団《だん》〉の一頭にちがいない。

部屋の一番端には、赤ずきん女王の玉座《ぎょくざ》があった。この城には似《に》つかわしくないほど優《ゆう》雅《が》な玉座だ。

「ようこそ、ジャック！」赤ずきんが言った。

赤ずきんはジャックと同い年くらいの、とても愛らしい娘《むすめ》だった。あざやかな青い瞳《ひとみ》。きれいに整えたブロンドの髪に、冠《かんむり》をのせている。フードのついたケープと似合う赤いガウンをまとい、ピンクのコルセットをつけていた。首からは大きなダイヤモンドがついたネックレスをさげ、両肩《りょうかた》をすっかり出し、長い手袋《てぶくろ》の上からきらびやかな指輪《ゆびわ》をいくつもはめていた。

肌《はだ》を出しすぎだし、化粧《けしょう》もしすぎだし、まっ昼間《ぴるま》だというのに大げさに着飾《きかざ》りすぎだ。

「やあ、赤ずきん」ジャックが言った。

「びっくりしたわ！　来てくれるなんて思ってなかったもの！」

「そうかい」

「それに今日は……お客さんまで？」赤ずきんがたずねた。ジャックと二人きりでないのが不満《ふまん》なのだ。

「ああ、アレックスとコナーだよ」ジャックが言った。

「こんにちは！」アレックスはおずおずとあいさつした。

「やあ、赤ずきん」コナーが言うのを聞き、アレックスがひじでつついた。

「はじめ……まして……」赤ずきんは歯を食いしばると、見えすいた作《つく》り笑いをうかべてみせた。「ようこそ私のお城へ。さあ、座《すわ》ってちょうだい」

赤ずきんがパンパンと手を叩《たた》くと召使《めしつか》いが二人、ジャックのためにふかふかの椅子《いす》を玉座の横に用意した。そしてアレックスとコナーにはずっと離《はな》れたところに、小さな椅子を持ってきた。

ジャックは少しだけ椅子を玉座から離すと、手作りしてきたバスケットを赤ずきんに手《て》渡《わた》した。

「私のために？」赤ずきんがたずねた。「ああもう、なんて優しいの！　言葉では言いあらわせないほど優しい人！　大事にするわね！」

「いつものことじゃないか」ジャックが答えた。

「さあ、なにか新しいことはあった？」赤ずきんは、玉座からずり落ちそうにして、ジャックのほうに身を乗り出した。

「たいしたことはなにも。いつもとなにも変わりゃしないよ」ジャックは首を横にふった。

座ったばかりだというのに、もういつ帰ってやろうかとでも言わんばかりの様子だ。「王国のほうはどうだい？」

「ああ、私は経済《けいざい》のことも国防《こくぼう》のことも民《たみ》の声も、そういうことはぜんぶ放り出しちゃってるのよ」赤ずきんが言った。「そういうのは、おばあちゃんがやってくれるから。私なんかよりずっと向いてるんだもの」

赤ずきんはバスケットを持っている手が疲《つか》れてくると、パチンと指を鳴らした。すぐにメイドが受け取りにやって来た。

「ほかのバスケットといっしょにしまっておいてちょうだい」赤ずきんが指示《しじ》を出した。メイドはバスケットを受け取ると、部屋を出て保管《ほかん》場所へと消えていった。アレックスとコナーは、今こそチャンスだと思った。

「ほかのも見せてもらえませんか？」アレックスがたずねた。

「ほかのっていうと？」赤ずきんがたずねた。

「ほかのバスケットです。兄はバスケットが大好《だいす》きなものだから……」

赤ずきんは、おかしな目で二人をじろじろながめた。コナーは、うなずいて話を合わせた。

「そうなんだよ！　なによりもバスケットが好きでたまらないのさ！　よく言うじゃないか、バスケットを持ってより楽しき人生をってさ！」

赤ずきんは、まるでこんな奇妙《きみよう》な人たちには会ったことがないとでもいった顔で、二人をまじまじと見つめると、「そうしたいなら……」と答えた。

アレックスとコナーは飛び上がるようにして椅子を立つと、メイドについて部屋を出て廊下を歩きだした。

「赤ずきん女王は、どこにバスケットをしまっていらっしゃるんですか？」アレックスはメイドにそうたずねると、コナーにウインクしてみせた。頭の弱い子供のふりは、どうもあまりうまくない。

「女王さまは、バスケットのためだけに特別なお部屋をお持ちなのよ」メイドが答えた。

「バスケット部屋ってこと？」コナーがたずねた。

「ええ、そうよ。女王さまと同じくらいたくさんバスケットをもらったら、あなたたちだってきっとそうするわ」

「いったいどのくらいもらうのさ？」

「百聞《ひやくぶん》は一見《いつけん》にしかずよ」

メイドがドアを開け、三人は部屋に入っていった。そこはさっきの部屋の二倍ほどの大きさで、床から天井《てんじよう》まで数えきれないほどのバスケットが積みあげられていた。

棚《たな》にしまわれたもの、きちんと重ねられたもの。ほかはただ部屋じゅうに積まれている。

メイドはさっきジャックから受け取ったバスケットを、部屋のすみにあるバスケットの山に放り投げた。

「女王さまは、お誕生日《たんじょうび》や祝日《しゅくじつ》をはじめ、なにか特別なことがあるとバスケットを贈《おく》られるの」メイドが説明《せつめい》した。「村人からも、ご友人からも、そしてとなりの国々の王さまたちからも」

アレックスとコナーは、ぽかんと口を開けて部屋を見まわした。こんなバスケットの山の中から、どうやって目当てのバスケットを探し出せというのだろう？

「見てまわってもいいですか？」アレックスは、ショックから立ち直れずに声を絞《しぼ》り出した。

「ええ、いいと思うけど……」メイドは疑《うたぐ》り深《ぶか》そうに双子をじろじろ見つめると、二人を残《のこ》して部屋を出ていった。

アレックスもコナーも、息ができなかった。まるで、とつぜん胸元《むなもと》にダンベルをくくりつけられたような気持ちだった。

「こんな絶望感《ぜつぼうかん》、人生で初めてだぜ！」コナーが大声で言った。「まるで夏休み最終日《さいしゅうび》に宿題をぜんぶやれって言われてるみたいなもんじゃないか。いや、その千倍はキツいぞ。これをぜんぶ調べるなんて、とてもできっこないよ」

「そんなにたいしたことないわ……」アレックスはコナーに言い聞かせたが、自分だってそんな言葉に納得《なっとく》などできなかった。「さっさとはじめちゃいましょう。コナーは向こう側から、私はこっち側から。さ、やるわよ」

二人は手分けをすると、木の皮で作ったふちのついたバスケットを探して、どんどんバスケットの山を調べていった。時間は限《かぎ》られている。一秒ごとに胸の不安《ふあん》はふくらんでいった。

二人とも、まさかこんなにもいろんな形、いろんな大きさ、いろんなデザインのバスケットがあるとは知らなかった。まるで雪のように、一つたりとも同じ形のものがないのだ。アレックスは、もしかしたら見落としたんじゃないかという不安に取りつかれていた。コナーはしょっちゅうささくれに指を刺《さ》されては「いてえ！」とさけんでいた。

かれこれ一時間が過ぎても、まだ四分の一も調べられなかった。部屋の中は大混乱《だいこんらん》だ。入ってきたときに比べ、倍はめちゃくちゃにちらかっている。アレックスですら、調べ終えたバスケットを適当《てきとう》に放り出すようになっていた。

「見つけられるわけないだろ！」コナーはバスケットの山を蹴とばしてさけんだ。

その瞬間、ドアが勢いよく開くとさっきのメイドがもどってきた。アレックスとコナーが凍《こお》りつく。メイドは、二人がちらかした部屋を見て目を丸くした。

「いったいなにをしているのか知らないけど、そろそろ出ていく時間ですよ」メイドが言った。

二人は、メイドに連れられて玉座の間へともどっていった。椅子に腰かける二人を、メイドがさっきとはちがう険《けわ》しい目でにらみつける。

赤ずきん女王はまさに椅子からずり落ちるようにして、ジャックの椅子にしがみつきながら話していた。ジャックは二人が見たこともないほどうんざりし、まるで病気のような顔をしていた。赤ずきんもジャックも、双子がもどってきたことになどまったく気づいてもいなかった。

「ねえ、ジャック」赤ずきんは、ジャックのひたいをくるくると指先でなでながら言った。「赤ずきん王国なんて言ったって、王さまもいないのに王国なわけがないと思うのよ……」

「じゃあ、〈赤ずきん女王国〉に名前を変えたらどうだい？」ジャックが言った。

赤ずきんは、ギクリとするほど大きな笑い声をあげた。「なんておもしろいことを言うの！　でもね、そういうことじゃないの。ジャック、いいこと？　私、もういつでも結婚してかまわないと思ってるのよ。もし今日誰かにプロポーズをされたら、絶対に受けるわ！　誰か私と結婚してもいいっていう人、知らない？　王さまになってもいいっていう人よ？　誰か知らないの？」

ふと、一羽《わ》の白いハトが窓辺に飛んでくると、外の窓枠《まどわく》にとまった。それを見た瞬間、ジャックはさっと顔をまっ赤にした。目を丸くして笑《え》みをうかべ、ジャックはたちまちうれしそうな顔をしてみせた。

ジャックが赤ずきんのほうを向いた。こんなジャックを見るのは初めてだと、赤ずきんの顔に書いてある。アレックスとコナーは、興奮のあまり赤ずきんの心臓《しんぞう》が飛び出してくるのではないかと思った。ジャックがこれからプロポーズするのだろうか？　今こそ、赤ずきんが待ちこがれていたその瞬間が訪《おとず》れるのだろうか？

「赤ずきん」ジャックが言った。

「はい……」赤ずきんが答えた。

「僕は行かなくちゃいけない」ジャックはそう言うと、玉座の間から立ち去ろうと飛び起きた。赤ずきんは玉座から落ちそうになりながら「行くってどこに？」とたずねた。

「家にさ」ジャックがふり返りもせずに大声で答えた。「また来週！」

赤ずきんは腕組みをして口をとがらせた。あとはジャックさえいれば、ほしいものがすべて手に入るというのに。

アレックスとコナーは、ジャックといっしょに行くのが安全だと思い、後について城を出た。

「アレックス、コナー。君たちに会えて本当によかったよ」ジャックは二人と握手《あくしゅ》をかわした。

「私もです」アレックスが答えた。「お城に連れてきてくれて、本当にありがとう」

「いいんだよ、そんなことは！　またすぐに会えるよう祈ってるよ」ジャックはそう言うと、うって変わって楽しげな足どりで家のほうに歩きだした。

アレックスは首をひねった。今のジャックは、ずっと思い描いてきたとおりのジャックにしか見えない。

「いったいどうしたんだろうな？　さっきまでゾンビみたいだったのに、あっという間にまるで体操《たいそう》のお兄さんだぜ」

「私にもわからないわ」アレックスは、去っていくジャックの背中を見つめた。「すごく変わった人」

「結局《けっきょく》、城に忍びこまなくちゃいけないな」コナーは地面にドサリと座りこんだ。

「とにかく、夜にはお城が手薄《てうす》になるのはわかってるんだし、バスケットだってずいぶんたくさん調べ終わってるんだから。真夜中を待つことにしましょう」

「とりあえず今は、めちゃくちゃ眠くてたまらないよ」

二人は〈シュー・イン〉に向かうと部屋を一つとった。部屋からは赤ずきんの城がよく見えた。外の壁に靴ひもがかかっているのを見ると、どうやら靴の舌革《したがわ》あたりの部屋なのだろう。風呂《ふろ》もちゃんとついていたので、二人は交代で入った。風呂に入るのも、ずいぶん久《ひさ》しぶりだ。

「こんなに気持ちいい風呂は初めてだね！」コナーが言った。

二人は少しだけ休むことにすると、ベッドに体がふれるやいなや深い眠りに落ちてしまった。目が覚めたのは数時間後、もうすぐ真夜中になるころだった。

「さあ、今夜の作戦《さくせん》は？」コナーがたずねた。「なにしろどこかにこっそり押《お》し入《い》るなんて初めてだからな、めちゃくちゃ心配だよ」

「まずは、持ち物をぜんぶ整理してみましょう」アレックスはバッグの中身をぜんぶベッドの上に出した。

「毛布が二枚《まい》、金貨《きんか》の袋《ふくろ》が一つ、ナイフ、ラプンツェルの髪が一本、ガラスの靴が片方《かたほう》、地図、日記帳、食べ物の袋が一つ」アレックスは、声に出して確認《かくにん》していった。「ナイフは、バスケットから木の皮を切るのに使えるわね。でももう暗いから、なにか灯《あか》りがなくちゃだわ」

「じゃあこのランプを使おうぜ」コナーはベッドサイドのランプを手に取った。

「ぴったりだわ。なにかあるといけないから、手に入れたらすぐ王国を離れましょう。東門を目指せば、〈妖精《ようせい》の王国〉との国境《こっきょう》はすぐそこよ」

コナーは「毎晩《まいばん》こんなベッドで寝られたらいいんだけどなあ……」とうつむいた。

真夜中の一五分前、アレックスとコナーは荷物をぜんぶまとめるとランプに火をつけ、〈シュー・イン〉を後にした。町を抜けて城に向かう。あたりはひっそりと静《しず》まりかえり、農場にいる動物たちの声すら聞こえなかった。

二人はハンプティ・ダンプティの塀のかげに隠《かく》れ、城の窓をながめた。衛兵たちが廊下の見まわりをしている。

「あと何分かすれば、衛兵がいなくなるはず」アレックスがささやいた。

数分ほどすると、窓辺を歩く衛兵の数がどんどん減《へ》っていくのがわかった。

「行っちゃったのかな」コナーが言った。

「だと思う。行きましょう！」

二人は走って城の裏手にまわりこむと、窓から広いキッチンをのぞきこんだ。堀をひと息に飛びこえ、窓に近づく。日記帳に書かれていたとおり鍵はかかっておらず、窓はすんなりと開いた。

まずは、できるだけ物音をたてないようにしながらアレックスが忍びこんだ。たてた音といえば、ドキドキと激《はげ》しく打つ心臓の鼓動《こどう》だけだ。続けてコナーが入ってくると、積みあげられた鍋《なべ》やフライパンにぶつかった。

アレックスは飛び上がると、「もう！　ちゃんと気をつけてよ！」と口の動きだけでコナーに伝《つた》えた。

「ごめん」と、コナーも口だけを動かしてみせる。

そのまま二人ともじっと動かず息をひそめていたが、誰にも物音を聞かれずにすんだようだった。

キッチンを出ると、廊下にはまたしても赤ずきんの肖像画がびっしり飾られていたが、双子はいまさら驚《おどろ》きもしなかった。

「赤ずきん、自分を描いてもらうのが大好きなんだな」コナーが言った。

「この国最初の女王さまだから、描きたがる絵描《えか》きさんもきっとたくさんいるのよ。〈チャーミング王国〉みたいな歴史《れきし》がある国じゃないんだもの」

「じゃなきゃ、自分のことが大好きなバカ女なのかだな」

二人は廊下を進むとまた別の廊下を歩き、それから階段《かいだん》を上るとまた新しい廊下を進んでいった。

「ちゃんと道わかってるんだろうな？」

「お兄ちゃんが知ってるんじゃないの？」

「なに？　だって、おまえがずっと前を歩いてるじゃないか！」

廊下の奥から、人影《ひとかげ》が向かってくるのが見えた。近づくにつれて、シルエットの正体が衛兵であるのがわかった。

「衛兵だわ！」アレックスは声をひそめると、影《かげ》を指さした。廊下を走り、最初に見つけた部屋にすべりこむ。

部屋はまっ暗だった。

「ここどこだろう？」コナーが言った。

「私も知らないのわかってて、なんでそんなこと聞くの？」

アレックスはドアの横で聞き耳を立て、衛兵が通り過ぎるのを待った。コナーはなにかにぶつからないよう両手を伸ばして手探《てさぐ》りしながら、まっ暗な部屋の中を歩きまわっていた。

やがて、二人の目が暗やみに慣《な》れてきた。

「アレックス、なにか見えるぞ……」廊下のようなものが見えたかと思うと、とつぜんそこに青白い顔がうかび上がり、コナーを見つめ返してきた。コナーは恐怖《きょうふ》にふるえあがって床に倒れこむと、必死に声を殺しながらさけんだ。

「アレックス！　こっちの廊下に誰かいる！　不気味《ぶきみ》でみにくいやつだ！」そう言って、前を指さしてみせる。

アレックスは駆けよってくると、コナーが指さしたほうに目をこらした。

「廊下じゃないわ。鏡《かがみ》じゃないのよ、バカ！」

「鏡かよ……」コナーはアレックスの手を借《か》りて立ち上がった。

「あらまあ、なんて大きな爪《つめ》かしら」とつぜん背後《はいご》から声が聞こえたので、二人は驚いて飛びあがった。

ふり向くと四本の柱がついたベッドが見えた。つややかな赤いシーツが敷《し》かれ、レースのカーテンがかかっている。そのベッドで眠っていたのは、なんと赤ずきん女王だった。

「ここ、女王の寝室《しんしつ》だったのか！」コナーが小声で言った。

「あらまあ、おばあちゃんのお鼻はとっても大きいのね」赤ずきんは、ぐっすり眠りこけたまま言った。

「悪い夢《ゆめ》でも見てるのかな？」コナーが言った。

「あらまあ、なんて大きくてとがった歯なの……オオカミだ！」赤ずきんはそうさけぶと、がばりと起き上がって目を覚ました。アレックスとコナーは、あわてて床にふせると身を隠した。

赤ずきんはひたいに大つぶの汗《あせ》をかきながら、肩で息をしていた。やがて、ようやく呼《こ》吸《きゅう》が落ちつくと、「もうやめて」と言って、イライラした様子で眠りにつくため横になった。

アレックスとコナーは、おそろしくてじっと固まっていた。

「また寝たかな？」コナーがたずねた。

「わかるわけないじゃない」

「あらまあ、なんてたくましい腕《うで》なの、ジャック」赤ずきんが言った。

「どうやら寝たみたいだな」コナーはそう言うと、すっくと立ち上がった。

「あらまあ、なんて柔《やわ》らかいくちびるなの、ジャック」赤ずきんが言った。

「赤ずきんが変《へん》なこと言い出す前に、さっさととんずらしちまおうぜ！」コナーが言った。

二人はまた廊下にもどると、しばらく城内を歩きまわった。どの廊下もひどくよく似ていて、バスケットの部屋がどこにあるのかさっぱりわからなかった。ついに見つけたと思ってドアを開けても、応接間《おうせつま》やダイニング・ルームや舞踏場《ぶとうじょう》だったりするのだ。

「玄関《げんかん》を見つけて、玉座の間にもどってみましょう」アレックスが言いかけたが、コナーがそれをさえぎった。

「そんな必要はないね。バスケットはここだ」そう言って、すぐ横にあるドアを指さしてみせる。

「なんでわかるの？」

「となりの壁にあった肖像画に見覚《みおぼ》えがあるからさ」コナーはオオカミの毛皮のコートのほかにはなにも身につけていない、裸同然《はだかどうぜん》の赤ずきんが描かれた肖像画を指さした。

アレックスは、けがらわしいものを見るような目でコナーを見つめた。

「なんだよ？」コナーがいやらしい笑いをうかべる。「おぼえやすいだろう？」

ドアを開けてみると、はたしてそこは昼間に二人が延々《えんえん》とバスケットを探し続けたあの部屋だった。

「やりかけたところからはじめましょう」アレックスが言った。ふた手に分かれ、最後に調べていたあたりからバスケット探しに取りかかる。

昼間でも大変だったのに、夜ともなるとランプの灯りしかないのでなおさら大変だった。何時間か調べ続けているうちに、二人の不安はジャックの豆の木と同じくらい高まった。

ふと、大きな物音が聞こえた。

「今のなに？」アレックスが顔をあげた。

「アレックス、あれを見ろ！」コナーは窓を指さした。窓枠に、なにか光を放つX型《がた》のものが引っかかっているのが見える。

「あれなに？」

「引っかけフックだ！」フックは規則正《きそくただ》しくギシギシと揺れている。「誰か登ってきてるんだ！　隠れろ！」

二人はランプを床に置いたまま、積みあがったバスケットのかげに飛びこんだ。

しばらくして、窓の向こうに人影が一つあらわれた。人影は鋭《するど》いナイフを取り出すと窓を大きな円形に切り、物音一つ立てず部屋に忍びこんできた。アレックスもコナーも見覚えがないが、女だ。植物を貼り合わせた服と、紫色《むらさきいろ》に見まちがえるほど深い赤の髪の毛《け》。

女は室内を見まわすと、警戒したように二つのランプに目をとめた。二人がいるのに気づいているのだろうか？　女はまるで動物のように、部屋の中をくんくんとかぎはじめた。鼻を鳴らしながらバスケットの中を調べまわり、いくつか手にとっては背後に放り投げていく。

女は鼻を頼《たよ》りに部屋の中を探しまわると、ついに一つの方向にパッと顔を向けた。バスケットの山をよじ登り、棚の一番上に手を伸ばす。そして奥に手を突《つ》っこむと、バスケットを一つ引っぱり出した。木の皮で作ったふちがついている。

アレックスとコナーは顔を見合わせた。あんなところにあったのだ！

女は木の皮を大きく切り取ると、その切れ端を自分のベルトにつけた袋の中にしまった。バスケットをもとの場所にもどして床に下り、窓へと向かう。

窓をくぐろうとしたその瞬間、とつぜん部屋の中から「いてっ！」という声がした。バスケットのかげに隠れていたコナーが、またしてもうっかりささくれで指を刺してしまったのだ。

「コナー！」アレックスが声を殺して言った。

「悪かったってば！」コナーもささやき返した。

女は、二人が隠れているほうに向けて歩いてきた。アレックスたちのほうを、しばらくじっと見つめる。アレックスとコナーは、おそろしさのあまり息もできなかった。もう隠れているのがバレてしまっているのだ。いったい女は、二人をどうする気なのだろう？

女は床に置かれたランプの片方に目をやると、小さく笑みをうかべた。そしてランプをバスケットの山に蹴りとばすと窓の穴《あな》を通り抜け、引っかけフックに取りつけたロープを下りはじめた。

「あぶなかった！」コナーがさけんだ。「見つかってたら大変なことになって――」

「コナー！　見て！」アレックスが悲鳴をあげた。女が蹴りとばしたランプの火が、バスケットの山に燃《も》え移っていたのだ。

「ヤバい！　早く逃《に》げなくちゃ！」

「あのバスケットを手に入れるまではダメよ！」アレックスはバッグからナイフを取り出した。そして、さっき女がそうしていたようにバスケットの山をてっぺんまで駆けあがった。ずっと背が低《ひく》いアレックスは、思いきり手を突っこまないと届かなかった。

「アレックス、急げ！」コナーがさけんだ。火はどんどん大きく広がりながら、ほかの積みあがったバスケットの山に燃え移っている。コナーは必死に吹き消そうとしたが、そんなことをしてもムダだった。バースデー・ケーキのろうそくなどより、ずっと大きな炎《ほのお》なのだ。

アレックスは棚の上まで登って手探りすると、ようやく指先でバスケットを探《さぐ》り当《あ》てた。

「見つけた！」そうさけんで引っぱり出す。ふちに張《は》られた木の皮は、二か所が切り取られていた。一か所は日記を書いた誰かが、そしてもう一か所はさっきの女が切り取ったものだ。アレックスはもう一か所を新たに切り取ろうと、手にしたナイフをバスケットに突き立てた。

「アレックス！　こんがり黒こげで出てくのがいやなら、さっさとしろよ！」もう部屋の半分は火の海で、がまんできないほど熱《あつ》くなってきている。黒い煙《けむり》が立ちこめ、息をするだけでも大変だ。

「手に入れたわ！」アレックスは返事をすると、コナーのところに下りていった。

入ってきたドアは、すっかり炎にふさがれてしまっていた。

「どうやって出よう？」アレックスがさけんだ。

外の廊下から、ドカドカとあわただしい足音が聞こえてきた。炎の向こうに、張りつめた顔の衛兵たちが何人か見えた。

「火事だ！　城の中で火があがったぞ！」一人の衛兵が怒鳴《どな》った。「女王を安全なところへ！　水を持ってこい！」

別の衛兵が、アレックスとコナーを指さした。「おまえたち！　そこを動くなよ！」

「そういうわけにいくかよ！」コナーは一番重そうなバスケットを拾いあげて窓に投げつけ、こなごなに割《わ》ってしまった。外から入りこんでくる新鮮《しんせん》な空気を二人で吸《す》いこむ。

「見ろ、すぐ真下が水車小屋だぞ！」コナーは妹のことも引っぱり出し、二人で水車小屋めがけて下りはじめた。なかほどまで下りるころには、バスケットの部屋の窓という窓が炎に照《て》らされていた。部屋全体が燃えさかっているのだ。

二人が乗った重みで水車がまわりはじめた。アレックスとコナーはそのまま堀に落ちると、水深が一メートルもないせいで思いきり体を打ってしまった。

なんとか岸に這《は》い上がり、全速力で城から離れる。衛兵や兵士は、一人も追いかけてこなかった。きっと全員が城の中に残り、火を消そうとがんばっているのだ。

アレックスとコナーは走り続けて町を抜け出し、〈赤ずきん王国〉の東門までほんの数分のところまで来ていた。一度だけふり返ってみると、城はもう半分が炎に包《つつ》まれていた。

黒々とした煙が空にたなびいているのが見えた。

「今週だけでも四、五回は絶体絶命《ぜったいぜつめい》のピンチを味わっちまったな」コナーが言った。

「あの女の人、誰だったんだろう？　それに、なんであのバスケットを探してたのかしら？」

「あいつが見つけ出してくれてありがたかったよ。じゃなきゃこっちも見つけられないところだった」

ふとアレックスは、おそろしいことを思いついてしまった。

「ねえ、コナー。もしかしたら私たち以外《いがい》にも〈願いをかなえる呪文《じゅもん》〉のアイテム探しをしている人がいるんじゃない？」

コナーはそれを聞くと考えこんでしまった。アレックスは兄の顔を見て、自分と同じくらいコナーがおそれているのがわかった。

「いや、考えにくいな」コナーが首を横にふった。「日記を書いたやつだって、大変な思いをしてアイテムを探し出したんだぜ？　ほかの誰かがなにか知っているなんて、俺は思わないよ」

アレックスはうなずいた。だが、二人とも心配のしすぎだと感じてはいたものの、その可能性はどうしても頭の中に引っかかった。

さらに何時間か歩くと、〈赤ずきん王国〉の東門が遠くの壁に見えてきた。城の衛兵たちは無事に火を消し止めたのだろう、もう煙はすっかり晴れていた。

夜明け前の空が、黒々と広がっていた。門にたどりついた二人は、門のすぐそばで人影が動くのに気づいた。城でのことを思い出し、アレックスとコナーはさっと茂《しげ》みに身を隠すと目をこらした。

男が一人、門のそばを歩いていた。背が高く、まだ若《わか》いようだ。二人は、どこかその男に見覚えがあるような気がした。

「あれ、ジャックじゃない？」アレックスが言った。

コナーはじっと目をこらした。「本当だ！ こんなところでいったいなにしてるんだろう？」

そのとき、フードをかぶった誰かが門の外に姿を見せた。

「あれ誰だ？」コナーが言った。

周囲をうかがいながら、ジャックが門に近づいていく。ジャックと謎の人影の間にただよう緊張感《きんちょうかん》は強烈《きょうれつ》で、アレックスとコナーにまでビリビリと伝わってきた。

「こんばんは、ジャック」フードの人物が言った。

「やあ、ゴルディ」ジャックが答えた。

双子は、謎の人物の正体に気がついた。ゴルディロックスだ。〈ドワーフの森〉で出会ったときと同じ、深い栗色《くりいろ》のコートを着ている。

「なんであの二人が知り合いなんだろう?」アレックスが言った。

「さあな」コナーは首を横にふった。

「君のハトを見たよ」ジャックが言った。「君がよこしたんだろう?」

「ええ、そうよ」ゴルディロックスが答えた。「気づくのは知ってたわ。最近《さいきん》のハトは、なかなか調教が難しいんだから」

二人の様子を見ながらアレックスは、きっと話したいことがたくさんあるのだろうと感じた。だが、二人はとても口数が少なかった。そのかわり、二人とも間に立ちはだかる鉄《てっ》格子《ごうし》に体をつけるようにして、じっと互いの目を見つめ合っているのだった。

「まったく、いまいましい鉄格子だよ」ジャックが言った。

「これは、門の鉄格子であり、牢屋《ろうや》の鉄格子なのよ」ゴルディロックスが言った。

「いつだって君のことを心配してる」

「私はもう大人なのよ。自分のことくらい自分でできるわ」

「僕も連れてってほしいと思ってるよ。君さえ許《ゆる》してくれるなら、すぐにでも荷物をまとめていっしょに行く覚悟《かくご》があるんだ」

「二人分の命をわざわざ粗末《そまつ》にすることはないわ。誰かほかの人を見つけることね」

「出ていくときにも君はそう言ったけど、結局僕《けつきよくぼく》は毎年毎年こうして、陰《かげ》にまぎれて君と会っている」

「ジャックが好きな人って、ゴルディロックスだったんだ！」アレックスは、ようやく納得した。「だからジャックは赤ずきんと結婚したがらないんだわ。魔法のハープが言ってたのは、ゴルディロックスのことだったのよ」

「なんだか、メロドラマみたいだなあ」コナーが言った。

ジャックは両手を差《さ》しのべると、ゴルディロックスの手をとった。

「あの手紙を書いた誰かを見つけ出したら、僕が必《かなら》ず殺してやる。あのせいで、なにもかもめちゃくちゃになってしまった」

「すんだことはすんだことだし、もうしょうがないわ」ゴルディロックスは首を横にふった。鉄格子をはさんで、互いのひたいをくっつけ合う。

「いつの日か、君の疑いを晴らしてみせる」ジャックが言った。「約束《やくそく》だ。そうしたらいっしょになれる」

「私の疑いを晴らす？」ゴルディロックスは、鉄格子から後ずさった。「私は逃亡《とうぼう》者《しゃ》なのよ、ジャック！　盗《ぬす》みを働《はたら》いたの！　そして逃げ出したの！　しょうがないときは人殺《ひとごろ》しだってしたわ！　それが私なのよ！　疑いを晴らすなんて、誰にもできっこない。私はこんな人間になってしまったの」

「君が悪いからこうなったわけじゃない。そんなこと、わかってるだろう？」

ゴルディロックスは、なにも言わなかった。

「愛してるんだ」ジャックが言葉を続けた。「君が僕を愛してくれてるのも知ってるよ。言わなくてもわかる。僕にはね」

「私は罪人《ざいにん》よ。そしてあなたは英雄《えいゆう》」ゴルディロックスは、目に涙《なみだ》をうかべた。「ひとひらの雪を炎が愛しても、いっしょになることは絶対にできない。傷《きず》つけ合うばかりだもの」

「じゃあ、僕を溶《と》かしてくれ」ジャックは答えると、鉄格子の合間から手を伸ばしてゴルディロックスの体を引きよせた。二人がキスをかわす。情熱的《じょうねつてき》で心のこもった、長い長いキスだった。

アレックスは目をうるませた。コナーは、まるでひどいにおいでもかいだかのように顔をしかめ、「二人の間に鉄格子があってくれてよかったよ」と言った。

「黙《だま》ってなさいよ、コナー」アレックスが叱った。

ゴルディロックスが、ジャックから体を引き離した。

「行かなくちゃ……。日の出までに、できるだけここから遠くに離れてしまわないと」

「僕を連れてってくれ」ジャックがすがるように言った。

「だめよ」ゴルディロックスは首をふった。

「次はいつ会える？　一週間後か？　一か月後か？　それとも一年後かい？」

背後からポリッジが歩《あゆ》みよってくると、ゴルディロックスはその背に飛び乗り手綱《たづな》を取った。

「ハトを待っててちょうだい」そう言い残すと、クリーム色の馬にまたがり、ゴルディロックスは夜に吸いこまれていった。

ジャックは、すっかり見えなくなるまでゴルディロックスを見送っていた。さっきまでの生気はあっという間に抜け落ち、ジャックは双子が出会ったときと同じように悲しみの底《そこ》に沈《しず》んでいた。門に背を向け、とぼとぼと家への道を歩きだす。

「どうやら、おとぎ話の登場人物たちの中には、めでたしめでたしとは言えない暮《く》らしを送っている人たちもいるようね」アレックスが言った。

二人が駆けよってみると、門にはしっかり鍵がかけられていた。アレックスとコナーはなんとかよじ登って壁を越えると、日の出とともに〈赤ずきん王国〉を後にしたのだった。

第11章

トロルとゴブリンのすみか

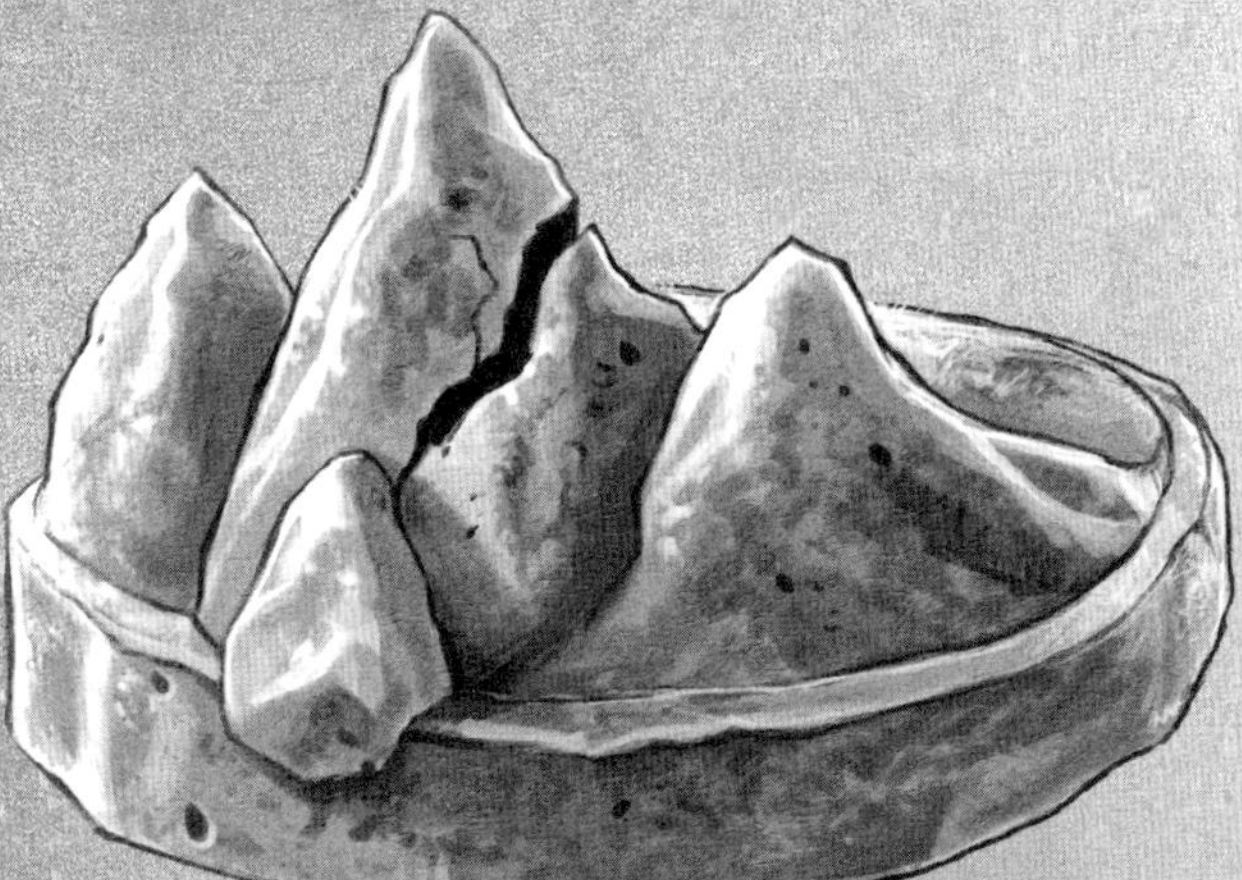

アレックスとコナーは、すっかり迷子《まいご》になっていた。

「迷子になんてなってない。どこにいるかわからないだけよ」アレックスが兄に言った。

「それを迷子になったっていうのさ」

「わかったわよ、コナー。迷子になったわよ！」アレックスはそう言うと、地図で兄を叩《たた》いた。

あまりにもあわてて〈赤ずきん王国〉を離《はな》れたものだから、もしかしたらまちがった道に入ってしまったのだろうか。アレックスは地図を見ながらいったいどこで曲がり角をまちがえてしまったのかと考えながら、しょっちゅう茂《しげ》みや木立《こだち》にぶつかった。

「もしかしたらもう〈妖精《ようせい》の王国〉にいるのか、じゃなきゃ〈チャーミング王国〉にもどっちゃったか……」アレックスが首をひねった。「でも〈赤ずきん王国〉の東門はいろんな国境線《こっきょうせん》のすぐ近くだから、ひょっとして〈眠《ねむ》れる王国〉に入っちゃったのかもしれない」

「こんなところで道がわかるもんかよ？　どこを見ても森か泥道《どろみち》ばかりで、たまに城《しろ》が見えるだけじゃないか！」コナーはいらだったように言った。「もう二度と家になんて帰れないぞ！」

「ちょっとまちがっただけじゃない。あっという間に道にもどれるわよ」

「で、今はいったいどの道にいるんだよ？」コナーがつめよった。「いちいち言いたくないけど、俺《おれ》たちはまだ八つのアイテムのうち三つしか手に入れてないし、残《のこ》った五つにしたって、二つは正体すらわかってないんだぜ？　それに言わせてもらうけど、ぜんぶ集めたって〈願《ねが》いをかなえる呪文《じゅもん》〉がちゃんと使えるっていう保証《ほしょう》はどこにもないんだからな」

「そんなに悲観的《ひかんてき》にならないでよ、コナー」

「悲観的じゃなくて現実的《げんじつてき》なんだよ、アレックス。これから行かなくちゃいけない場所もたくさんあるし、問題だって山積《やまづ》みさ。それに〈赤ずきん王国〉でおまえだって、葉っぱ女がバスケットから皮を切り取ってったのを見たろ？　〈願いをかなえる呪文〉だかなんだか知らないけど、追ってるのは俺たちだけじゃないかもしれないんだ。もし失敗《しっぱい》したらどうする気だ？　ここから帰れなくなっちゃったらどうするか、考えてみたことあるか？」

アレックスはそんなこと考えたこともなければ、考えたいとも思わなかった。考えたりしたらそうなってしまいそうな気がしてこわかった。

アレックスは地図を人さし指でなぞりながら、さらに調べていった。

「私《わたし》たちがどこでまちがったのか、たぶんわかったわ」

「私たち？　おまえ、その地図を手に入れてからずっと一人じめしてるじゃないか」

「いいわ、じゃあ私がどこでまちがったのかわかったわ」アレックスは、顔を赤くした。

「いま横に森があるけど、この向こうの道に入らなくちゃいけなかったのよ。だから森をつっきれば正しい道に出て、そのまま〈妖精の王国〉に行けるわ」

「そいつはいいね」コナーは皮肉っぽく言った。

二人は道をはずれると、横に広がる森に入っていった。しばらく歩き続《つづ》けているうちに双子《ふたご》は森がやたらと静《しず》かなのに気がついた。不気味《ぶきみ》な静けさに包《つつ》まれている。コナーはとくにそう感じていた。森に入った瞬間《しゅんかん》から、なにかいやな予感につきまとわれていたのだ。周囲《しゅうい》にはずいぶんと高い木々が立っていたが、見あげたところで鳥や虫どころか生き物の姿《すがた》は一つも見当たらなかった。まるでこの森には、木のほかに生きているものがなにもいないかのようなのだ。

「なあ、アレックス？」

「どうしたの？」

「ずっと動物も鳥も見かけないけど、気づいてたか？」

「ううん、気づかなかった。ちょっと考えごとしてたから」アレックスは、地図から目をあげずに答えた。

「この森に俺たちしかいないってのはちょっと変《へん》じゃ……うわあ！」

なんの前ぶれもなく、二人の体が上空に向けて跳《は》ねあがった。そして気づけば、縄《なわ》を編《あ》んだ網《あみ》のようなものに囚《とら》われて宙吊《ちゅうづ》りになっていたのだった。罠《わな》に踏《ふ》みこんでしまったのだ。

「どうしたの？　これ、いったいなんなの？」アレックスがさけんだ。

「助けて！」アレックスが悲鳴をあげた。「誰《だれ》か助けて！」

だが、その悲鳴は運の悪いことに、望《のぞ》ましくない人々の耳に届《とど》いてしまった。二つの人影《ひとかげ》が、まっすぐ二人に向けて森を駆《か》けてくる。一人は背《せ》が高くやせており、もう一人は背が低《ひく》く太っていた。

「エッグホーン、なにかが罠にかかったぞ！」背の低いほうの低いどら声が響《ひび》いた。

「そろそろだと思ってたんだ！」背の高いほうが甲高《かんだか》いかすれ声で答えた。

アレックスとコナーの目の前に、ゴブリンとトロルが飛《と》び出《だ》してきた。ゴブリンはひょろ長く、大きな両目は黄色で、豆のように緑色の肌《はだ》だった。トロルのほうはでっぷりして、大きな鼻で角を生やし、見るからに野暮《やぼ》ったかった。どちらも、顔の両側《りょうがわ》に大きなとがった耳をつけていた。

「ここから出せ！」コナーが怒鳴《どな》った。

「こんなの許《ゆる》さないわよ！」アレックスがさけんだ。

ゴブリンもトロルも、そんな言葉などまったく聞こえない様子で、まるで虫かごに閉《と》じこめた虫でも見るような目で二人をながめまわしていた。

「なんとなんと、まだ子供《こども》じゃないか。なあ、ボブルワート！」ゴブリンが言った。

「こりゃあたっぷり働《はたら》いてもらえるぞ！」トロルが言った。

「罠かなんかだ！」

「働いてもらうって、どういうことだよ？」コナーが言った。「俺たちに変なまねをしないほうがいいぞ！」

「今すぐここを出さないと、えらい人に言いつけるわよ」アレックスは、自分でも誰のことを言っているのかもわからずに怒鳴った。

「大人になりゃあ、でっかくなるし力も強くなるしな」トロルが言った。

「ボブルワート、荷車を持ってこい！」ゴブリンが命令《めいれい》した。「こいつらは完璧《かんぺき》な奴隷《どれい》になるぞ！」

奴隷という言葉を聞き、双子はいっそう激《はげ》しく暴《あば》れた。いっしょにお茶を飲んだとき、フロッギーから聞いた話が忘《わす》れられない。トロルとゴブリンは、罪《つみ》もない人々をさらって奴隷にしたせいで罰《ばつ》せられたのだ。アレックスとコナーは今、まさにその生き証人《しょうにん》になろうとしているのだった。なにか逃《に》げる方法《ほうほう》はないものだろうか？

トロルのボブルワートは走り去ると、みすぼらしいロバに引かれた荷車に乗ってもどってきた。ゴブリンのエッグホーンが網につながるロープを切ると、アレックスとコナーは荷車の上に落ち、したたか体を打ちつけた。網から出ようともがくが、どうしようもない。

エッグホーンは荷車に飛び乗り、ボブルワートのとなりに腰《こし》を下ろした。そして二人で手綱《たづな》を取ると荒々《あらあら》しくロバにムチを入れ、猛《もう》スピードで走らせた。

荷車は一日じゅう進み続けた。網に閉じこめられたアレックスとコナーからは木々のでっぺんと、頭上に広がる空しか見えなかった。

「アレックス、どうすればいい?」コナーは、まだ網のロープをなんとか切ろうとがんばりながら言った。

「私にもわからないわ」アレックスは、子犬のようにふるえていた。

アレックスは自分たちがどこに連《つ》れて行《い》かれようとしているのか確《たし》かめるため、なんとか身をよじって体を起こした。まっすぐ進んでいく先には、山のように大きな岩がいくつも並《なら》んでいるのが見えた。アレックスは息をのんだ。地図で同じ岩山に見覚《みおぼ》えがあったからだ。

「どうした? なにが見えるんだ?」コナーがたずねた。

「私たち、〈トロルとゴブリンのすみか〉に連れて行かれるんだわ」アレックスは、まっ青《さお》な顔で言った。「あの岩山を見ればわかるもの!」

フロッギーは、トロルとゴブリンたちを閉じこめるために岩山を作ったのだと話してくれた。だが、どうやらいつの間にか外への抜《ぬ》け道《みち》を見つけられたのだろう。荷車は岩山に開いた隙間《すきま》を抜けて進んでいった。

そこを通《とお》り過《す》ぎて国に入っても、なにも見えなかった。木々も建物《たてもの》もなければ、生き物一匹《ぴき》見当たらないのだ。進んでも進んでも、あたりにはがれきの山や砕《くだ》けた岩が転がっているだけなのだった。

「なんだこりゃ」コナーが言った。「あいつら、どこに住んでるんだ?」

「まるで大昔のがらくた置《お》き場《ば》みたい」アレックスが言った。

やがて荷車は地面に開いた巨大《きょだい》な穴《あな》に入ると、地下深くへと進んでいった。中はまっ暗やみで、二人は目の前にある自分の手も見えなかった。カビのにおいとなにかが腐《くさ》ったようなにおい。鼻が曲がりそうだ。

「きっと地下に国があるんだわ!」アレックスが言った。

暗やみの中を延々《えんえん》と進み続けていると、やがて前方に小さな光がいくつか見えてきた。それは、トンネルを掘《ほ》っている人々が持つランプの光だった。

「あいつら、こんなとこでなにしてるんだろう?」コナーは人々の背後《はいご》にゴブリンやトロルたちが立っているのに気づいた。

「サボるんじゃないぞ!」そう怒鳴りながら、人々をムチうっている。

あまりにひどい光景《こうけい》に、アレックスは思わず目をおおった。「きっとあの人たち奴隷なんだわ! なんてひどいの! なんてひどいの!」

コナーが抱《だ》きしめてやると、アレックスは胸《むね》に顔を埋《う》めて泣《な》きだした。

「大丈夫《だいじょうぶ》だよ、アレックス。きっと逃げ出す方法が見つかるさ」コナーは優《やさ》しく声をかけたが、心の中では自分もふるえあがっていた。

周《まわ》りには積《つ》み重《かさ》なるようにして、数えきれないほどの小屋や小さな家々が立っていた。

こんなに巨大な地下世界があるとは。

「まるでばかでかいアリの巣《す》だな」コナーが言った。

荷車が石のアーチ門をくぐった。門の両側には、ゴブリンとトロルの大きな石像《せきぞう》が、それぞれ一つずつ置かれていた。残忍《ざんにん》そうな顔をしたおそろしい石像で、とても近づきたいとは思えなかった。アーチには、次のような言葉が彫《ほ》られていた。

我《われ》らトロルなり、我らゴブリンなり
そうでない者は、ただおそれよ

「まあ、味気ない玄関《げんかん》マットよりはましかな」コナーがつぶやいた。

アーチ門を過ぎると、石を組んでつくられた長いトンネルが続いていた。そこを荷車が進んでいくと、やがてトンネルの先に光が見えてきた。そこから、騒々《そうぞう》しい物音が聞こえてきていた。高い笑《わら》い声《ごえ》と、ガヤガヤとした話し声、それからガチャガチャという大きな音が聞こえてくるのだ。

まもなく、二人を乗せた荷車は大空洞《だいくうどう》に入っていった。ぐるりとそこを取《と》り囲《かこ》んだ壁《かべ》には何層《なんそう》もの階があり、そこに数えきれないほどのゴブリンやトロルたちがひしめき合っていた。シャンデリアからぶら下がっている者までいる。

なにもかも石づくりだった。ゴブリンやトロルたちは石の皿から食べ、石のゴブレットで飲み、石の椅子《いす》とテーブルについていた。食事を配ってまわっているのは、またしても人間の奴隷たちだった。男も女もいる。ゴブリンもトロルも、一人残らずとても粗野《そや》な態《たい》度《ど》だった。

この騒《さわ》ぎを見おろすように中央に壇《だん》が作られ、そこに玉座《ぎょくざ》が二つ置かれていた。片方《かたほう》にトロル王が、もう片方にゴブリン王が座《すわ》っている。二人が等しい力でこの国を支配《しはい》していることを示《しめ》すように、頭上のちょうど中間に石の王冠《おうかん》が飾《かざ》られていた。

二人の王は、周囲の大騒《おおさわ》ぎを楽しむように、がさつな笑《え》みをうかべていた。

荷車が進んでいくと、たくさんのトロルやゴブリンたちが歓声《かんせい》をあげ、野次《やじ》を飛ばした。食べ物のかすを投げつけてくる者もいた。アレックスとコナーはおそろしさにふるえながら、さらにきつく互《たが》いにしがみついていた。

トロルもゴブリンも、とてもおぞましく、おそろしい姿をしていた。いぼだらけで歯はするどく尖《とが》り、目をおおいたくなるほど不潔《ふけつ》なのだ。アレックスとコナーにしてみれば、子供のころの悪夢《あくむ》に出てきた怪物《かいぶつ》そのものだった。

玉座の置かれた壇に、アレックスたちと同い年くらいのトロルの少女が腰かけていた。丸顔で鼻はちょこんと小さく、髪《かみ》の毛《け》は二本の角《つの》のすぐ下で、ブタのしっぽのように縛《しば》ってあった。ひざにひじをつき、両手で顔をはさむようにしながら、一人きりで退屈《たいくつ》そうに座っている。まわりがこんなにもにぎやかなのに、まったく興味《きょうみ》がなさそうな様子だ。少女は目の前を通り過ぎていく荷車に気づくと、コナーを見てハッと目を丸くした。驚《おどろ》いたのは、コナーもだった。「あの子、なに見てるんだろう？　俺のこと食っちまおうとか考えてるのかな？」

荷車は角を曲がると、また別《べつ》の長いトンネルを下りはじめた。あまりにも地下深くに来てしまったものだから、二人は、もう地上に出られないのではないかとこわくなってきた。やがて、狭《せま》く薄暗《うすぐら》い地下牢《ちかろう》に到着《とうちゃく》した。いくつもの牢屋《ろうや》が一列に並んでいるのが見える。その中には老若男女《ろうにゃくなんにょ》をとわず、奴隷たちが囚われていた。みんなすっかり疲《つか》れはて、幽霊《ゆうれい》のように青白い顔をしている。荷車がやって来たのに気づくと、人々はみな身を縮《ちぢ》めて黙《だま》りこんだ。

エッグホーンとボブルワートはアレックスとコナーを閉じこめた網を切ると、バッグをもぎ取るようにして奪《うば》い、二人を乱暴《らんぼう》に牢屋へと放りこんだ。

「そこでおとなしくしてろ！」エッグホーンが叩きつけるようにして牢屋を閉《し》めた。

「こいつには、なにが入ってやがるんだ？」ボブルワートはそう言うと、すみに置かれたテーブルの上で双子のバッグを開き、中身をすべて出してしまった。

「それに触《さわ》らないで！」アレックスは、絶望《ぜつぼう》しながらさけんだ。ガラスの靴《くつ》も、ラプンツエルの髪の毛も、バスケットの切《き》れ端《はし》も、地図も、日記帳も、ナイフも、金貨《きんか》の袋《ふくろ》も、なにもかもその場にいる全員の目の前にさらされてしまったのだ。

運のいいことに、トロルもゴブリンもナイフと金貨の袋以外《いがい》には目もくれなかった。それだけを手に取り、残りはテーブルの向こうにあるゴミの山に放りこんでしまったのだ。

「休んでおけよ！　明日は長い一日になるからな！」ボブルワートはエッグホーンといっしょに大笑《おおわら》いし、荷車とともに地下牢を立ち去っていった。

囚人《しゅうじん》たちが全員、格子《こうし》ごしにアレックスとコナーを見つめた。今まで自分たちがずっと味わってきた苦しみをこの双子もこれから味わおうとしているのだと、同情《どうじょう》をうかべた瞳《ひとみ》で。

「誰か、ここから出る方法を知りませんか？」アレックスがたずねたが、囚人たちはまるで口をきかないよう訓練《くんれん》されてでもいるかのように押《お》し黙っていた。子供たちまで、ひとことも話そうとしないのだ。

「まったく、こんなの納得《なっとく》できないぜ」コナーは悔《くや》しそうに言うと、牢屋の格子をつかんで必死《ひっし》に揺《ゆ》さぶった。だが、格子はびくともしなかった。

「むだじゃよ」後ろから声が聞こえた。「その格子は純粋結石《じゅんすいけっせき》で作られておるからな」

アレックスとコナーがふり向くと、となりの牢屋にいる囚人の姿が見えた。一番暗い奥《おく》のすみに、一人の老人《ろうじん》がうずくまっていたのだ。ガリガリにやせて灰色《はいいろ》のひげは長く伸《の》び、服はもうボロボロだった。

「どこかに出口があるはずだ」コナーが言った。

「みんなここに来たばかりのころは、同じことを言う」老人が言った。「だが悲しいかな、出口なんぞありゃあせんよ」

「どのくらいここにいるんですか？」アレックスがたずねた。

「長い間さ……」老人が身を乗り出すと、その顔が薄明《うすあ》かりに照《て》らし出された。着ている服と同じくらいにボロボロの顔だった。うろうろと定まらないその目を見て、双子はどちらが口を開けばいいのかわからなくなった。

「さてと、おまえさんたちがどこから来たか、一つ当ててやろう」老人が言った。

アレックスもコナーも当たるわけがないのはわかっていたが、老人はやけに自信《じしん》がありそうだった。そしてどういうわけか、二人もこの老人に見覚えがあるような気がしていた。

「当たらないと思います。このへんに来るのは初《はじ》めてなので」アレックスが答えた。

「ふむ……」老人が答えた。「おまえさんたちは、わしから魔法《まほう》のフルートや魔法のニワトリを買ったことがないかね？　もしかしたら、歌う花や子羊だったかもしれん」

「いいえ、ごめんなさい。おじいさんから物を買ったことは一度も――」アレックスはそう言いかけて、ふと老人の正体に気づいた。キョロキョロした目、長いひげ、そしてボロボロの服……しかしまさか……？　アレックスはコナーを引きよせた。「コナー、この人、秘密《ひみつ》の行商人だわ、日記に書いてあった！」

コナーは目を丸くすると「本当か？」とたずねた。

「すみません」アレックスは、地面にひざまずくと言った。「もしかして、おじいさんは秘密の行商人じゃないですか？」

老人はじっと考えこんだ。長い間囚われているせいで、記憶《きおく》が薄《うす》らいでしまっているのだ。

「ああ、確かにそう呼《よ》ばれていたっけな」老人はそう言うと、奴隷になる前の暮《く》らしを懐《なつ》かしむように目を細めた。

それを聞いて、双子はうれしくなった。「あの日記の男がどうなったか聞いてみろよ！」

コナーがささやくと、アレックスがうなずいた。

「行商人さん。あなたに〈願いをかなえる呪文〉のことをたずねにいった男の人をおぼえていますか？」

「〈願いをかなえる呪文〉とな？」行商人がたずね返した。いったいなんの話かわからない様子だったが、やがてパッと表情《ひょうじょう》が変《か》わった。「ああ、うむ、おぼえているぞ！　ここに連れて来られる前、最後《さいご》に取り引きをしているころに出会った男だよ。異世界《いせかい》に行きたいなどという、おろかな男だった。頭がどうかしているんじゃないかと思ったよ」

「その人は、成功《せいこう》したんでしょうか？」アレックスがたずねた。「〈願いをかなえる呪文〉のアイテムを、すべて手に入れることができたんでしょうか？」

「わからんなあ」行商人の答えに、双子は肩《かた》を落とした。「あれっきり会わなかったから、知りようもないよ。なぜそんなことを？」老人が興味深《ぶか》げに二人の顔を見た。

アレックスとコナーは顔を見合わせた。どう答えればいいのだろう？

「まさかとは思うが、おまえさんたちも〈願いをかなえる呪文〉を追っているんじゃないだろうな？」老人がたずねた。

二人は、ばつが悪そうに視線《しせん》をかわし合った。アレックスのとなりにコナーがしゃがみこみ、行商人に話しかけた。

「そのとおりさ。でも、なにを探《さが》せばいいのかまだぜんぶわかってない」

行商人が声をたてて笑った。「誰にもわかるものか。だからおもしろいのさ。なにが必《ひつ》要《よう》かを語ることのできる者もいるが、確かなことは誰にもわかっちゃおらんのだ」

「ハガサさんみたいな人のことですか？」アレックスがたずねた。「ハガサさんも、なぞなぞがあることとしか知らなかったんでしょう？　たずねに行った人も自分でなぞなぞを解《と》かなくちゃいけなかったけれど、もしかしたら答えがまちがっていたのかもしれない」

「じゃあ、俺たちでハガサを探して話を聞いてみたら――」コナーが口を開いた。

「ハガサは死んだよ」行商人がそれをさえぎった。

「死んだ？」アレックスが息をのんだ。「いったいどうして？」

「イバラ穴に落ちてしまった」

「イバラ穴というのは？」

「まったく！　二人ともなにも知らんのだな！〈眠れる王国〉の呪《のろ》いが解かれたあと、王国じゅうに生《お》い茂っていたイバラのツタや茂みは根こそぎ刈《か》り取られ、大きな深い穴の中に捨《す》てられたんじゃ」行商人が言った。「ハガサは自分で使うためにそのイバラを集めていて、穴に落ちてしまったんじゃよ」

「なんておそろしいの」アレックスが言った。

「何日も助けを呼んでさけび続けたが、誰一人《だれひとり》やって来てはくれなかった。老《お》いた魔女《まじょ》を助けようなどとは、誰も思ってはくれなかった」行商人が言った。「死のまぎわ、ハガサはイバラに呪いをかけた。誰か穴に近づく者があれば、それが誰であろうともニョキニョキと伸びて自分が永遠《えいえん》に囚われた穴の底《そこ》に引きずりこんでしまうようにな」

「うひゃあ、おっかない」コナーが言った。

「だがそれ以来《いらい》、そのあたりはゴミ捨て場として使われるようになった。あらゆる王国の連中《れんちゅう》がやって来ては、二度といらないものをそこに放り投げていくんだ」

「誰か詳《くわ》しい話を聞かせてくれる人、いないでしょうか？」アレックスがたずねた。

「まあおまえたちがどんな旅をしていようと、そいつももう終わりさ。ここに連れてこられちまったら、出ることはできん。どうすることもできないとも」行商人は二人から顔をそらした。

外のトンネルから、騒々しい物音が地下牢に近づいてきた。トロルとゴブリンたちが、表のトンネルやあの大空洞で働いていた人々を牢屋にもどしにきたのだ。人々はみな、許してさえもらえれば一年でも眠れそうなほど疲れきってみえた。

「寝《ね》る時間だぞ！」一匹のトロルがそう怒鳴り、バケツの水をかけて地下牢のたいまつを一つ残らず消してしまった。「誰か一人でも音を立てたら、明日は全員食事抜きだからな！」

トロルとゴブリンたちは、おかしそうに笑いながら地下牢を出ていった。なにも見えないほど暗かった。アレックスは暗やみの中にコナーを見つけると、身をよせ合うようにして腰を下ろした。

「ママが心配してないといいけど……」アレックスは、大きな目に涙《なみだ》をうかべた。「こっちにいる時間が長くなるほど、ママが一人ぼっちの時間も長くなってしまうんだもの」

「おばあちゃんがいっしょにいてくれるよ」コナーがなぐさめた。「きっと警察署《けいさつしょ》を総動《そうどう》員《いん》して俺たちを探しまわってるぞ。帰ってどんな旅をしてきたかを話したら、きっと盛《も》りあがるぞ」

「明るくしててくれてありがとう、コナー」

そうして兄からせっかくなぐさめられたものの、アレックスはやがて泣き疲れて眠ってしまった。

コナーは眠れなかった。つい一週間前まではピーターズ先生の宿題くらいしか悩《なや》みごともなく、なにも心配せず自分のベッドでぐっすり眠っていたのだという気持ちが、どうしても頭を離れてくれなかった。それが今は異世界で地下牢に囚われ、一生奴隷にされようとしているのだ。こんなにも短い間に、こんなにも人生が変わってしまうとは……。

うとうとしかけていたコナーは、とつぜん目を覚《さ》ました。誰かにじっと見られているような気がする。おそるおそる片目《かため》を開けて様子をうかがってみると、格子の向こう側《がわ》に大空洞で見かけたあのトロルの少女が立っているのが見えた。ろうそくを一本持っている。眠りこけているコナーをずっと見ていたのだ。

「なにか用かい？」コナーは、びくびくしながらたずねた。

「あなた、お名前は？」トロルの少女が、そよ風のように心地《ここち》よい声で言った。

「そんなこと聞いてどうする気？」

「あなたのこと、なんでも知りたいんだもの」少女がうっとりしたような笑みをうかべるのを見て、コナーは気分が悪くなった。

「俺はコナーだよ。そっちは？」

「私はトロルベラ。トロルのお姫《ひめ》さまなのよ。パパが王さまなの。コナー、彼女《かのじょ》はいるの？」

やめてくれよ、とコナーは胸の中で言った。どうやら惚《ほ》れられてしまったらしい。こうなると、間に格子があるのが逆《ぎゃく》にありがたかった。

「うーん……いるとはいえないな……」コナーは、言いにくそうに答えた。「トロルやゴブリンの奴隷になっちまったせいで、出会いもなかなかなさそうだしね」

「気持ち、わかるわ！」トロルベラは、こびるような目で答えた。「トロルもゴブリンも大嫌《だいきら》い！　こんなとこに住むの、私だっていやだわ。できることなら引《ひ》っ越《こ》してしまいたいくらい。どこもかしこもほんとグチャグチャだし、みんなすごく下品だし、トロルの男の子たちだってもう最悪《さいあく》！　レディの扱《あつか》いかたなんてわかっちゃいないんだから！」

「そいつはかわいそうだな」コナーは答えた。どうせなら今ゴブリンが来て、トンネル掘《ほ》りをさせるために連れ出してくれればいいのに。そうすれば、トロルベラから逃《のが》れることができる。

「かなわない恋《こい》に憧《あこが》れてるのよ、ずっと」トロルベラはそう言うと、わざとらしくまばたきしながら、片方のブタのしっぽを指先でくるくるともてあそんだ。「ねえ、バターくんって呼んでもいい？」

「絶対《ぜったい》だめだね」

「コナー、どうしたの？」アレックスが目を覚ました。

「この子、誰？」トロルベラはとつぜん、おそろしい顔つきになった。

「落ちつけってば、ただの妹なんだから」コナーが言った。

「はあ？」アレックスは、なにが起きているのかわけがわからなかった。

「嫌いだわ、この子」トロルベラがアレックスを指さした。

アレックスは思わず後ずさった。いったい自分がなにをしたというのだろう？

「あのトロルはおまえの手になんか負えないよ」コナーが言った。「それに一生奴隷にならなきゃいけないなら、ほかのゴブリンやトロルよりこいつのほうがいい」

「ここの暮らしは、楽しんでもらえてる？」トロルベラがたずねた。

「楽しいとは言えないかな」コナーは答えた。この少女はふざけているのだろうか？　それとも頭が悪いのだろうか？

「どうしてもここから出たいの、手を貸《か》してもらえない？」アレックスが言った。

「あんたに話してないわよ！」トロルベラがアレックスを怒鳴りつけた。そしてゆっくりコナーのほうを向くと、にっこりほほえんだ。「言うこと聞いてくれたら、出してあげてもいいかも」

「言うこと聞くって？」コナーが答えた。もし椅子に腰かけていたら、ずり落ちてしまいそうなほど二人とも身を乗り出した。

「キスしてくれたら」トロルベラは、うっとりとした目でコナーを見つめた。

コナーは顔をしかめると「だったら永遠に奴隷として働いたほうがいいよ」と言った。

トロルベラは、ムッとした顔になった。アレックスがコナーの頭を叩く。

「キスくらいしてやりなさいよ、バカ！　そうすれば出してもらえるんだから！」

「私のバターくんを叩かないでよ！」トロルベラが怒鳴った。「それに、あんたも出してあげるなんてひとことも言ってないわ。バターくんを出してあげるって言ったのよ！」

「二人とも出すって約束《やくそく》してくれたら、キスしてもらえるかもよ？」

「するわけないだろ！　勝手なこと言わないでくれよ！」コナーがさけんだが、アレックスもトロルベラも聞いてなどいなかった。

トロルベラは鼻の穴をふくらませた。こういう取り引きが嫌いなのだ。二人にくるりと背を向け、なにも言わずに地下牢から出ていってしまった。

「やるしかないじゃない、コナー！　ここから逃げ出せる、たった一つのチャンスかもしれないのよ！」

「あんなのにキスできるわけないだろ！　自由のためとはいえ、そんなひどいことさせる気なのかよ！」

と、トロルベラが早々《はやばや》ともどってきたのに気づき、双子は格子から飛びのいた。トロルベラは取り引きをする気まんまんなのだろう、鍵《かぎ》を持っている。

「さあ口を出して、バターくん」トロルベラは格子の間から顔を押しこんできた。

「無理《むり》無理無理無理。そんなのどう考えたって無理だ！」コナーがぶんぶんと首を横にふった。

「家に帰りたくないの？」アレックスが言った。

涙と吐《は》き気《け》がいっしょにこみ上げてくる。コナーはくちびるを突《つ》き出すと、まるでカタツムリのようにのろのろとトロルベラに近づいていった。アレックスはもたもたするコナーにしびれを切らすと、牢屋の入り口に向けてコナーの背中《せなか》を思いきり押した。トロルベラは格子の間から両手を伸ばし、がっしりとコナーの体をつかむと、熱烈《ねつれつ》で、猛烈《もうれつ》で、ねっとりとしたキスをした。

「ぷっはあああああ！」コナーは、トロルベラから飛びのくとあえいだ。必死に空気を吸《す》いこみながら、狂《くる》ったように口をぬぐう。トロルベラはこのうえなく幸せそうに、顔じゅうに笑みをうかべていた。

「おまえにはいろんなことをされてきたけど、今のが最低最悪《さいていさいあく》だ！」コナーは裏切《うらぎ》られたような気持ちで、ぴたりとアレックスを指さした。「よくもあんなことができたな！」

「さあ、トロルベラ」アレックスは、兄の様子などおかまいなしに言った。「約束は約束よ。ここから出してちょうだい」

トロルベラはさっと笑みを消すと、険《けわ》しい顔になった。しぶしぶといった様子で鍵を開け、扉《とびら》を開く。それを見守りながらアレックスは、地下牢にいるほかの奴隷たちをちらりとうかがった。何人か黙ったまま目を覚ましており、双子のほうを穴があくほど見つめていた。ここから出ていく者など、見たことがなかったのだ。そんなことができるとは、思ってもみなかったのだ。

「さあ、どこにでも行きなさい」トロルベラが言った。

二人はいそいそと牢屋から抜け出した。と、アレックスはトロルベラの前を通るその瞬間にサッと鍵をつかみ、トロルベラを牢屋の中に押しこんで扉を閉めてしまった。

「ちょっと、ここから出しなさいよ!」トロルベラがさけんだ。「こんなの約束とちがうじゃない!」

「みんなを置いていくわけにはいかないの」アレックスはほかの牢屋にも駆けより次々と扉を開けていった。「ほらみんな起きて! ここから出るわよ! 早く!」

すみにあるゴミの山に急ぎ、自分たちの荷物をかき集める。

「衛兵《えいへい》!」トロルベラが怒鳴った。「衛兵! 奴隷が逃げるわ!」

「トロルベラ!」コナーが呼びかけた。「静かにしててくれよ! お願いだから。いいだろ? 君のバターくんのためだと思ってさ」

トロルベラが、さっと頬《ほお》を染《そ》めた。「うん、わかった、バターくん。あなたのために静かにしてる」

奴隷たちがみんな目を覚ました。アレックスの言っていることが、すぐには信《しん》じられなかった。こんな日を、長い間ずっと待ちこがれていたのだ。たくさんの奴隷たちが跳ね起きると、牢屋から飛び出した。だが、ためらう者もいた。あの秘密の行商人もだ。

「さあ、もたもたしてないで」アレックスが声をかけた。

「二人とも正気かね？　逃げようとしたら、生きたまま皮をはがれちまうぞ」行商人が言った。これを聞いてほかの人々は、とりわけ子供たちはふるえあがった。

「このまま牢屋で死ぬのと、盗《ぬす》まれた暮らしに帰ろうとして死ぬのと、どっちがいいの？」アレックスが言った。

その言葉に勇気《ゆうき》をふるい立たされたのか、人々がアレックスのもとに集まってきた。あの行商人も、一つ賭《か》けてみようという気になったようだ。アレックスにうなずくと、やっとみんなのところに出てきた。

「ここからのいい抜け道を、誰か知らない？」アレックスがたずねた。

「まずはトンネルだ！」一人の男が言った。

「そう、トンネルよ！」女の声がそれに応《こた》えた。

「どうやってそこに？」コナーがたずねた。

「まずは大空洞に出て、そこから石のアーチ門に行くのじゃ。トロルとゴブリンは、すべての王国に続くトンネルを掘っておる。そうやってあちこちに出没《しゅつぼつ》するんだよ」行商人が言った。

「誰か追ってくる心配は？」コナーが質問《しつもん》した。

「今ごろみんな眠ってるわ」牢屋のトロルベルがため息をついた。「衛兵たちもね。だから呼んでも誰も来なかったの」

「よし、じゃあ行きましょう」アレックスがうなずいた。「みんな、できるだけ静かにね。お年寄《としよ》りや子供たちに手を貸してあげて」

人々がうなずくと、アレックスは先頭に立って地下牢を出た。どうか全員にとってこの地下牢が見おさめになりますようにと祈《いの》りながら。

「また会えるわよね、バターくん」トロルベラは投げキッスをしてみせた。

「かもね」コナーはそう言うと、ほかの人々を追って地下牢を出ていった。

トロルベラは、口が角《つの》から角に届きそうなほどにんまりと笑っていた。今まで生きてきた中で、最高《さいこう》の一日だ。

アレックスたちはトンネルを抜けると大空洞を目指し、忍《しの》び足《あし》でゴブリンの衛兵たちの前を抜けた。トロルベラが言っていたとおり、衛兵たちは立ったまま眠りこけていた。

ようやく大空洞に出ると、目の前に広がる光景にみんなは思わず口に手を当てた。さっき大騒ぎしていたトロルとゴブリンたちが、床《ゆか》をおおい尽《つ》くすようにしてぐっすりと眠っていたのである。一匹も踏みつけずに向こう端にたどりつくことなど、はたしてできるのだろうか？

いびきをかいている者もいれば、もぞもぞと寝返《ねがえ》りをうっている者もいた。トロル王とゴブリン王さえ、玉座にかけたまま眠りこけていた。寝転がった怪物たちのせいで、ほとんど床も見えないようなありさまだ。

「音を立てないように急いで!」アレックスはみんなに声をかけた。「絶対大丈夫だから、慎重《しんちょう》に慎重にね」

眠っている怪物たちの中、ぬき足さし足で進んでいく。だらしなく伸びた手足や、汚《きたな》い床にちらばる割《わ》れた皿とゴブレットや、そして倒《たお》れた椅子やテーブルの合間を選《えら》んで、一行はゆっくりと気をつけながら進んでいった。

トロルやゴブリンが音を立てたり身動きをしたりするたびに、全員が心臓《しんぞう》の止まるような思いでその場に固《かた》まった。もし奴隷たちが大空洞を抜けて出口へと向かっているのに一匹でも気づけば、大変《たいへん》なことになってしまう。

もう石のトンネルは目の前だ。アレックスは大空洞のまん中で足を止めると、みんなを無事《ぶじ》に先に進ませ、残された者が一人もいないのを確認《かくにん》した。ようやく、コナーただ一人を残して全員が出口までたどりついた。コナーはといえばまだずいぶん手前で信じられないものでも見つけたかのように、トロル王とゴブリン王をまじまじと見つめていた。

「コナー! なにしてるのよ!」アレックスは、精《せい》いっぱいささやき声で呼びかけた。

「見ろよ!」コナーがほとんど聞こえないほどの小声で返す。「あの冠《かんむり》だよ! 石の冠だ！」

アレックスは、トロル王とゴブリン王の頭上に飾られた石の冠を見あげた。

「それがどうしたの？」とコナーにささやき返す。

「〈願いをかなえる呪文〉の冠だよ！　野蛮《やばん》な者どもが住まう穴ぐらの奥深《おくふか》くにある、分かち合うべく作られた石の冠！」

アレックスは、のどから心臓が飛び出すのではないかと思うほどびっくりした。コナーの言うとおりだ。あのなぞなぞと完全《かんぜん》に一致《いっち》している。

「二人とも、なにをしているんだ！　待ってるんだぞ！」石のトンネルから、行商人が呼びかけた。

アレックスとコナーは顔を見合わせた。あの冠を手に入れもせずに出ていくわけにはいかない。

「先に行ってて！」アレックスが返事をした。

「勝手にしろ！」行商人はそう言うと、人々を引き連れてトンネルへと消えていった。

「俺にまかせとけ！」コナーが小さな声で言った。

「気をつけてね！」アレックスが答えた。

コナーはゆっくりと進んでいった。うっかり、床に転がるゴブレットを蹴《け》とばす。その物音にトロルとゴブリンが何匹《なんびき》か、眠ったままもぞもぞと身じろぎした。

「悪い！」コナーはアレックスを見て口だけを動かした。玉座の壇へと登っていく。冠はずいぶん高くに飾られており、手に入れるには玉座に上がるしかなさそうだ。

コナーはトロル王が眠りこけている玉座のひじかけによじ登った。左足のすぐそばに王の顔があり、ジーンズ越《ご》しでも生温《なま》かい寝息を感じられるほどだった。コナーは右足をゴブリン王のひじかけに乗せると、石の王冠に手を伸ばした。まだ届かない。ジャンプしなければ無理そうだ。

アレックスは、思わず目をおおった。両手のふるえが止まらない。

コナーは飛びあがって冠を取ろうとしたが、わずか数センチ届かなかった。もう一度ジャンプする。今度は指先が冠をかすめた。コナーはもう一度、今度は思いきり高くジャンプすると、ようやくがっしりと冠をつかんだ。だが、ここで不運《ふうん》に見舞《みま》われた。着地《ちゃくち》のときにひじかけを踏み外し、ゴブリン王の右手のひらを踏みつけてしまったのだ。

「おおおおお！」ゴブリン王がさけんだ。

アレックスが顔をおおっていた手をどけると、両手で冠を持ったままゴブリン王のひざの上にひっくり返っているコナーの姿が目に飛びこんできた。コナーは飛び起きると全速力で駆けだし、妹の腕《うで》をつかんで出口へと向かった。

「追え！」ゴブリン王が怒鳴った。「誰か、あやつをつかまえろ！」

その大声に、眠っていたトロルとゴブリンたちが起きだした。

アレックスとコナーは、なにかを踏みつけるのにもかまわず走り続けた。大空洞をつっきり、石のトンネルをひた走る。大勢《おおぜい》のトロルやゴブリンが、その後を追いかけてきた。

双子は、トンネルの入り口に立つあのおそろしい二体の彫像《ちょうぞう》の間を駆けぬけた。いきなりゴブリン像《ぞう》が倒れ、地響《じひび》きを立てながらトンネルの入り口をふさぐ。アレックスは悲鳴をあげた。通り過ぎるのが一秒でも遅《おそ》ければ、下敷《したじ》きになっていたところだ。

ふり返ると、胸を押さえながら肩で息をしている行商人の姿が見えた。彫像を倒してトンネルをふさいでくれたのは、この男だったのだ。トロルとゴブリンの一団《いちだん》はトンネルにやってくると、倒れたゴブリン像をなんとか乗り越えようと必死になっていた。

「しばらく時間かせぎができるはずだ。さあ、走れ！」行商人が言った。

「みんなはどこに？」アレックスがたずねた。

「もう先に行っておる！　みんな無事じゃ！」

「あなたは？」

「おまえたちを置いてはいけんからな。わしはもう老いぼれじゃ。いずれにせよ連中をふりきることなんぞできん。だがおまえらにはまだまだ長い人生がある。だから、連中がゴブリン像を越えてしまう前に逃げるんじゃ。さあ早く！」

「あなたを置いてなんていけない！」アレックスがさけんだ。

「どの国でもわしはおたずね者だ」行商人が、荒々しく息をしながら言った。「どこに逃げのびようとも、牢屋に放りこまれてそこで死ぬ運命じゃ。わしは悪のかぎりを尽くしてきたのだからな、子供たちよ。してはいけない取り引きを、星の数ほどしてきた。自業自得《じごうじとく》なんじゃよ。だがおまえらはちがう。さっさと行け！」

進むべきか留《とど》まるべきか悩むよりも早く、双子はもう駆けだしていた。そして、バラバラの方向にのびる何本ものトンネルを見つけた。入り口の上に看板《かんばん》がかけられ、トンネルの行き先が書いてある。

「こっちよ！」アレックスはコナーの腕をつかみ、〈妖精の王国〉と書かれたトンネルに引っぱりこんだ。トロルとゴブリンの冠を、そっとアレックスのバッグにしまう。

「あれでよかったのかしら……？」アレックスは、トンネルを駆けながらコナーにたずねた。「おきざりにしてしまったけれど……」

「残る覚悟《かくご》は決まってたんだ、いっしょに来る気なんてなかったさ」できるかぎりのことをしたのはわかっていたが、コナーの胸も痛《いた》んだ。

「なんで他人の私たちに、あんなことしてくれたんだろう？」アレックスがたずねた。

「きっと、自分の自由と引《ひ》き替《か》えに俺たちを助けるっていうのが、人生で最高の取り引きだと思ったのさ」

第12章

妖《よう》精《せい》の王国

木と岩の間から、アレックスとコナーは地上に出た。体じゅう泥《どろ》とクモの巣《す》まみれになり、汗《あせ》だくで息を切らしていた。なにせトンネルときたら、ひどい狭《せま》さだったのだ。

「ついに抜《ぬ》けた！　地上に出たんだわ！」アレックスが言った。

「こんなにきれいな太陽と空は見たことがないね！」コナーが答えた。

ちょうど昼ごろだろうか。双子《ふたご》が見まわしてみると、そこはきれいに手入れのされた道のわきに広がる気持ちのいい草原だった。

「本当なら、〈赤ずきん王国〉を出てからこの道を来るはずだったのか？」コナーがたずねた。

「そういうこと」アレックスはあたりの景色《けしき》を見ていると、とても安心した。地図に目をやった。「でも、より道も楽しかったでしょ？」

二人は声を合わせて笑《わら》った。体についた汚《よご》れを払《はら》い落《お》とし、道を歩きだす。木々も野原も完璧《かんぺき》に手入れがされており、心がうきうきするようだ。とはいえ、トロルとゴブリンの奴隷《どれい》にされるピンチを命からがら脱《だつ》した今は、なにを見ても心がうきうきしたのだが。

「本当に、ここは〈妖精《ようせい》の王国〉なのか？」コナーはキョロキョロとあたりを見まわした。

「そう思ってまちがいないと思う」アレックスは、地図を見ようともせずに言った。

「なんでわかる？」コナーが妹の顔を見た。

「だって、あれってそういうことじゃない？」アレックスは前を指さした。

美しい小川のほとりにユニコーンの群《む》れがいるのを見て、二人は目を丸くした。銀の角《つの》と銀のひづめ、それに銀のたてがみ。なんて美しいのだろう。

コナーはあんぐりと口を開けた。「なんてこった。あんなにうすきみ悪いもの、見たことないぞ！」

「飼《か》ってみたいなあ！」アレックスはそう言うなり、ユニコーンめがけて駆《か》けだした。

「おい、気をつけろよ！　狂犬病《きょうけんびょう》を持ってるかもしれないんだぞ！」

「ユニコーンは狂犬病になんてならないわ！」アレックスがさけび返した。

「あの角だって、めちゃくちゃ汚《きたな》いかもしれないんだぞ！」

アレックスは群れに近づくと、驚《おどろ》かさないようにゆっくりと歩みよった。あまりにも気高く優雅《ゆうが》なユニコーンの姿《すがた》に、思わず足を止めて見入る。一頭がアレックスを見つけると近よってきた。

普通《ふつう》の人であれば野生動物が近づいてきたらこわくなったろうが、アレックスはちがった。なぜか、ユニコーンには自分を傷《きず》つける気がないのがわかったのだ。ユニコーンが頭をさげたので、アレックスはなでてやった。

コナーがすぐ後ろにやって来た。他のユニコーンたちもゆっくりと二人のまわりに集まってくる。

「アレックス、本当に大丈夫《だいじょうぶ》なのか？」コナーはびくびくした顔で言った。

ユニコーンたちはきれいな円形を作って二人を取《と》り囲《かこ》み、頭をさげた。アレックスは満《まん》面《めん》に笑《え》みをうかべていた。コナーは相変《あいか》わらず不安《ふあん》げな様子で「まったく、いやな予感しかしないぜ」と言った。

「きっと、王国にようこそって歓迎《かんげい》してくれてるのかも」アレックスが笑った。

ユニコーンたちはじっと立ち、動くような気配《けはい》はまったく見せなかった。コナーはアレックスの手をとると、また道に引きずりもどして歩きだした。小川は、ずっと道の横を流れていた。

「水が光ってるように見えるんだけど、俺《おれ》の気のせいかな」コナーが言った。だが、気のせいなどではなかった。先に行くにつれ、水がどんどんまぶしさを増《ま》して光《ひか》り輝《かがや》いているのだ。

「きっともうすぐ近くまで来てるんだ!」アレックスは顔を輝かせた。「これはおやゆび姫《ひめ》サンベリーナの小川なのよ。〈妖精の王国〉に続《つづ》いているにちがいないわ」

「最初《さいしょ》に見つけた妖精をとっ捕《つか》まえて、『でかい虫けら』だとか『魚のエサにするぞ』とか怒《ど》鳴《な》りつけて泣《な》かしちまおうぜ」コナーが言った。「そうすりゃあ、涙《なみだ》なんてすぐに手に入るさ」

「だめよ! するんだったら悲しい話をして泣かせなくちゃ」アレックスはじっと考えこんだ。「心を閉《と》ざされてしまったら、涙なんて手に入らなくなっちゃうわ」

コナーは肩《かた》をすくめた。「妖精を一匹《ぴき》さらって、そのうち泣き出すまで捕まえとくってのはどうだ？　日記にはなんて書いてある？」

アレックスは日記帳を開くと、〈妖精の王国〉について書かれたページをめくった。

妖精の涙を手に入れるのは、簡単《かんたん》じゃない。

「へえ、そうかいそうかい」コナーが言った。

妖精とはもともと非常《ひじょう》に明るい性格《せいかく》であるため、涙を流すほどの悲しみに囚《とら》われた妖精を見つけ出すのは大変《たいへん》なのだ。だが、もしそれに成功《せいこう》したあかつきには（できれば、道徳的《どうとくてき》な方法《ほうほう》によって成功することを願《ねが》う）、この日記帳の背表紙《せびょうし》に隠《かく》された小《こ》瓶《びん》に涙をしまっておくといい。

アレックスは日記帳をひっくり返すと、ページを綴《と》じた部分にあいた縦《たて》の穴《あな》の中をじっとのぞきこんだ。奥《おく》のほうに、コルクの栓《せん》がついた小さなガラス瓶が見える。

「見て！　これに涙をしまえって言ってるんだわ！」アレックスは、背表紙の中から小瓶を引っぱりだした。

「よし、じゃああとは泣き虫の妖精を探《さが》せばいいだけだな」コナーが言った。

と、アレックスがふと立ち止まると「今の聞こえた？」と言った。

どこか近くから、鼻をすするような小さな音が聞こえてきていた。二人はキョロキョロと見まわしたが、いったいどこから聞こえるのか、さっぱりわからなかった。

「なんだ、この音？」コナーが首をひねると横を見おろし、何度か目をぱちくりさせた。もしや、幻《まぼろし》でも見ているのではないだろうか。「いや、これが本当なはずない。話が簡単すぎる……。こんなに簡単な話、あってたまるかよ……」

「なに言ってるの？」アレックスがたずねた。コナーは妹の肩に手をかけると、自分が見ていたほうに向かせた。

道ばたの岩に座《すわ》っていたのは、一匹の妖精だった……しかも、泣いている。

背丈《せたけ》はほんの一〇センチくらいで、まるで蝶《ちょう》のように大きな青い羽根《はね》をつけている。黒《くろ》髪《かみ》と、葉っぱで作った紫色《むらさきいろ》のドレスと、そして花のつぼみでできた靴《くつ》。妖精は両手で顔をおおいながら涙を流していた。

双子はその場に立ちすくんだまま妖精を見おろしていた。二人とも、早く妖精を見つけたいあまり自分たちが幻を見ているのではないかと思っていたのだ。

「なにを見てるの？」妖精は、小さく高い声で双子に言った。

「ごめんなさい」アレックスが謝《あやま》った。「なんで泣いてるの？」

コナーは妹をちらりと見てうなずいてみせた。アレックスには、言いたいことがわかった。いいからさっさと涙をもらっちまえ、と言っているのだ。

「あんたたちに関係《かんけい》ないでしょ！」妖精はそう言うと、またぐすぐすとすすり泣きをした。

「悪気はなかったの」アレックスが言った。「理由はわからないけど落ちこんでたみたいだから、なにか力になれないか、どうしても聞きたかったのよ」

「親切なのね、どうもありがとう」妖精は、ころりと態度《たいど》を変《か》えた。「大変な一日だったのよ、それだけ」

コナーは必死《ひっし》に小瓶をひったくろうとしていたが、アレックスは手を離《はな》さなかった。

「お名前は？」アレックスが妖精にたずねた。

「あたしはトリックスよ」

「こんにちは、トリックス。私《わたし》はアレックスっていうの。こっちは兄のコナーよ。いったいなにがあったのか、よかったら話してくれない？」

コナーは驚いた。どうも妹は涙を手に入れるより、妖精を助けるつもりらしい。

「もうすぐ裁判《さいばん》を受けさせられるんだけど、それがこわくって」トリックスが言った。

「裁判？」コナーがたずねた。「誰《だれ》かを殺《ころ》しでもしたの？」

「そんなわけないでしょ」トリックスが言った。「ほかの妖精に魔法《まほう》をかけたせいで、妖精院《フェアリー・カウンシル》が私を〈妖精の王国〉から追放しようとしてるのよ」

「なんてひどい話……」アレックスが言った。

「ほかの妖精になにしたんだ？」コナーがたずねた。

「妖精の男の子の羽根を、プルーンの葉っぱにしちゃったのよ」トリックスは答えると、また少し泣いた。「でも一瞬《いっしゅん》だけよ！　ちゃんともどしたんだから！　それも、私を怒《おこ》らせたのはあいつのほうなの！　私が小さいせいでからかって！」

「ほんの一瞬だけ羽根を葉っぱに変えたからって、そんなことで王国を追放されるのかい？」コナーがたずねた。

「眠《ねむ》れる美女が魔《ま》法使《ほうつか》いに呪《のろ》いをかけられてから、妖精院はとてもきびしくなってしまったの。妖精は一人残《のこ》らず妖精院の代表としてふさわしいおこないをすべし、ってね」

「ずいぶん高望《たかのぞ》みするのね」アレックスが言った。

「〈妖精の王国〉から出てくなんていやよ」トリックスが泣き声を出した。「一人ぼっちはさみしくてたえられない！　だいたい、友だちだってあんまりいないのに！」

アレックスは自分のシャツの端《はし》を貸《か》して、トリックスに涙をふかせてあげた。せっかくの涙をみすみすむだにする妹を見て、コナーは顔をまっ赤《か》にしていた。こうなると、この妖精をもっと泣かせてやらないといけない。

「しかし、追放なんてことになったら本当に悲惨《ひさん》だよなあ」コナーが言った。「きっとドワーフの森でボロい鳥の巣にでも住まなくちゃいけなくなって、毎日オオカミや魔女《まじょ》に追いかけられることになるんだ。それからうまく逃《に》げられたところで、鬼《オーガ》に捕まって瓶に閉じこめられて、バーベキューにされちまうのがオチさ」

これを聞くとトリックスは、火がついたように泣きだした。

「なんてこと言うのよ、コナー！」アレックスが怒鳴った。

コナーはその手から小瓶をひったくると、トリックスのあごからしたたる涙をさっとそこに受け止めた。アレックスは、汚いものでも見るような目で兄をじっと見ていた。

「私たちも裁判についていってあげようか？」アレックスはしゃがみこむと、トリックスと同じ高さから目をのぞきこんだ。「そのほうが心強くない？」

「うん、ありがとう。優《やさ》しいのね！」

「世界じゅうが敵《てき》になっちゃったような気持ち、私もわかるからね」アレックスがほほえんだ。

「もう行かなくちゃ。遅刻《ちこく》しちゃう！」トリックスはひらりと宙《ちゅう》に舞《ま》いあがると、パタパタと道の上を飛《と》びはじめた。アレックスとコナーも、歩いてそれについていった。

「アレックス、おまえどうかしちゃったのかよ？　涙は手に入れたんだ。さっさと行っちまおうぜ！」

「トリックスには、私たちしか頼《たよ》れる人がいないのよ。味方になって、手を差《さ》しのべてあげなくちゃ」

コナーはイライラした顔で鼻を鳴らした。「あの妖精を助けたからって、学校での悪い思い出は消えないんだぞ、アレックス」

アレックスはその言葉を無視《むし》すると、飛んでいくトリックスの後を追った。コナーも、ぶつぶつと文句《もんく》を言いながらそれに続いた。

三人は〈妖精の王国〉の中心へと進んでいった。遠くを見渡《みわた》せば、なにもかもがキラキラと輝いてみえた。はじめは蜃気楼《しんきろう》かと思ったが、近づいてみると、木々も草原も道も、なにもかもが太陽の光をあびてきらめいているのだった。

「なんでこんなにキラキラ反射《はんしゃ》してるんだ？」コナーがたずねた。

「反射じゃないと思う。きっと魔法の光だわ」アレックスが答えた。

ようやく王国の中心部にたどりつくと、二人はあまりの景色《けしき》に目を丸くした。ありとあらゆる形、ありとあらゆる種類《しゅるい》の大きくカラフルな花々が生《お》い茂《しげ》る、巨大《きょだい》な南国の庭園にでも立っているような気分だった。小さな池のほとりにはシダレヤナギの木が立ち、地面や木々にはツタがはっていた。小川や池がそこかしこにあり、どれを見ても美しい橋がかけられていた。

そこらじゅうに妖精たちの姿があった。宙を飛ぶ者。地上すれすれで羽ばたきとどまっている者。双子が立っている道よりずっと小さな道を歩いている者。大きさも姿形《すがたかたち》も色も、みんなさまざまだ。アレックスとコナーより背《せ》が高い妖精もいれば、トリックスみたいに小さな妖精もいるし、まるで光でできているかのように透《す》きとおった妖精もいるのだった。

男の妖精も女の妖精も、数は同じくらいだった。マントを着た妖精、植物で作った服に身を包《つつ》んだ妖精、そしてまったくなにも着ていない妖精。みんな木々の枝《えだ》や地面にはえたキノコに家を作っていたが、中には水の中で魚といっしょに暮《く》らしている妖精もいるようだった。

そんな景色に囲まれていると、アレックスはなぜだかすべてが世界のあるべき場所に収《おさ》まっているような気持ちになった。一歩進むたびに新たな希望《きぼう》が、興奮《こうふん》が、そして幸せがわきおこってくる。まるで天国だった。

「今まで生きてきて、こんなにきれいなもの見たことあった？」アレックスは兄にたずねた。

「まあ、悪くはないな」コナーが言った。

「妖精院の本部は、妖精の宮殿《きゅうでん》にあるの。このすぐ先よ」トリックスは池の向こう岸を指さし、ついてくるよう二人に合図した。二人はもちろん橋を渡った。

どこを見まわしても黄金のアーチや柱だらけの宮殿に向けて歩いていく。宮殿の中は、すみからすみまでよく見渡すことができた。どの部屋にも壁《かべ》が二つしかないし、窓《まど》はどれも大きく、ガラスもはめられていないのだ。こんなに美しい国なのだ、せっかくの景色を隠してしまおうとは誰も思わないのだろう。

トリックスは二人を、宮殿の中心にある細長い部屋へと連《つ》れていった。たくさんの椅子《いす》が、正面を向いて置《お》かれていた。

「最高《さいこう》の結婚《けっこん》式場になりそうね！」アレックスが言った。

部屋の前には、アレックスやコナーと同じくらいの背丈の妖精が七人いた。それぞれが別《べつ》の色の服をまとい、アーチ型《がた》に並《なら》んだ台の向こうに立つその姿は、まるで生きた虹《にじ》のようだ。

「見て、あれが妖精院よ」トリックスが言った。「赤い妖精がロゼット。オレンジがタンジェリーナ。黄色がザンザス。緑がエメラルダで、一番えらい妖精よ。青がスカイレン。紫《むらさき》がヴァイオレッタ。そしてピンクがコーラル」

ロゼットは背が低《ひく》く丸々とした体つきの女性《じょせい》で、頬《ほお》は赤々としていた。タンジェリーナはスタイルがよく、オレンジ色の髪《かみ》を蜂《はち》の巣のような形に編《あ》んでおり、よく見ると本当に蜂が何匹《なんびき》か飛びまわっていた。ザンザスはつややかなスーツを着た男性《だんせい》で、体のところどころが燃《も》えたつように輝いていた。エメラルダは背が高くて美しい黒い肌《はだ》の持ち主で、瞳《ひとみ》の色と宝石《ほうせき》によく似合《にあ》うエメラルド色のロング・ドレスを着ていた。スカイレンは透きとおるほどに白く、髪は空色で、ひらひらとした海の色のローブをまとっていた。ヴァイオレッタは一番年上で、灰色がかった紫色の髪をしていた。コーラルは一見一番年下で、アレックスやコナーとたいして変わらない年に見えた。ピンクのドレスを着て、背中《せなか》には同じくピンクの羽根をはやしていた。

壇《だん》の両側《りょうがわ》には二つ、誰もいない椅子が置かれていた。

「あれは誰の椅子なの？」アレックスは、トリックスにたずねた。

「左の椅子はフェアリー・ゴッドマザーの、そして右の椅子はマザー・グースのよ」トリックスが答えた。「めったに来ないけど、その二人が来れば妖精院が勢《せい》ぞろいするの。二人はいつもいろんな王国をまわって、人々を助けているのよ」

「トリックス、あなたなの？」エメラルダが言った。

「はい、そうです」トリックスはおずおずと言うと、壇の前に飛んでいった。

「遅《おそ》かったのね。さあ、前に来てちょうだい」エメラルダが言った。柔《やわ》らかでいながら、口ごたえを許さないきびしさを感じ、アレックスもコナーも、口げんかのときには絶対《ぜったい》に敵にしたくない気持ちになった。「さて、トリックス。なぜこうして妖精院の前に呼《よ》ばれてきたのか、ちゃんとわかっているかしら？」

トリックスは、ばつが悪そうにうなずいた。「はい、わかっています」

「妖精たるもの、強い責任感《せきにんかん》を持っていなくてはなりません」タンジェリーナが言った。

「あなたが見せてくれなかったものです」

トリックスは目に涙をうかべ何度かまたうなずき、「すみません……」と言った。

「残念《ざんねん》ながら、あなたの取った行動については罰《ばつ》を与《あた》えないわけにはいきません」ヴァイオレッタが言った。

「妖精にとってもっとも大事なルールを改《あらた》めて示《しめ》すため、あなたには見せしめになってもらわなくては」ロゼットが言った。

「いかなる事情《じじょう》があろうとも、けっして人や場所や物を攻撃《こうげき》するために魔法を使ってはいけないのだと示すためにね」ザンザスが言った。

「悲しい話だけれど、ほかの罰はないわ」スカイレンが言った。

「あなたを〈妖精の王国〉から追放しなくてはいけない」コーラルが言った。

トリックスは両手で顔をおおうと、それまでよりもいっそう激《はげ》しく泣きだした。そして、泣きながら「わかりました」と声をしぼりだした。

「おいおいおい！」後ろからコナーが怒鳴った。「ちょっと待てよ！　マジで言ってんの？」

大股《おおまた》で部屋の前に歩いていくと、コナーはパタパタと羽ばたいているトリックスのとなりで足を止めた。

「コナー！」アレックスはあわてて引きとめようとしたが、もう手遅《ておく》れだった。

「ほんのちょっとのまちがいだけで、マジでこの子を追放するのか？」コナーは両手を腰《こし》に当てて、妖精院に言った。

五人の妖精たちがざわめいた。自分たちの決断《けつだん》にこうもまっすぐ反論《はんろん》する者がいるとは、まったく思ってもみなかったのだ。

「お願いだから、よけいなことしないで！」トリックスが必死な声で言った。

「少年、君はいったいなにさまのつもりかね？」ザンザスが言った。

「まあ、確《たし》かにただのガキかもね。でも、あんたたちのルールがバカげてるのは、俺にだってわかるさ」コナーが言った。

妖精院の面々が目を丸くした。エメラルダだけが、じっと落ちつきはらったまま静《しず》かにしていた。アレックスは、思わず自分のひたいをぴしゃりと叩《たた》いた。

「なんということを！」タンジェリーナがさけんだ。頭のまわりの蜂たちが、狂《くる》ったような速さでブンブンと飛びまわりはじめた。

「口がすぎますよ！」ヴァイオレッタが言った。

「なんて失礼《しつれい》なことを！」コーラルが言った。

「まったく無作法《ぶさほう》な！」スカイレンが言った。

妖精院たちの中で、エメラルダただ一人がなにも言わず黙《だま》っていた。エメラルド色の瞳で、じっとコナーを見つめていた。

「静粛《せいしゅく》に」エメラルダがそう言って、片手《かたて》をあげた。ほかの妖精たちが静まりかえった。

「この少年の話を聞きましょう。意見を聞いてみたいわ。さあ少年、話しなさい」

コナーにはエメラルダの狙《ねら》いがさっぱりわからなかったが、たじろがなかった。

「いいかい、ありがたいことに俺は妖精なんかじゃないし、それに完璧でもない。ちゃんとしよう、最高の生徒《せいと》でいようとがんばっても、しょっちゅう失敗《しっぱい》してばかりさ。宿題を忘《わす》れたり、授業中《じゅぎょうちゅう》に居眠《いねむ》りしちゃったりね。人なみにするだけでもひと苦労《くろう》だけど、だからといって、俺を叱《しか》ったり罰したり人前で恥《はじ》をかかせたりする権利《けんり》、誰にだってありゃしないんだ！」コナーが大声で言った。

「トリックスはルールを知っていながら、それでもほかの妖精を傷つけたのよ」ロゼットが言った。

「完璧なやつなんて一人もいやしないよ」コナーが言った。「それに聞いた話じゃあ、やられたほうだって自業自得《じごうじとく》なんだろ？　そいつは裁判にかけないのかよ？　なんでここに呼ばないいんだ？　俺が居眠りしたからって罰を与えるなら、居眠りするほど退屈《たいくつ》なメソポタミアだって罰を受けるべきだろ！」

まくしたてるコナーを見て、妖精院の面々も怒《いか》りにふるえていた。あまりの無礼《ぶれい》にたまりかねて、その場を立ち去ろうとしている者もいた。

「その子の言うことはよくわかりました」エメラルダが言った。

「だからといって、トリックスを許《ゆる》すことはできないわ。私たち妖精院がそうしてしまえば、あらゆる王国の者たちに、そんなものかと思われてしまう」タンジェリーナが言った。

「いいか、オレンジ女」コナーが言った。「俺と妹はこの一週間の間に魔女に食われかけたし、オオカミの群れにおそわれかけたし、よくばりな橋守《はしも》りのトロルに殺されかけたし、城《しろ》の火事で焼《や》け死《じ》にしかけたし、〈トロルとゴブリンのすみか〉であやうく奴隷にされかけたんだぞ！　俺に言わせれば、妖精がどっかの誰かの羽根を葉っぱに変えたなんて話より、よっぽどめんどくさい問題がわんさか転がってるんだ。つまらない小さなことでさぞかし大変そうな顔をしてるみたいだけど、実際《じっさい》には、そのへんに転がってる問題だって手におえないんだろう！」

妖精院の面々は言葉一つ口にせず、とても深刻《しんこく》そうな顔つきになった。

「奴隷にされそうになった……？」スカイレンが口を開いた。「トロルとゴブリンたちは、まだ人々をさらっては奴隷にしているというの？」

「そうだよ！」コナーが答えた。「たくさん捕まってたんだぞ！　心の底《そこ》からあんたらに助けてもらいたかったけど、つまらないイタズラみたいなことで妖精たちをおしおきしていたんじゃあ、そんなひまなんてなかったろうね」

妖精たちは顔にこそ出さなかったが、自分たちが恥《は》ずかしくてたまらない気持ちだった。コナーの言うとおりなのだ。妖精たちは顔を見合わせてると、やがてエメラルダが沈黙《ちんもく》をやぶった。

「妖精院を代表し、私はトリックスの罪《つみ》を許しましょう」エメラルダが言った。「ザンザス、スカイレン、タンジェリーナ。すぐさまトロル王とゴブリン王のもとに行きましょう。

そして、これを教訓《きょうくん》にするのです。私たち全員の教訓に」

ザンザス、スカイレン、タンジェリーナの三人はうなずくと、ポンと弾《はじ》けるような音を立ててパッと姿を消してしまった。

「ありがとう、ええと……お名前は……？」エメラルダがたずねた。

「ウィッシングトン。コナー・ウィッシングトンだよ」コナーが答えた。

エメラルダはほほえむと、三人の後を追うように姿を消した。

トリックスはコナーの顔の高さに舞いあがると、思いきり抱《だ》きついた。「こんなに勇敢《ゆうかん》ですてきなことを人にしてもらったの、私初《はじ》めてよ！」

コナーは妹をふり向いた。アレックスは誇《ほこ》らしげな笑みをうかべていた。こんなにも兄を自慢《じまん》に思ったのは初めてだ。妹のそんな顔など、コナーは見たことがなかった。

「妖精を助けたからって、学校での悪い思い出は消えないのよ、コナー」アレックスは、コナーとトリックスに歩みよると言った。

コナーはいたずらな笑顔《えがお》を見せた。「なにか言ってやらなくちゃ気がすまなかったのさ。後悔《こうかい》はしたくないからな」

妖精院の残った妖精たちも、その場を立ち去りはじめた。歩き去っていく者もいれば、きらめきや泡《あわ》を残してパッと消えてしまう者もいた。コーラルはパタパタと自分の太ももを叩きながら、部屋の中でなにかを探していた。

「フィッシャー！　どこにいるの、フィッシャー！」コーラルが大声をあげた。

するとと、四本足の魚がアレックスとコナーのそばを駆けぬけ、コーラルの腕《うで》の中に飛びこんでいった。

「そこにいたのね！」コーラルが言った。「さあ、そろそろお昼ごはんの時間よ！」

アレックスとコナーは、自分の目が信《しん》じられないような気持ちで顔を見合わせた。

「あれって、あれだよな？」コナーがたずねた。

「あれだと思う」アレックスが答えた。

立ち去りかけたコーラルを、二人は呼び止めた。

「すみません」アレックスが言った。「そのお魚、どこで手に入れたんですか？」

「あら、フィッシャーのこと？」コーラルが答えた。「前に池に杖《つえ》を落としちゃったことがあったのだけれど、そのときこの子が取ってきてくれたから、願いをかなえてあげたのよ。なんでも、近くの村に住む男の子と遊びたいから脚をはやしてくれなんて言うのよ。でも残念なことにその男の子は死んじゃってね。だからフィッシャーは、こうして私といっしょに暮らすようになったの」

コーラルはそう言うと羽根をパタパタと動かし、フィッシャーといっしょに飛び去っていってしまった。

「なるほどな、思ったとおりってことか」コナーが言った。

「うん」アレックスはうなずいた。頭の中にはいくつもの疑問《ぎもん》が渦《うず》まいていた。「あれ、パパのお話に出てきた脚のはえた魚だわ！」

第13章

オオカミの群《む》れ

どこもかしこも血まみれだった。白い羽毛《うもう》とズタズタになった木の切れ端《はし》が地面をおおっていた。一人の馭者《ぎよしや》が荷車いっぱいにアヒルを乗せて〈ノーザン王国〉に入ろうとしたところを、〈大きな悪いオオカミ団《だん》〉におそわれたのだ。形をとどめたまま残《のこ》されているのは、馭者がかぶっていた緑色の帽子《ぼうし》ただ一つだった。

オオカミたちは木々のかげにちらばり、殺《ころ》された馭者やアヒルの骨《ほね》をかんでいた。マーラムクロウが首をもたげ、木々の中に目をこらした。誰《だれ》かがやってくる。においでわかるのだ。姿《すがた》はまだ見えないが、そのにおいはマーラムクロウを不安《ふあん》な気持ちにさせた。

「客が来たようだぞ」マーラムクロウがうめいた。オオカミたちは、もしや敵《てき》かと思うとパッと飛《と》び起《お》き、身がまえた。だが、やってきたのはオオカミがたばになってかかってもかなわないような相手だった。

「ごきげんよう、マーラムクロウ」悪の女王が言った。

「誰だ?」マーラムクロウは吠《ほ》えた。自分の半分も背丈《せたけ》がないというのに、目の前の女を見て、首元の毛がさかだっていた。

「会うのは初めて《はじ》でも、私《わたし》のことは知っているはずよ」悪の女王が言った。「知らない者など、一人もいないもの」

「こいつは悪の女王だぞ」一頭のオオカミが言った。

マーラムクロウは、前足に体重をかけた。いまいましいことに、自分がおびえているのがわかる。

「俺《おれ》の群《む》れに近づいてくるなど、ずいぶんいい度胸《どきょう》をしている」マーラムクロウが言った。

「一頭けしかけて、その喉笛《のどぶえ》を引《ひ》き裂《さ》いてやろうか」

「やってごらん」悪の女王が言った。恐怖《きょうふ》などまったく感じさせない声で。女王がさらに近づくと、マーラムクロウをふくめオオカミの群れはおずおずと後ずさった。

「いったいなにが望《のぞ》みなんだ？」おどすようにマーラムクロウが言った。

「取り引きをしに来たのよ」

「俺たちは取り引きなんてしない」

「私の話を聞けば、すぐに気が変《か》わるわ」

オオカミは、興味《きょうみ》を引かれたように「どんな取り引きなんだ？」とたずねた。

「交換《こうかん》よ。この世界を二人の子供《こども》が旅しているの。男の子が一人と女の子が一人……双子《ふたご》でね。その二人を見つけ出して、私のところに無傷《むきず》で連《つ》れてきてちょうだい」

「なんでまたガキなんか？」マーラムクロウはきょとんとした。

「その子たちがちょっと、私が必要《ひつよう》なものをいくつか持っていてね。自分で捕《つか》まえてもいいのだけど、今は少し気乗りがしないのよ」

「それで、連れてきてやったら、その見返りになにをくれるんだ？」マーラムクロウはたずねた。

「連れてきてくれたなら、あなたがこの世界でなによりもほしくてたまらないものをあげるわ」

マーラムクロウはそれを聞くと「オオカミにほしいものなんてありゃあしないさ」と笑《わら》った。

悪の女王は、まるで魂《たましい》まで見通すかのような目でマーラムクロウを見つめた。

「本当にそうなの？　ではなぜ行く先々を恐怖でふるえあがらせながら、群れを引き連れて世界を渡《わた》り歩《ある》いているというの？　なにかを証明《しょうめい》するためかしら？　それとも誰かを探《さが》しているのかしら？」

マーラムクロウは黙《だま》っていた。言い返すことができなかった。

「あなたには、父親の死への怨《うら》みをすっかり晴らすことのできるものをあげるわ」悪の女王が言った。「双子と引《ひ》き替《か》えに、赤ずきんをあげる」

群れもマーラムクロウも信《しん》じられるかといった様子でうなり声をあげたが、引きつけられる気持ちは止めようがなかった。

「そんなことが本当にできるのか？」

女王の冷《つめ》たい目に射抜《いぬ》くように見つめられ、彼の心臓《しんぞう》は激《はげ》しく脈打《みゃくう》った。

「質問《しつもん》しないでちょうだい。今週末《こんしゅうまつ》には、赤ずきんを手に入れてくるわ。子供を連れてらっしゃいな、そうすればあの娘《むすめ》はあなたのものよ。さあ、取り引きに応《おう》じるの？　応じないの？」

マーラムクロウは、ふるえあがった群れをふり向いた。オオカミたちがうなずく。女王の気分をそこねたくないのだ。

「応じよう」マーラムクロウが答えた。「だが一つ言っておくぞ。もしおまえが赤ずきんを連れてくるのに失敗《しっぱい》したなら、その首を小枝《こえだ》みたいにへし折《お》ってやるからな」

女王はマーラムクロウに歩みよるとくっつきそうなほど顔を近づけ、おそろしい目で睨《にら》みつけた。

「私も言っておくわ。双子を連れてくるのに失敗したら、赤ずきんがおまえの父親をそうしたように、一頭残らず敷物《しきもの》にしちまうからね。もう一度でもおどかそうだなんてしてごらん。私の手でその皮をひんむいてやる」

マーラムクロウは凍《こお》りついた。悪の女王には、もうこのオオカミがすっかり言いなりなのがわかった。

「それじゃあ、じきに会いましょう」そう言うと女王はフードをかぶりなおし、さっき姿をあらわした森の中へと姿を消していった。

オオカミたちはおそろしさのあまりしばらく動くこともできず、その場にじっとしていた。

「なにをもたもたしている！」プライドを傷つけられたマーラムクロウがさけんだ。「さっさと双子を探すぞ！」

群れは声をそろえ、ほかの音がなにも聞こえなくなってしまうほど激しく吠えながら、地平に向けて駆《か》けだした。

第14章

眠《ねむ》れる王国

裁判《さいばん》があった日の夜、トリックスはどうしてもいっしょにいてほしいとアレックスとコナーにすがりついた。おかげで二人は、木の枝《えだ》からぶらさがった鳥の巣《す》のように小さなトリックスの家の下で地面に寝《ね》そべらなくてはいけなかったのだが、それでも気持ちよくこたえてあげた。

脚《あし》のはえた魚を本当に目にしたおかげで、アレックスもコナーもぜんぜん眠《ねむ》れなかった。〈妖精《ようせい》の王国〉の空にまたたく星々の光――実を言うと、ほとんどは空中で眠っている妖精たちだったのだが――を見あげながら寝転がり、あれこれと思いをめぐらせていたのだった。

「脚のはえた魚なんて、パパが自分で考えた作り話だとばかり思ってた。パパ、どこであの話を知ったんだろう？」

「この世界から生まれたいろんなおとぎ話を、俺《おれ》たちだって知ってるだろう？　それと同じなんじゃないか？」

「じゃあなんで、『シンデレラ』や『白雪姫《しらゆきひめ》』みたいに有名じゃないの？　なんで『ランド・オブ・ストーリーズ』に入ってないの？」アレックスはずっと胸《むね》に引っかかっていたことを質問《しつもん》した。「パパもおばあちゃんも、もしかしてここに来たことがあるのかな？　もしかして黙《だま》ってただけで、この世界に来たことがあったんじゃないかしら？」

コナーはそれを聞くと、じっと考えこんだ。その話なら、前に何度か自分でも考えてみたことがあった。なにせ『ランド・オブ・ストーリーズ』は双子《ふたご》の手に渡《わた》る前、おばあちゃんとお父さんの持ち物だったのだ。二人もアレックスやコナーと同じように、パッとこの世界に来たことがあったのではないだろうか？　もしそうだとしたら、おばあちゃんもお父さんもどうやって帰り道を見つけ出すことができたのだろう？

「そうは思わないな」しばらく考えてから、コナーは首を横にふった。「二人ともおとぎ話が大好《だいす》きだったろう？　もしここに来て俺たちと同じものを目にしたら、きっと帰ろうだなんて気にならないはずさ」

翌朝《よくあさ》、トリックスから何度も何度も心からのお礼を言われると、二人は別《わか》れをつげて次の王国へと旅立った。

「さあ、次は〈眠れる王国〉よ！」アレックスが言った。

「なんだか紡《つむ》ぎ車は、一番手に入れるのが難《むずか》しい気がするな」コナーが言った。

アレックスは、兄の予感が当たっているか確《たし》かめるため、日記帳を開いた。

眠れる森の美女の指を刺《さ》した紡ぎ車は、ほかのものより楽に手に入った。特《とく》に計画など立てていかなくとも、事情《じじょう》を王妃《おうひ》に話して聞かせたところ、深い同情《どうじょう》を示《しめ》してくれたのだ。

王妃は、用がすんだら返してくれればいいと言って、紡ぎ車を私《わたし》に持たせてくれた。

眠れる美女王妃は、一世紀《せいき》も眠っていたとは思えぬほどに聡明《そうめい》な方だ。言葉にこそしなかったが、私がなにを追《お》い求《もと》めているのか実はよくわかっていたのだろう。

「これはラッキーだな！」コナーが言った。「それにしても、百年も眠るのってどんな気持ちなんだろう？　毎朝学校に行くために起きるにしても、十四、五回は目覚《めざ》ましをかけなおして目を覚ますけど、それでもまだ百年は寝られるような気分なんだぜ？　百年寝たら超《ちょう》すっきりするのかな。それとも、やっぱりまだどろどろに眠いのかな」

「おもしろいこと考えるわね」アレックスは言った。「私は、夢《ゆめ》を見るかどうかが気になるなあ。見るとしたら、きっととても長い夢になるはずね」

もうお金は残《のこ》っていなかったが、二人はヤギを運ぶ荷馬車を見つけると、ずっと両親と離《はな》ればなれで暮《く》らしているのだと言って〈眠れる王国〉まで乗せてもらった。ヤギに囲《かこ》まれて座《すわ》っていても二人はまったく気にならなかったが、ヤギのほうはどうやら双子をあまり歓迎《かんげい》していない様子だった。

「なに見てるんだよ？」一頭のヤギにたっぷり三〇分もじろじろ見られたコナーは、たまりかねて言った。

道は、まるで青空のようにきらめく海の横を走っていた。二人が住む世界の海とよく似《に》ていたが、こちらのほうが千倍もあざやかだった。

「こっちの海、本当にきれいなのね！」アレックスは顔を輝《かがや》かせた。「あれを見て！　人魚の入《い》り江《え》がある！」

　そう言って指さした先に、カーブしながら海岸線に突《つ》き出《だ》した大きな入り江が見えた。

「ここに座っていたんじゃ、本当に人魚が泳いでるかどうか見えないわ。残念《ざんねん》」アレックスがため息をついた。

「そうだな」コナーがうなずいた。「シュノーケルとか潜水《せんすい》用具を持ってくればよかったよ」

　アレックスはパラパラと日記帳をめくりながら、頭の中を整理していった。

「今のところ、集めたアイテムは五つ。あとは紡ぎ車と、白雪姫の棺《ひつぎ》にしまわれた宝石《ほうせき》。そして、深き海底《かいてい》の短剣《たんけん》か……」

「なんの短剣かよくわからないけど」

　アレックスは、待ちこがれるようなまなざしで海を見つめた。深き海底の短剣とは、いったいなんなのだろう？　おとぎ話について知っていることをあれこれ思い出してみてもわからず、アレックスはなんだかわくわくしてきた。もしかしたら今この瞬間《しゅんかん》にも、海の上に短剣があらわれるかもしれないのだ。

「まあ、俺たちなら正体を突き止められるさ」コナーが言った。「俺たちっていうか、おまえならな。俺は、手伝《てつだ》うふりでもしているよ」

さらに馬車に揺《ゆ》られていると、馭者《ぎょしゃ》たちの話が耳に入ってきた。

「おまえも〈チャーミング王国〉のニュース、もう聞いたか？」片方《かたほう》の馭者がたずねた。

「いいや」もう一人が答えた。

「なんでもシンデレラ王妃のガラスの靴《くつ》が、両方とも盗《ぬす》まれちまったって話だぞ」

「盗まれた？　誰《だれ》にだい？」

「さあ、わからんな。でもきっと、手がかりを持っていけば賞金《しょうきん》がもらえるはずだよ」

これを聞くと、双子は言葉を失《うしな》った。そんなニュースを王国が出したということは、自分たちのバッグにガラスの靴を忍《しの》ばせたのはシンデレラでもランプトン卿《きょう》でもなかったのだろうか？　それよりなにより、自分たちは片方しか持っていないのだ。もう片方は、いったい誰が持っていってしまったのだろう？

「両方とも盗まれたって言ったの？」アレックスは、小さな声でコナーにたずねた。

「きっと、赤ずきんの城《しろ》で見たあの女のしわざさ。あいつも〈願《ねが》いをかなえる呪文《じゅもん》〉のアイテムを集めてるんだ。そうに決まってる！」

「先に紡ぎ車を手に入れられるよう、祈《いの》りましょう」

道は海ぞいを離れ、〈眠れる王国〉の北へと向かっていた。

あたりには丘《おか》が続《つづ》き、そびえ立つ山並《やまな》みに周囲《しゅうい》を囲まれていた。おそろしいほどどんよりとしたところで、二人にはこの先なにが起ころうとしているのか見当もつかなかった。

るように思えた。
大地は干《ひ》あがり、木々は枯《か》れ果《は》てていた。ずっと長いことそうして死《し》に絶《た》えてしまってい
「なんか、なにもかも死んじまってるみたいだな……」コナーが言った。
「死んでるんじゃない」アレックスは首をふった。「きっと眠ってるんだわ」
眠れる美女の城は、スリーピー・ヴァレーという村のまん中に立っていた。村に到着《とうちゃく》し
て荷馬車から飛《と》び降《お》りた二人は、なぜそんな名前になったのかすぐにわかった。城の周《まわ》り
に広がる村は、すっかり打《う》ち捨《す》てられたようなありさまだったのだ。
パン屋の窓《まど》が開いており、中に一人の男が立っているのが見えた。窓枠《まどわく》にひじを置《お》き、
両手で頬杖《ほおづえ》をついている。立ったまままうとうとしているようだった。
「すみません」アレックスは、起こすのをためらいながら声をかけた。
「なんだね？」男が、まぶたも開けずに答えた。
「みんなどこに行ってしまったんですか？」アレックスはたずねた。
「寝てるよ」男はあくびしながら言うと、いびきをかきはじめた。
男の言うとおり、双子が歩きながらあちこち店をのぞきこんでみると、店主も店員も眠
そうに歩きまわりながらのろのろと仕事をしていた。いつ眠りに落ちてしまってもおかし
くない様子だった。
「王国にかけられた呪《のろ》いって、解《と》けたはずじゃなかったのか？」コナーが言った。

「呪いのせいで眠らされそうになってるというより、自分から眠りたがってるように見えるわ」アレックスが言った。

誰もが眠そうにのろのろ働《はたら》いている街《まち》を抜《ぬ》け、アレックスとコナーは眠れる美女の城に向かっていった。本当に素晴《すば》らしいながめだった。そんなに高くそびえる城を見たのは、二人とも初《はじ》めてだった。薄《うす》いピンク色の石を積《つ》んで作られており、たくさんの塔《とう》が空を突くように立っていた。その中央に、一番高い塔がそびえていた。近づいてよくながめてみると、かつて城の壁《かべ》をおおっていたツタの残りが、枯れてこびりついたままになっているのが見えた。

城の周囲には、大きな庭園がいくつも残っていた。もっとも、生きたものがなにも残っていない今は、庭園と呼《よ》ぶのもふさわしくはなかったが。庭師《にわし》たちは道具を握《にぎ》りしめたまま、そこで眠りこけていた。何分かおきに目を覚ましてまた働きはじめるのだが、またすぐに眠りに落ちてしまうのだった。

衛兵《えいへい》もそこかしこにいたが、双子はすんなりとそこを抜けていった。衛兵たちはときどき目を覚ますとアレックスたちになにか言おうとしたが、やはりなにも言わずにまた眠りだしてしまった。

二人は城の正面扉《とびら》を見つけると、そこをくぐった。高い天井《てんじょう》の長い廊下《ろうか》を抜け、玉座《ぎょくざ》の間へと向かった。玉座の間には白い柱が立ち、床《ゆか》にはチェック模様《もよう》があしらわれていた。

天井は朝焼《あさや》けの色、あざやかなピンクとオレンジに塗《ぬ》られている。部屋にはずらりと衛兵が並《なら》んでいたが、全員が意識《いしき》を失っていた。

二人の前に置かれた玉座には、美しい女が一人腰《こし》かけ、二人の男と話をしていた。一人は背《せ》が高くハンサムで、もう一人は背が低《ひく》く年老《としお》い、白いひげをはやしている。

女は銀で作った花のティアラを頭に載《の》せ、ふわりとした金色の髪《かみ》をなびかせていた。ほんのりとしたバラ色の薄いガウンと、同じ色の手袋《てぶくろ》。考えるまでもなく、それが眠れる美女なのは明らかだった。

彼女《かのじょ》が話していたのは大臣と、夫《おっと》であるチェイス国王だった。深刻《しんこく》に悩《なや》み、じっと考えこむような顔をしていた。まるで悩みごとをたくさん抱《かか》えたときに二人のお母さんが見せるような表情《ひょうじょう》だった。

「もしかしたら、法《ほう》を強めたほうがよいのではないでしょうか。昼間の睡眠《すいみん》は禁《きん》ずる、といった具合に」大臣が言った。

「そんなことは許《ゆる》されないわ」眠れる美女が言った。「そのような無理強《むりじ》いをするわけにはいきません。人々のせいではないのだということを、忘《わす》れてはいけませんよ」

「しかし王妃さま、呪いは解かれたのですよ」大臣が言った。「王国はしっかりと目を覚まして、それを受け入れなくては」

「王国が呪いをかけられる前の状態《じょうたい》にもどらないかぎり、解けたとはいえないと私は思っています」眠れる美女が答えた。「私はこうして目を覚ましてはいても、百年も眠り続けていたせいで、人々に大変《たいへん》な苦難《くなん》をかけてしまいました。その苦難を彼《かれ》らのせいにして罰《ばつ》することなどできるものですか」

「だが、ほかに道などありはしないよ」チェイス国王が妻《つま》の手を取った。「王国はもうボロボロだ。作物も育たないし、商売もからっきしだ」

「少し考えさせてちょうだい」眠れる美女は、長いため息をついた。

「一つ言ってもいいかな？」コナーは、目の前の三人のほうに歩きながら声をかけた。三人がギョッとした顔をした。まさかその場に目を覚ましている者がいるとは思っていなかったのだ。アレックスは、少しこわくなった。いったい兄はなにを言おうとしているのだろう？〈妖精の王国〉での大演説《だいえんぜつ》がうまくいったことで、調子に乗っていなければいいのだが。

「君は誰だね？」大臣が言った。

「僕《ぼく》はコナー、こっちは妹のアレックスです」

アレックスは、どぎまぎしながら兄の後ろで手をふってみせた。「本当にすてきなお城ですね！」

「どうやって入ってきたんだ？」チェイス国王がたずねた。

「本気で言ってるの？」コナーは、後ろで眠りこけている衛兵たちを指さした。「まったく、フォート・ノックスの軍保留地《ぐんほりゅうち》を見習ってほしいものだよ」

「コナー、そんなこと言ってもわかるわけないでしょう！」アレックスが小声で言った。

「お若《わか》いの」大臣が言った。「大変申しわけないが、今とても重要《じゅうよう》な問題を話し合っているところなのだよ。それに――」

「それにこうして何年も解決法《かいけつほう》を見つけ出そうとしているというのに、人々から自由を取りあげずにすむような道がどうしてもわからなかったじゃありませんか」眠れる美女が言った。「だから、もしこの少年になにか考えがあるのなら、私はぜひ聞いてみたいと思っていますよ」

誰も反論《はんろん》する様子はなかった。それを確かめると、コナーは口を開いた。

「コーヒーって聞いたことある人、誰もいないの？」

みんながぽかんとした顔でコナーを見た。

「まあいいや。コーヒーは成長《せいちょう》に悪いっていうしね。さてさて、僕は学校でしょっちゅう居眠《いねむ》りをするんだ。僕のせいじゃないよ。退屈《たいくつ》すると、脳《のう》のスイッチが勝手に切れちゃうだけだ。だからそこで僕があみだしたのは、輪《わ》ゴムを手首に巻《ま》いておいて、眠っちゃいそうになったらパチンとそれを弾《はじ》く方法《ほうほう》さ。その痛《いた》みで、五分間は確実《かくじつ》に起きてられる」

みんなは、意味がわからず困《こま》ったような顔をした。

「確かにあんまり科学的《かがくてき》な解決策《かいけつさく》ってわけじゃないけど、それでもちゃんと効果《こうか》あるんだよ」コナーが言った。「それに、みんな自分でできることなんだから、あなたたちが無理に押《お》しつけなくてもすむじゃないか。これで目覚ましをしているうちに、いつか必要《ひつよう》すらなくなってるさ」

みんながまだ疑《うたが》っている様子なのを見て取ると、コナーはアレックスをふり向いた。

「アレックス、輪ゴム持ってないか？」

「バッグの中に、ヘアゴムが何本かあったはずだけど……」アレックスはそう言うとバッグを床におろして探《さが》してみた。そしてうっかりガラスの靴を床に落としてしまった。靴が床にぶつかる音が玉座の間に響《ひび》く。

双子は取《と》り乱《みだ》した。まるで時間が止まってしまったようだった。眠れる美女と国王、そして大臣の三人の表情がはりつめる。

「それをどこで手に入れたの？」眠れる美女がたずねた。

「シンデレラ王妃のガラスの靴じゃないか！」大臣が言った。

「いいえ、これはそうじゃないんです！」アレックスはそう言うと、あわてて靴をバッグの中にもどした。

「盗んだんじゃないぞ！」コナーが言った。

「衛兵！」チェイス国王がさけんだ。

双子の背後《はいご》で衛兵たちが何人かパッと目を覚まし、身がまえる。

「またこうなるのかよ！」コナーは、自分たちめがけて走ってくる衛兵を見るとさけんだ。アレックスの手首をつかみ、走り出す。

「王妃陛下《おうひへいか》！」アレックスは、すがるような声で眠れる美女に言った。「私たちは、紡ぎ車をお借《か》りしたくて来たんです！〈願いをかなえる呪文《じゅもん》〉に必要なアイテムを集めているんです！」

眠れる美女が立ちあがってなにか言いかけたが、双子にはのんびり聞いているような余《よ》裕《ゆう》などありはしなかった。二人を捕《つか》まえようと衛兵たちが伸《の》ばしてくる手をギリギリのところでかわしながら、ぐるぐると玉座の間を駆《か》けまわる。

アレックスとコナーは、玉座の間の外へと開けっ放しになっている、両開きの扉をくぐり抜けた。どこに通じているのかは知らなかったが、とにかく立ち止まるわけにはいかなかった。

「もう追いかけられるのにはうんざりだ！」コナーが悲鳴をあげた。

二人は、廊下から廊下へと走り抜けていった。追っ手をふりきるため、ときどきパッと急に向きを変《か》える。猛《もう》スピードで走り続けているせいで、美しい城の建物《たてもの》も、そこに飾《かざ》られた芸術品《げいじゅつひん》も、なにも見えなかった。

とつぜん、二人が飛びこんだ廊下が行き止まりになった。

「どうすればいいの？」アレックスがうろたえた。

「急げ！　こっちだ！」コナーはすぐそばの開いたドアの中に妹を引っぱりこんだ。中に石のらせん階段《かいだん》があるのを見つけると、二人はそれを駆けあがった。ぐるぐると走りあがっているうちに、二人はもしかしたら永遠《えいえん》に続いているのではないかという気がしてきた。もう、信《しん》じられないほどの高さまで上っていた。きっと二人は、城で一番高い塔を登っているにちがいない。

ようやく階段を上りきると、大きな黒いドアがあった。その中に飛びこみ、急いで中から鍵《かぎ》をかける。

「ここ、どこなんだろう？」コナーはキョロキョロと周りを見まわした。

二人が立っていたのは大きな円形の部屋で、壁には高い窓がいくつも並んでいた。スミレ色のカーテンがかけられ、ラベンダー色のカーペットが敷《し》かれている。部屋の外には、ぐるりとバルコニーが作られていた。室内には、二つだけ家具が置かれていた。大きなベッドと、黒い木で作られた紡ぎ車だ。

「コナー、きっとここは眠れる美女の部屋だわ。この部屋で百年の眠りについてたのよ」アレックスが声を落として言った。

コナーはベッドに近づいてみた。ヘッドボードには、美しい字体で次のような言葉が彫《ほ》られていた。

彼女は百年の眠りについたが
人々は彼女を決して忘れることなく
じっと待ち続けた
真実の愛《あい》の祝福《しゅくふく》と、
その人とかわす
初めての口づけの訪《おとず》れを

アレックスは紡ぎ車に近づいてみたが、スピンドルはなくなってしまっていた。

「スピンドルがない！」アレックスは声をあげた。「どういうことだろう……。日記を書いた人は、使ったらちゃんと返すと眠れる美女に約束《やくそく》したんじゃなかったの？」

「最初《さいしょ》からなかったか、魔法がうまくいかなかったから、日記の人がもどってこなかったんじゃないか？」

誰かが開けようとしているのか、黒いドアの鍵がガチャガチャと音を立てて揺れた。

「隠《かく》れて！」アレックスが小さくさけんだ。二人でベッドの下に飛びこむ。

黒いドアが勢《いきお》いよく開いた。二人とも、衛兵たちのいかついブーツが見えるものと思っていたが、そこにあらわれたのはピンク色の靴だった。

「あの靴……？」アレックスがささやいた。

「あの靴がどうかした――いてっ！」コナーがベッドの底《そこ》に頭をぶつけてさけんだ。

「出てきても大丈夫よ」眠れる美女が言った。

もしかしたら罠《わな》かもしれない。

「衛兵たちは、さがらせました」眠れる美女が言葉を続けた。「誰もあなたたちを傷《きず》つけたりはしないわ」

二人はゆっくりと、ベッドの下から這《は》い出《だ》した。

「あのガラスの靴は、盗んだんじゃないんです」アレックスが言った。「説明《せつめい》は難しいんですが、私たち泥棒《どろぼう》なんかじゃありません」

眠れる美女がうなずいた。「信じるわ」

「本当に？」コナーは驚《おどろ》いて聞き返した。「だって僕だったら、絶対《ぜったい》に泥棒だと思うのに」

眠れる美女は二人にほほえむと、ベッドに腰かけた。「確か、〈願いをかなえる呪文〉のアイテムを集めてるって言ったわよね？」

二人は、おずおずとうなずいた。

「長い話になるんだ」コナーが言った。

「そうでしょうね」眠れる美女はうなずいた。「あなたたち、私の紡ぎ車のスピンドルを貸《か》してほしくて来たんでしょう？」

二人は、ばつが悪そうにうなずいた。眠れる美女は、それを見て笑《わら》った。

「少し前に、男の人が一人やって来て、貸してくれと頼《たの》まれたわ」彼女が言った。「それで、最初は貸す気なんてまったくなかったのに、その人に説得《せっとく》されてしまったの」

「その人、どうやって説得したんですか？」アレックスがたずねた。

「〈願いをかなえる呪文〉の話と、異世界《いせかい》に旅をして恋人《こいびと》と出会った話を聞かせてくれたのよ。だからどうしてももどらなくてはいけないんだって。それを聞いたら私までなんだかロマンチックな気分になって、もっと話してくれるよう頼んでしまったのよ」眠れる美女はそう言うと笑《え》みを消し、二人にはまだ見せたことのない、深く考えこむような顔つきになった。「そして、その異世界の話を聞いたの。機械《きかい》と技術《ぎじゅつ》の世界。巨大《きょだい》な建物と、私が見たこともないような国と人々の世界……。私は、信じてみることにした」

「なんでです？」アレックスがたずねた。

「だって、そんな世界を夢に見ていたんだもの。とても難しくて私自身にもよくわからないのだけど、あのおそろしい呪いをかけられて眠っている間、私はその人が話してくれた世界の夢を見ていたの。本当にいろんな夢を見たけれど、きっと自分の想像力《そうぞうりょく》が見せているんだと思っていたわ。誰にもそれを聞かせたことなんてなかった。だから、その人が本当のことを言っているんだと、私にはわかったのよ」

「スピンドルは返してもらったんですか？」アレックスは、身を乗り出してたずねた。

「〈願いをかなえる呪文〉は成功《せいこう》したんでしょうか？」

眠れる美女は、二人の顔をじっと見つめた。

「あなたたち、その世界から来たんでしょう？　そして、帰り道を探そうとしているんでしょう？」

眠れる美女は真実を知っているのだ。二人には、説明する必要もなかった。眠れる美女はベッドに並んだ枕《まくら》の片方の下に手を差《さ》し入《い》れると、金属《きんぞく》のスピンドルを一つ取り出した。

アレックスとコナーは鳥肌《とりはだ》がたった。そこにあったのだ！　男はちゃんと返したのだ！

ということは、〈願いをかなえる呪文〉をかなえたにちがいない！

「私からのお願いは一つだけ、使い終わったらちゃんと返してくれることだけよ」眠れる美女はそう言うと、スピンドルをアレックスに渡した。

「わかってくれると思うけど、このスピンドルは私にとって、とても思い出深い品なのよ」

二人とも、笑いが込《こ》みあげてくるのを感じた。家に帰ることは本当に可能《かのう》なのだ。永遠にこの〈ランド・オブ・ストーリーズ〉に閉《と》じこめられてしまうわけではないのだ。

「見ず知らずの私たちに、なぜそんなに親切にしてくれるんですか？」アレックスがたずねた。

「私の力が及《およ》ばないことはいくらでもあるわ」眠れる美女はまた笑顔《えがお》を消した。「だから、自分にできることがあれば、なるべくしてあげたいのよ」

ベッドから立ちあがり、バルコニーに出る。双子もその後に続いた。

王国の状況《じょうきょう》は悲惨《ひさん》だったが、そこからのながめは素晴らしかった。王国すべてを見渡《みわた》すことができ、他の王国の一部までもが見えた。遠くでは海原《うなばら》がきらめき、そばにそびえる山脈《さんみゃく》を流れ落ちる美しい滝《たき》も見えた。あまりの美しさに、アレックスとコナーは、自分たちが遥《はる》か高くまで上ってきたのも忘れてしまった。

「ここはかつて、この世界で一番美しい国だったの」眠れる森の美女が言った。「緑《みどり》の丘も、野の花も、今はかれてしまったいくつもの川も……なにもかも、過去《かこ》の記憶《きおく》になってしまった。あのおそろしい呪いのせいで、大地の美しさすら消えてしまったのよ」

「いつかもとどおりになるんでしょうか？」アレックスがたずねた。

「そう願ってるわ。そうそう、二人に私の秘密《ひみつ》を教えてあげるわね」双子はそれを聞くと、ぶんぶんとうなずいた。

「私ね、チェイスのキスで目覚めてから、一度も眠ったことがないのよ」

アレックスとコナーは衝撃《しょうげき》を受けた。

「マジかよ！　じゃあきっとくたくたなんじゃないの？」

「百年間も眠っていたんだもの、たっぷり休んだわ。だから自分自身とこの王国に誓《ちか》ったの。この国がもとの姿《すがた》を取りもどすその日まで、決して休んだりしないってね。あの呪いで狙《ねら》いどおり私が死んでしまっていたなら、両親が私をあのまま死なせてしまっていたなら、こんなことにはならなかったはずなんだもの。だから私は両親からもらったこの命をかけて、この国をもとどおりにしてみせると心に決めたのよ」

若い王妃の姿を見ながら、アレックスもコナーもかわいそうになってきた。二人とも、王国にかけられた呪いのことばかりに囚《とら》われ、それをもとにもどそうとしている王妃のことなど考えたことすらなかったのだ。

「きっと、そのせいでいつも〈願いをかなえる呪文〉に心を引かれているんだわ」眠れる美女が言った。「だって〈願いをかなえる呪文〉は、人が本気で求めてがんばればどんなことでもかなうんだっていう証《あかし》なんだもの。このスピンドルはね、最強《さいきょう》の魔法使《まほうつか》いがかけた最悪《さいあく》の呪いでも絶対に打《う》ち破《やぶ》ることができるんだっていう証拠《しょうこ》に、大事に取ってあるのよ」

「あなたみたいな王妃さまがいて、この国は幸せだと思います」アレックスが言った。

「弱い人なら、きっとあきらめちゃうもの」

「眠気覚《ねむけざ》ましの輪ゴム作戦《さくせん》、試《ため》してみてよ」コナーが言った。「ぜったいに効《き》くからさ」

「ええ、試してみるわ」眠れる美女がほほえんだ。「さあ、そろそろここを出なくてはね。私が信じても、夫や大臣を納得《なっとく》させるのは簡単《かんたん》なことじゃないわ。ついていらっしゃい、秘密の出口に案内《あんない》してあげるから」

二人は、すっかり眠れる美女に心を奪《うば》われて城を後にした。『眠れる森の美女』のおとぎ話は、若き王子の勇敢《ゆうかん》さと国にかけられた呪いのおそろしさばかりが強調されている。

眠れる美女がどれほど強くたくましい女性《じょせい》なのか、あのおとぎ話には書かれていないのだ。

第15章

ノーザン王国

アレックスとコナーはこの世界に来て初《はじ》めて船に乗り、〈ノーザン王国〉に入った。ちょうど王国に行こうとしている漁師《りょうし》の船を見つけて頼《たの》みこみ、乗せてもらったのだ。アレックスは迷子《まいご》になってしまったといって泣《な》きまねをしてみせると、必死《ひっし》に訴《うった》えかけた。だが、コナーのほうはいまいちだった。コナーも妹と同じように困《こま》りはてたふりをしようとしたのだが、ひどい演技《えんぎ》だったのだ。それでも漁師は二人を船に乗せ、いっしょに行こうと言ってくれたのだった。

船は小さく、三人乗るとちょうど満員《まんいん》だった。漁師は漕《こ》ぐ手を休め、川の流れにまかせて船を進ませていった。双子《ふたご》は川くだりの景色《けしき》を楽しみながら、川岸に村が見えるたびに声をあげた。オオカミや怪物《かいぶつ》に追いかけられる心配もなく進んでいけるのは、とても気分がよかった。

〈ノーザン王国〉は深い霧《きり》の立ちこめるとても寒いところだった。きっと冬には身も凍《こお》るような寒さになる国にちがいないと、二人は思った。大地は草におおわれ、いくつか大きな湖が見えた。北の国境線《こっきょうせん》には雪をかぶった険《けわ》しい山脈《さんみゃく》がそびえ立っていた。

船は川を進んでいくと、やがてスワン・レイクに入った。その名のとおり、湖にはたくさんの白鳥や水鳥たちが暮《く》らしていた。このスワン・レイクのほとりに、白雪姫《しらゆきひめ》の宮殿《きゅうでん》は立っていた。高くはないが大理石の壁《かべ》に囲《かこ》まれた広い宮殿で、ダーク・グリーンのドームや色とりどりのステンドグラスの窓《まど》が見えた。中でも大きな真紅《しんく》のりんごが描《えが》かれたステンドグラスは巨大《きょだい》だった。

「なんであんなにりんごを大事そうにしてるんだろう?」コナーが首をひねった。「だって、りんごのせいで白雪姫は死にかけたんだろ? だったらあんなにあちこちにりんごがあしらってあるのはおかしいんじゃないか?」

「教会でいう十字架《じゅうじか》みたいに、この王国を象徴《しょうちょう》するものなんだと思う」アレックスは、自分の知識《ちしき》をかき集めて推測《すいそく》した。

宮殿のそばには、町や村は一つも見当たらなかった。あらゆるものから離《はな》れたところに、ぽつりと立っていたのだ。ひどく孤独《こどく》な宮殿であるように見えた。

アレックスはなにか見落としがないかと、ずっと日記を頭から読《よ》み続《つづ》けていた。そして顔をあげると岸辺《きしべ》に視線《しせん》を走らせ、目当てのものを見つけ出した。

「すみません」アレックスは、漁師に声をかけた。「あそこの川岸で降《お》ろしてもらえませんか?」

漁師が言われたとおりの場所に船をつけると、双子は岸に降りてお礼を言った。

「なんでここで降りたんだ? 宮殿はあっちだろ?」コナーがたずねた。

「コナー、いちいち説明《せつめい》するの、もう疲《つか》れちゃったわ。ここ見て」アレックスは、日記帳を兄に手渡《てわた》した。コナーは、船の上で妹が読んでいた場所を、自分でも読んでみた。

白雪姫の宮殿はスワン・レイクを見渡《みわた》す場所に立っているが、この湖の水が城《しろ》を取《と》り巻《ま》く堀《ほり》に流れこんでいる。誰《だれ》にも見つからず忍《しの》びこもうとする者にしてみれば、とても便利《べんり》だ。

堀が通っている城の下には、秘《ひ》密《みつ》の門がある。地《ち》下《か》牢《ろう》のすぐそばにあるこの門をかつては船で通り、囚人《しゅうじん》たちを運搬《うんぱん》していたのだ。この門の下を泳いでくぐり、中のドックに侵入《しんにゅう》するのは簡単《かんたん》だ。

ガラスの棺《ひつぎ》は城の三階、かつては悪の女王の部屋として使われていた大きな倉庫《そうこ》に置《お》かれている。二階の大階段《かいだん》を過《す》ぎてすぐのところには、悪の女王の大きな肖像画《しょうぞうが》が飾《かざ》られているはずだ。この肖像画が、上階の倉庫に続く秘密の扉《とびら》になっている。

夜中に忍びこめば、泳いでいても人に見つかる危険《きけん》はほとんどない。だが、スワン・レイクは非常《ひじょう》に深く、夜には荒《あ》れることを忘《わす》れてはいけない。丸太や木切れなどを浮《う》き代わりに使ったほうがいいだろう。

アレックスは自分の横の浜辺《はまべ》で水に洗《あら》われている丸太を指さした。

「わかった？」

「ばっちり」

二人は日が落ちるのを待ってから、宮殿に向けて川を渡ることにした。注意深く丸太を水に浮かべ、続けて自分たちも川に入る。凍《い》てつくほどに冷《つめ》たかった。腰《こし》まで水に浸《つ》かったコナーは「うへぇ！　こりゃ冷たい！」と、歯をがちがち鳴らしながら悲鳴をあげた。

「こんなに冷たいのは生まれて初めてだよ！」

「あとたった二つアイテムを探《さが》せば家に帰れると思えば、がまんできるでしょう！」アレックスも震《ふる》えながら言った。

「白雪姫の棺にしまわれた宝石《ほうせき》と、深き海底《かいてい》の短剣《たんけん》……」コナーはひとりごとのようにくり返《かえ》した。「白雪姫の棺にしまわれた宝石と、深き海底の短剣……。だめだ、冷たすぎる！」

二人は丸太にしがみつくと、宮殿に向けて流れに乗った。丸太を選《えら》んだのは正解《せいかい》だった。波がとても高く、捕《つか》まっているだけでもへとへとになってしまうほどだ。丸太がなかったら、溺《おぼ》れていたにちがいない。

宮殿に近づくにつれ、宮殿の周《まわ》りを歩いている大勢《おおぜい》の兵士《へいし》たちの姿《すがた》が見えてきた。

「やたらと兵隊《へいたい》がたくさんいるな」コナーは、寒さに歯を食いしばりながら言った。

「悪の女王のせいだわ。日記を書いた人が来たときは、こんなに見張《みは》りもいなかったはずよ」

二人は兵士たちに見つかりそうだと思うと、頭まで水に潜《もぐ》った。水音や大きな波を立てないよう注意しながら、丸太の進路を城の堀へと向ける。そして、堀をたっぷり二周《しゅう》もぐるぐるとまわってから、ようやく秘密の門を見つけ出したのだった。

丸太を捨《す》てて水に潜り、門の下をくぐる。二人が思っていたより、ずっと深く潜らなくてはいけなかった。コナーは反対側《はんたいがわ》の水面から顔を出すと、思いきり息を吸《す》いこんだ。そしてしばらく待ったのだが、どういうわけかアレックスはなかなか顔を出さなかった。

「アレックス？」コナーは周囲《しゅうい》の水面を見まわした。「アレックス！」

また水に潜る。アレックスは、門の真下でもがいていた。くぐり抜《ぬ》けようとしたときに、バッグの肩紐《かたひも》が引っかかってしまったのだ。動くことすらできず、もう息が切れてしまいそうだ。コナーは泳いでいくと、妹を助けようと思いきりバッグを引っぱったが、バッグはびくともしなかった。さらに力を込《こ》めて引っぱると、ようやく肩紐がちぎれてくれた。

コナーは妹を抱《だ》きかかえるようにして水面に出た。アレックスは、コナーが見たこともないほど大きく息をしていた。なにせ、溺れてしまう寸前《すんぜん》だったのだ。

コナーはアレックスに手を貸《か》してドックまで泳ぐと、水から這《は》いあがった。必死になるあまり、水の冷たさもすっかり忘れていた。

「ありがとう……」アレックスはようやく呼吸《こきゅう》を整えると言った。「お兄ちゃん、こんなに勇敢《ゆうかん》だったのね」

「しょうがないだろ。だって、〈願《ねが》いをかなえる呪文《じゅもん》〉のアイテムは、ぜんぶおまえのバッグの中なんだしさ」

アレックスがふざけてコナーを叩《たた》くと、二人は声を殺して笑《わら》った。二人ともずぶ濡《ぬ》れで、がちがちと歯の鳴る音が周囲に響《ひび》いていた。

石造《いしづく》りの戸口のほかに出口は見当たらなかった。二人が戸口をのぞきこんでみると、そこは長い廊下《ろうか》になっていた。片方《かたほう》の突《つ》き当《あ》たりには下りのらせん階段《かいだん》が見えた。きっと地下牢に続いているのだろう。もう片方の突き当たりには、上りのらせん階段が見えた。二人は、上りの階段を選んだ。

上りきった先は、むっとした蒸気《じょうき》のにおいが立ちこめる長い廊下だった。宮殿のこのあたりは、やたらとじめじめしているようだ。ふと開けっぱなしのドアを通りかかった二人は、すぐその理由がわかった。

「見て、ここはランドリーなんだわ！」アレックスが言った。

部屋にはお湯のはられた桶《おけ》がいくつも並《なら》べられ、湯気をたてていた。あちらこちらに服やシーツが干《ほ》してある。もう仕事の時間は終わっていたので、部屋には誰もいなかった。

「いいこと思いついた」アレックスはそう言うと、部屋に駆《か》けこんだ。

「いいことってなんだ？」

アレックスが服やシーツの山に手を突っこむのを見て、コナーは、どうか洗濯《せんたく》ずみでありますようにと胸《むね》の中で祈《いの》った。

「外にもあんなに兵隊がいたんだから、お城の廊下にだってたくさんいるはずよ」

「それがどうかした？」

「ずぶ濡れのＴシャツとジーンズじゃ、怪《あや》しんでくださいって言ってるようなもんだわ」アレックスはそう説明すると、ドレスを二着とレースの帽子《ぼうし》を二つ、洗濯物の山から引っぱり出した。

「無理《むり》だ」コナーは、妹の言いたいことに気づくと首を横にふった。「絶対《ぜったい》に無理だからな！」

「コナー、プライドは捨ててこれを着て！　こんなとこまで来て、捕まるわけにはいかないのよ！」そう言うと、アレックスはもうドレスに袖《そで》を通しはじめた。

「学校のやつらにバレるわけには、絶対にいかないな……」コナーは、ひどく深刻《しんこく》な顔で言った。

「私《わたし》たちがおとぎ話の世界に行ってたってみんなが知ったら、こんなことになんて興味《きょうみ》持たないわよ」

同じ服に身を包《つつ》むと、二人はほとんどまったく同じ姿になった。濡れた服とバッグは何《なん》枚《まい》ものタオルに包み、タオル運びで忙《いそが》しいふりをよそおった。

そうしてすっかり遅番《おそばん》のメイドに変装《へんそう》すると、二人は宮殿の上階をめざした。宮殿は中の壁や床《ゆか》までもが、見事な大理石で造《つく》られていた。月明かりが差《さ》しこんでくると、ステンドグラスはよりいっそう美しく見えた。

アレックスの思ったとおり、どの廊下や通路にも、見張りの兵士たちが目を光らせていた。コナーは、見張りの姿を見つけるたびにびくびくとした。だが、メイドの制服《せいふく》のポケットに金貨《きんか》が何枚か入っているのに気がつくと、少し気分がよくなった。

やがて、宮殿の中央にある大階段にたどりついた。それをあがって二階に出ると、悪の女王の肖像画を探しまわった。シンデレラの宮殿と同じく、過去《かこ》の国王や王妃《おうひ》の肖像画が壁に飾られ、白雪姫を助けた七人の小人たちの像《ぞう》が立てられていた。

「それにしても、悪の女王ってどんな見た目なのか俺《おれ》たち知らないよな」コナーが言った。

「一度も会ったことないんだし」

「想像《そうぞう》するしかないわね」アレックスが答えた。と、庭に腰掛《こしか》ける女の肖像画の前を通りかかった。女を取り囲む植物も花々も色鮮《いろあざ》やかだったが、彼女《かのじょ》は長い黒のガウンを身にまとっていた。美しい女だが、まるで感情《かんじょう》が抜け落ちたかのような冷たい表情《ひょうじょう》をしている。

「この人だわ」

肖像画の女の目を見ていると、アレックスにはそうにちがいないという自信《じしん》がわいてきた。美しいがうつろな瞳《ひとみ》。まるで魂《たましい》からあらゆる幸せが出ていってしまったかのようなのだ。

アレックスは廊下から二人の見張りがいなくなるのを待つと、肖像画を引っぱってみた。びくともしない。さらに力をこめて引っぱってみたが、それでもやはり肖像画は動かなかった。

「これじゃないんじゃないか？」コナーが言った。

「絶対まちがいないわ」アレックスは答えた。そしてもう一度思いきり引っぱると、肖像画はまるでドアのように勢《いきお》いよく開いた。壁の中から、三階に続く木のはしごが姿をあらわした。

「やったぜ！」コナーは妹とハイタッチをかわした。二人ではしごを上ってみると、またしても秘密のドアがあった。

ついさっき二階で開けたのとまったく同じ複製画《ふくせいが》をもう一度開け、倉庫に足を踏《ふ》み入《い》れる。倉庫には、白いシーツをかけられた古い家具やトランク、たんすなどがぎっしりしまわれていた。壁にかかっている肖像画は二人が入ってきた複製画だけで、残《のこ》りは壁のいたるところに立てかけたままにされていた。

細長い部屋の片端《かたはし》には頑丈《がんじょう》そうな二枚扉《にまいとびら》があり、反対側の端《はし》にはカーテンをかけられた壇《だん》があった。二人は、きっと悪の女王はそこに魔法の鏡《かがみ》をしまっておいたのだと確信《かくしん》した。

大きなカウンターがあり、ところせましとチューブや小瓶《こびん》やガラス容器《ようき》が並んでいた。どれもこれも空だったが、きっとそこで悪の女王が毒《どく》を調合したにちがいない。

「ここにいると、背筋《せすじ》が寒くなるよ。まるで何年も人が入ってないみたいだ」

「ガラスの棺がどこにも見当たらないわ」家具をおおうシーツを剝《は》がしてみても、部屋のどこにも棺がないのだ。

「ここにはないみたいね」アレックスはうろたえながら言った。「ちょっといろいろ探してみましょう」

「いろいろって、なにをだよ？」

「なんでもよ！」アレックスは、いらだちと困惑《こんわく》におそわれてさけんだ。「ガラスの棺がどこに消えてしまったのか、なんでもいいから手がかりを探すの！」

アレックスとコナーは、部屋の中をくまなく探しまわった。トランクも箱も片《かた》っぱしから開けてみたのだが、それでもガラスの棺の手がかりはなに一つ見つからなかった。倉庫にはありとあらゆる思い出の品がしまわれており、どれが悪の女王のもので、どれが白雪姫のもので、どれが過去の国王たちのものなのか、まったく見分けがつかなかった。

アレックスが、積《つ》みあげられた羊皮紙《ようひし》の束《たば》を調べはじめた。と、手書き文字で書かれた手紙を何通か発見し、思わず彼女はどうしても読んでみたい気持ちになった。

最初《さいしょ》の手紙は、がっしりとした文字で書かれていた。

エヴリィへ

鳥たちが太陽を愛《あい》する気持ちよりも深く、僕《ぼく》は君を愛している。君と離れている時間なんて、まったく意味がない。永遠《えいえん》に君のもの。

ミラより

次の手紙は女の字で書かれていた。

最愛《さいあい》のミラへ

毎晩寝《まいばんね》る前にはあなたのことを考えます。毎朝起きたときにはあなたのことを想《おも》います。その間の時間はずっと、あなたの腕《うで》に抱かれる日を待ち焦《まこ》がれて過ごすのです。

私の心はあなたのもの。あなただけのもの。

エヴリィより

二人の恋人《こいびと》たちの手紙は、まだまだ続いていた。次の手紙は、急いで書いたような走り書きになっていた。

エヴリィへ

君と引き離されているなんて、僕にとってはもっとも残酷《ざんこく》な罰《ばつ》だ。君の肌《はだ》に触《ふ》れることも、君のくちびるにキスすることもできず、心がはりさけてしまいそうだ。きっと君を邪悪《じゃあく》の手から救《すく》いだしてみせる。

ミラ

羊皮紙に小さく丸い染《し》みがいくつかあるのに気づくと、アレックスは涙《なみだ》の跡《あと》にちがいないと感じた。誰かが強く握《にぎ》りしめたのか、羊皮紙はしわくちゃになってしまっていた。

ミラへ

あなたとまた会えるという想いだけが、私の心臓《しんぞう》を動かしています。くる日もくる日も、どうすればまたいっしょになれるのか考えて暮らしているのです。私が生きているのは、あなただけのため。あなたのことばかり想っています。

エヴリィ

どの手紙も短いが、情熱《じょうねつ》がほとばしっていた。読み終えたアレックスは、自分の心臓までどきどきしているのに気がついた。もっと手紙があるのではないかと探してみたが、もう一枚《いちまい》も見つからなかった。

「アレックス、ちょっとこっちに来てこれを見てみろよ」

壁ぎわに重ねて置いてあった肖像画を調べていたのだが、その一枚を見て愕然《がくぜん》としてしまったのだ。コナーは、肖像画の中から一枚を引っぱり出した。それは、もじゃもじゃと茶色い口ひげをはやした、背《せ》の高い灰色《はいいろ》の男を描いた肖像画だった。大きなコートを着て、手にはクロスボウを持っている。

「きっと悪の女王の狩人《かりゅうど》だわ」

「まちがいないな」コナーがうなずいた。「近づいてもっとよく見てみな」

アレックスはもう一度絵画に視線をもどすと、狩人の背中《せなか》に半分ほど隠《かく》れた小さな女の子の姿に気がついた。明るい緑色の瞳と、紫《むらさき》と見まちがうほど深い赤の髪《かみ》の毛《け》。

「まさか……！」アレックスは息をのんだ。

二人とも、おそろしくてたまらなくなってきた。この女の子は、二人が赤ずきんの城で見たあの女ではないか。顔つきを見ても髪の色を見ても、ちがうと言うほうが無理だ。

「てことは……あいつ狩人の娘《むすめ》だったのか？」コナーが言った。

「きっとそうなんだわ」

「娘がいるなんて、思いもしなかったぜ。〈願いをかなえる呪文《じゅもん》〉でなにをする気なんだろう？」

アレックスも考えてみた。狩人のことだってよく知らないのだ。娘のことなど知るわけがない。必死にあれこれと可能性《かのうせい》を考えているうちに、アレックスはおそろしい考えにたどりついた。

「自分のために集めてるわけじゃないとしたら……？　悪の女王の命令《めいれい》で集めてるのかも

しれない」

コナーはさっと青ざめると、ぶんぶんと首を横にふった。

「まさか！〈願いをかなえる呪文〉でなにしようっていうのさ？」

「つじつまは合うわ」アレックスは答えた。事実を無視《むし》するわけにはいかない。「牢屋《ろうや》から逃《に》げ出《だ》したのには理由があるはず。きっとやりのこしたことがあるのよ。復讐《ふくしゅう》か、もっと大変《たいへん》ななにかか……。自分の力ではできない、なにかがあるのかもしれない」

「もし俺たちと同じ理由だったらどうする？　俺たちの世界に行こうとしてたら、どうするんだよ？」

アレックスは、そんなこと思いつきもしなかった。思わず、壁にかけられた悪の女王の肖像画をふり返ると、答えを見つけようとするかのように、女王の虚《うつ》ろな瞳をじっと見つめた。いったい悪の女王は、なにを企《たくら》んでいるというのだろう？

と、倉庫の外から足音が聞こえてきた。外側《そとがわ》から鍵《かぎ》が開き、誰かがドアを開く。

「隠れるんだ！　早く！」コナーが言った。二人は大きなトランクの中に飛《と》びこむとふたを閉《と》じ、細く開くと部屋の様子を見張った。

「陛下《へいか》」廊下からよく響く声が聞こえ、ドアを開けた声の主が足を止めた。

「なにごとですか？」ドアの向こうから、女の声がした。

「部下とともにもどってまいりました」男の声が答えた。「くまなく探しまわりましたが、悪の女王の痕跡《こんせき》はどこにも見つけることができませんでした」

アレックスもコナーも、その声に聞《き》き覚《おぼ》えがあった。〈チャーミング王国〉の舞踏会《ぶとうかい》で悪の女王について声明を発した兵士、グラント卿《きょう》の声だ。

「そうですか」女が答えた。

「陛下、もう一度おたずねする無礼《ぶれい》をお許《ゆる》しください。しかし、悪の女王が脱走《だっそう》する直前、最後《さいご》に会われたのは陛下ですから。あの夜のことで、話しそびれておいでのことは、本当になにもありませんか？ 些細《ささい》なことでも手がかりでも、逃亡先《とうぼうさき》につながるような話なら、なんでもいいのです」

「何度も何度も言ったではありませんか。そうしたことは、なにも記憶《きおく》にないのです」女が答えた。「ずっと胸につかえていたことを少しだけ話して、それだけで帰ってしまったのよ」

「陛下、あの女はいつ攻撃《こうげき》をしかけてくるかわかりません。川に毒を流し、王国民《おうこくみん》の半分を死にいたらしめるでしょう。いや、もっとひどいことになるかもしれない」グラント卿が言った。「陛下はほかの誰よりも、あの女のことをご存《ぞん》じでいらっしゃる。御身《おんみ》の安全のためにも、なにか思い出されたならばすぐさまお打ち明けください」

「思い出したなら、まず最初にあなたに伝《つた》えますとも。さあ、悪いけれど、今は一人きりになりたいの」

グラント卿は、廊下を引き返していった。女はゆっくりとノブをまわすと、倉庫のドアを開けた。吸いこまれるような黒髪《くろかみ》と、双子が見たこともないほど白く透《す》き通《とお》る肌を持つ、美しい女だった。

「白雪姫だわ！」アレックスは小声でそう言うと、コナーの腕をぎゅっとつかんだ。

白雪姫は白いナイトガウンをまとい、同じ色のオーバーコートをはおっていた。戸口に立ち止まってしばらく中を見まわしてから、彼女が入ってきた。自分の暗殺《あんさつ》が企《くわだ》てられた部屋に足を踏み入れるのは、きっとつらいことなのだろう。キョロキョロと室内をながめるその様子を見た双子は、きっと長い間この倉庫に入ったことがなかったのだろうと思った。

白雪姫は倉庫のドアに内側《うちがわ》から鍵をかけた。双子と同じように室内を歩きまわりながら、あれこれと手に取り眺めていく。

ふと、古びた本の山で彼女が足を止めた。黒い表紙に大きな骸骨《がいこつ》が描かれた本を手に取り、ぱらぱらとめくる。そして、やがて小さな悲鳴をあげると、白雪姫がその手から本を取り落とした。開いたまま床に落ちた本を見たアレックスとコナーは、そこに毒りんごの作りかたが書かれているのに気がついた。

すみに作られた壇に腰かけると、白雪姫は両手に顔をうずめて泣きだした。若《わか》い王妃はこの倉庫の空気に、すっかり心を引きさかれてしまったかのようだった。

「棺がどこにあるのか、白雪姫に聞いてみましょう」アレックスがコナーにささやいた。

「本気で言ってるのかよ？　今はそっとしておいてほしいみたいな空気じゃないか」

「あいにく、私たちにはムダにできる時間がないのよ」アレックスは、トランクのふたを押《お》し開《あ》けながらゆっくりと立ちあがった。「王妃さま」と静《しず》かに呼《よ》びかける。

白雪姫は、小さな悲鳴をあげた。てっきり一人きりだと思っていたせいか、驚《おどろ》きと恥《は》じらいがその顔に浮かんでいた。

「誰なの？」白雪姫がたずねた。「どうやってここに？」

「やれやれ、その質問《しつもん》をされるたびに小銭《こぜに》がもらえるとしたら、わざわざ忍びこまなくても自分の宮殿が買えちゃいそうだよ」コナーが妹の後ろで立ちあがった。

「白雪姫さま、私たちは悪さをするために来たんじゃないんです。一つ質問させていただければ、すぐに立ち去ります」アレックスが言った。

「その前に、どうやってここに来たのか教えてちょうだい」

「肖像画だよ」コナーが答えた。「その裏《うら》に、二階に降りてく秘密のはしごがあるんだ」

「コナー、せっかくの秘密をばらさないで」アレックスが言った。

「私も知ってますとも」白雪姫が言った。「まだ子供《こども》だったころ、ここに忍びこむのに使ったのだから。でも、どうしてあなたたちがそれを？」

「ちょっと読んだんだよ」コナーは、大したことじゃないといった顔でぱたぱたと手をふってみせた。

「悪い子たちには見えないけれど、人の宮殿に勝手に入りこんだりしてはいけないのよ」

白雪姫が言った。「今は、とても危険なときなのだから」

コナーは、ふんと鼻を鳴らした。「その話を聞かせてよ」

「本当におっしゃるとおりですし、もう二度とこんなことはしないと誓《ちか》います」アレックスが言った。「私たち、ガラスの棺はどこにあるんだろうと不思議《ふしぎ》に思ってたところなんです」

白雪姫は、いきなり予想もしていなかった質問をされて、どぎまぎしながら答えた。

「あれは、もうここにはないのよ」

「ってことは、今どこに？」コナーがたずねた。

「小人《こびと》たちのところに返してしまったの」白雪姫は答えた。「確《たし》かにとても美しい棺だったけれど、棺が宮殿にあるなんておかしな話でしょう？　きっと今ごろは、鉱山《こうざん》のどこかにしまわれているはずよ」

双子はこれを聞くとため息をついた。まだまだこの冒険《ぼうけん》の先は長いのだ。

「それにしても、あの棺をいったいどうしたいの？」白雪姫がたずねた。

二人は、正直に話すべきかどうか迷《まよ》って顔を見合わせた。

「ちょっと借り物競争《かものきょうそう》をしてるんです」アレックスが答えた。「それで時間がないんです。

あなたのお義母《かあ》さまが、同じものを探して後を追ってきているものですから」

白雪姫は、まじまじと二人の顔を見つめた。「あなたたち、私のお義母さんはとても危険な人なのよ。同じものを追《お》い求《もと》めているのならば、ためらいなくあなたたちのことを殺してしまうわ。あの人には心がないのよ。もしあの人の邪魔《じゃま》だてをしてしまうような可能性があるのなら、今すぐにそんなことやめてしまうべきだわ」

そのとき、ドアを叩く大きな音が響き渡った。

「王妃さま、そこにいらっしゃるのですか？」兵士の声がした。「お姿がお見えにならないと、国王が心配しておいでですぞ」

「ええ、あと少しだけ。お願いだから」白雪姫はそう答えると、またアレックスたちのほうを向いた。「二人とも、ここにいてはだめ」

アレックスとコナーはうなずくと、肖像画の隠し扉から外に出た。

「私の言ったことを、よくおぼえておいてね」ドアが閉《し》まる寸前、白雪姫が二人に声をかけた。

「もちろんです」アレックスは嘘《うそ》をついた。

白雪姫はにっこり笑うと、安心した顔で倉庫を立ち去っていった。

まだメイドに変装していた二人は、正面扉から城を出ていくことにした。

「小人の鉱山は、〈ドワーフの森〉の中よ。ここからはそう遠くないわ」アレックスは地図を見ながら言った。「憶えてるでしょう？　白雪姫は狩人に殺されそうになった後、自分で走ったのよ」

「〈ドワーフの森〉にもどるのかよ？」コナーは目を丸くした。「死ぬ気じゃないだろうな？」

「そうするしかないんだもの」アレックスが答えた。

二人は白雪姫の宮殿のそばに広がる森の中で安全な場所を見つけると、そこで夜明けまで短い眠《ねむ》りについた。朝には乾《かわ》くよう、濡れた服を木の枝《えだ》にかけておいた。

目を覚《さ》ました二人は、〈ドワーフの森〉へと引き返すため歩きだした。アレックスのバッグの肩紐はもう片方しか残っていなかったが、それでもかつぐにはじゅうぶんだった。

しばらくそうして歩き続けてから、荷馬車を見つけて乗せてもらうことができた。

「本当にあの森に行くのかい？　あそこはとても危《あぶ》ないところなんだよ」馭者《ぎょしゃ》が言った。

「ああ、それならよく知ってるよ」コナーが答えた。馭者を説得《せっとく》するため、昨夜《さくや》メイドの服に入っていた金貨を渡しておいたのだ。

荷馬車は道を進み、みにくいアヒルの池を通り過ぎ（アレックスは目を輝《かがや》かせた）、木々がすっかり切り倒《たお》された森へと入っていった。延々《えんえん》と、あたりには切り株《かぶ》しか見えなかった。木々《き》が切り倒されているのを見ても、二人はなんとも思わなかった。なにせここのところ、生きた木々にうんざりするほど囲まれて過ごしてきたのだ。

「悪の女王とばったり出くわしたりしなけりゃいいんだけど」馬車に揺《ゆ》られながらコナーが言った。「そうしたら、面倒《めんどう》なことになる」

「女王がもう深き海底の短剣《たんけん》を手に入れてないことを祈るばかりね。もし手に入れてたら、邪魔だてしなくちゃいけなくなるもの」

「こっちにはもう気づかれてるのかな」コナーが言った。「狩人の娘をよこして眠れる美女のスピンドルとトロルとゴブリンの冠《かんむり》を手に入れようとしたんなら、どっちももうなくなっちまってるのを見て気づくはずだよ。ほかにも誰か、〈願いをかなえる呪文〉のアイテム集めをしてるやつがいるってね」

「気づかれてないといいわね」アレックスはため息をついた。「なんだか、ここにいればいるほど大変なことになってっちゃうみたい。いつもなにかが起きて、どんどんややこしくなってくんだもの……」

と、アレックスが口を開けて顔をまっ青《さお》にした。まるで幽霊《ゆうれい》でも見たかのような顔だ。

「どうした？　まるでテストでBをもらったような顔してさ」コナーは妹と同じ方向に視線を向けてみた。遠くの切り株だらけの野原のまん中に、一本の木が立っていた。だがまっすぐに伸《の》びているわけではなく、巨大なツタのようにぐるぐると曲がりくねっているのだった。くねくねの木なのは、まちがいなかった。お父さんが子供のころに見たと話してくれた、あの木だったのだ。

「おまえの言うとおりだな、アレックス。なにもかも、どんどんややこしくなってっちまう」

第16章

鉱《こう》山《ざん》をゆく

それからは〈ドワーフの森〉につくまで、二人ともずっと黙《だま》っていた。言葉など出てこなかった。言いたいことはいくらでもあるのに、二人の気持ちを言いあらわすことのできる言葉がとても足りないのだ。鉱山《こうざん》から一、二キロのところで荷馬車から降《お》ろしてもらうと、二人は押《お》し黙ったまま歩きだした。

周《まわ》りを森に囲《かこ》まれていても、警戒《けいかい》もしなければこわいとも思わなかった。頭の中はいっぱいで、深く生《お》い茂《しげ》る不気味《ぶきみ》な木々にびくびくしているような余裕《よゆう》がなかったのだ。

「鉱山は、この丘《おか》のすぐ向こうよ」アレックスが地図を見ながら言った。そうして口を開いても、本当に話す必要《ひつよう》のあることは出てきてくれないのだった。

丘の頂上《ちょうじょう》まで上って向こう側《がわ》を見おろしてみると、山腹《さんぷく》に掘《ほ》られたトンネルが何本か見えた。〈トロルとゴブリンのすみか〉で見たようなトンネルとはずいぶんちがう。こちらはどれもまん丸で、しっかりとした作りになっているのだ。宝石《ほうせき》や岩石を乗せた台車をトンネルからトンネルへと運びながら、大勢《おおぜい》の小人《こびと》たちが働《はたら》いていた。

鉱山のどこからかけたたましいベルの音が鳴《な》り響《ひび》くと、さらにたくさんの小人たちがランプやツルハシを手にトンネルから出てきた。仕事が終わったのだ。小人たちは全員で一列に並《なら》ぶと、森のどこかの家へと帰りはじめた。

アレックスとコナーはしばらく丘の上で待ち、誰《だれ》もいなくなったのを確《たし》かめてから鉱山に忍《しの》びこんだ。一番大きなトンネルに入ってすぐの土壁《つちかべ》に、いくつものランプが吊《つ》るしてあるのが見えた。二人は一つずつそれを手に取ると、山腹の奥深《おくふか》くへと向けて歩きだした。

鉱山は、ものすごく広大だった。壁《かべ》には何本というシャベルが並べられ、地面には小人たちがトロッコを走らせるためにレールが敷《し》かれ、奥のほうに向けてずっと続《つづ》いていた。

アレックスとコナーはランプを高くかかげ、どこかにガラスの棺《ひつぎ》のようなものがないかと目を光らせながら延々《えんえん》と歩き続けた。

「話し合っておいたほうがいいと思う」周囲《しゅうい》に目を配りながら、アレックスが兄に声をかけた。

「この鉱山のこと？」

「ちがう。わかってるくせに」

「今は、棺探《さが》しのことしか話したくないな」

「コナー、現実《げんじつ》から目をそらしたってなんにもならないわよ」

「そらすって、どんな現実からさ？」コナーは、妹と目を合わさないようにしながら言った。「確かに、くねくねの木をこの目で見たさ。でも、あれもまだガキのころに父さんから聞かされたおとぎ話に出てきた木だってだけの話さ。おおげさに考えるなよ」

「それだけの話じゃないのは、お兄ちゃんだって知ってるくせに！」アレックスは、思わず声を荒《あら》らげた。

「やめろよ、アレックス」

「目をそらさないで！」

「いいからやめろってば！」

「ここに来たときから、お兄ちゃんだってわかってたでしょう！　感じてたんでしょう！　私《わたし》にはわかってるんだから！　自分のことをだませても、私には嘘《うそ》なんてつけないわよ！」

「嘘なんてついてるもんか！　そうであってほしいからって、話をでっちあげるなよな！」コナーは、こみあげてくる涙《なみだ》を隠《かく》そうとしながら言い返した。

「これまでずっと、ここは自分がいるべき場所じゃないと思って生きてきたのよ！　きっと世界のどこかに、私が落ちつける場所があるはずなんだって思いながらね！　そうしたらここに出会った。この世界に！　私たちのなにかが、この世界の一部なのよ！」アレックスは涙を流しながらまくしたてた。

「そんなの、証拠《しょうこ》なんてないだろ！」

「コナー、認《みと》めてよ！　パパはこの世界から来たのよ！　〈ランド・オブ・ストーリーズ〉から来たのよ！」

「じゃあ、なんで俺《おれ》たちにそう言わなかったんだよ？」コナーのさけび声が、鉱山にこだました。「なんで父さんは隠してたっていうんだよ！」コナーは地面に座《すわ》りこむと、頭をかかえて泣《な》きだした。

アレックスもそのとなりに座りこみ、いっしょに泣いた。受け入れるには、あまりにもとんでもない話だ。とてもすぐに受け止められるような話ではない。

「きっと、打ち明けるような気持ちになれなかったのよ」アレックスが言った。「パパはいつでも、私たちが大きくなったら生まれ故郷《こきょう》に連《つ》れていってくれるって言ってたでしょう？　でもまだ私たちは子供《こども》なんだもの。きっと、ちゃんとわかるくらいの大人になったら教えてくれるつもりだったのよ」

「でも『いいかい、子供たち。僕《ぼく》は異世界《いせかい》からやってきたんだぜ』なんて言われたら、何《なん》歳《さい》になっても超《ちょう》ショックだろ」

「打ち明けるには、重すぎる話だわ。きっと、話すべき瞬間《しゅんかん》を待っていたのね。あいにく、その瞬間が訪《おとず》れたときには手遅《ておく》れだったけれど」

「じゃあ、おばあちゃんもこの世界から来たのかな？」コナーがたずねた。

「たぶんそうだと思う」アレックスがうなずいた。

「じゃあ、二人はどうやって俺たちの世界に来たんだろう？　そうだとしたら、〈願《ねが》いをかなえる呪文《じゅもん》〉のほかにも道があるはずだよ」

「きっとあるのよ。でも、今私たちが知ってるのは〈願いをかなえる呪文〉だけ。またママに会いたいなら、ガラスの棺を見つけ出さなくちゃ」

二人は涙をぬぐうと立ちあがり、また鉱山の中を進みはじめた。

「母さんもここから来たと思う？」コナーがたずねた。

「ううん」アレックスは首を横にふった。「子供のころのアルバムを持ってるもの。でもパパは物語だけ」

「母さんも知ってたのかな」

「そのはずよ」アレックスはうなずいた。「知らないわけないと思う。だって、結婚《けっこん》して一〇年以上《いじょう》になるんだもの」

「じゃあ、もしかしたら俺たちがここにいるの知ってるかもしれないな。俺たちが思うほど、心配してないのかもしれない」

二人は、さらに一時間も歩き続けたが、収穫《しゅうかく》はなにもなかった。あまりにたくさんのトンネルを通《とお》り過《す》ぎていくうちに、コナーは幻《まぼろし》でも見ているような気持ちになってきた。影《かげ》の中を駆《か》けまわるなにかを、確かに見たような気がしてきたのだ。

「今の見たか？」びくびくしながらコナーが言った。

「ただの影よ」アレックスが答えた。

「そうかなあ。確かになにか見たような気がしたんだけど……まあいいか」

やがて、何十個《こ》も小さな椅子《いす》が置《お》かれた小さく長細いテーブルを見つけた。きっと小人たちが仕事の休み時間をここで過ごすのだろう。テーブルの向こうの土壁には白雪姫《しらゆきひめ》の大きな肖像画《しょうぞうが》が飾《かざ》られている。そしてその下には、ルビーやダイヤモンドがちりばめられたガラスの棺が横たわっていた。

「ビンゴ!」コナーはテーブルの上に置かれていたツルハシを手に取り、棺から宝石をいくつか取りはずすと、それをアレックスのバッグに入れた。棺には、すでに何個か宝石がはずされたあとが残《のこ》っていた。

「楽勝だな」コナーが妹のほうをふり向くと、すぐに心臓《しんぞう》が凍《こお》りつくような気持ちにおそわれた。

「コナー?」アレックスは、すっかり固《かた》まっているコナーの姿《すがた》を見て首をかしげた。

二人が手に持つランプの薄明《うすあ》かりの中、黒々とした大きなオオカミたちが自分たちをぐるりと取り囲んでいるのが見えた。〈大きな悪いオオカミ団《だん》〉に、すっかり囲まれてしまっていたのだ。オオカミたちは、牙《きば》を剝《む》きながら双子《ふたご》に向けてうなり声をあげた。

「こっちに来るな!」コナーは、ツルハシをふりまわしてさけんだ。

だがオオカミたちはまったくたじろがなかった。何頭かがいじわるそうに笑《わら》ってみせる。

「こいつらが例《れい》の双子か?」一頭のオオカミが言った。

「ああ、そうだ」ほかのオオカミが答えた。「何日もこいつらのにおいを追いかけてきたんだ!」

「よう、ガキども」マーラムクロウが、じりじりと二人に近づいてきた。「初《はじ》めまして、と言いたいところだが、おまえらのにおいをかぐかぎり、前にもどこかですれちがったことがあるようだな」

「お願いだから、なにもしないで!」アレックスはおそろしくてふるえながら、コナーにしがみついた。

「腕《うで》や足くらいは食ってもかまわないだろう?」他のオオカミが言った。「どうせこの娘《むすめ》には、使いみちなんてなくなるんだ。だよな?」

「娘?」アレックスが目を丸くした。「娘って誰のこと?」

「無傷《むきず》で連れ帰ると、あの女と約束《やくそく》したはずだ」マーラムクロウは、双子をにらみつけながらいまいましげに言った。「おまえらは、俺たちと来るんだ!」

「コナー、どうしよう?」アレックスは小声で兄に聞いた。

「考えがある」コナーが答えた。ランプを置いて、マーラムクロウに一歩近づく。「おいダメ犬! 言うことを聞けよ、ダメ犬! おすわり!」

オオカミたちもアレックスも、そろってきょとんとした顔になった。コナーはいったいなにを言っているのだろう?

「おすわりって言ったんだぞ! このダメ犬め! ハウス!」コナーはさらに続けると、人差《ひとさ》し指《ゆび》を立ててマーラムクロウにふってみせた。せっかくの作戦《さくせん》は無残《むざん》にも大失敗《だいしっぱい》してしまったばかりか、むしろオオカミたちをさらに怒《おこ》らせることになってしまったのだった。

「気が変《か》わったぞ」マーラムクロウは群《む》れに告《つ》げた。「手足は食っちまってかまわん」

「くそっ、作戦切れだ」コナーは妹をふり向いた。

「私はまだあるわ!」アレックスはコナーが地面に置いたランプをさっと蹴《け》とばした。ランプが一頭のオオカミに命中し、火があがる。仲間《なかま》のオオカミたちが、すぐに火を消そうとむらがった。アレックスはコナーの手をつかむと、炭鉱《たんこう》の奥深くにのびるトンネルを一気に駆けだした。

「追いかけろ!」マーラムクロウが怒鳴《どな》ると、群れのオオカミたちがいっせいに走りだした。

アレックスとコナーは全速力で走った。ランプが一つだけになってしまったせいで、周囲はほとんどまっ暗闇《くらやみ》だ。後ろから、追いかけてくるオオカミたちの足音が聞こえる。おそろしいようなその吠《ほ》え声が、鉱山の中に大きく響いていた。やがてトンネルは下り坂になり、二人ともうまく走れなくなってきた。

「あれに飛《と》び乗《の》るんだ!」コナーは、レールに止まっているトロッコを指さした。

「そんなの無理《むり》よ!」アレックスが悲鳴をあげたが、コナーは妹を抱《かか》えあげるとトロッコに放《ほう》り込《こ》んだ。自分も飛び乗りブレーキ・レバーを引く。トロッコはすぐに猛《もう》スピードでトンネルを走りはじめた。

オオカミたちの爪《つめ》が二人をかすめる。二人は思いきり低《ひく》く身をかがめたが、それでも一頭のオオカミがコナーの腕を切りさいた。アレックスが、別《べつ》のオオカミの鼻をけとばす。オオカミはきゃんきゃん悲鳴をあげて逃《に》げていった。ほかのオオカミが双子めがけてふりおろした腕が空《くう》を切り、代わりにブレーキ・レバーをへし折《お》った。

トロッコはスピードをあげ、オオカミたちをぐんぐん引《ひ》き離《はな》していった。

「やった！　逃げきれるぞ！」コナーはケガした腕を押さえながら言った。

「でも、喜《よろこ》んでる場合じゃないみたい……！」アレックスは、前方に立っている看板《かんばん》を指さした。


危険《きけん》！

トンネル下りはブレーキを使うこと

「ヤバい！」コナーはトロッコのスピードを落とそうと、思わず折れたレバーに手を伸《の》ばしてさけんだ。

下り坂が急になっていくにつれ、トロッコのスピードもどんどん上がっていった。二人の手にはおえないほどだ。速すぎる。前から吹《ふ》きつけてくる風のせいで、目も開けていられない。道は一度カーブすると、鉱山の奥深くに向けてさらに下っていった。トロッコが脱線《だっせん》でもしないと、先に二人がふり落とされてしまいそうだ。今までに乗ったどんなジェットコースターよりもこわかった。

「命がかかってなけりゃ、最高《さいこう》なんだけどな！」コナーがさけんだ。ジェットコースターに乗るときのように両手をあげてみたかったが、そんなことをしている場合ではないのはわかっていた。

トロッコはスピードを落とす気配もないまま、鉱山を進んでいった。さっきは生きたまま オオカミの餌《えさ》になりかけて人生の最高恐怖記録《さいこうきょうふきろく》を作ったばかりだというのに、あっという間にトロッコ事故《じこ》の恐怖で記録更新《こうしん》してしまった。やがてトロッコは、巨大《きょだい》な鍾乳石《しょうにゅうせき》に出た。地面には石筍《せきじゅん》が並び、大きな地底湖《ちていこ》が見える。

と、目の前をまた新たな看板が過ぎていったのを見て、双子はふるえあがった。

行き止まり

まるでずっと昔に土砂崩《どしゃくず》れでもあったかのように岩がころがって壁のように線路のゆくてをふさいでおり、二人を乗せたトロッコはそこに向けて猛スピードで走っていた。二人はせいいっぱい低く身をかがめると、きっと大ケガをしてしまうにちがいないと思いながらきつく抱《だ》きしめあった。

トロッコが岩に衝突《しょうとつ》する。トロッコはがたがたとものすごい勢《いきお》いで揺《ゆ》れながらそこを突《つ》き抜《ぬ》けた。バラバラと大きな石が二人の上から落ちてくる。アレックスが悲鳴をあげた。コナーは両腕《りょううで》で必死《ひっし》に頭を守っていた。きっともう死ぬんだと双子が覚悟《かくご》を決めたころ、トロッコはゆっくりと停止《ていし》した。

顔を出し、周囲を見まわしてみる。すると、そこは外だった。山を抜け、〈ドワーフの森〉のどこかに出てしまったようだ。

「まさか、生き延《の》びられるなんて……」コナーが言った。二人ともあちこち体をぶつけてぼろぼろだったが、それでも大ケガもしないままトロッコから這《は》いずり出《で》た。

だが、幸運に感謝《かんしゃ》しているひまなどありはしない。二人はすぐさま森の中に走りこんだ。

「森を出なくちゃ」アレックスが言った。「すぐにオオカミたちが来て、また見つかっちゃうわ！」

「あいつらが言ってたあの女って、誰なんだろう？　誰から俺たちを連れてこいって命令《めいれい》されたんだろう？」

「あんまり考えたくないけど……きゃあ！」アレックスが悲鳴をあげた。

森に身を隠して一分とたたないというのに、いきなりものすごい力で後頭部をなぐられたのだ。二人は地面に倒《たお》れると、ゆっくり意識《いしき》を失《うしな》っていった。

完全《かんぜん》に意識がとだえてしまう最後《さいご》の瞬間、棍棒《こんぼう》を握《にぎ》りしめて立つトロルのボブルワートとゴブリンのエッグホーンの顔が見えた。

頭が割《わ》れそうな痛《いた》みをおぼえ、二人は目を覚《さ》ました。二人とも縄《なわ》でぐるぐる巻《ま》きにされ、忘《わす》れようにも忘れられないあの荷車に乗せられていた。

「おいエッグホーン、ガキどもが目を覚ましたぞ」ボブルワートが言った。

「ちびのこそ泥《どろ》どもめ、やっと起きやがったか」エッグホーンが言った。

あのときと同じ荷車だったが、引いているのはちがうロバだった。おそらく前のロバは、こき使われて死んでしまったのだろう。ボブルワートとエッグホーンの間にアレックスのバッグが置かれていた。双子は縄をふりほどこうとしていたが、手も足も三重結《むす》びで固く縛《しば》りあげられており、びくともしなかった。

「ここ、どこなんだろう？」コナーが言った。

アレックスは首を伸ばして荷車の外を眺《なが》めると、すごく見覚《みおぼ》えのある木々が見えた。

「最初《さいしょ》に捕《つか》まったところにもどってきちゃったわ！」アレックスがさけんだ。「きっと丸一日、気を失っていたんだ！」

「なんだったら、丸二日にしてやろうか？」エッグホーンが棍棒を持ちあげて言った。

「こんなの、うまくいきっこないぞ！」コナーが怒鳴った。「奴隷《どれい》にするなんて、もう無理なんだからな！　妖精院《フェアリー・カウンシル》に、おまえらのことは話してあるんだ！」

「ああ、それなら知ってるぞ」ボブルワートが言った。

「わざわざ俺たちのところに来て、長々と説教《せっきょう》してってくれたからな」エッグホーンが言った。

「ついでに、俺たちのトンネルをすべて封鎖《ふうさ》までしてくれたな！　ありがたいことだぜ！」ボブルワートがいまいましげに言った。「おかげで、すみかにもどるのにのろのろ遠まわりさせられるはめになっちまったよ！」

「だったら、俺たちになんて構《かま》わなけりゃいいだろ！」コナーが言った。

「そういうわけにはいかんな」エッグホーンが言った。「なんたっておまえらは、王様たちの冠《かんむり》を盗《ぬす》んじまったんだからよ。〈めでたしめでたし会議《かいぎ》〉の決まりじゃあ、俺たちはおまえらを国に連れ帰って裁判《さいばん》にかける権利《けんり》が全面的《ぜんめんてき》に認められているんだぞ」

「こいつは大裁判になるぜ！」ボブルワートが言った。「トロルもゴブリンも、みんな見にくるだろうよ！」

「裁判のあとにおまえらを百叩《ひゃくたた》きにする用意だって、もうできてるんだ！　国じゅうの連《れん》中《ちゅう》が一発ずつ叩くんだぞ！」エッグホーンはそう言うと、ボブルワートと声を合わせてさも愉快《ゆかい》そうに大笑《おおわら》いした。

コナーは、じっと落ちついた顔でなにかを考えていた。縛られた両手をあげ、荷車のへりから外に出す。傷《きず》はまだ治《なお》りかけだった。コナーは腕を伸ばすと、進んでいく荷車の上からぽたぽたと地面に血を落とした。

「なにしてるの？」アレックスが小さな声でたずねた。

「道しるべを残してるのさ」コナーが答えた。

アレックスは、なぜそんなことをするのかわからなかったが、兄を信《しん》じてみることにした。自分にはわからないが、コナーにはなにか作戦があるのだ。

何時間かすると、二人は身をよじりながら体を起こして座った。エッグホーンとボブルワートはあいかわらず、〈トロルとゴブリンのすみか〉に帰りついたら双子がどんなひどい目にあわされるかを語りながら、愉快そうに笑っていた。

ふとコナーは、鉱山で見かけたのと同じ影が、離れたところに立つ木々の間を走っているのが見えた気がした。

「用意しとけよ」コナーがアレックスに声をかける。「来たぞ」

アレックスは、なにがあってもいいよう胸《むね》の中で覚悟を決めた。「思ったより早かったわね」

森の中から小さな吠え声が聞こえた。エッグホーンとボブルワートはロバにつけた手綱《たづな》を引くと、荷車をぴたりと止めた。

「今の聞こえたか？」エッグホーンがたずねた。

「ああ、聞こえたとも」ボブルワートが答えた。

二人で棍棒を手に取って荷車を降り、しばらくぐるぐると歩きまわる。

「あっちだ！　なにか見えたぞ！」ボブルワートがさけんだ。

トロルとゴブリンは、森の中に踏《ふ》みこんでいった。

「私のバッグを取り返さなきゃ！」アレックスはコナーに言った。二人でじりじりと、荷車の前のほうに進んでいく。アレックスはバッグの端《はし》を口でくわえると、自分のほうに引きずりもどした。ひざの上に落ちてきたバッグの中に縛られた両手をつっこみ、手首が折れそうになるほどひねりながら、シンデレラのガラスの靴《くつ》を取り出す。

「どうする気だ？」コナーがたずねた。

「こんなことして、きっとすごく後悔《こうかい》するし、死ぬまで自分のことが大嫌《だいきら》いになりそう」アレックスはそう言うと、ガラスの靴を思いきり荷車の床《ゆか》に叩きつけた。ガラスの靴が三つに割れる。アレックスは一つのかけらを使い自分の縄を切り、それからコナーの縄も切ってやった。

「すげえ。おまえがこんなことするなんて、誰にも思いつかないぜ！　ワルだったんだなあ！」

「きっと、なにか使ってもとどおりにくっつけられるわよね？」アレックスは泣きそうな顔になりながら、必死にガラスの靴をパズルのように合わせてみた。

「割れてても、〈願いをかなえる呪文〉には関係《かんけい》ないよな？」コナーがたずねた。

「割れてちゃだめだとは、どこにも書かれていないわ」アレックスがうなずいた。

二人は割れたガラスの靴をバッグにしまうと、荷車から飛び降りた。エッグホーンとボブルワートが消えた方向とは反対側《はんたいがわ》の森に走りこむ。しばらくしてから、背筋《せすじ》が凍るような悲鳴と吠え声が響いてきた。エッグホーンたちが〈大きな悪いオオカミ団〉におそわれたのだ。

二人はおそろしいその声を聞くと、全速力で走った。すぐにでもオオカミたちは自分たちのにおいを嗅《か》ぎつけ、後を追ってくるにちがいないのだ。どこに向けて走っているのかわからなかったが、とにかく少しでも安全な場所に、一刻《いっこく》も早くたどりつかなくてはいけない。

アレックスは、周囲に広がる森をキョロキョロと見まわした。大きなとどろきが聞こえてくる。もしかして、海が近いのだろうか？

「思ったよりも、ずっと南にいるみたい！」アレックスが言った。「きっと〈妖精の王国〉にもどってきたんだわ！」

「じゃあ、誰か魔法使えるやつを探《さが》してオオカミどもをチワワに変えてもらおうぜ！」コナーがふり返ると、ずっと後ろからものすごいスピードで追いかけてくるオオカミの姿がいくつか見えた。オオカミたちはすぐに追いついてくると二人を左右から挟《はさ》むようにして少し前に出て、攻撃《こうげき》にそなえてきた。

二人は太い木々の間を駆け抜けると、いきなり立ち止まった。海原《うなばら》を見おろす高い断崖《だんがい》のふちで行き止まりになっていたのだ。

「なんでこんなすぐに海に出るんだ？」コナーがさけんだ。

「見て！」アレックスが言った。「人魚の入り江《い》《え》がある！〈妖精の王国〉と〈眠《ねむ》れる王国〉の、どこか間あたりにいるんだわ！」

コナーが背後《はいご》をふり返った。オオカミたちはもうすぐそこで、二人に飛びかかろうとチャンスをうかがっている。

「いや、むしろ生と死の間だろ！」コナーがさけんだ。「アレックス、ほんとにごめん！」

「ごめんって、なにが――きゃあ！」アレックスが悲鳴をあげた。

コナーはオオカミがおそいかかってくる寸前《すんぜん》、妹を突き飛ばしていっしょに崖《がけ》から飛び降りた。息もできず、お互《たが》いのさけび声も聞こえないほどのスピードで落ちていく。ごうごうと空気を切《き》り裂《さ》く音しか聞こえないのだ。

二人は大きな水音を立てて海に飛びこんだ。オオカミたちは何分間か崖の上で双子が浮《う》きあがってくるのを待ち続けたが、海面にはなにも浮かんではこなかった。アレックスとコナーは、こつぜんと姿を消してしまったのだった。

第17章

指名手配のゴルディロックス

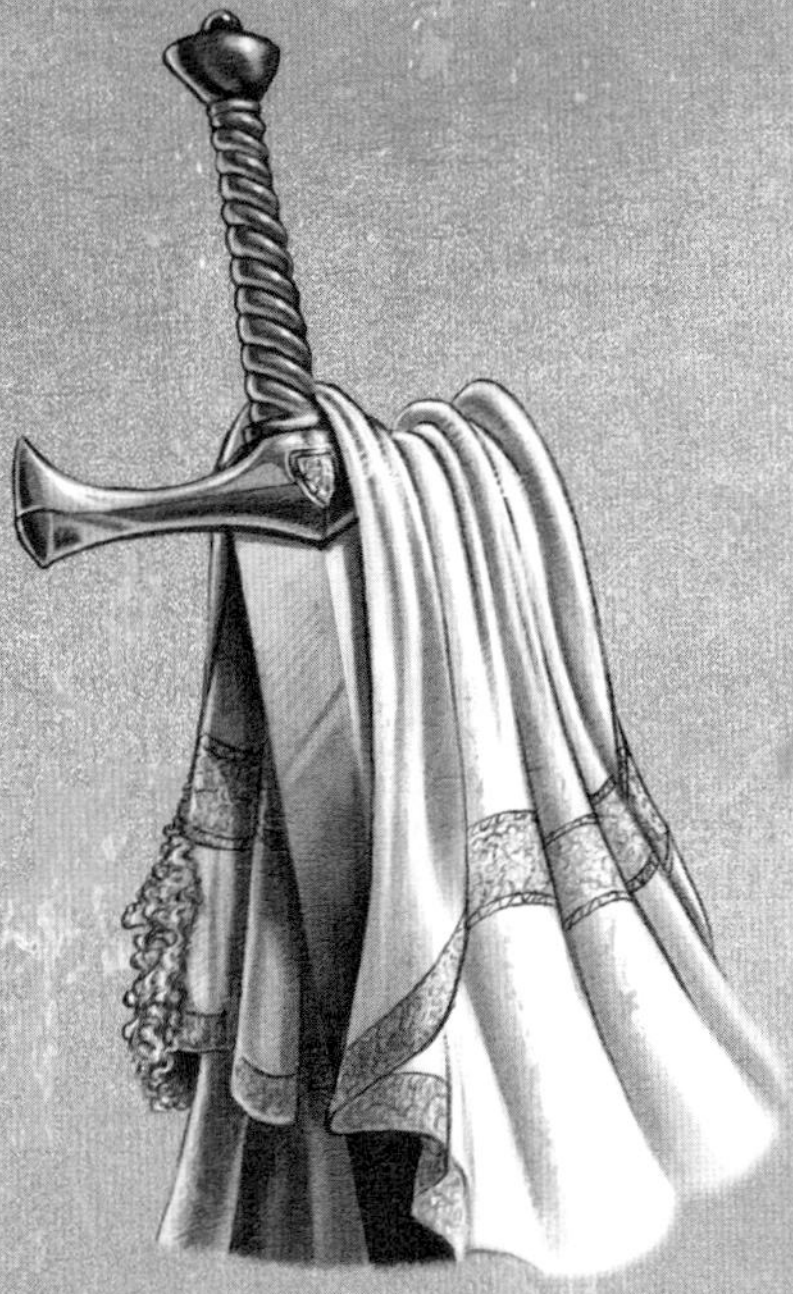

日暮《ひぐ》れまであとわずか、〈すみっこ王国〉の兵士《へいし》たちは必死《ひっし》にゴルディロックスが残《のこ》した痕跡《こんせき》をたどっていた。その日の午後早くにベーカーズ村の郊外《こうがい》で目撃《もくげき》され、それから逃《に》げ続《つづ》けているのだ。十二人の男たちが馬にまたがり、どのような手段《しゅだん》を使ってでも必《かなら》ず捕《と》らえてやるのだと、後を追っていた。だが幸いなことに、ゴルディロックスの駆《か》るポリッジより速く走る馬は、どの王国を探《さが》しても見つからないのだった。

「さあ、ポリッジ！」ゴルディロックスは、馬に声をかけた。「あなたならできるわ。国《こっ》境《きょう》はすぐそこよ」

ラプンツェルの塔《とう》を過《す》ぎて〈ドワーフの森〉に駆けこんでも、兵士たちはしつこく追ってきた。国境破《やぶ》りは〈めでたしめでたし会議《かいぎ》〉が作った法律《ほうりつ》にそむく行為《こうい》だったが、なにせ、数えきれないほど法《ほう》を犯《おか》してきた犯罪者《はんざいしゃ》を追っているのだ。ゴルディロックスには、兵士たちが国境破りをためらうようには思えなかった。

〈ドワーフの森〉を知《し》り尽《つ》くしているポリッジは、追っ手の馬よりも速く走った。ポリッジもゴルディロックスも、木かげになにがあり、どの道がどこに続いているかをよく知っている。兵士たちとの距離《きょり》はみるみる開いていった。

「手分けしてあの女を探すんだ！」兵士の号令《ごうれい》が、ゴルディロックスの背後《はいご》から響《ひび》いてきた。

ポリッジは、ここにきて少し疲《つか》れてきた様子を見せていた。もう何時間も走り続けているのだ。これ以上《いじょう》少しでも逃げ続けるのであれば、休ませてやらなくてはいけないのはゴルディロックスにもわかっていた。

やがて、木々に隠《かく》れるようにして立つ、今はもう使われていない納屋《なや》にたどりついた。誰《だれ》かに追われると、ゴルディロックスはよくここを隠れ家として使うのだ。

「ポリッジ、私《わたし》は追っ手が消えるまでここに隠れているわ」ゴルディロックスは、忠実《ちゅうじつ》な馬に声をかけた。「あなたはどこか安全な場所で休んでなさい。明日の夜明けに落ち合いましょう」

ポリッジはうなずくと走り去っていった。ゴルディロックスが剣《けん》を抜《ぬ》き、納屋に歩みよる。ドアははずれてしまっていた。どうも最近《さいきん》、何者かがこじ開けて中に入ったようだ。

納屋の中は、ひどいありさまになっていた。藁《わら》山は無残《むざん》に倒《たお》れ、家畜《かちく》の檻《おり》はただの木切れになって床《ゆか》にちらばり、床にも壁《かべ》にも血の染《し》みがついていた。だが幸い、納屋を荒《あ》らした何者かの姿《すがた》はもうどこにも見えなかった。

ゴルディロックスは剣をさやに収《おさ》めた。中の様子を見ても、ちらりともおじけづいたりはしなかった。これまでにも、もっとひどい光景《こうけい》を目の当《ま》たりにし、生き延《いの》びてきたのだ。そして自分も逃亡《とうぼう》を続けながら、あちこちもっとひどく荒らしたこともあるのだ。

ロング・コートを脱《ぬ》いで剣を置《お》くと、ゴルディロックスは長いブーツのひもをほどき、夜の間に休む準備《じゅんび》をととのえた。と、目の端《はし》になにか鮮《あざ》やかな色が見えた。藁山の下から、明るい青の布地《ぬのじ》がのぞいていたのだ。

ゴルディロックスはそれを引っぱり出すと、しげしげとながめた。それは、繊細《せんさい》な刺繡《ししゅう》がほどこされた美しい青のドレスだった。まだ少女だったころにそんなガウンを着ていたのを、ゴルディロックスは思い出した。最後《さいご》にドレスを着てから、もう長いこと時が過ぎてしまった。

納屋の壁に、一枚《いちまい》の姿見《すがたみ》がかけられていた。かたむき、下半分にはひびが入っていたが、そこにうつる自分の姿はよく見えた。その姿が、ゴルディロックスは嫌《いや》でたまらなかった。確《たし》かにまだ若《わか》いが、最後にそうしてながめた自分の姿と比《くら》べると、ずいぶん年を取ってしまっていた。今はもう、すっかり大人の女になっていたのだった。

ゴルディロックスは着ていた服を脱ぐと、青いドレスに袖《そで》を通した。髪《かみ》をほどき、くしゃくしゃといじって少しボリュームを出してみる。それから顔についた汚《よご》れをハンカチでぬぐうと、また鏡《かがみ》の中をのぞきこんだ。自分の姿を見たゴルディロックスは息をのんだ。自分の美しさをすっかり忘《わす》れてしまっていたのだ。この姿を、ジャックが見てくれたならどんなにいいか。

「そんなにも美しいのに、まったく宝《たから》の持《も》ち腐《ぐさ》れだねえ」と、声が聞こえた。

ゴルディロックスは目にも留《と》まらぬ速さで剣を引き抜くと、体の前でそれを構《かま》えた。

「誰だ?」大声で言ってみたが、納屋には誰の姿も見えなかった。

「私が見ているその姿を、世界にも見せてやれたらねえ。王国じゅうにおそれられるあのゴルディロックスが、ドレスに身を包《つつ》んだか弱いその姿を」声がまた響いた。

「臆病者《おくびょうもの》め、姿を見せろ！」ゴルディロックスはそうさけぶと鏡をふり返ったが、そこにはもう自分の姿がうつっていなかった。代わりに、青白い顔をしてフードの付いた黒いマントをまとった女が、鏡の中から見つめ返していたのだ。

「ごきげんよう、ゴルディロックス」

「おまえか！」ゴルディロックスが言った。鏡から鏡へと移動《いどう》できるような力を持つ者など、世界を見渡《みわた》しても一人しかいない。「おまえのことなら知っているぞ。誰もが探《さが》し求《もと》めている、あの女王だな」

「そうとも」悪の女王が答えた。「私たちはどちらも、逃亡中の女ってわけさ」

「いったいなにが望《のぞ》みで私のところに来た？」ゴルディロックスが言った。

「なぜ私に望みなどあると思うんだね？　ここに立ちよったのは、最近耳にした話をおまえにもちょいと教えてやろうと思ったからだよ」

「なかなかの作り話だが、私はもうおまえなんかにだまされるうぶな娘《むすめ》じゃないんだ」ゴルディロックスは、鏡に近づいた。「毒《どく》りんごを食わそうとしてみな。おまえの喉《のど》の奥《おく》まで詰《つ》めこんでやるから」

「そんなことをするわけがないだろう」おどけた調子で悪の女王が言った。「ゴルディロックス、あわれな娘。愛《あい》する男とこっそり会えると思いこまされ、それからずっと逃げどおしの日々」

ゴルディロックスは、鏡から後ずさった。「どうしてそれを知っている？」目をぎらりと光らせてたずねる。

「おまえのことならほかの誰よりもよく知っているとも」悪の女王が答えた。「おまえがまだほんの小娘《こむすめ》だったころに知ったんだ。愛するジャックという若者《わかもの》から、手書きの手紙を受け取ったろう？　町から少し離《はな》れた家で会おうと言って、そこへの道順《みちゆき》を書いてよこしたはずだよ。なのに言われたとおりに家に行ってみたものの、待てどくらせどジャックは来なかった」

「なぜそれを知っているかと聞いている！」ゴルディロックスは詰めよった。

「家の中で待ちながら、だんだん眠《ねむ》くなったろう？」悪の女王は言葉を続けた。「そこでおまえは、目が覚《さ》めたらジャックが来ていますようにと祈《いの》りながら、空いていたベッドの一つで眠ることにした。だが、目が覚めてもジャックはいなかった。そこにいたのは三匹《びき》のクマで、おまえは危《あや》うく殺《ころ》されかけたのさ。そこで命からがら逃げ出したが、クマどもは自分の家に入りこまれたのを怒《おこ》って追いかけてきた。まだ幼《おさな》かったおまえはふるえあがり、逃げ続けた。

何年も何年も、おまえはなんでジャックがあんなことをしたのか悩《なや》み続けてきた。なぜあんなふうに罠《わな》にはめたのかとね。そしてある夜、ついに〈赤ずきん王国〉に忍《しの》びこむと、ジャックにそのことをたずねてみたのさ。するとジャックは、自分は貧《まず》しく育ったものだから読み書きができないのだと、だから手紙など送ったことはないのだと答えた。ほかの誰かのしわざなのだとね。ほかの誰かがおまえをはめたのだとね。

ジャックはおまえのことを何年もずっと探し続けていた。おまえが姿を消してしまい、すっかり絶望《ぜつぼう》していたんだ。おまえを探して豆の木にまで上った。そしてこのほとんど十年、おまえたち二人は陰《かげ》にまぎれてこっそり会っている」

「誰にそれを聞いた？」ゴルディロックスがたずねた。

「情熱《じょうねつ》を生み出す源《みなもと》となる苦痛《くつう》を、人は隠したがるものさ。私は自らおまえのことを調べたんだよ、ゴルディロックス。私とおまえは似《に》たもの同士《どうし》なんだ。ちがうのは、私が手紙の主を知っていることくらいだよ」

ゴルディロックスは、だまされるものかと言いたげに首を横にふった。自分が人生をかけて探し求めていた答えを、悪の女王などが知っているわけがない。

「誰が書いたというのだ？」ゴルディロックスはたずねた。

「赤ずきんに決まっているだろう」

「なにを？」ゴルディロックスは、息も止まる思いで言った。

「本当だよ」悪の女王が言った。「あの若い女王は自分の部屋に大きな鏡を持っているのだけれど、寝《ね》ごとを言うくせがあるんだ。悪夢《あくむ》にうなされながらあの娘が言っていることを聞いたら、おまえはきっと耳を疑《うたが》うだろうよ」

ゴルディロックスは、その場にへたりこんだ。自分が人間であることすら忘れてしまいそうだった。まるで純粋《じゅんすい》な怒《いか》りそのものになってしまったかのような気持ちだった。

「赤ずきんはずっとジャックを愛していたから、おまえのことが邪魔《じゃま》だったんだよ」悪の女王が言った。「手紙を書いたころ、あの娘はまだまだ幼かった。手紙がどんな結果《けっか》を生むか、まったくわかっていなかったんだ。クマがもどってくるよりも先におまえが悲しみにうちひしがれて帰ってしまい、そうすればジャックが自分のものになると思ったのさ」

「しかし赤ずきんには、過《あやま》ちを正すための時間が何年もたっぷりあったはずだろう」ゴルディロックスは言った。床をじっと見つめていたが、怒りのあまりなにも見えてなどいなかった。立ちあがって青いドレスを脱ぎ捨《す》て、もとの服に着替《きか》えると剣を腰《こし》にさげた。

「真実を知った今、どうする気だね？」悪の女王がたずねた。

「赤ずきんを連《つ》れ出す。あの人が帰ることは、もう二度とないだろう」

「あの娘を永遠《えいえん》に消し去ることのできる場所は、たった一つだけだよ……」悪の女王がそう言うと、その姿が鏡からかき消えた。

ゴルディロックスは納屋から飛《と》び出すと夜の闇《やみ》の中を駆けながら、馬を呼《よ》ぶため口笛を吹《ふ》き鳴《な》らした。

悪の女王の言いなりになる気などなかったが、長年の復讐《ふくしゅう》が果《は》たせると思うと、そんな気持ちも忘れてしまうのだった。

第18章

人魚のメッセージ

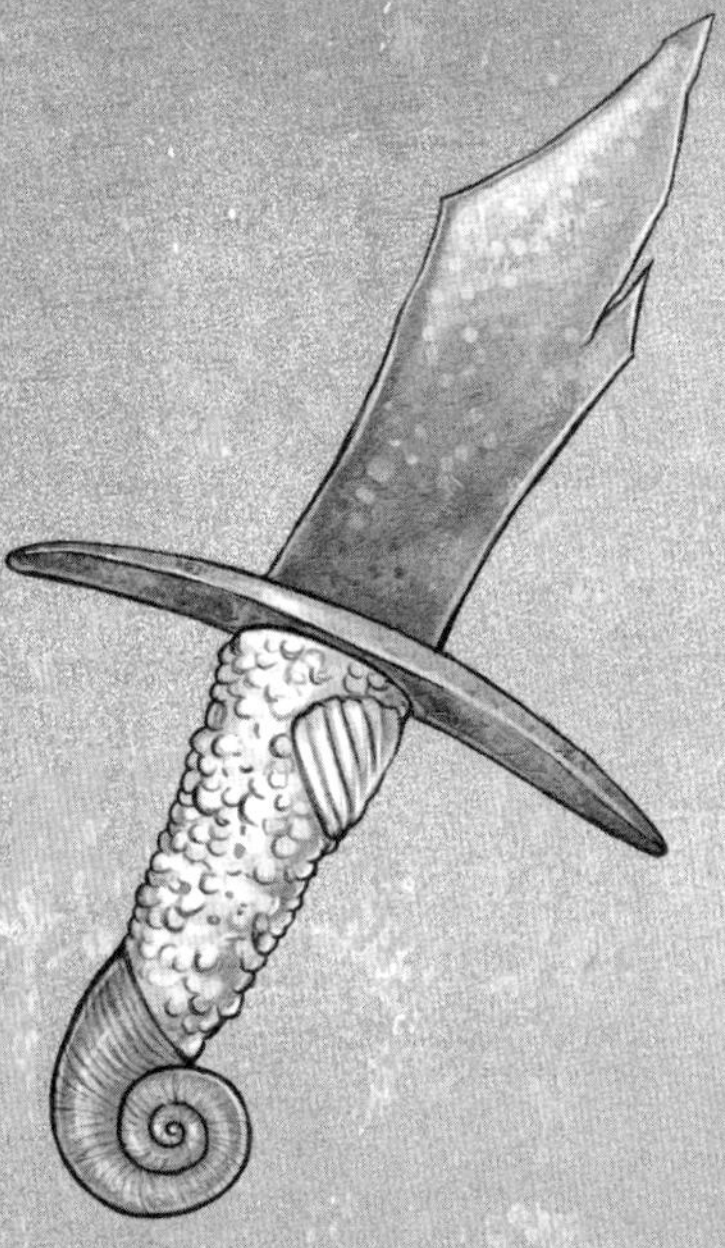

コナーは、もう絶対《ぜったい》に死んだと思っていた。というのも海に落ちたあと、自分がどこにいるかはわからないが、生まれて初《はじ》めて感じるほどの安らぎに包《つつ》まれていたからだ。まるで夢《ゆめ》とうつつのはざまで――自分がよく知るあの状態《じょうたい》で――最高《さいこう》の幸せに好《す》きなだけひたっているかのような気分だった。コナーはまぶたを閉《と》じたまま、それまでの人生で出会ったどんなものよりもフカフカのなにかの上に横になっていた。

空気はひんやりとして、すがすがしかった。少し潮《しお》の香《かお》りがしたが、きっと最後《さいご》に目にした光景《こうけい》が海だったせいでそんな空想をしているのだろうと思った。細く目を開けてみると、となりに横たわる妹の姿《すがた》が見えた。きっといっしょに死んでしまったのだろうが、深い安らぎに包まれたその姿を見ていると、それでよかったのだとコナーは感じた。なにがどうなってしまったかはともかく、コナーは喜《よろこ》びしか感じず、とにかく最高の気分だった。きっとここは天国にちがいない、そう思った。

コナーは、さらに大きく目を開けてみた。まだ少しぼやけた目で見あげると、色とりどりの物体が数えきれないほど、あちこちに向けて飛《と》びかっているのが見えた。目が慣《な》れてくると、それがだんだんと人の姿に見えてきた。きっと天使たちにちがいないと思うと、コナーはまた眠《ねむ》りに吸《す》いこまれた。

眠りに落ちる瞬間《しゅんかん》、ふとこんなことを思った。死んでから眠るなんて、ありえるのだろうか？　温度やにおいを感じたりすることがあるのだろうか？　崖《がけ》から落ちたのは確《たし》かだが、きっと生き残ったにちがいない。だが、今どこにいるのだろう？コナーは精いっぱいがんばってまぶたを開いて見た。力をこめたせいで、さっきよりも早く目が慣れてくれた。

妹といっしょに横たわっていたのは、海の底《そこ》に置《お》かれた大きな貝殻《かいがら》の中だった。海底洞窟《かいていどうくつ》かなにかのようだが、周囲《しゅうい》を大きな泡《あわ》に包まれているせいで呼吸《こきゅう》ができるのだ。ふり返ると岩壁《がんぺき》に囲《かこ》まれた暗い洞窟と、そこに並《なら》んだサンゴの柱が見えた。地面は砂《すな》におおわれており、前を向くと青々とした海が広がっていた。

泡の上を泳ぎまわっているのは、何人もの人魚たちだった。とても美しく、カラフルな人魚たちだ。みんな透《す》きとおるほど白く、青や緑、紫《むらさき》、そしてピンクといったように、色とりどりのしっぽと同じ色の髪《かみ》の毛《け》をしている。コナーが目を覚《さ》ましたのに気づくと、人魚たちは親しげな様子で手をふってきた。

ケガをしたはずの腕《うで》を見おろしてみると、そこには包帯《ほうたい》が巻《ま》かれていた。きっと人魚が手当てしてくれたのだろう。

「アレックス！」コナーは妹に声をかけた。「アレックス、起きろったら！」

肩《かた》をポンポンと叩《たた》くと、ようやくアレックスが目を覚ました。

「どうしたの？」アレックスもまた、心の底から安らいだ顔でたずねた。

「人魚だよ！　まわりを人魚たちが泳ぎまわってるんだよ！」

これを聞くと、アレックスはパッと目を覚ました。そして自分がどこにいるのかに気づくと、しばらく時間をかけて、夢ではないのだと確かめていった。

そっと体を起こしてみる。

「コナー、なんで私《わたし》たち海の底にいるんだろう？」

「ビビるだろ？」コナーが答えた。「この泡、ちょっと調べてみようぜ！」

どうやら二人を囲んでいる泡は、呼吸をするたびに少しずつだが小さくなっているようなのだ。

「最後におぼえてるのは……オオカミに追いかけられて……それからお兄ちゃんに……。あっ、なんてことしてくれたのよ！」アレックスは、崖から突《つ》き落《お》とされたのを思い出すとさけんだ。何度もバンバンとコナーを叩いてみせる。

「おいおいおい、やめろよ！　ああしなけりゃあオオカミにおそわれてたんだから！　どっちがマシかって話さ！」

「落ちても死ななかったのはわかったけど、どうやってここに？」

「私たちが連《つ》れてきてあげたのよ」頭上を泳ぎまわっている人魚たちの一人が言った。長くやわらかなターコイズブルーの髪。同じ色のうろこにおおわれたしっぽがきらめいている。「海の泡の精霊《せいれい》が、二人とお話ししたいそうよ」

「海の泡の精霊？」コナーがたずねた。

「今こっちに来るわ！」ピンクの髪としっぽの人魚が、横から言った。

「人魚って、あまり人前に出てこないんじゃないのか？」コナーがアレックスの顔を見てささやいた。

「ほら、来たわ！」紫の人魚が言った。

海の中を大きな泡がいくつも群《む》れのようになって向かってくると、二人がいる泡の中に入ってきた。二人のまわりをぐるぐるとまわってから、やがてピタリと止まる。するといくつもの泡が、だんだんと人魚の形に変《か》わっていった。

「おはよう、二人とも」聞きほれるような美しい声が、泡の中に響《ひび》いた。

「こんにちは」アレックスは、まるで珍《めずら》しいものを見つけた子犬のように、ちょこんと首をかしげていた。

「やあ」コナーは、うたぐり深そうに顔をしかめてみせた。

「お元気ならなによりです」海の泡の精霊が言った。その間にも、体からはブクブクと泡がわきだし続《つづ》けていた。「人魚たちに、よくお世話をするように言っておいたのです。かわいそうに、二人とも海に落ちて溺《おぼ》れてしまいそうだったのですよ」

アレックスは、汚《きたな》いものを見るような目で兄の顔を見た。「そうだったんですか。あなたが、海の泡の精霊なの？」

「そうよ」精霊が答えた。「でも二人には、人魚姫《にんぎょひめ》という名前のほうがわかりやすいかしら」

アレックスは顔を輝《かがや》かせた。まさか、この〈ランド・オブ・ストーリーズ〉に人魚姫が生きていたとは。

「本物の人魚姫に会えるなんて」アレックスは、すっかり興奮《こうふん》した様子で言った。

「すごいな。物語のあと、どうなっちゃったの？」コナーがたずねた。

「死んじゃったんだとばかり思ってました」アレックスが続けた。

「そういうわけではなかったのです」精霊が答えた。「海の魔女《まじょ》に頼《たの》んで人間の姿に変えてもらった私は、その魔《ま》法《ほう》を永遠《えいえん》のものにするため、王子さまと結婚《けっこん》しなくてはいけませんでした。でもあいにく王子さまはほかの人と結婚してしまったから、私の体は泡になってしまったのです。私はもう体を失《うしな》い、魂《たましい》だけが生きているのですよ」

「なんか不気味《ぶきみ》だなあ」コナーが言った。

「そんな、すごいことじゃない！」アレックスが言った。「いつもあなたの物語を読むと、悲しい気持ちになってしまっていたんです。でも、本当の結末《けつまつ》を知る人はすごく少ないの。多くの人たちは、めでたしめでたしで終わったんだって思っているから」

「そんなものでしょう」精霊はうなずいた。「ところで二人は、なにか私の持ち物を探《さが》しにきたのではないですか？」

「まさか」コナーが言った。

「待って。もしかして、深き海底の短剣のことですか？」アレックスは、おずおずとたずねた。「なんのことかわかるんですか？」

「なんでそれを俺《おれ》たちが探してるの、知ってるの？」コナーが疑《うたが》うような顔で言った。

「普通《ふつう》の存在《そんざい》にはわからないようなことも、私はたくさん知っているのです」精霊が答えた。「とりわけ、水辺《みずべ》で人が言葉にしたり、感じたりしたようなことはね」

「スワン・レイクだ！」アレックスが言った。「スワン・レイクを渡《わた》っていたときに、まだ見つけていない〈願《ねが》いをかなえる呪文《じゅもん》〉のアイテムの話をしてたもの！」

「じゃあ、泡精霊《あわせいれい》さん、いや、元人魚姫さん」コナーが言った。「深き海底《かいてい》の短剣《たんけん》っていうのは、いったいなんのこと？　この世界に来てから、ずっとそいつを解《と》きあかそうとしてるんだよ」

「ご存《ぞん》じのとおり、私は陸《りく》に上がって王子さまと結《むす》ばれたいあまりに魔女に声を差《さ》し出《だ》し、それと引《ひ》き替《か》えに両脚《りょうあし》をもらいました」精霊が言った。「でも王子さまがほかの娘《むすめ》と恋《こい》に落ちてしまうと、私のお姉さまたちが魔女のところに行き、髪とナイフを交換《こうかん》したのです。お姉さまたちは、その短剣で王子さまを殺《ころ》せば私はまた人魚にもどれるのだと話してくれました。でも私にはどうしてもそれができず、こうしてこの姿になったのですよ」

「ナイフだったのね！」アレックスが、ハッとして大声で言った。「深き海底の短剣っていうのは、海の魔女がくれたナイフのことだったんだ！　なんで思いつかなかったんだろう！　短剣なんていうから、もっと大きいものだとばかり思ってた！」

「そのとおりです」精霊がうなずいた。

「待った」コナーが口をはさんだ。「たった一人の男のためだけに、あんな目にあったの？　人魚の男じゃだめだったの？」

「きっとそれこそが、私の物語にこめられた教訓《きょうくん》なのですよ」精霊が言った。

「そして、今そのナイフはどこに？」アレックスがたずねた。

「そんなに昔の話ではありませんが、一人の若者《わかもの》にあげてしまいました。あなたたちと同じ理由で探しに来た若者に」精霊が答えた。「そして約束《やくそく》してもらったのです。目的《もくてき》を果《は》たしたら、ナイフを壊《こわ》してしまうようにと」

「そんなあ……」コナーはそう言うと、両手で頭を押《お》さえて髪をかきむしった。

「じゃあ、もうないんですか？」アレックスは、泣《な》きそうな声を出した。

「ええありません。しかし壊されてもいませんよ」精霊が答えた。「その若者はいつかまた必要《ひつよう》になるかもしれないと考え、約束を守らなかったのです」

「その人、ナイフをどこにやったの？」コナーがたずねた。

「人が二度と見たくないものを隠《かく》しておくところにあります」精霊が答えた。

「トイレに流したってこと？」コナーが言った。

「ちがうわ。秘密《ひみつ》の行商人の話、おぼえてるでしょう？　きっとイバラ穴《あな》に投げこんでしコナーは皮肉っぽく返した。「なんでわざわざ呪《のろ》われた穴の中に捨《す》てたりしなきゃいけないんだ？　ネズミの穴にでも放りこんじまえばいいじゃないか」

「どうやって取りにいけばいいんだろう？」アレックスが首をひねった。「取りに下りて行こうものなら、ツタやイバラの茂《しげ》みに捕《つか》まって引きずりこまれ、永遠に出られなくなっちゃうもの」

「これを持っていないかぎりはね」泡の精霊はそう言うと両手を差し出した。その手には一つずつ、黄金の貝殻がついたネックレスが載《の》っていた。「イバラ穴の底からナイフを取りもどすときには、これを首からさげていなさい。そうすれば呪いの植物も、あなたたちになんの手出しもできなくなるでしょう」

「ありがとう」アレックスはお礼を言った。

泡の立つその手からネックレスを受けとろうと双子《ふたご》が身を乗り出そうとすると、精霊は少し手を引いた。「でもそのかわり、用がすんだら必《かなら》ずやナイフを壊してくれると約束してください」

二人は顔を見合わせてから、こくりとうなずいた。

「もちろん約束します」アレックスが言った。

「問題ないぜ」コナーが答えた。

「本当によかった」精霊はそう言うと、二人にネックレスを手渡《てわた》した。「でも気をつけて。その貝殻も双子なのです。片方《かたほう》が壊れれば、もう片方も壊れてしまう。それを忘《わす》れないで」

「なんでこんなことをして下さるんです?」アレックスはたずねた。

「なぜいつもそんなことを聞くの? 誰《だれ》かが誰かを助けるのに、理由はいらないでしょう?」精霊が聞き返した。

それを聞き、アレックスは警戒心《けいかいしん》をゆるめた。「私たちのいた世界では、人が真心から助け合ったりはしないんです。まったくしないわけじゃないけれど、理由もなくそうすることなんてほとんどない。善良《ぜんりょう》な人を見つけるのは、とても大変《たいへん》なんです」

「そんなに大変だとは思えないけれど。なにせ、今目の前に二人もいるんですから」精霊が言った。「だからこそ私はあなたたちを助けたいと思ったし、だからこそ教えてあげたいことがあるのです。〈願いをかなえる呪文〉を求《もと》めているのは、あなたたちだけではないのだということを」

「知ってるよ」コナーがうなずいた。「悪の女王のことだろ」

「悪の女王がオオカミたちに、私たちを追わせたんです。そうでしょう?」アレックスがたずねた。

「そのとおり」精霊が答えた。「あの人もあなたたちと同じく、本気でナイフを手に入れようと狙《ねら》っています。先に手に入れたいなら、風のように急がなくてはいけませんよ。残《ざん》念《ねん》なことに、〈願いをかなえる呪文〉はあと一回きりしか使えないのですから」

「一回だけ？　どうして？」コナーがたずねた。二人とも頭を殴《なぐ》られたかのように愕然《がくぜん》としていた。なんだか大変なことになってしまった。「つまり、悪の女王に先にナイフを奪《うば》われたらそれっきり、ゲーム・オーバーってこと？」

「言いにくいけれど、そういうことです」精霊が答えた。

二人を取り巻く泡は、もう消えてしまいそうに小さくなっていた。腰《こし》かけている貝殻の、すぐそこまで迫《せま》ってきている。もうそろそろ、地上にもどらなくてはいけないのだ。

「そんなこと、絶対させちゃだめ」アレックスは首を横にふった。「先に手に入れなくちゃ！　今すぐ出発しましょう！」

「行けるところまでは人魚たちに命じて、できるだけ急いで案内《あんない》させましょう。でも地上に出たら、あとは自分たちの足で進まなくてはいけません」精霊が答えた。「どうか無事《ぶじ》でね、二人とも」

泡の精霊は崩《くず》れ去《さ》るように泡となり、姿を消してしまった。人魚たちが泳いでくると、二人が座《すわ》る貝殻に手をかけた。そして二人に待ち受ける次の冒険《ぼうけん》のため、海を泳ぎはじめたのだった。

第19章
イバラ穴《あな》

人魚たちは二人を連《つ》れて海を渡《わた》り、川を上り、〈眠《ねむ》れる王国〉の北部を目指した。アレックスとコナーはイバラ穴《あな》から数キロのところでまた陸《りく》にあがると、〈願《ねが》いをかなえる呪《じゅ》文《もん》〉の最後《さいご》のアイテムを目指して歩きだしたのだった。

「ナイフを手に入れたとして、どうやって〈願いをかなえる呪文〉を使えばいいんだろうな？」コナーがたずねた。

「アイテムを並《なら》べたら、勝手に使えるようになるんじゃないかしら」

「だといいけど」

周囲《しゅうい》に広がる大地は、死にはてたように干《ひ》あがっていた。この〈ランド・オブ・ストーリーズ〉に来てから、一番ぞっとする場所だと二人は感じた。

「おまえはどう思ってるか知らないけど、俺《おれ》はここから出られると思うと楽しみでたまらないよ」

「私《わたし》だってわかるわ」アレックスは、ぼんやりとした様子で言った。「ママに会いたくてたまらないもの」

「ああ……エアコンとテレビが恋《こい》しいよ。ああもう、今すぐにでも帰りたい。それに食べ物だよ……食べ物の話を忘《わす》れちゃだめだ」

「帰ったら、きっと宿題が山ほどたまってるんだろうなあ」アレックスが、からかうように言った。

「それは考えたくない」コナーがいやそうに顔をしかめた。帰ったら、まさか今までたまった分の居残《いのこ》りをまとめてさせられるのではないだろうか。おとぎ話の世界に何週間か閉《と》じこめられていたと言ったら、許《ゆる》してもらえないだろうか。

アレックスには、コナーの気持ちがよくわかった。この〈ランド・オブ・ストーリーズ〉に来てずっと興奮《こうふん》していたが、こうも次々とおそろしい目にあうものだから、自分まで家に帰れるかどうか不安《ふあん》になってきてしまっていたのだ。だが、たとえ目の前に広がっているのがこんなにも荒《あ》れはてた景色《けしき》でも、この世界を離《はな》れることを思うとさびしくてたまらない気持ちになってくるのだった。

「あっちにいたら見られない、すごいものをいくつもここで見たわ」

「確《たし》かにな」コナーがうなずいた。

「それに、ここじゃなきゃ出会えないすばらしい人たちとも出会えた」

「否定《ひてい》できない」コナーがまたうなずいた。

「こっちとあっちを、自由に行き来できたらいいのに。お兄ちゃん、あっちに帰っても本当にちっともこっちが恋しくならないの？」

コナーは考えようともせずに首をぶんぶんと横にふると「ないな」と言いかけたが、ふと考え直して口を閉じた。「いろんなことがあったよな。こんな思い出を持てるのは、俺たちくらいのものだよ。いつか自分の子供《こども》たちにその話をするんだと思うと、わくわくしないか？」

「わくわくするわね」アレックスは答えたが、どうしてもお父さんのことを思い出してしまった。

二人とも自分たちでも気づかないうちに、お父さんが死んでしまったさびしさを、この〈ランド・オブ・ストーリーズ〉になぐさめられていたのだった。お父さんはこの世界からやって来たのだという発見は、この冒険《ぼうけん》で一番大きな意味を持つものだった。

「母さんもおばあちゃんも、きっと必死《ひっし》にあれこれ説明《せつめい》するだろうな」コナーが言った。

「目にうかぶわね。パパ、この世界のどこに住んでたんだろう？」

「そのうちわかるさ」コナーがほほえんだ。「それより、今までここで会った人たちの中に、父さんの顔見知りは誰《だれ》かいたのかな？　それに、ここに家族がいたりしなかったのかな？」

アレックスは歩く足を止めた。目と口をまん丸に開けている。

「もしかしたら私たち、チャーミング王家や白雪姫《しらゆきひめ》の血縁《けつえん》だったりして！」

「じゃなきゃ、鬼《オーガ》とかエルフとか、かっこいい怪物《かいぶつ》の血が六〇分の一くらい入ってたりしてな！」

そんなことを考えると、歩く足どりはずっと速くなった。

ついにイバラ穴に到着《とうちゃく》すると、二人は行き止まりで足を止めた。見るもおそろしい光景《こうけい》が目の前に広がっていたからだ。穴はとてつもなく大きく、とてつもなく深く、地面の高さまでびっちり植物で埋《う》め尽《つ》くされていた。生きているのも、枯《か》れているのもある。つるやイバラが、まるで数えきれないほどのヘビのようにうねうねとうごめいているのだ。この穴は生きている……そして飢《う》えているのだ。古い城《しろ》の廃墟《はいきょ》が、穴のふちに立っていた。わずかな壁《かべ》と、途《と》切《ぎ》れてしまった階段《かいだん》だけを残《のこ》して。

「本当にこんなとこに下りる気？」コナーが妹の顔を見た。

「貝殻《かいがら》のネックレスをつけないと」アレックスがうなずいた。

二人は貝殻のネックレスを首からさげると、ゆっくりと穴のふちに歩みよった。つるとイバラがまるでハエを捕《つか》まえるカエルの舌《した》のように二人めがけて飛《と》んできたが、魔《ま》法《ほう》の貝殻に気づくと飛びのくようにしりぞいた。

「見ろ、ちゃんと効《き》いてるぞ！」コナーが言った。

二人は、穴の中に這《は》いおりはじめた。壁に張《は》りつく枯れたイバラをはしごがわりにして下りていく。少し進むたびにトゲで引っかかれて傷《きず》ができ、そこから血がしたたった。まだ生きているつるとイバラは、二人に道を開けるように遠ざかった。まるで、いつ二人におそいかかろうかと身がまえる、腹《はら》をすかせた大蛇《だいじゃ》のようだ。

アレックスとコナーは、下りられるところまで下りきった。穴の底《そこ》はまるで巨大《きょだい》なゴミ捨《す》て場《ば》のように、ゴミで埋めつくされていた。ひどいにおいがたちこめており、二人とも鼻をおおいながらでないと、とてもナイフ探《さが》しなどできなかった。

「うへえ、これじゃまるで巨大ゴミ箱だよ。ここを探しまわったら、いくつでも秘密《ひみつ》が見つかりそうだぜ」

「なんでここに来たのか、忘れないで」アレックスはそう言うと、とつぜん悲鳴をあげた。

「どうしたんだ？」コナーがたずねた。

アレックスがさけんだのは、骸骨《がいこつ》の手をあやうく踏《ふ》みつけそうになったからだった。

「それ誰だ？」コナーが言った。「それ誰だった、って言うべきかもしれないけど」

「知りたくもないわ」アレックスは、ブルブルとふるえていた。「骸骨なんて、見るの初《はじ》めて」

だが、骸骨はその一つどころか、その後もごろごろ出てきた。一か所にまとまった骸骨も、あちこちにバラバラにちらばった骸骨もある。見つける骸骨は、どんどん古くなり、どんどんボロボロになっていった。アレックスは深呼吸《しんこきゅう》をしながら、こみあげてくる吐《は》き気《け》をこらえ続《つづ》けた。

穴の中には、数えきれないほどのナイフや短剣《たんけん》、そして剣が転がっていた。

「これじゃないかな」コナーが一本を拾いあげて、アレックスにたずねた。

「ううん、それは取っ手が木だもの」アレックスは首を横にふった。

「じゃあこっちは？」コナーが別《べつ》の一本を拾う。

「それもちがう、取っ手が鉄だもの。忘れないで、探してるナイフは海で作られたのよ」

「なるほど、じゃあこんな感じのやつかな？」コナーは妹の言葉にぴったり当てはまるような一本を拾いあげた。

上品にカーブしたサンゴの取っ手には貝殻がちりばめられ、刃《は》はあざやかなシーグラスでできている。

「きっとそれだわ！」アレックスが目をキラキラさせた。「コナー、やった！　ついに〈願いをかなえる呪文〉のアイテムをぜんぶ見つけ出したんだ！」

思いきり兄を抱《だ》きしめると、アレックスは頰《ほお》にキスをした。二人ともうれしさのあまり、思わず泣《な》きだしてしまった。家に帰れるのだ！

「さあ、こんな穴さっさと出ちまおうぜ。いるだけで気分が悪いや」

二人はまた穴の外にもどるため、枯れたイバラをつかんで上りはじめた。

だがようやく残り三分の一ほどのところにさしかかったとき、コナーのネックレスが小《こ》枝《えだ》に引っかかり、切れてしまったのだった。コナーの目の前で貝殻が、まるでスローモーションのように、穴の底へと落ちていく。手を伸《の》ばしても、もう手遅《ておく》れだった。貝殻はどんどん落ちていくと、穴の底にぶつかり砕《くだ》けちってしまったのだ。

アレックスとコナーはその様子を見守ると、二人ともまっ青《さお》な顔をして見つめ合った。

「ヤバい」コナーがつぶやいた。

つるやイバラが、待ちかねたようにざわめきだす。もう貝殻は守ってくれないのだ。二人に向けて、植物がおそいかかってきた。

「早くここから出なきゃ！」アレックスが悲鳴をあげた。二人は、これまでどんなものを上ったときよりも急いで壁を這いあがりはじめた。

二人の指先がようやく穴のふちにとどきかけたその瞬間《しゅんかん》、つるが二人の足をぐるぐる巻《ま》きにして、また穴の中へと引きずりこもうとしはじめた。コナーはナイフを穴のふちに突《つ》き立《た》てた。引っぱられながらも、二人が必死にナイフにしがみつく。つるに殺《ころ》されたあの骸骨と同じ運命をたどるのは、絶対《ぜったい》にごめんだ。

つるはさらに巻きついてくると、猛烈《もうれつ》な力で二人を引っぱった。アレックスもコナーも、もうほとんど全身をつるにおおわれてしまっていた。アレックスの手がナイフを離れ、穴の底へと引きこまれだすのを見て、コナーは妹の手をつかんだ。だが、両方とも握《にぎ》りしめていることなど、とても無理《むり》だ。ナイフの取っ手から、一本ずつ指がはがれていく。

コナーの手がついにナイフを離れ、妹といっしょに穴のふちを離れはじめた。だがその瞬間、コナーは冷《つめ》たく濡《ぬ》れた手が自分の手を握りしめ、二人を穴の外へと引っぱってくれるのを感じた。だが、植物も二人を放さない。猛烈な引っぱり合いになった。アレックスもコナーも、まるで綱《つな》引《ひ》きの綱になったような気分だった。

「この、この！　いまいましいつるめ！」二人に聞《き》き覚《おぼ》えのある、上品な声が聞こえた。

「二人を放さんか！　植物の化《ば》け物《もの》め！」

手が思いきり引っぱるとつるがほとんどちぎれ、アレックスとコナーの体が自由になった。上から引っぱってくれていた誰かが勝利《しょうり》したのだ。

「フロッギーさん！」アレックスはさけぶと、なつかしい友人を思いきり抱きしめた。

「あんただったのか！」コナーもうれしそうにさけんだ。最初《さいしょ》に会ったときには握手《あくしゅ》するのもいやだったというのに、まるで長く離ればなれだった家族のように抱きしめる。

「やあ、コナー、アレックス」フロッギーが言った。二人に抱きしめられ、むしろたじろいだ様子だ。

「命の恩人《おんじん》だわ！」アレックスが言った。

「なんで俺たちがここにいるってわかったの？」コナーがたずねた。

フロッギーは立ちあがるとネクタイをまっすぐに直し、二人を助け起こしてくれた。

「ずっと君たちのことを探しまわっていたんだぞ！　いやはや、二人が本当にあちこち動きまわるものだから、大変《たいへん》だったよ！　ありがたいことに君たちと入れちがいで人魚の入《い》り江《え》をたまたま通りかかってね、そうじゃなければとても見つけられなかったさ！」

「でもすごいわ、フロッギーさん。ついにお家から出られたのね！」アレックスが言った。

「外の世界をこわがらずに！」

「なんでまた、あの穴ぐらから出てこようと思ったのさ？」コナーがたずねた。

「フェアリー・ゴッドマザーが君たちを探しておいでなんだよ」フロッギーが言った。

これを聞いた二人は心の底から驚《おどろ》き、とまどった。

「なんで？　俺たちをどうする気なんだろう？」コナーが首をひねった。

「やだ、きっとガラスの靴《くつ》だわ」アレックスがハッとした。「私が割《わ》っちゃったのを知って、きっと怒《おこ》ってるんだ！」

「ガラスの靴？」フロッギーは、わけを知りたそうに眉《まゆ》をあげた。

アレックスは、おずおずとあたりを見まわした。「ええ、そうなの。あちこち探しまわったのよ」そう言ってバッグを開け、中身をフロッギーに見せる。

「まさか、〈願いをかなえる呪文〉のアイテムをすべて集めたのかい？　こんなに早く？」

フロッギーはたずねた。ほめるべきか驚くべきか、わからないような顔だ。

「そうとも」コナーは地面に突き立てたナイフを引《ひ》き抜《ぬ》いた。「まあ、簡単《かんたん》じゃあなかったけどね」

「ちょうど、最後の一つを手に入れたところなのよ！」アレックスはうれしそうに言った。

「これで家に帰れるわ！」

フロッギーは言葉を失《うしな》っていた。長い間ずっと夢物語《ゆめものがたり》だと思ってきたことを、この二人の子供がなしとげてしまったのだ。

「二人とも、本当にすごいな」フロッギーは言ったが、すぐうれしそうだった顔を不安にくもらせた。「でも、まだ家には帰れないんだよ」

「どうして？」アレックスがたずねた。

「そうだよ。どうしてなの？」コナーも首をひねった。

そもそも、〈願いをかなえる呪文〉の話を最初に聞かせてくれたのはフロッギーだ。なぜ今さら、それではだめだなどと言うのだろう？

「フェアリー・ゴッドマザーに、二人を必《かなら》ず連れていくと約束《やくそく》してしまったんだよ」フロッギーが答えた。「そうすれば、私を人間の姿《すがた》にもどしてくれるとおっしゃるんだ。どうか私といっしょに、あのお方のところに行ってほしい」

二人には、フロッギーの気持ちがよくわかった。本当はそんなことを頼《たの》みたくないと思っているのも、それでもいっしょに行ってくれるよう本気で願っているのも、痛《いた》いほど感じられた。

「フロッギーさん、アイテムを集めるのにどれだけ苦労《くろう》したか、きっと想像《そうぞう》もつかないと思うわ」アレックスが言った。

「家に帰りたいんだよ」コナーが続けた。「今すぐに」

「力になってあげたいのは本当よ」アレックスが言った。「でも、もしフェアリー・ゴッドマザーに、私たちが……なんて言えばいいんだろう……無理やり借《か》りてきたアイテムのどれかを返すように言われたら、どうすればいいの？」

「そんなことになったら、いつまでこの世界にいさせられるか、わかったもんじゃないよ」コナーも続いた。

フロッギーは、ばつが悪そうに足もとを見おろした。「気持ちはわかるとも、子供たち。許してほしい。二人がこんなにも早くアイテムを集めてしまうとは、想像すらしていなかったんだ」そう言って、がっかりした気持ちを隠《かく》すように笑《え》みをうかべてみせる。「じゃあ、〈願いをかなえる呪文〉を使う手助けをさせてくれないか？」

アレックスとコナーは、猛烈な罪悪感《ざいあくかん》にかられて顔を見合わせた。一刻《いっこく》も早く家に帰りたいのは本当だが、フロッギーの頼みを断《ことわ》れるわけがない。なにせ、どんなにお礼を言っても足りないくらい、本当に親切にしてもらったのだ。

「まあ、あと一日くらいここにいたって、どうってことないんじゃないかな」コナーは、妹もきっと同じ気持ちだと思って答えた。

「ここで帰っちゃうのは、恩知らずにもほどがあるものね」アレックスもうなずいた。

「そんなこと、してくれなくてもいいんだよ」フロッギーは首を横にふった。「必要《ひつよう》なものはすべて手に入れたんだ。どうか、私のために残ったりしないでくれ！」

「フロッギーさん、あなたに会えなかったら私たち、まだ〈ドワーフの森〉で迷子《まいご》になっていたはずなのよ」アレックスが言った。

「それに、フェアリー・ゴッドマザーにアイテムをよこせと言われたら、全速力で逃《に》げ出《だ》すさ」コナーがうなずいた。「俺たち、逃げ足はすさまじく速いんだぜ？　フロッギーにも見せてやりたいよ！」

大きなフロッギーの瞳《ひとみ》に、うるうると涙《なみだ》がうかんだ。「二人とも……こんなに優《やさ》しい心の持ち主には、今まで会ったことがないよ」

二人はフロッギーにほほえみかけた。こうして手をさしのべると、〈ランド・オブ・ストーリーズ〉に来てから一番温かな気持ちになった。

「どこに行けばいいの？」アレックスがたずねた。

と、するどい悲鳴がどこからか響《ひび》いてきた。三人とも、聞こえてきたほうにパッと顔を向ける。

「放しなさい！」女の声がした。

「なんだろう？」アレックスが言った。

やがて地面を小さく揺《ゆ》らしながら、馬の足音が近づいてきた。遠くに、見覚《みおぼ》えのあるクリーム色の馬があらわれた。

「ポリッジだ！　ゴルディロックスもいる！」コナーがさけんだ。

ゴルディロックスとポリッジは、イバラ穴めがけて突き進んでいた。それだけではない。赤ずきん女王を引きずっていたのだ！

双子《ふたご》とフロッギーは、信《しん》じがたい光景を前に立ちすくんだ。幻《まぼろし》かなにかでも見ているような気持ちだった。

「おいおい、本当かよ？　それとも俺が幻覚《げんかく》でも見てるのか？」コナーがぽかんと口を開けた。

「今すぐ放しなさいと言っているのですよ！」赤ずきんがさけんだ。大きく何重にも縫《ぬ》われたドレスのおかげでケガこそしていないが、カンカンに怒っている。「こんなことをして捕まったら、私の兵士《へいし》たちにどんな目にあわされるかわかっているの？」

「黙《だま》らないか、いまいましい赤ずきんめ！」ゴルディロックスが怒鳴《どな》り返した。

ポリッジは、双子とフロッギーから少し離れたところで止まった。ゴルディロックスはその背《せ》から飛びおりると赤ずきんを引きずり、三人の前を素通《すどお》りしてイバラ穴に向かった。

ちらりとアレックスたちに目を向ける。

「久《ひさ》しぶりね」ゴルディロックスが言った。

「こんにちは」アレックスが答えた。

「手を貸《か》そうか？」コナーがたずねた。

「心配ないわ」ゴルディロックスは首を横にふった。「ちょっとゴミを捨てに来ただけだから」

「三人とも、ぼんやり突っ立ってないで！　助けてちょうだい！」赤ずきんがさけんだ。

「黙らないか！　バスケット持ちのおろか者が！」ゴルディロックスはそう言うと、さらに穴へと向けて赤ずきんを引きずった。

「なにがあったの?」アレックスはそうたずねると、どちらにどうやって手を貸せばいいのかもわからないまま、コナーとフロッギーといっしょにゴルディロックスを追いかけた。

「この荒《あら》くれ者《もの》が王国の門を壊《こわ》して、馬のまま玉座《ぎょくざ》の間に押《お》し入ってきたかと思うと、私をさらってここまで引きずってきたのです!」赤ずきんがさけんだ。「今度は殺されてしまう!」

「ああ、そのつもりだとも!」ゴルディロックスが言った。

「待ちなさい、なぜ赤ずきん女王を殺そうなどというのだ?」フロッギーがたずねた。

「この女が狂《くる》っているからよ!」ゴルディロックスが答えた。

いよいよ穴のふちに迫《せま》ると、双子は目の前で人殺《ひとごろ》しがおこなわれるのかもしれないと思い、心の底から不安になってきた。

「こんなことをしたら、首吊《くび》りの刑《けい》になるわ!」赤ずきんがさけんだ。

「なんの証拠《しょうこ》も見つかるものか」ゴルディロックスが答えた。「おまえの死体さえ見つかりっこない!」

そして、赤ずきんを無理やり起こすと立たせた。縛《しば》られたままの赤ずきんを、乱暴《らんぼう》に穴のふちへと押していく。

「やめて、お願いだから!」赤ずきんが泣きわめいた。「もうずっと昔のことじゃないの!

まだ小さな子供だったのよ！」

「大人になってずいぶんたつだろう。つぐなう機会《きかい》などいくらでもあったはずだ」ゴルディロックスが答えた。

「私だってあの人を愛《あい》してたのよ！　だからあのときは、ああしなくちゃいけないって思ったのよ！」

「私のものを自分のものにしたくて、がまんできなかったんだろう！」ゴルディロックスが怒鳴った。

最後のひと押しをしようと突き出した手を赤ずきんにかわされ、ゴルディロックスは自分が穴に落ちかけた。赤ずきんは穴のふちにそって、全速力で逃げだした。穴の中ではつるとイバラがうねうねとうごめいていた。どちらか一人が落ちてくると思い、すっかり興奮しているのだ。

「こっちに来い！」ゴルディロックスがさけんだ。

「近よらないで、逃亡犯《とうぼうはん》！」赤ずきんがさけび返した。

追いつ追われつしながらぐるりと穴を一周《しゅう》すると、赤ずきんは城の廃墟に駆《か》けこんだ。ゴルディロックスが剣を抜いて斬《き》りかかる。赤ずきんがギリギリでそれをかわす。

「大変なことになっちゃった！」アレックスは、両手で頬をはさんでさけんだ。

「すげえ！　ゴルディロックスの勝ちに五ドル賭《か》けるぞ！」コナーが言った。

　二人ともなんとかしてやりたかったが、近づけば自分たちがケガをしてしまいそうだった。

「昔は大の仲良《なかよ》しだったじゃない！」赤ずきんは、ひっきりなしにおそいかかってくるゴルディロックスの剣をよけながらさけんだ。

「仲良しの意味を知らないらしいな！」ゴルディロックスは怒鳴った。剣の先は、ますます赤ずきんに迫っていた。

「だいたい、女王になんかなりたくなかったの！　ジャックの気を引きたかっただけなのよ！」赤ずきんが打ちあけた。「あなたとジャックが離ればなれになったのは、あなたがおたずね者だったからよ！　私が個人的《こじんてき》にしたことじゃないのよ！」

「個人的？」ゴルディロックスはそれを聞くと、怒《いか》りを燃《も》えあがらせた。「私の恋人《こいびと》を横取りして、私には罪《つみ》を犯《おか》しながら逃げまわる生活を押しつけておいて、それを個人的にしたことじゃないなんて言うのか！」思いきりふりまわした剣が、廃墟の石壁をごっそりと切りさく。

　逃げ場を失った赤ずきんは、崩《くず》れかけた階段を駆けあがった。ゴルディロックスが追いかけ、赤ずきんを追いつめる。逃げるには、もう穴に飛びこむしか道はない。

「見逃《みのが》してくれたら、無実《むじつ》の罪をぜんぶ晴らしてあげるから！」赤ずきんが泣きそうな声でさけんだ。

「嘘《うそ》をつくな！」ゴルディロックスが怒鳴った。

「お城もあげる！　半分は火事のせいで新しく造《つく》り直《なお》していて、それはみごとなんだから！」赤ずきんが言った。

「おまえの城なんているものか！　私は復讐《ふくしゅう》がしたいんだ！」ゴルディロックスはそう言うと、赤ずきんを階段から突き落とした。

赤ずきんは悲鳴をあげながら、穴めがけて落ちていった。ようやく食事にありつけると思ったつるが、待ちかねたようにおそいかかる。そのとき、どこからともなく一本のロープが飛んでくると、穴に落ちてつるとイバラに飲みこまれようとしている赤ずきんの腰《こし》に巻きついた。

「これは――？」ゴルディロックスが言った。

双子とフロッギーがふり返ると、黒い馬にまたがった女が穴の向こう側《がわ》で、ロープを握りしめているのが見えた。

「狩人《かりゅうど》の娘《むすめ》だ！」コナーはそうさけぶと指さした。

つるに絡《から》まれ穴の底へと引っぱられながら、赤ずきんが悲鳴をあげた。狩人の娘はロープを馬にくくりつけると、馬にムチを入れた。赤ずきんの体が、穴から飛びだしてくる。

「ヤダもう、またなの！」赤ずきんはさけびながら、今度は女狩人の馬に引きずられてどんどん遠ざかっていった。

「あいつめ！」ゴルディロックスは、せっかく手に入れた復讐のチャンスを赤の他人に奪《うば》われると、吐き捨てるように言った。階段を飛びおりると、ポリッジが廃墟のすぐ横に駆けよってきた。

「今の、なんだったんだ？」コナーはとつぜんの騒《さわ》ぎにすっかり唖然《あぜん》としてたずねた。

「わからない」アレックスは首を横にふった。「でも、狩人の娘が関《かか》わってるんだもの。悪い予感がする……」

「あの女は誰なんだ？」ゴルディロックスが言った。

「狩人の娘さ」コナーが言った。「悪の女王のために仕事をしてるんだ」

「悪の女王だと？」ゴルディロックスは、さらに怒りを募《つの》らせてうめいた。

「今すぐ、ここからできるだけ遠くに離れなくちゃ」アレックスが言った。

「こいつはまずい」フロッギーが小さな声で言った。アレックスもコナーも、彼《かれ》がそんなにおびえた顔をするところなど初めて見た。

遠くから、〈大きな悪いオオカミ団《だん》〉がアレックスたちに向けてじりじりと近づいてきていたのだ。オオカミたちはいつになくいらだち、どう猛《もう》に吠《ほ》え立てていた。鼻の穴から吹《ふ》き出す湯気《ゆげ》が目に見えるようだ。やがてオオカミたちは双子とフロッギー、そしてゴルディロックスとポリッジを、すっかり取《と》り囲《かこ》んでしまった。

ゴルディロックスは恐怖《きょうふ》に駆られながら、双子たちを守るように立ちはだかった。いつものゴルディロックスならば、オオカミたちなどそれほどおそれたりはしない。だが腹をすかせていらだったこの群《む》れの目つきを見れば、森で相手にするときのように気楽にいかないのはすぐわかる。

「おまえらにはさんざんな目にあわされたんだ。心臓《しんぞう》をえぐり取ってやらんと割《わり》に合わんぞ！」マーラムクロウは、ぎりぎりと歯を食いしばりながら双子に向けてうなった。「それに今夜はひょっとすると、赤ずきんとゴルディロックスも、牙《きば》にかけることができるかもしれんぞ！」

群れのオオカミたちはそれを聞くと、興奮をおさえきれずに吠え立てた。

「悪いけど、赤ずきんならついさっき行っちまったところだよ」コナーが言った。

「だまされんぞ」マーラムクロウが言った。

「子供と化けガエルを相手に、なにをお望《のぞ》みなんだい？」ゴルディロックスがたずねた。

「そのガキどもは、悪の女王のところに連れ帰らせてもらう」マーラムクロウが言った。

「カエルのほうには興味《きょうみ》などない……。おまえら、やっちまえ！」

フロッギーの顔がうすい緑色に変《か》わった。オオカミたちは大きな口を開けて牙をガチガチと鳴らしながら、フロッギーのほうへ進みはじめた。フロッギーが双子の顔を見た。

「助けを呼《よ》ばなくては」と、ふるえあがった双子に耳打ちする。オオカミが一頭飛びかかってきたが、フロッギーはその二倍も高く宙《ちゅう》に飛びあがってそれをかわした。そして、ひと息にオオカミたちの包囲網《ほういもう》を飛び越《こ》えると、一気に走りだした。遠くに駆けていくフロッギーの後を、何頭かのオオカミが追いかけはじめる。

「フロッギーさん!」アレックスがさけんだ。もう無事《ぶじ》を祈《いの》ることしかできない。

「ポリッジ」ゴルディロックスは、愛馬《あいば》に声をかけた。「おまえはどうか、ここからお逃げ。わかるわね? これは勝ち目がない戦《たたか》いなのよ」

ポリッジは離れたくなさそうな顔でグズグズしていたが、やがてこくりとうなずいた。フロッギーが飛んでいったのと同じほうへと走りだす。一頭のオオカミがそれを見ておそいかかったが、ポリッジはひづめでそれを蹴《け》とばすと、イバラ穴の中に叩《たた》き落としてしまった。オオカミは悲鳴をあげながらつるの海に飲みこまれ、永遠《えいえん》に穴の中へと姿を消したのだった。

残りのオオカミたちは、もう誰も逃がすものかとばかりに身がまえた。

「おまえらは、悪の女王のところに連れ帰る。だがもし逃げようとするなら、もう命はないものと思え」マーラムクロウがうなった。

双子はガタガタとふるえた。ゴルディロックスは二人の肩《かた》に手をかけると、顔をよせてささやいた。「勇気《ゆうき》を出して、二人とも。勇気とは、誰にも決して取りあげることができないものなのよ」

第20章
石の心臓《しんぞう》

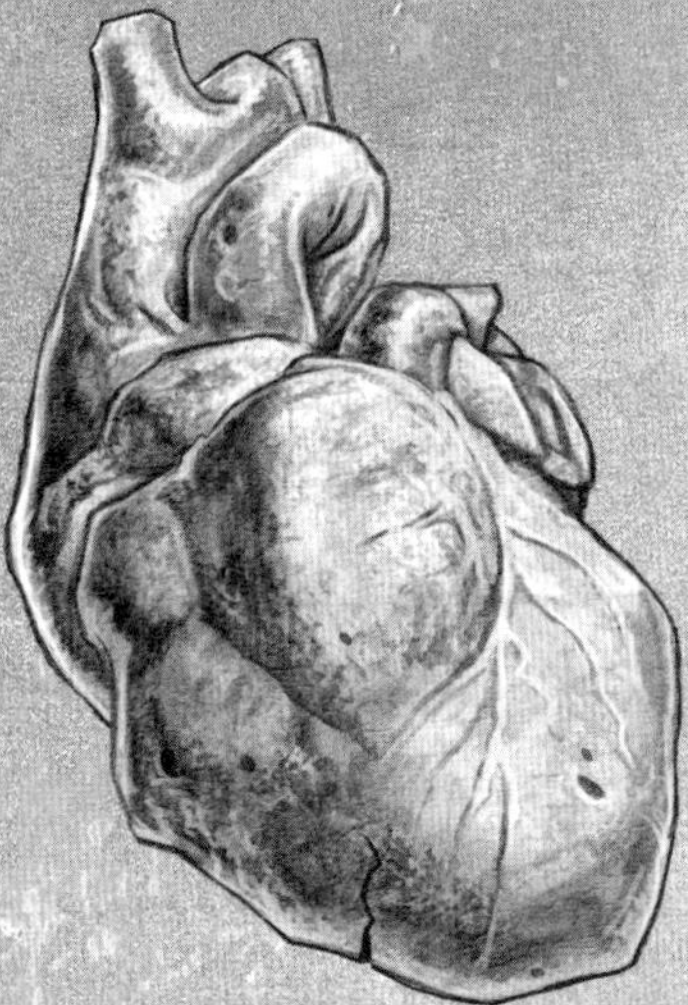

オオカミたちは双子《ふたご》とゴルディロックスを連《つ》れて、枯《か》れ果《は》てた死の大地を進んでいった。なにがあっても足を止めることなく、岩だらけの地面を何時間も歩き続《つづ》けた。オオカミたちは、捕虜《ほりょ》から決して目を離《はな》そうとはしなかった。双子が大きく息をついただけで、うなり声をあげておどしてみせるのだった。

ゴルディロックスの剣《けん》もアレックスのバッグも取りあげられてしまい、〈願《ねが》いをかなえる呪文《じゅもん》〉のアイテムは手元になくなってしまった。アレックスは、一頭のオオカミがくわえた自分のバッグから目を離さなかった。自分と兄にとって必要《ひつよう》なものは、すべてあそこに入っているのだ。二人が家に帰るために必要な道具はすべて目と鼻の先にあるのに、手を伸《の》ばすことすらできないのだった。

アレックスもコナーも、自分たちが頭に来ているのか、それともおびえてしまっているのか、わからなかった。つい何分か前まではもうすぐ家に帰れるはずだったというのに、今はもう自分たちがどこにいて、どこに向かっており、この先生《い》き延《の》びられるかどうかもさっぱりわからないのだ。だが、そんな恐怖《きょうふ》にのまれると、どこからか勇気《ゆうき》がわき起こってくるのだった。自分たちを捕《とら》えているのは、世界でもっともおそれられる悪党《あくとう》たちなのだ。これ以上《いじょう》、事態《じたい》が悪くなりようなどないではないか。

二人とも、ゴルディロックスならば国じゅういたるところを旅してまわっているはずだと思っていたが、彼女《かのじょ》もこのあたりの景色《けしき》には見おぼえがないようだった。双子と同じように、周囲《しゅうい》をキョロキョロと見まわしていたのだ。〈眠《ねむ》れる王国〉のほかのところとは、まったくちがう景色だった。このあたりの景色は、眠っているのとはちがう。殺《ころ》されたようにしか見えないのだ。

やがて、遠くにボロボロの城《しろ》が見えてきた。石造《いしづく》りだが、風で倒《たお》れそうなほどに弱々しい城に見えた。いちいち聞かなくてもアレックスとコナーには、そこがオオカミたちの目的地《てきち》であり、悪の女王がいるところなのだとわかった。

城の前《まえ》で足を止めると、マーラムクロウは吠《ほ》えた。ガタガタと音を立てながら跳《は》ね橋《ばし》が下りてくる。動物の毛皮を何枚《なんまい》か重ね着した、背《せ》の高い白髪《しらが》のまじった茶色いひげの男がオオカミたちを出迎《でむか》えた。

「女王さまは、その双子をお待ちだよ」狩人《かりゅうど》が言った。

オオカミたちは双子とゴルディロックスを引き連れて、跳ね橋を渡《わた》った。アレックスもコナーも、城に足を踏《ふ》み入《い》れた瞬間《しゅんかん》、もう引き返したくなってきた。積《つ》もったほこりもそこかしこに張《は》ったクモの巣《す》も、不気味《ぶきみ》でたまらない。

狩人は双子の背中《せなか》を無理《むり》やり押《お》すと、石造りの廊下《ろうか》を進み、両開きの大きな扉《とびら》を抜《ぬ》け、細長い大広間に出た。大広間には椅子《いす》がいくつかと小さなテーブルがぽつんと置《お》いてあるだけだった。

赤ずきんは白いスカーフでさるぐつわをかまされ、椅子に縛《しば》りつけられていた。赤く泣《な》きはらした目をしている。アレックスとコナーの姿《すがた》を見つけると、捕《つか》まったのは自分一人ではなかったのだと安心した様子を見せたが、すぐ後ろにゴルディロックスとオオカミたちがいるのに気づくと取《と》り乱《みだ》した。

女狩人がその横に立ち、椅子から逃《のが》れようと身もだえする赤ずきんをしっかりと見張《みは》っていた。

大広間の中央には金と黒、二枚《まい》の大きな鏡《かがみ》が置かれており、フードをかぶった女が一人、鏡に向けて立っていた。身動き一つせず、じっと黙《だま》ったままそうしていた。

「座《すわ》らせなさい」女は、ふり返りもせずに言った。あれが悪の女王にちがいないと、アレックスとコナーはすぐに感じた。今まで生きてきて、こんなに緊張《きんちょう》したことはない。

狩人と女狩人は双子とゴルディロックスを無理《むり》やり椅子に座らせると、体も手足も縄《なわ》で縛りつけた。

「ほどけ!」ゴルディロックスは、三重結《むす》びに縄を縛る女狩人をにらみつけた。「人の獲《え》物《もの》を横取りするのは悪いことだと、誰《だれ》にも教わらなかったのか?」

赤ずきんが甲高《かんだか》い声でなにやら悲鳴をあげた。きっと「こんなのひどいわよ!」とでも言ったのだろうが、双子はこれを聞くとようやく、赤ずきんがさるぐつわをされた理由に納得《なっとく》した。

「例《れい》の双子をおまけつきで連れてきたぞ、女王陛下《へいか》」マーラムクロウは、わざとらしくおどけた様子で、うやうやしく頭をさげた。彼《かれ》と女王の間の空気が、ピリピリと張りつめる。

「誰か取り逃《とに》がした者は?」悪の女王がたずねた。

「化けものガエルが一匹《ぴき》に、馬が一頭」マーラムクロウが、いまいましげに言った。

「では、できるだけ急いだほうがいいわね」悪の女王が言った。「アイテムをテーブルの上にお並《なら》べ」

狩人はオオカミがくわえたアレックスのバッグを取ると、双子の眼《め》の前のテーブル上に置いた。悪の女王が自分で集めたぶんも、そこに置かれていた。金の髪《かみ》の毛《け》が一本、赤ずきんのバスケットの破片《はへん》、そしてガラスの靴《くつ》のかたわれだ。

「約束《やくそく》は約束だ!」マーラムクロウが言った。「双子を連れてきてやったんだ。赤ずきんをよこせ!」

赤ずきんは泣きそうな声を出すと、さるぐつわの奥《おく》からもごもごとなにか言った。「なんでこんな目にあわなきゃいけないの!」とでも言ったのだろう。

「子供《こども》たちの用事がすんだらすぐにあげるわ」悪の女王が言った。「さあ、しばらく外で待ってなさい」

「おい、約束したはずだぞ!」マーラムクロウが怒鳴《どな》ると、群《む》れのオオカミたちが背後《はいご》に集まってきた。

「外で待ってなさいと言ったのが、聞こえなかったの?」悪の女王は、有無《うむ》を言わさぬ声で言った。あまりの威圧感《いあつ》に、アレックスとコナーもその声を聞いただけで涙《なみだ》がこみあげてくるのを感じた。「私《わたし》の用がすんだら、赤ずきんもゴルディロックスも、この双子もやるって言ってるのよ」

オオカミたちは腹《はら》を立てながらも大広間を後にすると、城の外で待った。

「その中身を出しなさい」悪の女王が命じた。

狩人は言われたとおり、バッグの中身を取り出していった。双子が手に入れたアイテムを一つひとつ、テーブルに並べていく。髪の毛、ガラスの靴、バスケットの破片、石の冠《かんむり》、妖精《ようせい》の涙を入れた小瓶《こびん》、スピンドル、宝石《ほうせき》、そしてナイフ……。

「それは俺《おれ》たちのだぞ！」コナーは縛られたまま暴《あば》れた。「なんで〈願いをかなえる呪文〉が必要なのさ？　自分だって魔《ま》法《ほう》を使えるんだろう？」

「私には、相手をおどす力しかないのよ」悪の女王はそう言うと、鏡から双子のほうをふり向いた。

その姿は、アレックスとコナーが想像《そうぞう》していたようなおそろしい姿ではなかった。確《たし》かに白雪姫《しらゆきひめ》の宮殿《きゆうでん》に飾《かざ》られていた肖像画《しょうぞうが》にそっくりではあるが、時の流れと疲《つか》れとで、すっかりおとろえてしまっていたのだった。きれいな顔立ちではあったが、そこには長い時と苦難《くなん》が確かに刻《きざ》まれていた。黒々としてうつろな瞳《ひとみ》。まるで魂《たましい》の底《そこ》まで空虚《くうきよ》で冷《ひ》えきっているかのようだった。

悪の女王はテーブルに歩みよると、〈願いをかなえる呪文〉のアイテムをながめまわした。妖精の涙を入れた小瓶を手に取り、じっとのぞきこむ。

「この涙がテーブルに落ちれば、もう〈願いをかなえる呪文〉は私のもの」女王が言った。

さんざん苦労《くろう》して手に入れたアイテムが横取りされそうになっているのを見て、コナーの胸《むね》に怒《いか》りの炎《ほのお》が燃《も》えあがった。せっかく家に帰れるというのに、邪魔《じゃま》されるなどとても許《ゆる》せない。自分たちに〈願いをかなえる呪文〉が使えないのなら、悪の女王にだって使わせるものか。

コナーは全身の力をこめてロープをふりほどこうとがんばった。苦痛《くつう》に顔をゆがめながら、ようやく片足《かたあし》だけが自由になる。コナーは思いきり足をふりあげると、女王の手から小瓶を蹴《け》りとばした。

小瓶が大広間を飛《と》んでいく。女王は、遠ざかっていく小瓶を目で追った。

「落とすな！」悪の女王がさけんだ。

狩人は全速力で駆《か》けだすと、小瓶を捕まえようと両手を伸ばしながら飛びついた。だが小瓶はその指先をかすめてほこりまみれの床《ゆか》に落ち、砕《くだ》けちってしまった。涙が石の床に流れだし、消える。

悪の女王はほとんど表情《ひょうじょう》を変《か》えずにコナーをにらみつけた。だがピクリと動いたその顔を見れば、猛烈《もうれつ》に怒《おこ》っているのがコナーにもわかった。

「バカな子供だこと」悪の女王はコナーの顔を手の甲《こう》でひっぱたいた。コナーの全身が揺《ゆ》れる。

「コナー！」アレックスがさけんだ。

「大丈夫《だいじょうぶ》だ」コナーは顔をあげ、悪の女王をまっすぐに見つめた。なぐられた頬《ほお》がはれあがっている。

「妖精の涙を取ってくるのに、どのくらい時間がかかる？」悪の女王が言った。

「一日では足りません、陛下」狩人は立ちあがりながら答えた。「私どもが捕まえた妖精は、涙を流させようとしてもさけぶばかりで決して流しませんでした。今娘《むすめ》を出発させたなら、二日後の夜明けにはもどってこられるでしょう」

「そんなにのんびりしている時間はないわ」悪の女王は、静《しず》かにつぶやいた。さっとふり向き、二枚の鏡をのぞきこむ。「鏡よ鏡よ魔法の鏡よ、この広間に軍隊《ぐんたい》がやってくるまで何日かかるの？」

たちまち鏡がくもりだし、鏡面《きょうめん》にぽたぽたと水滴《すいてき》がしたたった。

「コナー、あれは魔法の鏡だわ！」アレックスが小声で言った。

黒々とした人影《ひとかげ》が、鏡の中にあらわれた。低《ひく》いしわがれ声が大広間に響《ひび》きわたる。

「我《わ》が王妃《おうひ》は何週間も、この城に隠《かく》れておいでだ。

だが、人の言葉を話すカエルに率《ひき》いられ、軍隊がやってくる。

攻撃《こうげき》の用意を整えた軍隊が、急ぎ足でやってくる。

クリーム色の馬が一頭、ジャックという名の男が一人、それに加《くわ》わって」


「ジャック?」ゴルディロックスが言った。

「ジャック!」赤ずきんが言った(ように聞こえた)。

「軍隊が来るんだ!」アレックスは、コナーに耳打ちした。「フロッギーさんが無事《ぶじ》について、助けを呼《よ》んでくれたんだわ!」

「きっと私の兵士《へいし》たちが来るのね」と、赤ずきんがもごもご言った。「私を助け、あなたたちを皆殺《みなごろ》しにするためにね……とくにあなたを!」そう言って、ゴルディロックスを見くだしたようににらむ。

悪の女王は魔法の鏡から真実の鏡へと視線《しせん》を移《うつ》すと、そこにうつりこんだアレックスの姿を見つめた。まるで我《われ》を忘《わす》れたかのように、ひたすら見つめ続けた。双子が城に連れて来られてから、そんなにも悪の女王が感情《かんじょう》をあらわにしたのは初《はじ》めてだった。

「女王陛下、我々《われわれ》はどうすれば?」狩人がたずねた。悪の女王は答えようともせず、食い入るようにアレックスに視線を注ぎ続けた。

「あいつ、なんでおまえのことを見てるんだ?」コナーがたずねた。

「なんでだろう……」アレックスはふるえる声で答えた。悪の女王が小さな娘などに目もくれないのは、誰でも知っている。アレックスは、もしかしたら次は自分が毒《どく》りんごを食べさせられるのではないかと思い、おそろしくなった。

「女王陛下、どうかご命令《めいれい》を」狩人が言った。「軍隊が来るのであれば、逃げなくてはいけません！」

「逃げるものか」悪の女王が言った。「連中《れんちゅう》が来る前に終わらせるわ。さあ、この子供たちと私のほかは、出ていってちょうだい。全員、地下牢《ちかろう》に連れていきなさい」

狩人はためらったが、すぐに女狩人といっしょに赤ずきんとゴルディロックスの縄を少し解《と》いて椅子から立たせると、ドアのほうに押しやった。

「気をつけろ、この老《お》いぼれめ」ゴルディロックスが言った。

「牢《ろう》は独房《どくぼう》なのでしょう？」赤ずきんが、情《なさ》けない声をだした。「この女といっしょのところには入れないで！　オオカミの群れに放りこまれるようなものよ！」

大きな音をたててドアが閉《し》まった。アレックスとコナーは、悪の女王といっしょに大広間に取《と》り残《のこ》された。

「おい、アレックス」コナーは妹にささやいた。「安っぽいのは嫌《きら》いなんだけどさ……。もしどんなことになっても、おまえのことは超大事《ちょうだいじ》だと思ってるからな。おまえは俺にとって世界一の妹だし、ここ何日間かのできごとは、ほんとに人生最高《さいこう》だったよ」

「やめてよ、コナー」アレックスは、必死《ひっし》に涙をこらえながら答えた。「これで最後《さいご》みたいじゃない！　そんなこと言わないで！　きっと大丈夫だから……。軍隊が助けに来てくれるのよ。絶対《ぜったい》に助かる……」話しながら、兄と自分のどちらに言い聞かせているのかわからなくなってきた。「絶対に助かる」

「かわいそうだけれど、誰にも助けることなんてできやしないわ」悪の女王が言った。

「じゃあ、もう殺してしまう気なの？」アレックスがたずねた。

悪の女王はじっと黙ったまま、眉《まゆ》一つ動かさなかった。

「なんでこんな目にあわせるんだ？」コナーが言った。「なんでそんなに悪どいんだよ？」

「やれやれ」悪の女王が答えた。「では、古い問題を出すとしよう。なにが人を作ると思うね？　ぜひともこの私に聞かせておくれ、子供たち。なにがおまえたちを、悪ではなくしているんだい？」

二人には、質問《しつもん》の意味がよくわからなかった。女王はきっと心のかけひきをしかけているにちがいなかったが、二人は誇《ほこ》り高《たか》く正直に答えた。

「それは正しく育てられたからよ」アレックスが言った。「どうすればいい大人になれるかを教えてくれる、最高の両親がいたんだもの。それに、いい心の持ち主にこそいいできごとが起こるんだって、私たちは信《しん》じてるわ」

「ということは、環境《かんきょう》のおかげでいい人間になれたというわけだね？　それはすばらしい」悪の女王が言った。「両親がいたと言ったが、二人はどうしたんだい？」

大切な両親のことを悪の女王などに聞かれ、アレックスもコナーもいやな気分になった。

「父さんは死んだ」コナーが言った。「おまえになんか関係《かんけい》ない！」

「父親は、いい人間だったのかい？　いい心の持ち主だったのかい？」

「最高にいい心のね」コナーが答えた。

「なるほど。じゃあ、おまえたちの父親はまちがっていたということになる。そうだろう？　いい心の持ち主が、そんな悲劇《ひげき》に見舞《みま》われるなんておかしな話じゃないか。おまえたちは、きっと嘘《うそ》を教えられていたんだよ」

「まったく、いったいいなにが狙《ねら》いなんだよ？」

「私にも、かつては両親がいた。そして、同じような嘘を教えられたんだ」

二人が顔を見合わせる。悪の女王はその二人のまなざしに、驚《おどろ》きがうかんでいるのを見《み》逃《のが》さなかった。

「さぞかし驚いたろうねえ。私みたいな者にも両親がいて、人生があって、誰かと愛《あい》し合ったなんて聞いたら……」悪の女王はそう言うと、じっと物思いにふけった。

「ちゃんとした両親がいたなら、誰があんたをそんなにねじ曲げちゃったんだ？」コナーが言った。「それとも、生まれつきそんなだったのかい？」

悪の女王の視線が床に落ちた。「おまえたちと同じように、私がこんな私になってしまったのは生まれ育った環境のせいなんだよ」

女王はまた双子に背を向けると鏡のほうを向いた。

「今から二人に、めったに語られることがない物語を聞かせてあげよう」悪の女王が言った。

「おとぎ話なら、たぶんほとんど聞いたことあるはずだわ」アレックスが言った。

「いや、この話は知らないだろう」悪の女王が首を横にふった。「私の話なのだから」

アレックスとコナーは、びくびくしながら顔を見合わせた。黙って物語を聞くべきなのだろうか？

「むかしむかし、あるところに一人の女魔法使《まほうつか》いがいた」悪の女王が話しだした。「それまでに生まれたどんな妖精とも、どんな魔女《まじょ》ともちがって、この魔法使いは誰の役にたとうともせず、とにかく欲望《よくぼう》に身をまかせて暮《く》らしていた。人を傷《きず》つけてもまったく気にせず、ほしいものはどんなものであれ、なんでも手に入れた。

私が生まれる何年も前のこと、女魔法使いは世界を手に入れたいと願うと、一つずつ王国を征服《せいふく》していくことに決めた。征服とはいっても当時は今ほど王国の数もなかったし、眠れる美女の王国に呪《のろ》いをかけてしまった後となっては、なおさらだった。

ある冬の真夜中のこと、ドアを叩《たた》く音に二人の村人が気づいて出てみると、ガタガタとふるえながら戸口に一人の若《わか》い娘が立っていた。子供を身ごもっており、走り続けたせいでクタクタだった。どうもなにかから逃げてきたようなのだが、なにしろその場で産気《さんけ》づいてしまったものだから、村人たちにはなにもたずねることなどできなかった。その夜、娘は赤《あか》ん坊《ぼう》を産《う》み落《お》とすと死んでしまった。なにからなにまで謎《なぞ》に包《つつ》まれていたが、村人たちはこの子供を引き取って育てることにした。この女の赤ん坊は、エヴリィと名づけられた」

「エヴリィ？」アレックスは、思わず目を丸くした。しかし悪の女王はそれを無視《むし》すると、物語の先を続けた。

「やがてエヴリィは、美しい娘に成長《せいちょう》した。気立てのいい娘で、村人たちみなから愛された。同い年のミラという少年は、とくにこの娘のことが大好《だいす》きだった。

ミラは詩人で、よくエヴリィを村から少し離れた湖に連れ出しては、詩を暗唱《あんしょう》して聞かせてやった。エヴリィは詩があまりうまくはなかったが、どうにかミラの気を引こうと自分の詩を読んで聞かせた。『ミラ、ミラ、この湖のほとりで、私の心はあなたのもの』なんて言ったものさ。二人はいっしょに笑《わら》い合い、いつも日暮《ひぐ》れまで抱《だ》き合って過《す》ごしたものだった。二人とも深く互《たが》いを愛し合うようになり、やがて結婚《けっこん》の約束をした。

だが結婚式《けっこんしき》の夜、女魔法使いがエヴリィのところにやってくると、エヴリィと母親は自分のものなのだと言いだした。

そして育ての両親を殺してしまうと、エヴリィを連れて北に向かい、今私たちがいるこの城へとやって来た。そしてエヴリィは大勢《おおぜい》の奴隷《どれい》の一人にされたのだった。この新入りについて、女魔法使いには壮大《そうだい》な計画があった。しっかりと教育して〈ノーザン王国〉の未来《みらい》の王、ホワイト王子の花嫁《はなよめ》にし、自分が王国をあやつろうとしていたんだ。だが、もちろんエヴリィは断《ことわ》った。なにせ、心はもう一人の男のものだったのだから。

ミラは何年もかけてエヴリィを探《さが》し続け、ようやく見つけた。二人は手紙を書くと、エヴリィが閉《と》じこめられた独房の鉄格子《てつごうし》ごしに、それを交換《こうかん》しあった。魔法使いは、すぐさまその手紙に気づいた。だが、なにせかしこい魔法使いだ。ミラを殺してしまえばエヴリィが悲しみにうちひしがれ、使いものにならなくなってしまうのを知っていた。そこで殺すかわりに、ミラを魔法の鏡の中に閉じこめてしまったんだ。永遠《えいえん》にね。エヴリィは悲しみに暮れた」

「あなたがエヴリィなのね！」アレックスが言った。

「てことは、魔法の鏡の中にいるのは婚約者《こんやくしゃ》なのか？」コナーがたずねた。

「そのとおり。私は〈ノーザン王国〉の悪の女王、エヴリィになった。どうだい、話の印《いん》象《しょう》がずいぶんちがうだろう？　人は、誰かを責《せ》めようと思ったらあることないことつけたすものだからね」

「女王になったのは、そういうなりゆきだったのね」アレックスが言った。

「まだ終わりじゃない」悪の女王は、厳《きび》しい声で言った。「ミラが鏡に囚《とら》われてしまってからも、私は魔法使いの言いなりになるまいと思い続けていた。だが、魔法使いの信用《しんよう》を手に入れて弟子《でし》になったと思いこませるため、とにかく言いなりになったふりをしていた。魔法使いはこの城の中に、薬品がぎっしりしまわれた薬部屋を持っていた。私は毎日延々《えんえん》とその部屋で薬の山に埋《う》もれながら、使いかたを片《かた》っ端《ぱし》からおぼえていった。

そして、それはそれは強い猛毒《もうどく》を作り出した。窓《まど》の外に三つもしずくを落とせば、はるか遠くまで木も花も枯れてしまうような猛毒さ。それさえあれば魔法使いを殺せると思った。そして、そのとおりになった。この毒薬《どくやく》のおかげで、魔法使いはすっかり病気になってしまったんだ。魔法の力を失《うしな》ったあの女はこの城から逃げ出すと、どうすることもできないままどこかそのへんの森で死んでしまった。

私は城に囚われていた奴隷たちを自由にしてやった。狩人は、その奴隷たちの一人だったんだ。だが、たった一人だけ……ミラだけは助けられなかった。ミラは鏡に閉じこめられたまま、どうしても出ることができなかった。

私は何年も何年もあちこちの王国をまわりながら、魔女や妖精に話を聞いてまわったが、鏡に囚われた者を出してやる方法《ほうほう》は、誰にもわからなかった。とにかく強力な呪いだったんだ。くる日もくる日も最愛《さいあい》の人と鏡ごしに会い、手を触《ふ》れることもキスをすることもできないのは、とても耐《た》えがたかった。うちひしがれたなんてものじゃない。胸の痛《いた》みのあまり、息すらできないほどだった。なにもせずにいたら、きっと心臓《しんぞう》が止まってしまうと思った。

やがて、〈ドワーフの森〉に住むハガサという魔女の話を聞くと、私は助けを求《もと》めに行った。ハガサは私の話を聞くと、ほかの連中と同じく手のほどこしようがないと言ったが、私の胸の痛みは助けてくれた。この胸から心臓を取り出し、石に変えてくれたのさ」悪の女王が言った。

「うへえ」コナーがうめいた。

悪の女王は、鏡のとなりに置いた椅子に歩みよった。椅子には、人の心臓の形をした石が置かれていた。その正体に気づいたアレックスは、思わず息をのんだ。

「この石に触れているときだけは、胸の痛みや、苦しみや、感情を感じることが私にもできるのよ」

そして石を手にとると、ギュッと握《にぎ》りしめた。そうすると、真実の鏡にうつる女王の姿が変化《へんか》した。鏡には、悪の女王のかつての姿……若く美しい乙女《おとめ》、エヴリィの姿がうつしだされたのだ。

彼女が石の心臓を椅子にもどすと、鏡にはまたしてもフードをかぶった冷酷《れいこく》な女王の姿がうつった。

「じゃあ、あなたには本当に心がないのね」アレックスが言った。

「だったら、なんで女王になんてなったんだ？」コナーがたずねた。

「そうして国を治《おさ》める力を手に入れれば、ミラを助け出す方法が見つかると思ったからよ」悪の女王が言った。「ホワイト王子は国王となり、すぐに結婚した。そしてまもなく、第一子が生まれるという発表がおこなわれた。私は、世継《よつ》ぎが生まれる前に行動に出ることに決めた。

ほれ薬を飲ませると、国王はすぐさま私に夢中《むちゅう》になった。ここまでは簡単《かんたん》だったが、子を身ごもった妻《つま》を追《お》い払《はら》うのは難《むずか》しかった。そこで王妃が使う縫《ぬ》い針《ばり》に毒をぬり、指を刺《さ》すのを待ったんだ。ある寒い夜、生まれてくる子供のために毛布《もうふ》を作っていた彼女が破水《はすい》したことがあった。王妃はショックのあまり、うっかり指を刺してしまった。そして命を落としてしまったのだが、メイドたちは必死に赤ん坊を救《すく》い、白雪姫がこの世に生まれ落ちた。

数か月後、私は国王と結婚したが、国王は何か月かすると死んでしまった。私は、ミラを助け出すために手を尽《つ》くし続けた。だが悲しいことに、あまりにも長く鏡に囚われていたせいで、ミラはもうミラでなくなりはじめていた。心も記憶《きおく》も、姿までも、すっかり色あせてしまっていた。若いころに詩を語ってくれたように、詩でしかものを語れなくなってしまった。千里眼《せんりがん》のように遠くまで世のできごとを見通すことができても、もう自分の名前も思い出せはしなかった。もう人間ですらなく、鏡にうつる影《かげ》にしかすぎなかった。心臓が石になってしまっていなかったなら、人生をかけて愛した男が私のことをゆっくりと忘れていくのを見て、私は死を選《えら》んでいたにちがいない。

私も年をとり、ミラはもう私を見てもわからなくなっていった。私は国じゅうの美容師《びようし》という美容師を宮殿に呼びよせると、わずかに残された若さを失うまいとして、ありとあらゆる手を尽くさせた。私がそんなことにかまけているとうわさが流れると、人々は私のことを、うぬぼれている、美に取りつかれているといってとがめたてた。

私が年をとれば、白雪姫も年をとり、日に日に美しくなっていった。そして母のようになることを私に望《のぞ》んだのだけれど、私にはそんなつもりなどさらさらなかった。あの子はよく私の部屋に来ては、美容術《びようじゅつ》をほどこされている私を何時間でもながめていたものだよ。

ある日のこと、白雪姫は私の留守《るす》にこっそり部屋にやって来ると、鏡の中にいるミラを見つけてしまった。しかし、私の若いころに本当によく似《に》た白雪姫を見て、ミラがすっかり私にちがいないと思いこんでしまったんだ。それから何か月もの間、ミラはずっと白雪姫のことばかり話したがった。『わが女王は美しくも、白雪姫は汝《なんじ》よりさらに美しい』などと言ってね。そうして、私に抱《いだ》いていたはずの愛情《あいじょう》を、すべてあの子へと注ぎはじめてしまったんだ。

私は白雪姫に死んでほしかった。そして、森に連れ出し殺してしまうよう狩人に命じた。あの子は逃げだしたけれど、私は何度もこの手で殺してしまおうとした。殺せばミラがもどってくるはずだと信じていたのだけれど、もう手遅《ておく》れだった。ミラはもう、とっくにいなかった。今そこにいるような影に、すっかり変わりはててしまっていた。

私は、はるか昔にこの手から奪《うば》われてしまったものを取りもどそうと、人生のすべてを費《つい》やしてきた。しかし、どうしてもかなわなかった。私は永遠に、かよわく無垢《むく》な白雪姫王女を殺そうとした邪悪《じゃあく》な女王としてしか、記憶されないだろう」悪の女王が言った。

「でも、己《おのれ》の人生よりも深く愛した相手とふたたび会えると思えば、誰だって地のはてまででも行くものだろう？　そんな苦痛から解放《かいほう》されると思えば、胸を引きさき心臓くらい抜き取るものじゃないのかい？」

アレックスの頬を、どうしようもなく涙がつたい落ちた。お父さんが死んでしまってから、こんな痛みなど消えてくれればいいのにと何度願ったことだろう？　消えてくれるのならば、心臓を石に変えても惜《お》しくないと思ったかもしれない。どうしても自分と悪の女王の姿が重なってしまい、アレックスは落ちつかなかった。

「確かに私はたくさんひどいことをしてきたけれど、同じくらいひどいことをされてきたんだ」悪の女王が言った。「だから私は心から思っているんだよ、世界も私もお互いさまなんだってね」

「でもあなたじゃなかったんでしょう！　だって自分でもわかっていなかったはずだもの！　もし心臓が胸の中にあったなら……心があったなら、人々にあんなひどいことなんて絶対にしなかったはず！　あなたはまだ、エヴリィなんだもの！」

「この話を聞いたら、みんな今みたいな誤解《ごかい》はしなくなるはずだろ！」コナーが言った。「世の人々というものは、真実よりも自分の都合でものを考えるんだよ。理解《りかい》することよりも、憎《にく》み、責め、びくびくとおそれるほうがずっと簡単なんだ。誰も真実なんて求めちゃいない。連中は、楽しみたいだけなんだよ」

悪の女王はふり向くと、アレックスの頬を流れる涙に気がついた。アレックスに歩みより、その涙をひとつぶ指先に載《の》せる。そして、さっき妖精の涙を見つめたように、アレックスの涙のつぶをじっと見た。

「こんな悲しい話を聞くと、あなたみたいな女の子はみんな同じ顔をするのねえ」悪の女王はそう言うと、テーブルに並べられた〈願いをかなえる呪文〉のアイテムに、アレックスの涙をパッとふりかけた。

とつぜんすべてのアイテムが輝《かがや》きだしたかと思うと、黄金の光がその上にぐるぐると渦《うず》を巻《ま》きはじめた。悪の女王が〈願いをかなえる呪文〉を発動させたのだ。

第21章

鏡《かがみ》

「なんで！」アレックスが悲鳴《ひめい》をあげた。取《と》り乱《みだ》し、手がふるえる。「だって、そうでしょう！　妖精《ようせい》の涙《なみだ》がなくちゃ使えないはずなのに！」

「止めないと！」コナーがさけんだ。「今すぐやめさせるんだ！〈願《ねが》いをかなえる呪文《じゅもん》〉を使われちまう！」

二人は縄《なわ》をふりほどこうと必死《ひっし》に身をよじったが、どうしようもなかった。もう手遅《ておく》れだった。光はアイテムの上を離《はな》れ、悪の女王を取《と》り巻《ま》きはじめていたのだった。

「やめろ！」

「お願い、やめて！」

悪の女王は深々と息を吸《す》いこんだ。「〈願いをかなえる呪文〉よ。鏡《かがみ》に閉《と》じこめられた男を外に出しておくれ」

光が、まるで稲妻《いなずま》のように鏡に向かい飛《と》んでいった。光は鏡をすっかり飲みこむと、しばらくしてゆっくりと消えていった。鏡にはめこまれたガラスは、まるで暖《あたた》かな日の雪のように溶《と》けていった。鏡はまるで、とても暗い部屋へと続《つづ》く戸口のようになっていた。

アレックスとコナーは、いやな予感を胸《むね》にじっと待っていた。悪の女王はおそるおそる鏡に近づいていったが、なにも起こらなかった。さらに近づいてみる。アレックスたちは鏡のすぐ前にまで近づく女王を見て、中に入ってみるつもりではないかと思った。

「ミラ？」悪の女王が呼《よ》びかけた。

するといきなり、男が一人鏡から転がり出てきて床《ゆか》に倒《たお》れた。まぶたを閉じ、荒《あら》い呼《こ》吸《きゅう》をくり返している。顔色は蒼白《そうはく》で、体が麻痺《まひ》してしまっているかのように見えた。まるで、たったいま昏睡状態《こんすいじょうたい》から目覚《めざ》めたばかりのようだ。

双子《ふたご》が見るかぎり、男にはこれといった特徴《とくちょう》がなに一つ見当たらなかった。あまりにも人々の姿《すがた》をうつしてきたせいで、自分自身をすっかり失《うしな》ってしまったのだ。

「ここはいったい……?」ぜえぜえと息をしながら男が言った。ようやく片目《かため》を開いたが、まだ両目を開けるほどには力がもどらないらしい。

悪の女王が石の心臓《しんぞう》を手にとると、心を取りもどして顔つきも体つきも変化《へんか》していった。一瞬前《いっしゅんまえ》までとは別《べつ》の人間に……そう、人間になっていた。

「ミラ、私《わたし》よ、エヴリィよ。あなたはもう自由なの!」悪の女王が石を手に持つと、声色《こわいろ》までが変化した。愛《あい》と優《やさ》しさのうかんだ、やわらかな声だ。その両目からは、涙があふれていた。

真実の鏡にうつる悪の女王と男の姿が、アレックスとコナーからも見えた。大広間にいる青白い男と、フードの女の姿ではなかった。鏡にうつっていたのは、みずみずしい若者《わかもの》と娘《むすめ》の姿。かつて美しい娘だった悪の女王と、鏡に囚《とら》われる前の、ハンサムで若《わか》いミラの姿だったのだ。

エヴリィは両腕《りょううで》にミラを抱《だ》くと、優しく包《つつ》みこんだ。「ミラ、あなたはもう自由なの……もう自由なのよ……」優しい声で、女王がくり返した。「約束《やくそく》どおり、出してあげたのよ。こんなに長く待たせてしまって、本当にごめんなさい」

男は両目を開くと、悪の女王の顔を見あげた。もう、元のミラはわずかしか残《のこ》っていなかった。あとは長い時の間にすっかり色あせ、消え去ってしまっていたのだった。

「エヴリィ……」ミラは確《たし》かめるようにその名をつぶやくと、かすかな笑《え》みをうかべた。だが、すぐにその笑みは消えてしまった。ピクピクとまぶたを閉じ、呼吸を止めてしまったのだ。

「ミラ？」悪の女王が身を乗り出した。「ミラ！」

ミラは動かなかった。まるで命が抜《ぬ》け落《お》ちてしまったかのようだった。黄金の鏡には、もうミラの姿はうつっていなかった。

「いやよ……」悪の女王がさけんだ。「いやよ！」涙がいっそう激《はげ》しく流れ落ちた。「もどってきて！　お願いだからもどってきて！」

見つめているとアレックスとコナーの胸に、熱《あつ》いものがこみあげてきた。鏡から出てきた恋人《こいびと》の体を、悪の女王はきつく抱きしめた。そして、石の心臓を握《にぎ》りしめたまますすり泣《な》いた。生涯《しょうがい》をかけてようやく鏡から救《すく》い出《だ》したというのに、もう手遅れだったのだ。

オオカミたちは、城《しろ》の外でしびれを切らしはじめていた。何頭ものオオカミがじりじりと跳《は》ね橋《ばし》を行ったり来たりしており、残りは戸口あたりに寝《ね》そべっていた。一頭のオオカミは、ゴルディロックスの剣《けん》で牙《きば》をといでいた。悪の女王の用事がすむのを延々《えんえん》と待たされたオオカミたちは、落ちつかずにうめき、うなり続けていたのだった。

とつぜん、マーラムクロウは耳をピンと立てると地平線に目をやった。なにか大きなものが向かってきているかのような、小さな地響《じひび》きを感じたのだ。

「こいつはいったい……？」マーラムクロウがつぶやいた。

兵士《へいし》たちが城に向け、全速力で進撃《しんげき》してきていた。銀と緑の鎧《よろい》に身を包んだ、〈ノーザン王国〉の軍隊《ぐんたい》だ。一頭の馬にまたがったフロッギーとグラント卿《きょう》が先頭に立ち、軍を率《ひき》いていた。そのとなりには、ジャックを乗せたポリッジの姿が見える。

オオカミの群《む》れが飛び起きた。

「よし、野郎《やろう》ども！　女王を待つのはもうやめだ！」マーラムクロウが怒鳴《どな》った。「さっさと中に押《お》し入《い》って、赤ずきんをかっさらっておさらばするぞ！」

オオカミたちは声をそろえて吠《ほ》えると、城内《じょうない》に駆《か》けこんでいった。一頭が口でレバーを引き、跳ね橋をあげる。

軍隊が、堀《ほり》のほとりに集結《しゅうけつ》した。

「悪の女王はこの中だ！」フロッギーがグラント卿に言った。「あのオオカミどもは女王の手下！　私の友だちを連《つ》れ去《さ》ってしまった！」

「悪の女王よ！」グラント卿は、鳴《な》り渡《わた》るような大声で呼びかけた。「私は白雪姫王妃陛《しらゆきひめおうひへい》下《か》の王立親衛隊長《しんえいたいちょう》、グラント卿なり！　三〇秒で降伏《こうふく》しないのなら、城への砲撃《ほうげき》を開始する！」

兵士たちがずらりと大砲《たいほう》を並《なら》べた。ジャックはポリッジから飛びおりると、地面に転がるゴルディロックスの剣を見つけた。彼女《かのじょ》も中にいるのだ。

「砲撃用意！」グラント卿が号令《ごうれい》を発すると、兵士たちが大砲を城に向けた。「てぇっ！」砲弾《ほうだん》が、跳ね橋をこなごなに打《う》ち砕《くだ》いた。砲撃を受けた城が、まるごと振動《しんどう》する。

「次の砲撃用意！」グラント卿が、また号令を発した。

「砲撃待て！」ジャックがさけんだ。「中には無実《むじつ》の人々もいるんだぞ！　無事《ぶじ》に助け出すまで砲撃は待つんだ！　赤ずきん女王も、場内にいるにちがいない！」

グラント卿がたじろいだ。無実の女王を自分の手で殺《ころ》すなど、とんでもないことだ。

「一〇分待ったら砲撃を開始する」グラント卿がジャックに声をかけた。「中に入って、できるかぎりの人々を助けてやってくれ」

ジャックは迷《まよ》わずうなずいた。愛する女性《じょせい》の身が危《あぶ》ないのだ、どんなことがあろうと助けに行く気だった。

「私もお供《とも》しよう」フロッギーも、とつぜん全身にこみあげてきた静《しず》かな闘志《とうし》に燃《も》えていた。「二人いれば、鬼《おに》に金棒《かなぼう》というものよ」

ジャックとフロッギーがポリッジに飛び乗った。ポリッジは何歩か下がると、城に向けて突進《とっしん》した。堀をひといきに飛び越《こ》え、さっきまで跳ね橋があったところに大砲が開けた大穴《おおあな》をくぐり抜ける。

地下牢《ちかろう》は狭《せま》かったが、それでも小さな独房《どくぼう》が何列か並んでいた。ゴルディロックスと赤ずきんはロープと猿《さる》ぐつわをほどかれ、別々《べつべつ》の牢《ろう》に入れられていた（オオカミたちに差《さ》し出す赤ずきんを、ゴルディロックスに殺させせないようにである）。狩人《かりゅうど》と女狩人が、まるでタカの親子のように目を光らせ、二人を見張《みは》っていた。

「なんで私の兵隊《へいたい》たちが、まだ助けに来てくれないのよ！　最初《さいしょ》に助けるべきなのに！」赤ずきんが泣きわめいた。「ああもう、私がシンデレラだったら、こんな目にあわずにすんだのに！」

「おまえの軍隊を出しぬくことなどたやすかったぞ。おまえの王国と同じで、のろまだからな」ゴルディロックスが言った。「それに、きっともうそろそろ新しい女王を立てているころじゃないのか？」

「笑《わら》えない冗談《じょうだん》やめて！　ほんと、人生最悪《さいあく》の日だわ！　一日に二回も誘拐《ゆうかい》されるなんて、こんなのありなの？」

オオカミたちが地下牢になだれこんできた。赤ずきんが恐怖《きょうふ》のあまり青ざめる。

「軍隊が城に押しよせてきている」マーラムクロウが言った。「もうこれ以上《いじよう》悪の女王を待っておれん！　今すぐ赤ずきんをもらうぞ！」

「女王のところへ」狩人が娘に声をかけると、女狩人は地下牢の奥《おく》にある小さな石の階段《かいだん》へと駆けだした。本当に父親を一人残していいものか迷って一度だけふり返り、階段を駆けあがっていく。

「やめて！」赤ずきんが悲鳴をあげた。「オオカミに引き渡されるなんていやよ！」誰《だれ》に言えばいいのかわからないように、地下牢をキョロキョロ見まわす。ここには、誰も味方などいない。「もう、こんな一日さっさと終わればいいのに！」

「よし、連れ出してかまわんぞ！」狩人がオオカミの群れに言うと、牢の鍵《かぎ》を開けた。赤ずきんはパッと立ちあがると扉《とびら》を開けた。ぶつかった狩人がオオカミたちの中に突《つ》き飛ばされる。赤ずきんは全速力で地下牢の奥へと走ると、女狩人が消えた石段《いしだん》を駆けあがった。

「追うんだ！」マーラムクロウはそうさけぶと、オオカミたちとともに若き女王の後を追った。狭い石段でつかえた群れをしりめに、赤ずきんがぐんぐん逃《に》げていく。

その直後、ジャックとフロッギーが地下牢に駆けこんできた。ジャックはゴルディロックスの剣を握りしめていた。

「さがれ！」ジャックが怒鳴ると、狩人は両手をあげて地下牢のすみに後ずさった。

「ジャック！」ゴルディロックスが鉄格子《てつごうし》をつかむ。「いったいなぜここへ？」

「ポリッジが見つけてくれたんだ！」ジャックが言った。「君がいないのを見て、なにかあったにちがいないと思ったのさ。それでここに連れてきてもらう途中《とちゆう》で、白雪姫の軍隊と合流したんだよ」

二人があまりに熱く見つめ合うものだから、フロッギーはどぎまぎしてしまった。

「なによりなにより。どれ、お二人が再会《さいかい》を祝《いわ》っている間に、私は赤ずきん女王と双子を見つけてくるとしよう」そう言って、今来たほうへとピョンピョン跳んでいく。

狩人は、毛皮のコートの下からクロスボウを引っぱりだした。

「ジャック！　気をつけて！」ゴルディロックスがさけぶ。

狩人が、ジャックに向けて次々と矢を放った。ジャックは身をかがめたり飛びのいたりして、ギリギリのところでそれをかわし続けた。ゴルディロックスも、矢から逃げなくてはいけなかった。石壁《いしかべ》に跳ね返った矢が、あちこちから飛んでくるのだ。狩人は次から次へと矢をつがえては撃《う》ちながら、まるで機械《きかい》のように動きまわった。

ゴルディロックスは手近に落ちた矢を床から拾いあげると、牢の鍵穴《かぎあな》を必死にひっかきはじめた。

ジャックは、どんどん激しさを増《ま》す攻撃《こうげき》にあえぎながらも、矢を防《ふせ》ごうと剣をふりまわしていた。完璧《かんぺき》に弾《はじ》き返した一本の矢が、狩人をかすめて飛んでいった。狩人がうめき声をもらし、その場に凍《こお》りつく。目玉が飛び出すほど大きく開け、顔から床に倒れこむ。さつきの矢が背後《はいご》の壁《かべ》に跳ね返り、背中《せなか》に突き刺《さ》さったのだ。狩人は、もう死んでいた。

「ジャック！　後ろよ！」ゴルディロックスがさけんだ。

ジャックがふり向くと、短剣《たんけん》を持った女狩人がおそいかかってきた。ジャックがふりあげた腕《うで》に、刃《は》が突き刺さる。父親が殺される一部始終を見ていたのだ。

「うわあ！」ジャックはさけぶと、剣を落として床に倒れた。床を這《は》って逃げ、壁にもたれて体を起こす。片手《かたて》でつかんだ腕は、すっかり血まみれになっていた。

女狩人は短剣を高くかまえたまま、ジャックにジリジリと歩みよった。言葉は口にしなくとも、その両目は猛烈《もうれつ》な怒《いか》りに燃えていた。たった今、ジャックが父親を殺す場面を目《もく》撃《げき》したばかりなのだ。とどめの一撃《いちげき》を叩《たた》きこもうと、女狩人が短剣をふりあげる。

だが、ゴルディロックスの剣がその一撃を食い止めた。ギリギリのところで牢の扉を開け、剣を拾いあげてジャックを守ったのだ。

「あんたとは、少し話をしなくちゃいけないみたいだね」ゴルディロックスは女狩人の腹《はら》に蹴《け》りを入れた。女狩人は地下牢の奥まで吹《ふ》っ飛ぶと、勢《いきお》いをつけて跳ね起きた。

二人はしばらく、互《たが》いをにらみつけたまままぐるぐるまわって相手の隙《すき》をうかがい続けた。どちらかが先に仕かけるのを待っているのだ。ゴルディロックスが女狩人に向けて剣をひとふりすると、戦《たたか》いの火ぶたが切られた。

女狩人の短剣はゴルディロックスが持つ剣の半分ほどの長さしかなかったが、その扱《あつか》いにはとても長《た》けていた。ようやくゴルディロックスにも、好敵手《こうてきしゅ》があらわれたのだ。二人は猛烈な一撃を互いに防ぎ合いながら、ところ狭しと地下牢の中を戦いまわった。

女狩人がゴルディロックスを追いつめる。ゴルディロックスは壁を蹴って飛びあがると女狩人を飛び越え、逆《ぎゃく》に追いつめた。

「いったいどこでそんな技《わざ》をおぼえたんだ？」ジャックがたずねた。

「そんな話は後よ！」ゴルディロックスが答えた。

女狩人がゴルディロックスに頭突《ずつ》きし、地下牢から駆けだす。

「もどってこい！」ゴルディロックスはすぐに後を追いかけた。

二人は城の中をどんどん高く上りながら戦いを続けた。

一方、赤ずきんはといえば、〈大きな悪いオオカミ団《だん》〉に城じゅうを追いまわされていた。涙で顔をぐしょぐしょにしながら、命がけで逃げまわる。こんなにこわい思いをしたのは誰もが知るおそろしいあの日、子供《こども》のころにおばあちゃんの家を訪《おとず》れたあの日だけだ。だが、泣いているのはこわいからだけではなかった。一番お気に入りのドレスがボロボロになっているのが、悲しくてたまらなかったのだ。それに、こんなことになるならもっと走りやすい靴《くつ》をはいてくればよかった。

いつの間にか、城のてっぺんあたりにたどりついていた。床があちこち腐《くさ》っているため、赤ずきんはびくびくと足元に気をつけながら進んだ。穴《あな》に落ちてしまえば、何階か下まで落ちてしまうことになる。だが、背後から追いかけてきたオオカミたちは油断《ゆだん》していた。つるつるした木の床でうまく止まることができず、穴の中へとどんどん滑《すべ》り落《お》ちていく。死の落下を味わうオオカミたちの断末魔《だんまつま》の吠《ほ》え声《ごえ》が響《ひび》きわたった。

赤ずきんは、木の階段を駆けあがった。踊《おど》り場《ば》を抜けようとしたその瞬間《しゅんかん》、階段の上半分が崩《くず》れ落ちる。

「まずいわ」赤ずきんがつぶやいた。

背後をふり向くと、マーラムクロウが階段を上ってくるところだった。追いつめられてしまった。マーラムクロウはふくれあがる赤ずきんの恐怖を楽しむかのように、一歩、また一歩と赤ずきんに近づいていった。

「この瞬間を、俺《おれ》は一〇年以上も待ち続けてきたんだ」

「あらまあ、なんて大きな爪《つめ》をしているの」赤ずきんがふるえる声で言った。

「おまえを引きさいちまうためさ」マーラムクロウが答えた。

こんな死にかたなど、赤ずきんは想像《そうぞう》したこともなかった。きっと自分の城で、ジャックや大勢《おおぜい》の子供たちに囲《かこ》まれて最期《さいご》を迎《むか》えるものとばかり思ってきたのだ。

「あらまあ、なんて大きな歯をしているの」赤ずきんが言った。

「おまえをかみ砕いちまうためさ」マーラムクロウが言った。もう手を伸《の》ばせば届《とど》きそうだ。背中を丸め、飛びかかろうと身がまえる。

とつぜん、城の外から小さな口笛のような音が聞こえた。一発の砲弾が壁をぶち破《やぶ》り、マーラムクロウに命中する。階段が崩れ、マーラムクロウはとなりの部屋まで吹っ飛ばされた。生きていたとしても、バラバラになっているにちがいない。

「なんとまあ……」赤ずきんは息をのむと、まるで命綱《いのちづな》にすがるように、踊り場の手すりにしがみついた。上りも下りも階段は崩れ、完全《かんぜん》に行き場を失ってしまった。

踊り場がゆらゆらと揺《ゆ》れはじめた。支柱《しちゆう》がゆっくりと崩れていく。

「ちょっと……ちょっと……ちょっと！」赤ずきんが悲鳴をあげた。手すりが折《お》れ、赤ずきんが落ちる。落下する彼女の長いさけび声が響きわたる。

今にも床に衝突《しようとつ》しかけたその瞬間、フロッギーがパッと飛んでくると若き女王の体を受け止めた。頑丈《がんじよう》なカエルの足で、しっかりと無事に着地《ちやくち》する。

「命の恩人《おんじん》だわ！」赤ずきんは、大きな目を感謝《かんしや》にうるませた。

「女王陛下、自己紹介《じこしようかい》がまだすんでおりませんでしたな」フロッギーが言った。「私の名前は――」

だが、言い終えることはできなかった。赤ずきんがフロッギーの頬《ほお》にキスの雨を降《ふ》らせたからだ。フロッギーが深い緑色に変《か》わる。もし人間ならば、きっとまっ赤《か》になっているところだろう。

砲弾が次々と降りそそぎ、城が大きく揺れた。

「攻撃が始まったようだ！」フロッギーが言った。「コナーとアレックスを探《さが》し出《だ》して、一刻《いっこく》も早くここから出なくては！」

アレックスとコナーは、なにが起きているのかわからなかった。聞こえるのは大広間の外から響いてくる、剣のぶつかる音とオオカミたちの鳴き声、そして城の外で兵士たちがさけぶ、くぐもった号令ばかりだ。ガタガタと城が揺れ、今にもバラバラに崩れていっているのがわかる。

いくつもの砲弾が大広間の壁をぶち破って飛びこんできた。天井《てんじょう》から落ちてきた大きな石の塊《かたまり》が、そこかしこに降りそそぐ。今すぐに城から逃げ出さないと、命が危ない。

「女王陛下」アレックスが悪の女王に声をかけた。「ここから出なくちゃ！　お城がバラバラになっちゃう！」

悪の女王は答えなかった。かつての恋人のなきがらにすがりつき、ひたすら泣き続けていたのだった。

「さっさと逃げ出さないと、ハンプティ・ダンプティの事故《じこ》どころじゃすまない話になるぞ！」コナーがさけんだ。

悪の女王は、聞いてなどいなかった。悲しみに暮《く》れるあまり、なにも聞こえなかったのだ。城がどんなありさまになっているかなど、まるで見えていないかのようだった。

「エヴリィ！　お願いよ！　私たちのロープをほどいて！」アレックスが必死にさけんだ。

「その石の心臓を捨《す》てれば、悲しみなんて感じなくなるはずよ！」

大広間のドアが勢いよく開き、フロッギーが駆けこんできた。赤ずきんは、あまりにもひどいありさまにうろたえながら、廊下《ろうか》から中をのぞいていた。

「フロッギー！」コナーがさけんだ。「早くほどいてくれ！」

「今行くぞ、二人とも！」フロッギーはそう言ってピョンピョン跳んでくると、できるかぎりの速さで二人のロープをほどきにかかった。だが、きつく縛《しば》られたロープはなかなかほどけなかった。最初にコナーをほどき、今度は二人がかりでアレックスに取りかかる。

「お願い、早く！」赤ずきんが廊下からさけんだ。「せっかくお城を建《た》て直《なお》してるのに、このままじゃ見られないまま死んじゃうわ！」

ようやく、アレックスが自由になった。コナーとフロッギーがドアに駆けだす。アレックスはまずテーブルに向かうと、〈願いをかなえる呪文〉のアイテムをかき集めてバッグの中にもどした。

「なにやってんだ！」コナーがさけんだ。「城が崩れそうになってるの、見てわからないのかよ！」

「アイテムを置《お》いてけるわけないでしょう！」アレックスがさけび返した。「返す約束をしたものも、壊《こわ》す約束をしたものもあるのよ！」

〈願いをかなえる呪文〉の力が消えかけ、魔法《まほう》の鏡の鏡面《きょうめん》がまた輝《かがや》きはじめている。一発の砲弾が、二枚《まい》の鏡のすぐそばの壁に命中した。爆風《ばくふう》で金の鏡が倒れ、床にぶつかり砕けちる。魔法の鏡もぐらぐらと揺れ、今にも倒れてしまいそうだった。

「エヴリィ！」アレックスがさけんだ。「お願い、いっしょに来て！」

だが、悪の女王は無視《むし》した。

魔法の鏡が彼女とミラにおそいかかるように倒れ、千の破片《はへん》となって砕けちる。だが、二人の姿はどこにも見当たらなかった。砕けちる寸前《すんぜん》、鏡が二人を飲みこんでしまったのだ。

アレックスは急いで走りよると、悪の女王とミラの姿を探したが、あたりにはただ割《わ》れたガラスのかけらがちらばっているばかりだった。アレックスに見つけられたのは、あの石の心臓だけだ。

アレックスはそれをバッグの中にしまうと、コナーとフロッギーといっしょにドアに駆けだした。だが、ふと床になにかが落ちているのに気がついた。それは金の鏡の破片にうつった、アレックス自身の姿だった。明るく色あざやかな破片の中に、ほほえんでいる自分の顔が見えた。その背中になにかが見える。翼《つばさ》のように動いている、なにかが……。

「急げ、アレックス！」コナーが怒鳴った。「俺を一人っ子にする気かよ！」

「今行く！」アレックスはそう言うと、鏡の破片をおきざりにして、今にも崩れ落ちそうな大広間の戸口でコナー、フロッギー、赤ずきんと合流した。

廊下に出ると、腕の傷《きず》を押さえたままのジャックがいた。ポリッジはゴルディロックスをおきざりにできず、落ちつかない様子で待っていた。

「ジャック！ 来てくれたのね！」赤ずきんはさけぶと、抱きしめようと両腕を広げてジャックに駆けよった。

「君のために来たんじゃないぞ！」ジャックは赤ずきんの手をサッとかわした。「ゴルディロックスはどこにいる？」

赤ずきんは息をするのも忘《わす》れ、片手で胸を押さえた。今さら毒《どく》が効《き》いてきたかのように、胸が苦しくなってきたのだ。ジャックは心の底《そこ》からゴルディロックスを愛しているのだ。

「みんなを安全なところに避難《ひなん》させてから、私が探しに行こう！」フロッギーが言った。

「僕《ぼく》もいっしょに……うわあ！」ジャックは言いかけたが、腕を動かそうとしてあまりの苦痛《くつう》に悲鳴をあげた。

「いや、君は来るな」フロッギーが言った。

フロッギーはアレックス、コナー、赤ずきん、ジャックの順《じゅん》に、一人ずつ抱《かか》えて堀を飛び越えた。ポリッジは気が乗らない様子だったが、ジャックが呼びよせるとしぶしぶジャンプして堀を越えた。兵士たちのところにいくと、赤ずきんの姿に気づいた大勢の兵士たちが頭をさげた。

「こんなぐちゃぐちゃの髪型《かみがた》でごめんなさい」赤ずきんが声をかけた。「大変《たいへん》な一日だったのよ」

「悪の女王はどこに?」グラント卿がたずねた。

「もういないわ」アレックスが静かな声で答えた。

「もういない?」グラント卿は、それを聞くと首をかしげた。

「ええ」アレックスが悲しげにうつむいた。「本当よ。もう二度と会う心配はしなくていいから」

グラント卿がうなずいた。彼《かれ》も王国の兵士たちも、一気に胸が軽くなった。

「最後《さいご》にゴルディロックス殿《どの》を見たのは?」フロッギーがジャックにたずねた。

「あの女と戦っていたときだ。どこに行ったかはわからない」ジャックが答えた。

「あそこだ!」コナーがいきなりさけぶと、上を指さした。

全員が見あげる。城の一番てっぺんあたり、なんと屋根の上で、ゴルディロックスと女狩人は戦っていた。

誰も、なにも言えず、身動きもできなかった。指をくわえて、二人の戦いを見守るしかなかった。ゴルディロックスも女狩人も一歩もゆずらず、どちらかが死ぬまで戦い続ける気らしい。周囲では城が崩れ続けていたが、二人は相手を殺してやろうと戦いの手を休めないのだった。

戦いは、よりいっそう激しくなった。二人とも、ますます猛烈な勢いで武器《ぶき》をふりまわしはじめる。

すぐそばの屋根がベコリとへこみ、ゴルディロックスがふらついた。バランスを立て直そうとしたひょうしに、剣を取り落とす。女狩人はチャンスだと思うと、高々と短剣をふりあげた。ゴルディロックスを刃がおそう。身をまもるのは無理《むり》だ。

「危ない！」ジャックはさけぶと大砲に駆けより火をつけた。レバーを引いて女狩人に狙《ねら》いをつけ、発射《はっしゃ》する。砲弾はまっすぐ飛んでいくと、女狩人の足元を吹き飛ばした。女狩人は小さな悲鳴をあげながら、堀の中へと落ちていった。あの高さから落ちたのでは、とても助かる道などありはしない。

ゴルディロックスはようやく立ち直ると、愛《いと》おしそうにジャックを見おろした。温かなまなざしをかわし合う二人をよそに、また崩壊《ほうかい》がはじまる。すっかり崩れ去ろうとしている城からもうもうと土煙《つちけむり》がたちのぼり、足元からゴルディロックスを飲みこんでいった。

「ゴルディロックス！」ジャックがさけんだ。

「だめ、見てられない！」アレックスはコナーの胸に顔を埋《う》めた。

ものすごい土煙で、ほとんどなにも見えなかった。巨大《きょだい》ながれきが次々と落ちてくるものすごい音が、雷鳴《らいめい》のようにとどろいていた。堀にも、次々とがれきが降りそそいでいた。城はもはやすっかり石の山みたいになっていた。ゴルディロックスの姿は、どこにも見当たらなかった。

「ゴルディロックス！」ジャックはさけびながら、恋人の姿がちらりとでも見当たらないかと、堀のふちを歩きまわった。

だが、ゴルディロックスの姿は見つかりそうになかった。フロッギーは堀を飛び越えると、がれきの山の中へと姿を消していった。あたりはもう静寂《せいじゃく》に包まれていた。アレックスもコナーも、ジャックの心臓が不安《ふあん》のあまり止まってしまうのではないかと思った。なにも聞こえない、なにも見えない一秒は、まるで一時間にも感じられた。

と、土煙にかすんでよく見えないが、二つの影《かげ》ががれきの中から向かってくるのがまちがいなく見えた。フロッギーだ。ゴルディロックスに手を貸《か》し、荒《あ》れた地面を歩かせている。ゴルディロックスは足を引きずってはいたが、それでも生きていた。

双子が歓声《かんせい》をあげ、ジャックがひざまずく。アレックスとコナーは、そんなにもホッとした顔をする人を見たのは初《はじ》めてだった。ゴルディロックスはフロッギーに抱えてもらって堀を飛び越えると、ジャックと抱きしめあった。二人が熱いキスをかわすのを見て、何人かの兵士たちがサッと頬を赤くした。

それを見ながら赤ずきんは、悲しみのあまり体じゅうを苦痛にさいなまれた。今まで手に入れたいものはなんでも手に入れてきたというのに、一番ほしいジャックだけは自分のものにできないというのだろうか。

　ポリッジがうれしそうに駆けよってくると、ゴルディロックスは軽くその鼻先を叩いてやった。

「私は大丈夫《だいじょうぶ》よ、ポリッジ。ちょっとケガしちゃっただけ」ゴルディロックスが言った。

「ゴルディロックス、おまえを逮捕《たいほ》する」グラント卿が、いかめしい声で言った。

「待った！　ちょっと待った！」ジャックは恋人を守ろうと前に立ちはだかった。赤ずきんの顔を見て、にらみつける。「おい、なんとかしてくれよ！」

　一瞬、赤ずきんはどうすればいいのかわからず口ごもった。今まで女王として公式になにかをしたことなど、一度たりともないのだ。

「我《わ》が〈赤ずきん王国〉は、ゴルディロックスが過去《かこ》に犯《おか》したいかなる犯罪《はんざい》についても許《ゆる》すことにします」赤ずきんが言った。「星の数ほどあるけれどね」

「なるほど」グラント卿が言った。「ですが、ほかの国々で犯した罪《つみ》にまで恩赦《おんしゃ》を出すことはできませんぞ。この女には、生涯かけて牢獄《ろうごく》でつぐなってもらいます。逮捕しろ！」

第22章

白《しら》雪《ゆき》姫《ひめ》の秘《ひ》密《みつ》

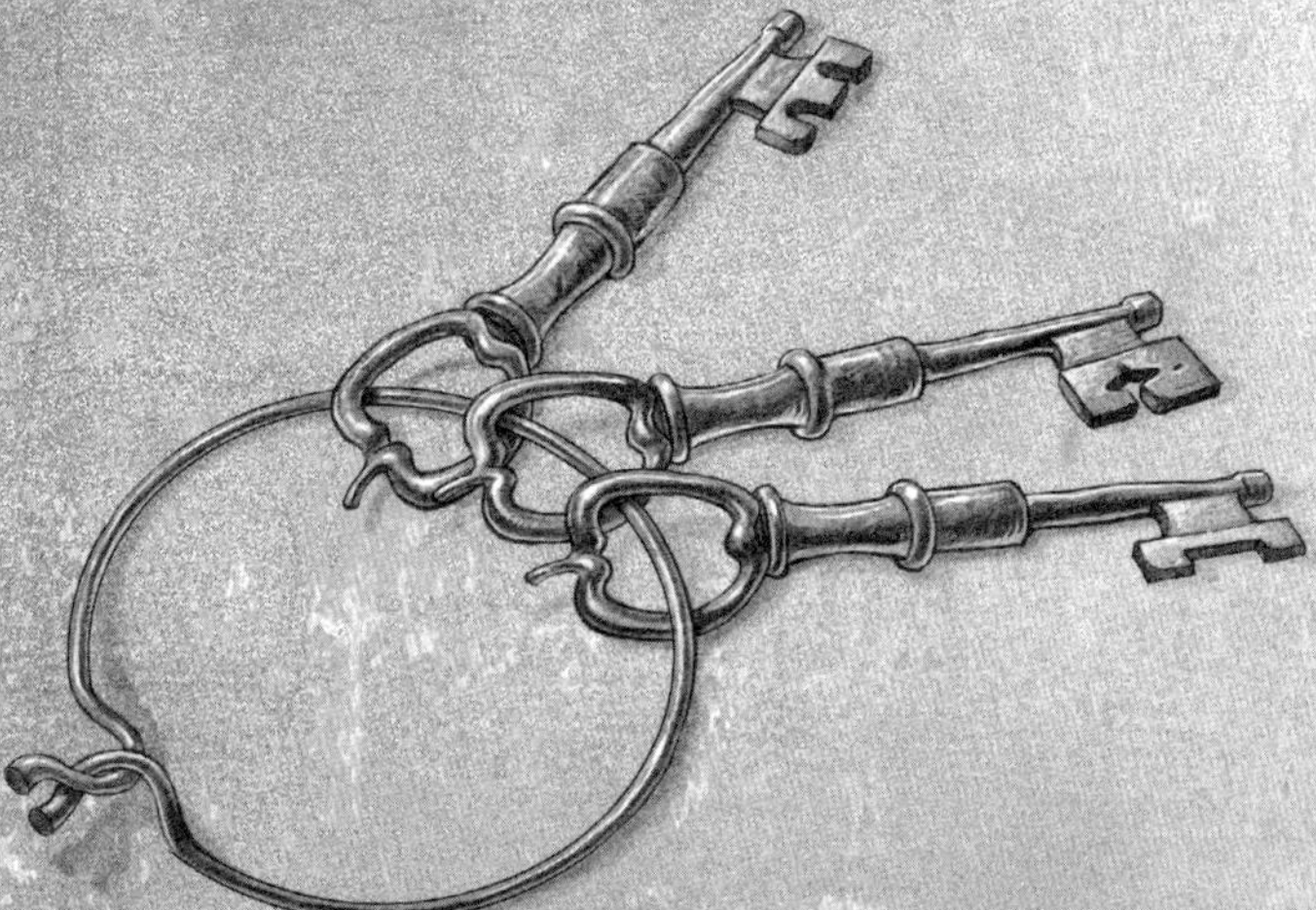

一行《いっこう》は黙《だま》ったまま〈ノーザン王国〉へと引き返していった。道を踏《ふ》む馬のひづめの音しか聞こえなかった。悪の女王がいなくなり、世界じゅうが安堵《あんど》のため息をついているようだった。

ゴルディロックスはポリッジに乗って行く許《ゆる》しをもらったが、両手両足は鎖《くさり》でつながれてしまっていた。彼女《かのじょ》の顔は、いらだちをうかべたまま凍《こお》りついたように変《か》わらなかった。ジャックはゴルディロックスを縛《しば》りつけた鎖に手をかけたまま、ずっとすぐとなりにつきそって歩《ある》き続《つづ》けた。

赤ずきんは少し離《はな》れたところから二人の様子を見つめ続けていたが、ふと誰《だれ》かがそれに気づくとあわてて顔をそらした。こんなにもさまざまな感情《かんじょう》におそわれるのは、初《はじ》めてだった。どうかこの胸《むね》の痛《いた》みが消え去ってくれますようにと願《ねが》いながら、赤ずきんはじっと黙りこくっていた。

アレックスとコナーは、中でもとくに静《しず》かだった。あまりにも壮絶《そうぜつ》なできごとをくぐり抜《ぬ》けた今、とても自分たちの考えや気持ちを説明《せつめい》できるような言葉など見つかりはしなかった。二人の頭は、悪の女王が聞かせてくれた話でいっぱいだった。一生かけて愛《あい》し抜いた恋人《こいびと》の死体を抱《だ》きながら鏡《かがみ》に飲みこまれてしまった、あの女王の姿《すがた》がどうしても忘《わす》れられなかった。そして、物語を思い出して悲しくなる一方、〈願いをかなえる呪文《じゅもん》〉が使われてしまった絶望感《ぜつぼうかん》にもおそわれているのだった。

家に帰るための方法《ほうほう》がほかに見つかるまで、いったいどのくらいかかるのだろう？ それに、そんなものが見つかったとしても、どんな障害《しょうがい》や危険《きけん》が待ち受けているのだろう？ それまでなにをして過《す》ごせばいいのだろう？ どこに住めばいいのだろう？

「すまない、子供《こども》たち」フロッギーが歩きながら言った。「なにもかも私《わたし》のせいだ。あのとき私がいっしょに来いなどと言わず〈願いをかなえる呪文〉を使わせてあげていれば、こんなことにはならなかったというのに」

「フロッギーさん、あなたのせいじゃない」アレックスが首を横にふった。「オオカミたちに追いつかれるのは、時間の問題だったんだもの」

「いや、フロッギーのせいだね」コナーが言った。「こんなことになったのは、そもそもフロッギーから〈願いをかなえる呪文〉の話を聞いたからじゃないか。聞いてなかったら、オオカミに追いかけられることも、トロルにさらわれることも、悪の女王に狙《ねら》われることもなかったんだ」

フロッギーは、がっくりとうなだれた。重い罪悪感《ざいあくかん》がずっしりとのしかかっていた。アレックスは、今にもコナーをなぐりそうな顔でにらみつけた。

「でも、フロッギーには三回も命を助けてもらったんだ」コナーは、わざとらしい大きな笑《え》みをうかべた。「だから、チャラにしてあげるよ」

フロッギーがうれしそうに笑《わら》った。「二人とも、私の家をわが家と思ってくれたまえ。

いっしょにほかの帰り道を探《さが》す手伝《てつだ》いをするから。約束《やくそく》だ」

双子《ふたご》はうなずくと、フロッギーにほほえんだ。たとえ地下の穴《あな》ぐらとはいえ、住む場所があるのだと思うとほっとした。

一日半も進み続け、ようやくスワン・レイクのほとりに立つ白雪姫《しらゆきひめ》の宮殿《きゅうでん》に帰りついた。赤ずきんは、宮殿の荘厳《そうごん》さと巨大《きょだい》さに、すっかりおじけづいたような顔をしていた。

「私のお城《しろ》も、完成《かんせい》したらちょうどこんな感じになるはずなのよ」キョロキョロしながらそう言うが、誰も興味《きょうみ》なさそうだった。

兵士《へいし》たちはすぐにゴルディロックスを引きずりおろすと、地下牢《ちかろう》に連《つ》れていった。

「待ってくれ！　裁判《さいばん》もせずに牢に入れるなど、許されることじゃないぞ！」ジャックが言った。

「裁判などしないほうが、この女のためだと思うがね」一人の兵士が答えた。

「ジャック、あなたはもう帰って」ゴルディロックスが言った。「おとなしくしていれば、きっと何十年かで出してもらえるわ」

それでもジャックはなんとかゴルディロックスを救《すく》おうと兵士たちを説得《せっとく》しながらついていったが、どうしようもないのは自分でもよくわかっていた。

「いっしょに来なさい」グラント卿《きょう》が双子に声をかけた。「女王陛下《へいか》のところに行こう」

アレックス、コナー、赤ずきん、フロッギーの四人は、グラント卿について宮殿に入った。三階まで階段《かいだん》をのぼり、廊下《ろうか》を歩いてあるドアにたどりつく。どうやらここが、あの倉庫《そうこ》の本当の入り口なのだろう。

グラント卿がノックした。「陛下、グラントが参《まい》りました。そこにいらっしゃるのですか？」

「ええ、どうぞ入って」中から白雪姫の声が返ってきた。

四人はグラント卿といっしょに倉庫に入った。中の様子は、すっかり変わっていた。家具にかかっていたおおいがすべて取《と》り払《はら》われ、絵画が一つ残《のこ》らず壁《かべ》に飾《かざ》られているのだ。まるで、ただの倉庫からちゃんとした部屋になったように見えた。

「どうしたのです？」白雪姫は、狩人《かりゅうど》の肖像画《しょうぞうが》を壁にかけなおしながら言った。ここ二日間、ずっと自分の手でこの部屋を片《かた》づけ続けていたのだ。

「王妃《おうひ》さま」グラント卿が頭をさげた。「悪の女王が〈眠《ねむ》れる王国〉北東の城に身を隠《かく》していたのを見つけました」

「それで？」白雪姫は、このしらせに身を乗り出した。

「死にました」グラント卿が答えた。

白雪姫の白い顔がさらに白くなるのを見て、双子は驚《おどろ》いた。白雪姫が、部屋のすみにある壇《だん》に腰《こし》をおろす。涙《なみだ》こそ流してはいなかったが、どう受け止めていいのかわからずにいるのが、その顔を見るとよくわかった。

「どのように亡くなったの？」白雪姫がたずねた。

グラント卿は、アレックスとコナーを見おろした。「私はその場におりませんでしたが、この二人が見ておりました」

「亡くなった、というのとも少しちがうの」アレックスは、言葉を選《えら》びながら言った。「お城が崩《くず》れてしまって、鏡が……ええと……その……」

「鏡が倒《たお》れてきて、虫みたいに飲みこんじまったんだよ。あっという間にね！　パッと消えちゃったんだ」コナーが興奮《こうふん》した顔で言った。「すごかったんだぜ！　なにも残さず消えたんだから！」

アレックスは、顔をしかめてコナーをにらみつけた。「なにも、じゃないわ」

バッグの中を探《さぐ》り、石の心臓《しんぞう》を取りだす。白雪姫は息をのんだ。アレックスは壇へと歩《あゆ》み寄《よ》ると、それを白雪姫に手渡《てわた》した。

「これが残っていたの。あなたが持ってるべきだと思って」アレックスが言った。

白雪姫は石の心臓を見おろすと、両目に涙をうかべた。

「グラント、この子たちと私だけにしてちょうだい。その方々がこの城に留《とど》まりたいと言うなら、部屋を用意してあげて」そう言って、赤ずきんとフロッギーにうなずく。

「なんと、光栄《こうえい》です。王妃さま」フロッギーが会釈《えしやく》した。

「それはご親切に。ありがとう」赤ずきんが言った。「私のお城ができるまで、そうさせてもらおうかしら。ちょうどこんな感じの部屋を作ろうと――」

赤ずきんが言い終わらないうちに、グラント卿が二人を部屋から押《お》しだした。部屋には、アレックス、コナー、白雪姫の三人だけが残された。しばらくの間、白雪姫はなにも言わずただじっと黙っていた。石の心臓を見つめることしかできなかった。

「どうやら二人には、私の助言がまったく聞こえていなかったようね」やがて、白雪姫が口を開いた。

「聞こえたよ」コナーが答えた。「無視《むし》しただけさ」

「これがなんなのか、知っているの？」白雪姫は石の心臓をかかげた。

「ええ」アレックスが答えた。「あの人の心臓よ。その石の心臓のことも、悪の女王になってしまう前のことも、ぜんぶ話してくれたから」

「めちゃくちゃすごい話だよな」コナーが言った。「魔《ま》法《ほう》の鏡の中にいた男は、ずっと前に別《わか》れた彼氏《かれし》なんだってさ。知ってた？」

「ええ、知ってたわ」白雪姫はうなずいた。「だから、お義母《かあ》さまをここから逃《に》がしてあげたんだもの」

アレックスとコナーは、信じられずに言葉を失《うしな》った。今のは聞きまちがいだったのだろうか？

「今なんて？」アレックスがたずねた。「あなたが逃がしてあげたの？」

「そんなはずあるか！」コナーが言った。

「それが、あるのよ」白雪姫は、悪びれもせずに答えた。「お義母さまの牢でいっしょに座《すわ》り、何時間も話を聞かせてもらったわ。胸が痛くてたまらなかった。だから最後《さいご》の孝行《こうこう》だと思って、お義母さまが魔法の鏡とともに川を上り、鏡の呪《のろ》いを解《と》く方法を探し続けられるよう、となりの国まで行ける手配をしてあげたの」

二人には、とても信《しん》じられない話だった。聞きたいことは山ほどあったが、口からは言葉にならないうめきがもれるばかりだった。

「昔はずっと、なぜあの人に愛してもらえないのか悩《なや》み続けていたけれど、その理由がやっとわかったのよ。あの人には愛することができなかったんだって」白雪姫が言葉を続けた。「あんなにも苦しんだのだから、私に犯《おか》した罪《つみ》のむくいにはじゅうぶんだと思ったわ。それで、鏡の中から助け出すことはできたの？」

「ええ」アレックスがうなずいた。「でも残念《ざんねん》ながら、手遅《ておく》れだったの。あの人の腕《うで》の中で死んでしまった……」

白雪姫は、悲しげにため息をついた。「そうだったのね……」

「でもいっしょになれたんだ」コナーが言った。「最後の最後にね」

「それで、これからどうするの？」アレックスがたずねた。「あの人は悪くなかったって、はっきりしたんでしょう？　本当のことを世界に公表するの？」

「たぶん、言うほど簡単《かんたん》にはいかないはずよ」白雪姫が言った。「お義母さまの思い出を大事にするために一番いいのは、ずっと孤独《こどく》だったお義母さまを愛し、理解《りかい》しながら日々を暮《く》らすことだわ」

アレックスとコナーは顔を見合わせると、悲しげな笑みをうかべた。

「私、悪人といわれる人たちのほとんどは、身の上のせいで悪人になってしまった人たちなんだって学んだわ」

白雪姫は、いとおしげに石の心臓を見つめながらうなずいた。「そのとおりね。悪の女王が教えてくれた、悲しい教訓《きょうくん》……」

ゴルディロックスはもう知っていたとおり、地下牢は本当にさびしいところだった。独《どく》房《ぼう》は小さく、じめじめしていた。ひどいにおいがたちこめ、灯《あか》りもほとんどない。ときどきネズミが駆《か》けまわって入ってこようとしたが、ゴルディロックスはギロリとにらみつけてそれを追い払った。

「命が惜《お》しければやめておけ」何度ネズミたちを、そうおどしただろう。

真夜中を過ぎ、地下牢はひっそりと静まりかえっていた。捕《つか》まったその夜、ゴルディロックスは眠れそうになかった。いつかこうなるのはわかっていたはずなのに、固《かた》い床《ゆか》に座っていると、こんなにも早くこの日が来てしまったのが受け入れられない気持ちになるのだった。

ふと、コツコツと足音が響《ひび》いてきた。誰かが上の宮殿からららせん階段を下り、牢の列を過ぎて向かってきているのだ。フードのついた長いマントをまとった若《わか》い女が一人、ゴルディロックスの牢のほうに歩いてきた。

「ああもう！　ひえっ！　おえっ！」一歩進むごとに、女は声を漏《も》らした。

その神経質《しんけいしつ》な声に、ゴルディロックスは聞《き》き覚《おぼ》えがあった。

「ごきげんいかが？」赤ずきんが、気まずそうに言った。

「こんなところになにしに来た？」ゴルディロックスがたずねた。「私の処刑《しょけい》につきそってくれる気にでもなったか？」

「お願いだから声を落として。衛兵《えいへい》たちは、私がここに来たのを知らないんだから」赤ずきんが言った。

「なにが狙いだ？」

「出してあげようと思って来たのよ」

「なに？　なぜそんなことを？」ゴルディロックスは、意外な答えに驚《おどろ》いて言った。

「だって私、世のあやまちを正すって心に決めたんだもの」赤ずきんが、とてもえらそうに胸をはった。

「そう、じゃあ出してちょうだい」ゴルディロックスは、じゃあやってみなさいといった顔で答えた。期待はしていなかった。どうせ捕まるのだと思っていたのだ。

「でもその前に、あなたにお手紙を書いてきたの」赤ずきんはマントの中から一枚《いちまい》の羊皮《ようひ》紙《し》を取りだした。

「まずその手紙を読めと？」ゴルディロックスは、いらだちを隠そうともせずに言った。

「もちろんちがうわ。だって、きっと字が読めないでしょう？」赤ずきんが真顔で言った。

ゴルディロックスは、あきれ顔になった。「私がおりに閉《と》じこめられていることに感謝《かんしゃ》するんだな——」

「ただの冗談《じょうだん》じゃないの。しゃれがわからないのね、ゴールディー。ひと晩《ばん》かけてこの手紙を書いたけれど、自分で読んで聞かせるのが一番いいって思ったのよ」

「聞かせてもらうよ」ゴルディロックスはそう言うと、腕組《うでぐ》みをした。

赤ずきんが咳払《せきばら》いした。

「親愛《しんあい》なるゴルディロックスさま」赤ずきんは、手紙を読みはじめた。「あなたの人生をめちゃくちゃにしてしまったことを、悪いと思っています——ああ、ここまで読んでもう気が楽になってきたわ！——今にして思えば、子供のころにこんな手紙を書いても仕方がなかったのだとわかります。私は、あなたに逃亡者《とうぼうしゃ》になってほしいなんて思ったことは一度もありません。せいぜいクマにかすり傷《きず》を負わされるか、悪くても腕一本食べられて終わりだと思っていたのです」

「おまえ、その手紙を私に聞かせれば、殺《ころ》してやりたいこの気持ちが少しでも軽くなると思って書いたのか？」ゴルディロックスがたずねた。

「いいから最後まで読ませて」赤ずきんが言った。「私もあなたと同じくらい長い間ジャックのことを愛していましたが、ジャックが選んだのは私よりも魅力《みりょく》と知性《ちせい》に欠《か》けた、貧《まず》しい少女のほうでした。ジャックが私ではなくあなたを愛したこと、これは私にとって、人生で一番受け入れられないことでした。どうか今夜、牢獄《ろうごく》から逃がしてあげることで、あなたに許してもらいたいと思っています。親愛なるあなたの友にして偉大《いだい》なる女王、赤ずきん」

生まれてこのかた、ゴルディロックスはこんなにも腹《はら》が立ったことはなかった。「ひと晩かけてそれを書いたのか？」

「ええ、一語一語、本心をこめて書いたわ」赤ずきんがうなずいた。「で、どうなの？許してくれるの？　仲直《なかなお》りしてもらえるの？」

「まずこの扉《とびら》を開けてくれ」ゴルディロックスが言った。赤ずきんとさらに五分もいっしょに過ごすくらいなら、一生ずっと牢に入っているほうがましに思えてきた。

赤ずきんは金色の鍵《かぎ》を二本取りだすと、もたもたしながらようやく正しい鍵を見つけて牢を開けた。ゴルディロックスは表に出るとまっすぐに赤ずきんをにらみつけ、頬《ほお》を引っぱたいた。

「痛い！」赤ずきんが悲鳴をあげる。

「ほら。これで仲直りだ」ゴルディロックスが言った。

「叩《たた》かれてもしょうがないのは知ってるわ」赤ずきんは、叩かれた頬を手で押さえた。「さあ、まずはこの中に。捕まったら、二人とも一生牢屋《ろうや》の中よ」

赤ずきんが自分のマントをゴルディロックスにかぶせると、二人は急いで地下牢の外に出た。

忍《しの》び足《あし》で廊下をいくつも抜け、城前《しろまえ》に広がる芝生《しばふ》を渡《わた》る。そして森に入って少し進むと、みにくいアヒルの池に出た。池のほとりでは、ポリッジがゴルディロックスを待っていた。そして彼女からはよく見えなかったが、ポリッジの後ろではジャックが今か今かと待っていた。

ゴルディロックスはそれに気づくと、思わず足を止めた。「ここでなにをしてるの？」答えを知りつつ、そうたずねた。

「やったわ、ジャック！　だから成功《せいこう》するって言ったでしょう！」赤ずきんが、得意《とくい》げに笑ってみせた。

「僕《ぼく》もいっしょに行くよ」ジャックが言った。

「ジャック、何度も言ったじゃないの。いっしょには行けないわ。そのうえ今は脱獄《だつごく》したところなのよ。気づかれたら、私は今までよりもひどく追われることになる」ゴルディロックスが言った。

「君がいない毎日になんて、意味があるものか。もう、愛する人は死んでしまったのだろうか、牢屋でくさっているのだろうか、なんて考えながら暮らすのはいやなんだ。城では君が死んでしまったものだと思ったが、あんな思いをするのはもう二度とごめんだよ。たとえ自分の足でついてこいと言われても、僕は絶対《ぜったい》に君といっしょに行くからな」

ゴルディロックスと赤ずきんの目に、それぞれちがった理由で涙があふれた。二人の心は、一人の男のものなのだ。同じ言葉を聞くことができるなら、赤ずきんはきっとなんでも差《さ》しだすだろう。

「私といっしょになったら、毎日かたときも休まず法《ほう》の手に追われる暮らしを送らなきゃいけないのよ、本気なの？」ゴルディロックスが言った。

「毎日ずっと君といられるなら、なにを犠牲《ぎせい》にしてもかまわないとも」ジャックはそう言うとポリッジに飛《と》び乗《の》り、ゴルディロックスに手をさしのべた。

ゴルディロックスは、なんとかあきらめさせることができないかと、必死《ひっし》に知恵《ちえ》をふりしぼった。だが、ここに残って自分の人生を歩んでほしいと思っても、今日はどうしてもその言葉が出てこなかった。ジャックの手をとり、自分もポリッジに飛び乗る。

二人はいっしょに手綱《たづな》を取ると、闇《やみ》の中へと駆けだした。夜明けがくるころには世界最《さい》大《だい》の逃亡者になっていることだろうが、これで二人はずっといっしょにいられるのだ。

「元気でね！　感謝なんていらないわよ！　私は大丈夫《だいじょうぶ》だから！」赤ずきんは、森に消えていく二人の背中《せなか》に向けてさけんだ。「私は大丈夫だから……」

地面にくずおれ、めそめそと泣《な》きだす。涙が化粧《けしょう》といっしょに頬を流れ落ちた。こんなに激《はげ》しく泣いたのは、生まれて初《はじ》めてだ。

「大変《たいへん》にご立派《りっぱ》なことをされたのですぞ」後ろから声が聞こえた。

赤ずきんがふり向くと、池に身を乗り出してハエを集めているフロッギーの姿が見えた。

「いつか、こんな悲しみが消え去ってくれる日がくるのかしら？」赤ずきんがたずねた。

「残念ながら、悲しみとは一生消えてくれぬものです」フロッギーは答えた。「ですが、時が楽にしてくれますとも」

「ゴルディロックスの逃亡を手助けすればこんな痛みも楽になると思ったのに、逆《ぎゃく》にひどくなるだけだったわ」赤ずきんは首を横にふった。

フロッギーが、彼女のとなりに腰をおろした。「どんなに傷ついたか、どんなに胸を痛めているかは大事なことではないのです。一番大切なのは、その痛みをどうしたかなのですよ」フロッギーが言った。「延々《えんえん》と泣きぬれて暮らしてもいいし、そうしたところで誰も責《せ》めはしますまい。ですが、その痛みから学び、成長《せいちょう》することもできましょう。私がそうでした。私は、人々にどう思われるかを知るのがおそろしく、ずっと穴ぐらの中に隠れておりました。しかし、思いきって穴ぐらを出てみたら、ついに人の命を助けることまでできたのです！」

赤ずきんは、フロッギーのコートで涙をぬぐった。勝手にそうされても、フロッギーは気にしなかった。

「とても立派なカエルさんですのね」赤ずきんがにっこりほほえんだ。「私も、こうして夢が壊《こわ》れてしまったのだから、これからは王国のために、この足りない頭と力をかたむけてもいいのかもしれないわ。なんといっても、女王なんだものね」

「それはすばらしいお考えです」フロッギーはうなずいて手をさしのべると、悲しみの女王の手をとり立ちあがらせた。そして、二人でいっしょに城にもどったのだった。

「ところであなた、お名前は？」赤ずきんがたずねた。「そういえば、聞いてなかったものだから」

フロッギーは少しためらうと答えた。

「私はフロッギーと申します。どうかそのようにお呼《よ》びください」

第23章

一《いち》枚《まい》の招《しょう》待《たい》状《じょう》

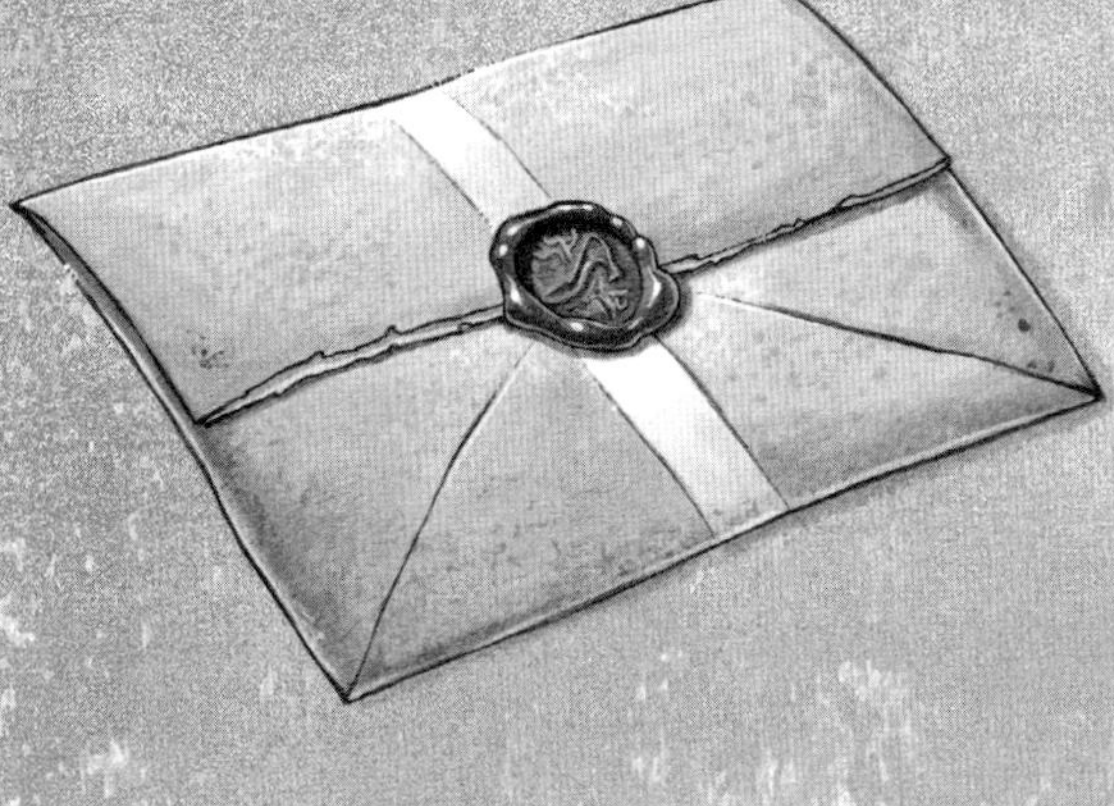

アレックスとコナーはそれぞれ宮殿《きゅうでん》に部屋を借《か》りていた。〈シュー・イン〉を出てからというもの、ベッドで寝《ね》るのは初《はじ》めてだった。そして〈ランド・オブ・ストーリーズ〉にやって来てから、ひと晩《ばん》ぐっすり眠《ねむ》ったのも、これが初めてだった。すっかりクタクタに疲《つか》れはてていた二人は、昼まで眠ってしまったのだった。

別々《べつべつ》の部屋で寝るのは、二人ともなんだか妙《みょう》な気分だった。アレックスもコナーもちょくちょく目を覚《さ》ましては互《たが》いの姿《すがた》を探《さが》し、自分たちが安全な城《しろ》の中にいることを思い出すのだった。

城のメイドたちが二人のTシャツとジーンズを洗濯《せんたく》し、かわりの服を貸《か》してくれていた。アレックスが借りたのは、袖口《そでぐち》と首もとにファーがついた美しいスカーレットのドレスだった。コナーは趣味《しゅみ》に合わずいやがったが、ひらひらとした大きな襟《えり》がついたボタンダウンのシャツと、足首が細くしまったゆったりとしたズボンを借りていた。この世界に来て二週間、二人はようやくこの世界の人々と同じ服に身を包《つつ》んでいたのだった。

ゴルディロックスが逃亡《とうぼう》しジャックが失踪《しっそう》したというニュースで、宮殿は大騒《おおさわ》ぎになっていた。あわてふためく兵士《へいし》たちが廊下《ろうか》を駆《か》けていくのを見ると、アレックスもコナーも思わず笑《え》みをうかべた。どこにいるかはわからないが、ジャックとゴルディロックスはいっしょにいるのだとわかっていたからだ。

二人はいっしょにフェアリー・ゴッドマザーに会いに行こうとフロッギーを誘《さそ》ったが、

フロッギーはまだ行こうとはしなかった。

「大変《たいへん》な旅を終えたばかりなんだ。二人とも何日か休んだほうがいい」

二人は言われるまま、それから二日をゆっくりと過《す》ごした。白雪姫王妃《しらゆきひめおうひ》とチャンドラー国王といっしょに、大きなダイニング・ホールでいつも食事をした。白雪姫は食事をしながら、いろいろと驚《おどろ》くような話を聞かせてくれた。宮殿で育った話や、小人《こびと》たちと住んだときの話や、死んだと思われていた自分が生き返ったときに人々が見せたさまざまな表情の話などだ。

ある夜、白雪姫は七人の小人たちを夕食に招待《しょうたい》した。なぜテーブルの半分がものすごく低《ひく》くしてあるのだろうと双子《ふたご》が不思議《ふしぎ》に思っていたら、小人たちがぞろぞろと入ってきて席《せき》につきはじめたのだ。小人たちの話に、アレックスもコナーも腹《はら》がよじれるほど笑《わら》いころげた。コナーはトランプで七人の小人たちとフロッギーを全員負かし、一枚残《いちまいのこ》らず金貨《きんか》を巻《ま》きあげてしまった。

おとぎ話の世界にさまよいこんでからというもの、二人はこんなに楽しいと感じたことはなかった。しかし、コナーがチャンドラー国王に「それにしても、なんで死んじゃったはずの女の子がそんなに気になったの？」とたずねたときだけは、ダイニング・ホールに気まずい空気が流れたのだった。

昼間は、宮殿の巨大《きょだい》な図書館で過ごした。アレックスは家に帰る方法《ほうほう》がなにか見つからないかと、本棚《ほんだな》の本をかたっぱしから開いていた。だが三日もかけてすべての棚を調べても、それらしい本は一冊《さつ》も見つからなかった。コナーは毎日厨房《ちゆうぼう》からどっさりデザートを持ってくると、ソファでそれを平らげながら、そんな妹の姿を見つめていた。

「そろそろ、ここから出ていかなくちゃ」アレックスがコナーに言った。

「出てく？」コナーは目を丸くした。「なんで？　この宮殿、最高《さいこう》じゃないか！」

「いつまでもご親切に甘《あま》えてるわけにもいかないでしょう？」アレックスが言った。「ここでぐずぐずしてたって、家への帰り道は見つからないわ。フロッギーさんだって、探すのを手伝《てつだ》うって言ってくれたじゃない。早く探しはじめれば、それだけ早く帰れるはずよ。それに、フロッギーさんにはいっしょにフェアリー・ゴッドマザーのところに行くって約《やく》束《そく》したでしょう？　ガラスの靴《くつ》を割《わ》っちゃったこともそれほど怒《おこ》ってないかもしれないし、家に帰るための手がかりだってもらえるかもしれないわ」

「まあね……」コナーは悲しげにケーキを見おろしたが、すぐに目をキラリと光らせた。「そうだ、まだ試《ため》してないことが一つあるぞ」

「試してないこと？」アレックスは首をかしげた。

コナーは立ちあがると両目を閉《と》じ、両足のかかとを打ち鳴らしはじめた。『オズの魔《ま》法《ほう》使《つか》い』のドロシーのまねをして「おうちが一番！　おうちが一番！」コナーが大声で唱《とな》える。そして片方《かたほう》の目を開けると、自分がどこにも動いていないのを見てがっくりと肩《かた》を落とした。「ちょっとやってみただけさ……」

翌日《よくじつ》、二人は荷物をまとめると、もとの服に着替《きか》えた。海の泡《あわ》の精霊《せいれい》と約束したとおり、深き海底《かいてい》の短剣《たんけん》をアレックスの部屋の暖炉《だんろ》に投げこみ、使いものにならなくした。

そして午後、フロッギーといっしょに出かけようと二人が旅立ちの準備《じゅんび》をしていると、ニュースを手にグラント卿《きょう》がやってきたのだった。

「君たちへのメッセージを預《あず》かっているぞ」

二人は不思議に思いながら、彼《かれ》の後についてダイニング・ホールに向かった。そこには白雪姫、赤ずきん、フロッギーの三人が、楽しげな顔をして立っていた。二人の王妃《おうひ》たちは、それぞれ明るい色の封筒《ふうとう》を手にしている。ほかの王国からの使者が二人に気づくとラッパを吹《ふ》き鳴《な》らし、同じ封筒を一つ差《さ》しだした。

「シンデレラに赤ちゃんが生まれたのよ！」白雪姫が二人に言った。「女の赤ちゃんですって！」

二人は急いで「アレックスとコナー・ウィッシングトンさま」と書かれた白い封筒を開けてみた。裏《うら》には、ガラスの靴の形をした金色の封蠟《ふうろう》がしてあった。招待状には、次のように書かれていた。

チャンス・チャーミング国王陛下《へいか》とシンデレラ王妃陛下より、まだ名もなき王女の誕生《たんじょう》を祝《いわ》う特別式典《とくべつしきてん》へと貴殿《きでん》らをご招待します。明日の午後、チャーミング国宮殿までおこしください。


「すごいわ！」アレックスが顔を輝《かがや》かせた。「でも、なんで私《わたし》たちが招待されるの？」

「そうか。きっとベビーシッターをさせる気だぞ」コナーが言った。

「私まで招待されるなんて、思ってもいなかったわ」赤ずきんが言った。「選挙《せんきょ》で選《えら》ばれた女王なんて、いつも仲間《なかま》はずれなんだもの」

「へえ、いつもは呼《よ》んでもらえないんだ？」コナーがたずねた。

赤ずきんは着ているコートと同じくらい顔をまっ赤《か》にして黙《だま》りこんだ。

「なあ、本当に行く気か？」コナーがたずねた。

「私が行かないわけあると思ってる？」アレックスが答えた。「それにガラスの靴だって、割れたほうとそろえてシンデレラに返さなくちゃいけないもの。行かないのはまちがってるわ」

「フロッギーはどうする？」コナーがたずねた。

フロッギーは、両手を広げてみせた。「私のことなら心配いらないよ。招待状をもらったわけでもないし、お邪魔《じゃま》するのはやめておくとしよう。〈チャーミング王国〉には、どうせもともとたいして行ってみたいと思ったことがないんだ」

「そんなのだめよ！」アレックスがさけんだ。「私の友だちとして来てもらうわ。この話はこれでおしまい！」

胸《むね》をはるアレックスの姿を見て、フロッギーはもうなにを言ってもムダだと感じた。

「赤ちゃん王女さまと会ったら、それからフロッギーさんといっしょにフェアリー・ゴッドマザーを見つけに行くわよ」アレックスがてきぱきと言った。「もしかしたら、まだフロッギーさんを人間にもどせるかもしれないし」

「ちょっと待って、人間にもどるって言ったの？」赤ずきんは、胸に手を当てた。

「そうです」フロッギーが答えた。「話せば長くなります」

「なんでもっと早く言ってくれなかったの！」赤ずきんがさけんだ。「最初《さいしょ》に聞いてたら、ずいぶんあなたの印象《いんしょう》もちがったのに！　あ……でもちがうのよ。あなたが……その……今の見た目どおりの姿をしていたって、お近づきになれて本当にうれしいと思ってるんだから！」

フロッギーは、きょとんとした顔で赤ずきんを見つめた。

「さあ、今すぐいっしょに来てちょうだい！」赤ずきんはそう言うと、フロッギーと腕《うで》を組んだ。「明日のお洋服を考えましょう！」

フロッギーを連《つ》れて、赤ずきんが出ていく。フロッギーはアレックスとコナーをふり返ると、助けてくれと目で訴《うった》えてきた。だが、二人とも笑いをこらえるのに必死《ひっし》で、とてもそれどころではなかった。

翌日の昼、二台の馬車に荷物を詰《つ》めこむと、一行は〈チャーミング王国〉に向けて出発した。白雪姫とチャンドラー国王が同じ馬車に、双子はフロッギーと赤ずきんといっしょにもう一台の馬車に乗っていた。道中、馬車の周囲《しゅうい》を兵士たちの一団《いちだん》がずっと守っていた。

「旅っていうのは、こうじゃなくっちゃな!」コナーが言った。

見覚《みおぼ》えのある景色《けしき》が見えるたびに、二人はあれこれと思い出を語り合った。そして、すっかり盛《も》りあがると、フロッギーと赤ずきんにも自分たちがしてきた冒険《ぼうけん》の話をして聞かせた。二人とも、全身を耳のようにしてアレックスたちの話に聞き入った。フロッギーは何度もケロケロと声をもらしながら冒険談を聞いていたが、とくにトロルとゴブリンの話にはすっかり興奮《こうふん》した様子だった。

アレックスとコナーはフロッギーたちがすっかり夢中《むちゅう》になっているのを察《さっ》すると、赤ずきんの城に忍《しの》びこんだことや、あの火事に少しだけ絡《から》んでいたことを話した。旅の途中《とちゅう》で危険《きけん》な目にあった話になるたび、二人とも話を切って「これはママにはとても言えないね」とうなずき合った。

馬車は夜どおし進み続《つづ》け、次の日の午後にシンデレラの宮殿に到着《とうちゃく》した。宙《ちゅう》にはバラの花びらが吹雪《ふぶき》のように舞《ま》い、王女の誕生を祝う鐘《かね》の音《ね》が王国じゅうに響けとばかりに鳴らされていた。

到着するとすぐ、フロッギーの様子がどうもおかしくなった。宮殿のなにかがそうさせるのか、ふるえるほどひどく緊張《きんちょう》しているのだ。一行は天にも届《とど》くほどに長い階段《かいだん》を上がると、案内《あんない》されるままレッド・カーペットを歩いて舞踏場《ぶとうじょう》に向かった。

舞踏場にはなにもなかった。ダンス客たちがいないその場所は、ずっと広々として見えた。シンデレラは玉座《ぎょくざ》に腰《こし》かけ、生まれたばかりの赤ちゃんをあやしていた。それをぐりと囲《かこ》むようにして、眠れる美女、ラプンツェル、そして妖精院《フエアリー・カウンシル》の面々がいた。椅子《いす》に腰かけている者もいれば、床《ゆか》に座《すわ》りこんでいる者もいた。眠れる美女とラプンツェルの夫《おっと》が、部屋のすみでチャンス国王にお祝いをのべていた。

「名前はもう決めたの？」ラプンツェルがたずねた。とても美しい人だった。アレックスとコナーが〈願《ねが》いをかなえる呪文《じゅもん》〉のために探したのと同じ髪《かみ》の毛《け》を、二人が見たこともないほど大きなおだんごにまとめていたが、それでも髪が背中《せなか》のずっと下までたれているのだった。

「決められないのよ」シンデレラが答えた。

「ラプンツェル叔母《おば》さんの名前をあげてもいいわよ」ラプンツェルがそう言うと、集まった人々からどっと笑いが起こった。

「ありがとう、ラプンツェル。あなたのことはとても大好《だいす》きだけど、そんなことできないほど娘《むすめ》のほうが大好きなのよ」シンデレラがそう答えると、みんなの笑い声はいっそう大きくなった。

「誰《だれ》か来たみたい！」シンデレラは、自分のほうに向かってくる一団に気づくと言った。

白雪姫とチャンドラーの姿を見て全員がうれしそうな顔をしたが、アレックスとコナーが大きなカエル男といっしょにその後からついてくるのに気づくと、その場に緊張感がはりつめた。

「あれは、ガラスの靴を盗《ぬす》んだ双子じゃないのか？」チャンス国王は、そこに集まった国王たちの中から歩み出た。

「ちがいます！　説明《せつめい》させてください、私たちじゃないんです！」アレックスは取《と》り乱《みだ》した。このままでは、また兄といっしょに衛兵《えいへい》に追われることになると思うと、おそろしくてたまらなかった。

「みんな、落ちついて！」シンデレラが笑った。「誰もなにも盗んでなんかいないのよ！そのお二人を招待したのは私なの。フェアリー・ゴッドマザーが、二人とお話ししたいそうなのよ」

「あの方が、この双子にいったいどんな用があるんだ？」チャンス国王が妻《つま》にたずねた。

「それはわからないわ」シンデレラが首を横にふった。

アレックスとコナーは、おそろしくて顔を見合わせた。ガラスの靴を割ったことなどかすんでしまうほど、もっと深刻《しんこく》な事態《じたい》になってしまったにちがいない。

「うっかり、ガラスの靴を片方割《かたほうわ》ってしまいました」アレックスが言った。そんなにもどぎまぎした妹を、コナーは見たことがなかった。

「僕《ぼく》たちのせいってわけじゃないんです」コナーも言った。「というのは……そのう……本当にいろいろ複雑《ふくざつ》な話でさ……こうするしかなかったからこうなったっていうか……」

「ぜんぜん気にしなくていいのよ」シンデレラが言った。「私だって、自分で何度も割ってるんだもの。フェアリー・ゴッドマザーが、来るたびに直していってくれるのよ。もしかしたら、そのために来るのかもしれないわね。もうすぐよ」

二人はすっかり安心して、体がしぼんでしまうのではないかと思うほど長いため息をついた。妹がずっと心配していたのを知っていたコナーは、肩をポンポンと叩《たた》いてやった。大好きなおとぎ話の登場人物に嫌《きら》われてしまったら、妹が本当にかわいそうだ。

白雪姫、赤ずきん、アレックス、そしてコナーは、みんなといっしょに赤ちゃんのまわりに集まった。チャンドラー国王は男の人たちが集まる部屋のすみへとフロッギーを引っぱっていくと、みんなに紹介《しょうかい》した。フロッギーは、緊張した顔でみんなと握手《あくしゅ》をかわしていた。宮殿に入った、初《はつ》のカエル男になったのだ。

「ねえ、この子を見て！」白雪姫は、生まれたての王女を見て笑った。「なんてかわいらしいの！」

「あなたにそっくりじゃない、シンデレラ！」赤ずきんが言った。「でも私だって、それはもうかわいい赤ちゃんだったのよ」

王女は、本当にかわいらしかった。まだ生まれて何日もたっていないというのに、とび色の髪も明るい瞳《ひとみ》も母親そっくりだった。

「二人が無事《ぶじ》で本当によかったわ！」眠れる美女が双子に声をかけると「ぜんぶうまくいった？」とウインクしてみせた。

アレックスとコナーはうつむいた。「それが、そうでもないんです」アレックスが答えた。バッグに手を入れ、スピンドルを取りだす。「これ、貸してくれてありがとう」

「どういたしまして」眠れる美女はスピンドルを受けとった。「そしてコナー、あなたにはお礼を言わなくちゃ。なんて言ったかしら……ああそう、輪《わ》ゴム作戦《さくせん》。何人かの国民《こくみん》たちとあれから試してみているのだけれど、どうやら少し効果《こうか》があるみたいなの！」

コナーがうれしそうに笑った。「だから言っただろ！」と、いつも言われているセリフを、たまには自分で言ってみせる。

「白雪姫、とうとうお義母《かあ》さんを見つけたんですってね」シンデレラが言った。「おめでとう！　さぞかし安心したでしょう」

ほかの王妃や妖精《ようせい》たちも、白雪姫を祝福《しゅくふく》した。だが、白雪姫は顔をくもらせていた。

「白雪姫、大丈夫《だいじょうぶ》?」眠れる美女がたずねた。

「ええ、もちろん大丈夫」白雪姫がうなずいた。「ただ、本当に切ない話だから」

「切ない話?」妖精のエメラルダがたずねた。

「長い物語なのよ」白雪姫が答えた。

「やった! 私、物語大好き!」ラプンツェルはそう言うと、床に座り直した。

白雪姫が双子のほうを見た。アレックスとコナーは、みんなにも話してあげるよう笑《え》みをうかべ、こくりとうなずいた。

白雪姫は王妃や妖精たちに、継母《ままはは》の過去《かこ》の話をして聞かせた。女魔法使《まほうつか》いに家族のもとから連れ去られてしまったこと、婚約者《こんやくしゃ》が鏡《かがみ》に閉じこめられてしまったこと、そして石の心臓《しんぞう》のこと……。だが、逃亡を手助けしたのは言わずにおいた。

誰もが、今にも泣《な》きだしそうな顔をしていた。口に手を当てている者もいた。ほかの王妃たちは、信《しん》じられないといった顔で首を横にふった。

「なんてひどい話!」ロゼットが言った。

「そんなに悲しい話、聞いたことがないわ」コーラルは、幸せそうにひざで休んでいる脚のはえた魚をなでながら言った。

「それに、世界じゅうから憎《にく》まれようとも、決して愛《あい》する人を助け出そうとするのをやめなかったなんて」眠れる美女が言った。

「希望《きぼう》を捨《す》てなかったのね」スカイレンが言った。

玉座のシンデレラが背筋《せすじ》をのばした。「希望。それだわ」そう言って、娘を見おろす。「この子の名前は、それにしましょう。ホープ・チャーミング王女。未来《みらい》の王妃よ」

「すばらしい名前だ！」チャンス国王はそう言うと、小さな娘のひたいにキスをした。

全員が歓声《かんせい》をあげ、温かな拍手《はくしゅ》を送る。

「では贈り物とともに、ホープ王女に洗礼《せんれい》をほどこしましょう」エメラルダは妖精たちに立ちあがるよう合図した。

妖精たちは一人ずつ歩みよると、洗礼の魔法《まほう》で祝福をあたえた。知恵《ちえ》と健康《けんこう》を、情熱《じょうねつ》と富《とみ》を、誇《ほこ》りと厳《きび》しさを。そして最後《さいご》に美しさを贈ったのだった。もっとも、ホープはすでに美しかったのだけれど。

「抱《だ》いてみる？」シンデレラがアレックスにたずねた。

「私？」アレックスは、自分を指さした。「ありがとう。とても光栄《こうえい》だわ」

シンデレラは、娘をそっとアレックスの両腕《りょううで》にあずけた。

アレックスはホープを見つめながら思った。この子は自分がどこにいるのか、そして誰なのか、もうわかっているのだろうか？　生まれてきただけで、本当に特別《とくべつ》なのだと知っているのだろうか？　いずれこの〈ランド・オブ・ストーリーズ〉の王国で、未来の王妃となるのを知っているのだろうか？　赤ちゃんがあくびをした。もしかしたらそんなことはすべてもう知っており、うんざりしてしまっているのかもしれない。

舞踏場の扉《とびら》が開くと、双子にはもうおなじみの顔があらわれた。ランプトン卿が、にっこりと大きな笑みをうかべていたのだ。

「王妃さま。フェアリー・ゴッドマザーがご到着されました」ランプトン卿が言った。

「ありがとう。ランプトン」シンデレラが答えた。「私たちの居場所《いばしょ》を、あの方に伝《つた》えてちょうだい」

「喜《よろこ》んで、陛下。ですがいらっしゃる前に、こちらの子供《こども》たちと話がしたいとおっしゃっておいでです。三人だけで」

その場にいた全員が息をのみ、アレックスとコナーに視線《しせん》を向けた。

「時計塔《とけいとう》でお待ちになっています」ランプトン卿が言った。

双子は彼といっしょに、ゆっくりと舞踏場を出た。先導《せんどう》されるままに宮殿の中を進み、いくつも階段をのぼり、時計塔へと向かう。

「元気そうにしていてよかったよ」ランプトン卿が双子に言った。「フェアリー・ゴッドマザーは、ずいぶん二人のことを探してらしたんだよ」

「悪い予感がするなあ。面倒《めんどう》なことになったりしない？」コナーが言った。

ランプトン卿は答えなかった。アレックスは地図と日記帳、それから割れたガラスの靴の破片《はへん》を一つ、バッグから取りだした。

「もし怒らせてしまったのなら、最初からすっかり説明しなくちゃ」アレックスは言った。「まちがったことなんて、一つもしてないんだもの。そうでしょう？」

やがて階段をすべてのぼりきると、時計塔の中へと続く丸い扉が見えた。ランプトン卿が、そっとノックした。

「お入りなさい」内側《うちがわ》から声が聞こえた。

「行こう、コナー。きっと大丈夫」アレックスが言った。

ランプトン卿は二人を中に案内した。時計塔は、ものすごく大きかった。二人とも、まるで巨大な古時計の中に入ったような気分だった。あちこちで大きな歯車がまわり、機械《きかい》が動いている。文字盤《もじばん》のほうから外を見ると、王国全土が一望《いちぼう》できた。

背《せ》の低い女の人が一人、扉に背を向けてその景色をながめていた。フードのついた長い水色のコートが、夜空のようにきらめいていた。

「さあ、あなたたち三人だけにするよ」ランプトン卿が扉を閉《し》めると、双子とフェアリー・ゴッドマザーだけが残《のこ》った。

二人はおずおずとした足どりで、女の人に近づいていった。

「すみません」コナーが声をかけた。「フェアリー・ゴッドマザーさん？　用があるって聞いたんですけど」

フェアリー・ゴッドマザーが、二人のほうをふり向いた。優《やさ》しいまなざしと温かな笑顔《えがお》の、美しいおばあさんだった。明るい茶色の髪を優雅《ゆうが》に編《あ》みあげている。
双子は、思わず固《かた》まった。
「おばあちゃん？」アレックスが息をのんだ。

第24章

おとぎ話

「元気そうで本当によかった!」おばあちゃんはそう言うと、双子《ふたご》に駆《か》けよった。そして、今までしてくれたことがないほど、きつく、長く抱《だ》きしめてくれた。「お母さんも私《わたし》も、とてもとても心配したのよ!」

二人とも、抱きしめかえすことができなかった。息もできないほどきつく抱かれていたからだ。自分たちに足が生えていることすら忘《わす》れてしまい、立っていられるのが信《しん》じられないくらいだった。

「元気にしてた?」おばあちゃんがたずねた。「ケガはないかい? おなかはすいてないかい? なにかほしいものはない?」

「おばあちゃん?」アレックスが静《しず》かな声で言った。「本当におばあちゃんなの?」

「本当だとも、アレックス。本当にここにいるのよ」

「おばあちゃんがフェアリー・ゴッドマザーなの?」コナーもたずねた。

おばあちゃんは、二人にほほえみかけた。「そうだよ。ごめんね、こんなふうに打ち明けるつもりじゃなかったのだけれど……」

おばあちゃんが言葉を切った。アレックスの手の中にあるものに、視《し》線《せん》を落とす。

「あらまあ、なんでお父さんの古い日記なんて持ってるんだい?」

アレックスとコナーは、思わずあっけに取られていた。

「パパの日記?」目を丸くして、アレックスがたずねる。

「俺《おれ》たち、ずっとお父さんの日記に書かれたとおりに旅をしてたの？」コナーが言った。

「だめ、気を失《うしな》いそう」アレックスが言った。

おばあちゃんは、長いクリスタルの杖《つえ》をコートの中から引っぱりだした。それをひとふりすると、時計塔《とけいとう》の中にパッとソファがあらわれた。二人の手をとってそこに座《すわ》らせると、おばあちゃんは二人が落ちつくのを待ってくれた。

アレックスもコナーも、自分の目が信じられなかった。おばあちゃんがフェアリー・ゴッドマザーだったのはまだいいとしても、まさかそんな魔法《まほう》が使えるなどとは想像《そうぞう》すらしていなかったのだ。

おばあちゃんはアレックスの手から日記帳をとると、パラパラとめくった。まさかこの日記帳がアレックスの手に渡《わた》ることになるとは、まったく驚《おどろ》きだった。

「いったいどこでこれを？」おばあちゃんがたずねた。

「お友だちのフロッギーさんからもらったの」アレックスが答えた。「この世界に来てからずっと、そこに書かれてるとおりに旅をしてきたのよ」

「〈願《ねが》いをかなえる呪文《じゅもん》〉のアイテムを、ずっと集めてまわったんだぜ」コナーが言った。

「〈願いをかなえる呪文〉？」おばあちゃんは、心配そうに答えた。「あなたたちが見つからなかったのも当然《とうぜん》ね！」

「おばあちゃんもパパも、この世界から来たの？」アレックスがたずねた。「それとも、ぜんぶ私の空想？」

「それに、父さんがその日記を書いたの？」コナーは、まだそれが気になって仕方なかった。

「そうとも、そうとも、そうとも」おばあちゃんがうなずいた。「ぜんぶおまえたちの言うとおりだよ。お父さんが子供《こども》だったころ、私があげた日記帳なんだよ。役に立ってくれてよかった」

頭の中が疑問《ぎもん》でいっぱいになるのはすっかりあたりまえになっていたが、今度ばかりはどうにかなってしまいそうだった。いったいなにから聞けばいいのか、さっぱりわからないのだ。

「じゃあ、父さんは俺たちの世界に来るために〈願いをかなえる呪文〉を探《さが》してたってこと？」コナーがたずねた。

「私たちの世界で女の人と恋《こい》に落ちたって書いてあったけど……」アレックスが言った。

「その人って……まさか……」

「ええ、二人のお母さんのことよ」おばあちゃんがうなずいた。

アレックスとコナーは、お互《たが》いがどう感じているかを確《たし》かめようと顔を見合わせた。二人とも、ひどいショックを受けていた。

「いつからフェアリー・ゴッドマザーなの？」

「なんで今まで俺たちに、誰《だれ》も教えてくれなかったのさ？」

「聞きたいことは、きっと山ほどあるだろうね。でもその前にどうか、私に説明《せつめい》させてちょうだい」

「わかったよ」

おばあちゃんが深呼吸《しんこきゅう》をした。なにから話せばいいのかわからないのだ。

「おまえたちが大人になったら打ち明けようと、私たちはずっと話してた。お父さんは、二人をここに連《つ》れてきて案内《あんない》できる日を、指折《ゆびお》り数えてずっと待っていたんだよ。残念《ざんねん》ながら、ついにかなわなかったけれどね。お父さんが死んでしまってから二人はずっと本当につらい思いをしていたでしょう？　だから私もお母さんも、それ以上《いじょう》おまえたちを困《こま》らせたくなかったのよ。それで、黙《だま》っていることにしてしまったの」

「じゃあ、ママもこの世界のことを知ってるのね？」

「来たことは一度もないけれど、よく知っているよ」おばあちゃんがうなずいた。「お父さんも私も、二人ともここで生まれてここで育ったの。お父さんが生まれるずっと前……まだ私が若《わか》くて、見習いの妖精《ようせい》だったころ、ほんの偶然《ぐうぜん》からあなたたちの世界を見つけたのよ」

「じゃあ山小屋は？　青い車は？　ぜんぶ見せかけだけだったの？」コナーが言った。

「もちろんちがうとも」おばあちゃんは、首を横にふった。「旅の間はあの小屋に寝泊《ねと》まりしていたし、青い車だってとても気に入っているのよ。この世界の人たちにも、自動車を教えてあげたいわね」

「まず、どうして私たちの世界に住むようになったのか、それを教えて？」アレックスが言った。

「まったくの偶然《ぐうぜん》だったのよ」おばあちゃんが答えた。「そのころ、私は困っている人たちを助けながらいろんな王国をまわる旅を終えたところだったのだけど、もっと助けられたらと、悲しい気持ちになっていたの。そこで杖をふって、目を閉《と》じて、心をこめてこう祈《いの》ったのよ。『一番私を必要《ひつよう》としている人がいるところに行きたい！』って。きっと、〈ノーザン王国〉の小さな村に行くはずだと思ってたわ。そして目を開けたらあなた、見慣《みな》れた王国なんてどこにもないじゃないの！

何年も何年も、ずっとほかの妖精たちには秘密《ひみつ》にしてきたわ。その世界は、本当に驚くようなものばかりの世界だったけれど、そこで出会った子供たちから聞いた話が、なにより驚きだったわね。だって、私と会うまで魔法も妖精も知らなかったっていうんだもの。その子供たちは世界が戦争《せんそう》や、飢《う》えや、病気にむしばまれていて、ほかのことなんてなにも知らなかった。みんな何時間でもじっと座って、私がやって来た世界の話に耳をかたむけてくれたのよ。そうすれば、どんな苦しみも忘れられるみたいに。

物語を聞かせてあげると子供たちは元気をだした。希望《きぼう》を持ち、勇気《ゆうき》と力を持ち、教訓《きょうくん》を学びもした。家族をなくした子供たちに、愛《あい》と信頼《しんらい》を教えることができた……それまでに比《くら》べてほんの少しだったけれどね。すると、病気に倒《たお》れ、子供らしく生きることができなくなってしまった子たちの目に輝《かがや》きがもどってきたのよ。それから私は二人も知ってのとおり、自分たちの物語や歴史《れきし》をできるだけ役立ててやろうと心に決めたのよ。

でも、二つの世界を行き来できるのは私だけだったし、ものすごく大きな責任《せきにん》があるのにも気づかされた。そこで私はマザー・グースとほかの妖精たちも少し誘《さそ》って、いっしょにあなたたちの世界に行って物語を広めてくれるようお願いしたの。そうして、物語を一番必要としている子供たち……少しだけ運が悪くて、ちょっとした魔法が必要な子供たちに物語を届《とど》けているうちに、いつしか妖精たちの物語《フェアリー・テイル》、つまりおとぎ話という言葉ができたのよ。

でも、あなたたちの世界はものすごい速さで変《か》わって、あんなに巨大《きょだい》に成長《せいちょう》してしまい、私たちだけじゃ物語を届けることができなくなってしまった。そこで私たちは、グリム兄弟やハンス・クリスチャン・アンデルセンのような人たちに頼《たの》んで、ずっと力を貸《か》してもらってきたの」

「ていうことは、やっぱり時間の流れがちがうのね？」アレックスが言った。

「あっちの世界は、こっちよりずっと流れが速かったのよ」おばあちゃんが言った。「週に一度あっちを訪《おとず》れたのだけど、行くたびに、まるで何十年もたってしまったみたいだったっけね」

「だから俺たちの世界には、ずっと昔《むかし》からおとぎ話があるのか！」コナーがさけんだ。

「大変《たいへん》！」アレックスが悲鳴をあげた。「ママを忘れてた！ それじゃあ、私たちがこっちにいる間にママはすっかりおばあさんになっちゃったの？」

「そういうことじゃないの」おばあちゃんが言った。「いいかい、二人とも。確かに、時間の流れはちがった。でもそれから、本当に魔法みたいなことが起きて、すべてが変わってしまったのよ」

「魔法みたいなこと？」コナーが首をかしげた。

「あなたたちが生まれたことよ」おばあちゃんが、にっこりほほえんだ。

アレックスとコナーは、目を丸くして顔を見合わせた。

「なにがそんなにすごいことなの？」コナーがたずねた。

「魔法のようなものには、自分の意思があるものなの」おばあちゃんはそう言うと、指にはめた結婚指輪《けっこんゆびわ》を見つめた。「おじいさんはあなたたち二人の世界が大好《だいす》きで、いつでも私といっしょにあっちの世界に行ったものよ。本当に大好きだったけれど、悲しいことに、あなたたちのお父さんが生まれてすぐに亡《な》くなってしまった。だから私は一人で子育てをしなくちゃいけなかったのだけど、それでもよくあっちの世界に行ったものよ。そうするたびにおじいさんのことを思い出して、とてもつらかったけれどね。

あなたたちのお父さんは昔からずっと冒険好《ぼうけんず》きの男の子だったわ。子供のころからいつでもあちこち駆けまわってはいろんな王国を探検《たんけん》してまわってたのよ。いつでも異世界《いせかい》のことをすごく知りたがったものだから、大人になったらいつか連れていってあげるって約束《やくそく》していたの。何年もしてから、あの子といっしょに小児科《しょうにか》病院に行って、病気の子供たちに本を読んで聞かせてあげた。あなたたちのお母さんはちょうどそこで看護師《かんごし》になったばかりだったのだけれど、お母さんをじっと見つめるお父さんの目を見て、すっかり夢中《むちゅう》になっているんだって私にはわかったの。

私はあっちにとどまり続《つづ》けることも、妖精や私といっしょにふたたび訪れることも禁《きん》じてしまった。私のわがままだったけれど、あの子が二つの時間の流れの中で迷子《まいご》になって、ずっと一人で生きなくちゃいけなくなってしまうかもしれないと思って、こわかったのよ。でもおじいさんを亡くしたうえに、息子《むすこ》までいなくなってしまったら生きていけないわ。でもあの子がお母さんを愛する気持ちはとても強くて、ついに〈願いをかなえる呪文〉を使って自分の力でもどる方法《ほうほう》を発見してしまったの。私には、祝福《しゅくふく》して送り出してあげるしかできなかったわ。母親として、あんなにつらかった決断《けつだん》はないわね。

でも、あなたたち二人が生まれるとすぐ、とても不思議《ふしぎ》なことが起こった。こっちとあっちの世界が、どんどん同じ速さで流れるようになっていったのよ。長く生きてきたけれど、あんなにすごい魔法を見たことはほかにないわね。

あの子の子供として生まれるということは、こっちの世界を抱《かか》えて生まれてくるということ。あなたたちの中には、いつでもこの世界が息づいていたの。二つの世界の血を引く子供は、あなたたちが初《はじ》めてなのよ。コナーとアレックスは、二つの世界をつなぐ架《か》け橋《はし》なのよ」

家に帰ってもお母さんが年をとっていないのだと知ると、アレックスとコナーは心の底《そこ》からほっとした。

「でも、そうすると……」アレックスはすっかり興奮《こうふん》して声をつまらせた。もし思っているとおりなら、すごいことだ。「私とコナーは、半分妖精っていうことなの?」

「そういう言いかたもできるわね」おばあちゃんが答えた。

アレックスは胸《むね》に両手をあてると、涙《なみだ》があふれてきた。コナーは目を丸くしてため息をついている。

「すごいわ!」アレックスがさけんだ。

「ああ、すごいな」コナーも、あきれたように言った。「やれやれ、学校のやつらにバレるわけにはいかないな」

「そうじゃなければ、あの古い物語の本を通《とお》り抜《ぬ》けられるはずがないじゃない?」おばあちゃんが言った。

アレックスは、腰《こし》かけたまま背筋《せすじ》を伸《の》ばした。昔、夜に『ランド・オブ・ストーリーズ』を開きながら、この中に入ることができたらいいのにと心の底から祈ったのを思い出す。あの夜初めて、この本がただの本ではないと感じたのだ。

「つまり、私がやったの？ 私が『ランド・オブ・ストーリーズ』に願って、自分をここに連れてこさせたの？」

「そのとおり」おばあちゃんはうなずくと、にっこりとほほえんだ。

アレックスは信じられなかった。自分が魔法を使い、願いを実現《じつげん》させていたのだとは。

「これでなにもかも説明がつくわ！」アレックスがさけんだ。「悪の女王はあの隠《かく》れ家《が》で、私の涙を使って〈願いをかなえる呪文〉をよみがえらせたんだもの！ それに、魔法の鏡《かがみ》の片方《かたほう》にうつってた私には、翼《つばさ》がはえてたわ！ 見まちがえたのかと思ってたのに！」

「悪の女王？」おばあちゃんがたずねた。「どうやら二人とも、私が思っていたよりすごい冒険をしてきたみたいね」

「ぜんぶ聞いたら、きっともっと驚くよ」コナーが言った。

「聞かせてもらうのが、今から楽しみだわ」おばあちゃんが言った。「お母さんは、とても心配してるわよ！ 二人がいないものだから、思いつくかぎりの理由を学校に説明しているのよ。そろそろ家に連れ帰ってあげないとね」

家……。おばあちゃんが家に連れ帰ってくれるのだ。こんなにうれしいことがほかにあるだろうか？

「そんなことができるの？」コナーが言った。

「私の力を知ったら、飛《と》びあがるわよ」おばあちゃんが笑《わら》った。だが、今はもういない息子が残《のこ》した日記帳に視線を落とすと、ふと悲しげな顔になった。「すごいと思わない？　もう死んでしまったというのに、お父さんは二人にこの世界を見せてまわってくれたのよ。そうするのが、ずっとあの子の夢《ゆめ》だった」

　アレックスとコナーは、いつでも最高《さいこう》のお父さんだと思っていた。だが今の今まで、いったいどれだけ最高なのかをまったく知らずにきたのだった。

　三人が時計塔を出ていくと、ランプトン卿《きょう》が扉《とびら》に耳をつけるようにして、話を聞いているところだった。ランプトン卿を先頭に、みんなで舞踏場《ぶとうじょう》へと階段《かいだん》を下りていく。

「君たちのお父さんなら、私も知っているよ」ランプトン卿が、二人に小声で言った。「いっしょに育ったんだからね。君たちを最初《さいしょ》に見たときから、きっとあいつの子供たちにちがいないと思ってたんだ。だから、ガラスの靴《くつ》をバッグに入れてあげたのさ」

　これを聞くと、二人は思わず笑《え》顔《がお》になった。とにかくもう、胸がいっぱいだった。

　舞踏場に行くと、フェアリー・ゴッドマザーに気づいてみんなが立ちあがった。

「みなさん、どうぞ腰かけて。私は幼《おさな》い王女に贈《おく》り物《もの》を授《さず》けたら、孫《まご》たちを家に連れていこうと思います」おばあちゃんはアレックスとコナーの肩《かた》を両手で抱いた。

「孫？」シンデレラがたずねた。「なんてことなの！　じゃあ私たち、本当は家族だったんじゃない！」そう言って、双子にほほえみかける。

「おいアレックス、今の聞いたか？」コナーはアレックスに顔をよせ、ささやいた。「本当は家族だったんだって、シンデレラに言われたんだぞ？」

「うん、聞こえた……もう泣《な》いちゃいそう……」アレックスが弱々しい声を出した。

フェアリー・ゴッドマザーは、幼い王女を腕《うで》に抱きかかえた。おばあちゃんがそうするのを見て、双子はすっかり興奮していた。

「なんてかわいらしい子でしょう」おばあちゃんは、そう言うとシンデレラを見た。「私からこの子への贈り物は、勇気です。いずれきっと、必要になるときがくるのだから」

フェアリー・ゴッドマザーは、赤ちゃんの頬《ほお》にキスをした。くちびるを離《はな》すとそこに光が残り、贈り物といっしょに頬の中へと吸《す》いこまれていった。

「帰ってしまう前に、もう一つ贈り物をしなくてはね」フェアリー・ゴッドマザーはクリスタルの杖を取りだした。「フロッギーという名の殿方《とのがた》は、どうぞ部屋の前へ」

チャーミング家の国王たちのかげに隠れていたフロッギーはおずおずと、舞踏場の中央にいるフェアリー・ゴッドマザーの前に歩みでた。

「私の孫たちを守ってくれて、本当にありがとう」双子のおばあちゃんが言った。「どんなにお礼を伝《つた》えても足りないけれど、あなたにかけられた呪《のろ》いを解《と》いてあげましょう」

フロッギーは、大きな口をぽかんと開けた。双子とフェアリー・ゴッドマザーの顔を、キョロキョロと見まわす。

「私は……私は……私は……」言葉がなにも出てこない。

フェアリー・ゴッドマザーが杖をひとふりすると、呪いはまるで、風に飛ばされるタンポポの綿毛《わたげ》のように吹《ふ》き飛んでいった。フロッギーはもうカエルではなくなっていた。男の人になっていた。黒い髪《かみ》と黒い瞳《ひとみ》を持つ、とても魅力的《みりょくてき》な姿《すがた》だった。その姿に、アレックスとコナーはこれ以上ないほど驚いていた。

「チャーリーなのか？」チャンス国王が言った。「おまえなのか？」

チャーミング兄弟が身を乗り出す。まるで幽霊《ゆうれい》でも見るかのような目で、じろじろとながめまわす。

「やあ、兄さんたち」フロッギーが言った。「ずいぶん久《ひさ》しぶりになっちゃったね」

兄弟たちはようやくわれに返ると、大喜《おおよろこ》びしはじめた。長く離ればなれになっていた弟に駆けよると、夢中で抱きしめる。舞踏場は、かなわないと思われていた再会《さいかい》の喜びに包《つつ》まれた。赤ずきんは、静かに頰を赤くしていた。彼女《かのじょ》だけは、ちがう想《おも》いを胸にチャーリー王子を見つめていたのだった。もうフロッギーは彼女にとって、崩《くず》れ落《お》ちる城《しろ》で命を助けてくれた、ただの親切なカエル男などではなかった。理想の結婚《けっこん》相手になっていたのだ。

「死んだと思ってたんだぞ！」チャンドラーが、弟の髪をくしゃくしゃにしながら言った。

「あらゆる王国を探しまわったよ！」チェイスが弟の背中《せなか》を叩《たた》いた。

「まあ、これで見つからなかった理由もわかったろ？」チャーリーは肩をすくめた。

「なんで言ってくれなかったんだよ？」チャンスがたずねた。

「恥《は》ずかしくてさ」チャーリーが答えた。「ああするしかなかったんだ。こっそり隠れているしかね。悪かったよ」

アレックスとコナーは、信じられない気持ちだった。この世界にやって来たばかりのときフロッギーの様子がおかしかったのには、こんな理由があったのだ。

「じゃあ、王子さまだったの？」アレックスは、顔じゅうで笑いながら言った。「なんで教えてくれなかったのよ」

「ごめんよ」チャーリーが言った。「スイレンのお茶を飲みながら、ちらりと言ったはずなんだがなあ」

三人は声をそろえて笑った。チャーリーは双子に駆けよると、つい今しがた兄たちにされたように、きつく抱きしめた。

「ありがとう」チャーリーが言った。「君たちと出会わなければ、私はまだあの穴《あな》ぐらの中だよ！」

「こちらこそありがとう」アレックスが答えた。

「俺はまだフロッギーって呼《よ》ぶからな」コナーが言った。

フェアリー・ゴッドマザーがもう一度だけ杖をふると、舞踏場のまん中に一枚《いちまい》のドアがあらわれた。双子に歩みより、二人の肩に手をかける。

「もう時間よ」おばあちゃんが言った。

二人とも、そのドアには見覚《みおぼ》えがあった。あの借家《しゃくや》の玄関《げんかん》のドアだったのだ。まさかあのドアを見て、こんなにもうれしい気持ちになるとは。内側《うちがわ》から、光がもれていた。きっと中では、お母さんが二人の帰りを待っているのだ。

国王たちも、王妃《おうひ》たちも、そして妖精たちも、誰もが愛《いと》おしげにアレックスとコナーを見つめていた。みんな双子とはいろいろあったが、別《わか》れが悲しくなってしまったのだ。

「さよならを言って」おばあちゃんが二人に告《つ》げた。

コナーは待ちきれない様子でドアに駆けよると、ふり向きもせず「じゃあね！」とさけんだ。ドアをくぐり抜け、姿を消す。懐《なつ》かしいわが家の中へと。

アレックスは、おばあちゃんの顔を見あげた。「またもどってこれる？」どうかそうでありますようにと、心の底から願う。

「いつの日か、必《かなら》ず」おばあちゃんがうなずいた。

アレックスはずっと読んで育ってきた物語の登場人物たちに、一歩近づいた。ちょうどこんな夢を、昔見たことがあった。ずっと言いたいことがあったが、きっとこれがそれを伝えられる最後《さいご》のチャンスになる。

「こんなことを言われても意味がわからないかもしれないけれど、いつもそばにいてくれてありがとう」アレックスが言った。「あなたたちは、いつでも最高の友だちだったわ」

みんなその言葉の意味はわからなかったが、それでも強く胸を揺《ゆ》さぶられた。

「さあアレックス、行きましょう」おばあちゃんはアレックスをドアにいざなった。

アレックスは、別れの言葉といっしょにあふれてきた涙をぬぐった。だが、ドアをくぐっていると、自然《しぜん》と笑《え》みがあふれてきた。アレックスには確かにわかるのだ。きっとこれは本当のさよならなんかじゃないのだと。

謝辞

次の人たちに、感謝を捧げたい。
家族、ロブ・ワイスバッハ、アルヴィナ・リン、
ブランドン・ドーマン、ザ・リトル、ブラウン・チーム、
グレン・リグバーグ、メレディス・ファイン、
アラ・ポロトキン、リカ・ターリン、アシュリー・フィンク、
パム・ジャクソン、ジェイミー・グリーンバーグ、
『glee／グリー』のキャストおよびスタッフ一同。
そして最後に忘れるわけにはいかない。
ハンス・クリスチャン・アンデルセンと、グリム兄弟に。

クリス・コルファー
Chris Colfer

1990年5月27日生まれ。アメリカ合衆国出身の俳優、歌手、脚本家、作家。テレビドラマ『glee ／グリー』のカート・ハメル役で知られ、同役での演技により、2011年第68回ゴールデン・グローブ賞最優秀助演男優賞を受賞。同年、『TIME』誌の「世界で最も影響力のある100人」に選ばれた。2012年より“The Land of Stories”シリーズを発表、全米でベストセラーに。2017年同作の映画化が決定し、監督・脚本を務めることが発表された。

田内志文
Simon Tauchi

翻訳家、文筆家、スヌーカー・プレイヤー。訳書に『Good Luck』（ポプラ社）、『銀行強盗にあって妻が縮んでしまった事件』『失われたものたちの本』（東京創元社）、『メイズ・ランナー』『オリエント急行殺人事件』（KADOKAWA）などがあるほか、『ろうそくの炎がささやく言葉』（勁草書房）、『辞書、のような物語』（大修館書店）に短編小説を寄稿。スヌーカーではアジア選手権、チーム戦世界選手権の出場歴も持つ。

THE LAND OF STORIES《ザ・ランド・オブ・ストーリーズ》

1

願いをかなえる呪文

2018年7月4日　初版第1刷発行

著者
クリス・コルファー

訳者
田内志文

企画・編集
合同会社イカリング

発行者
下中美都

発行所
株式会社平凡社
〒101-0051 東京都千代田区神田神保町3-29
電話 03-3230-6581（編集） 03-3230-6573（営業）
振替 00180-0-29639

装幀
アルビレオ

印刷・製本
株式会社東京印書館

ISBN 978-4-582-31511-0
NDC分類番号933.7　四六判（19.4cm）　総ページ560
平凡社ホームページ　http://www.heibonsha.co.jp/

乱丁・落丁本のお取替えは直接小社読者サービス係までお送りください
（送料は小社で負担します）。